Himmelstürmer Verlag

Thomas Köhler, Jahrgang 1962, ist in Mecklenburg-Vorpommern geboren und lebt heute noch dort. Er ist als freier Journalist und Autor tätig. Schreiben und Lesen sind nicht nur sein Beruf, sondern auch das größte Hobby, neben Reisen. Vor allem die spanischen Inseln haben es ihm angetan.
„Tim & Leon - Erste Küsse" ist sein Erstlingswerk. Weitere Bücher sind bereits in Planung.

E-Mail: info@himmelstuermer-verlag.de
www.himmelstuermer-verlag.de
Originalausgabe, 1. Auflage März 2005

Umschlaggestaltung: Olaf Welling Grafik-Designer AGD, Hamburg
www.olafwelling.de
Coverfoto: Foto: Thorsten Horvath. www.maleperceptions.net

ISBN 3-934825-42-7

Thomas Köhler

Tim und Leon - Erste Küsse

Himmelstürmer Verlag

Der Mensch kann vieles,
was er verloren hat,
zurückholen,
nur die Jugend nicht.

(Frank Goyke)

1

“Hoffnung ist wie Zucker im Tee. Auch wenn sie noch so klein ist, versüßt sie alles.“
(Chinesisches Sprichwort)

Gran Canaria

“Meine Damen und Herren. In etwa 15 Minuten erreichen wir, so Gott es will, den Flughafen von Gran Canaria. Auf der Insel sind es zurzeit 24 Grad. Es ist leicht bewölkt. Für heute Abend ist noch Regen angekündigt. Bitte schnallen sie sich an und bleiben Sie auf Ihren Plätzen. Ich hoffe, Sie hatten einen angenehmen Flug. Die Crew von Kapitän Horstmann wünscht Ihnen einen schönen Urlaub”, dröhnte die Stimme des Co-Piloten der Boing737 den über einhundert Passagieren entgegen, die sich Ostern ein paar schöne und warme Tage auf der Kanarischen Insel machen wollten. Das deutsche Wetter trieb in diesem Jahr immer mehr Kurzentschlossene auf die Kanaren, die eigentlich schon immer ein beliebtes Ziel während der Osterferien waren.
“Paps, wie meint er das? Wir landen, wenn Gott es will”, fragte Tim seinen Vater, nachdem die Stimme des Co-Piloten die Durchsage auch noch einmal auf Englisch wiederholt hatte.
“Das ist bestimmt bloß so ein Spruch”, meinte Paps. “Vielleicht ist der Pilot auch katholisch oder evangelisch.”
“Hmm”, machte Tim etwas unzufrieden dreinschauend, so dass Paps sich genötigt sah fortzufahren.
“Außerdem kennst du das auch aus dem Radio. Wenn der Moderator in der ‚Stürmischen Brise’ sich sonnabends verabschiedet.”
Tim erinnerte sich an diesen Spruch. Der Moderator sprach immer davon, dass er am nächsten Sonnabend wieder da sein werde, so Gott und die Oberen es wollen würden. Tim hatte diesen Spruch schon oft gehört. Es war allerdings die einzige Sendung auf diesem Sender, die er sich antat. Dass die Hörer dieses Kanals ein Durchschnittsalter von 56 Jahren hatten, wusste Tim nicht. Aber die Musik war absolut was für Omas

und Opas, oder vielleicht auch für seinen Paps. So genau wusste Tim das nicht. Jedenfalls hatte er schon mal mitgemacht bei diesen Spielen in der ‚Brise'. Und hatte ein großes CD-Paket gewonnen. Er konnte sich aussuchen, welche fünf CDs er haben wollte. Aber allzu groß war die Auswahl nicht gewesen. Oma und Opa hätten da wohl mehr Glück gehabt. So nahm er die CD von Nena zu ihrem großen Jubiläum, die neue CD von Willi Freibier, der aus seiner Heimatstadt kam und drei weitere, die ihm nicht viel sagten. Aber so hätte er bei nächster Gelegenheit immer etwas zum Verschenken. Denn die nächsten Geburtstage würden bestimmt kommen und Weihnachten war ja auch nicht mehr so weit weg.
Tim musste schmunzeln als er sich daran erinnerte. Das war nun schon wieder fast ein Jahr her.
Paps hatte in den letzten zwölf Monaten nicht einmal Zeit gehabt, mit ihm in den Urlaub zu fahren. Mal ein Tag an der Ostsee, mal eine Shopping-Tour nach Berlin oder Rostock. Mehr war nicht drin gewesen. Deshalb freute sich Tim ganz besonders auf diese eine Woche Urlaub in der Sonne und Paps mal wieder für sich ganz alleine haben. Vielleicht könnte er ihn ja doch überreden, sich zum Geburtstag etwas ganz besonderes leisten zu können. Tim dachte da vor allem an einen eigenen Computer. Denn bis jetzt musste er sich einen mit Paps teilen. Da hatte er nur selten eine Chance, wenn sein Erzeuger daheim war. Dann musste er noch Geschichten schreiben, die er auf der Arbeit nicht fertig gebracht hatte oder recherchierte im Internet.
“Hier hab' ich einfach mehr Ruhe als im Büro”, erklärte Paps seinem Sohn dann. Tim passte das zwar nicht, aber er hatte gelernt, es zu akzeptieren. Schließlich verdiente Paps mit seinem Job bei der Zeitung das Geld, das beide dringend brauchten. Und in so manchem Monat, wenn die Autosteuern fällig waren oder der Urlaub abgebucht wurde, wurde es ganz schön eng. Zum Glück konnte sich Paps in den letzten zehn Jahren ein kleines Polster schaffen. Weihnachten hatte Tim die Kontoauszüge gesehen und dann seinen Paps spontan geküsst. Da hatte der auch versprochen, dass in diesem Jahr Urlaub gemacht werde. Es könne kommen was wolle. So hatten sich Tim und Paps Weihnachten auf eine Woche Ostern auf den Kanaren und zwei

Wochen Ostsee im Sommer geeinigt. Zusammen hatten sie die Reisen im Januar gebucht. Nur schwanden damit Tims Träume von seinem erhofften Geschenk zum Geburtstag. Doch noch war ja nicht aller Tage Abend, wie Paps manchmal zu sagen pflegte. Überhaupt vermisste Tim in diesem Moment seine Sprüche. Er war während des Fluges sehr ruhig gewesen und hatte begonnen, ein neues Buch zu lesen. Tim kannte es nicht. Er hatte sich intensiv dem Bordfernsehen gewidmet und sich köstlich über die Streifen mit Mr. Bean amüsiert. Am meisten hatten ihm die Geschichten im Waschsalon und mit dem Golfball gefallen.
“Wer denkt sich nur solchen Blödsinn aus”, hatte Paps einmal eingeworfen und war wieder in seinem Buch versunken. Tim amüsierte sich gerne. Er hing zuhause oft vor der Glotze, wenn Paps den PC blockierte, er gerade nicht für die Schule lernen musste oder Proben hatte.
“Gehen wir heute noch baden?”, wollte Tim wissen.
“Warum nicht. Aber erstmal brauchen wir unser Hotel und unser Zimmer.”
Eine Woche müsste Tim nun mit Paps in einem Zimmer sein. Ein bisschen komisch war das schon. Solange Tim denken konnte, hatte er zuhause ein eigenes Zimmer. Und im letzten Urlaub hatten sie sich oft in die Wolle gekriegt, weil Tim überall im Zimmer seine Sachen verstreute, liegen ließ, was er gerade nicht brauchte und wo er gerade stand. Die Uhr flog auf den Fernseher, der Slip auf die Lampe, die Jeans auf den Couchtisch. Tims Zimmer sah immer so aus, als hätte eine Bombe eingeschlagen. Doch dann regte sich Paps solange auf, bis Tim irgendwann anfing aufzuräumen. Spätestens, wenn er den letzten sauberen Slip aus dem Kleiderschrank nahm. Dann wurde es höchste Eisenbahn. Und es war schon vorgekommen, dass er ihn fast eine Woche tragen musste, weil Paps keine Zeit fand, die große Wäsche zu erledigen und sich weigerte, Tim ein Shirt und einen Slip mal nebenbei auszuwaschen. Doch inzwischen hatte sich Tim mit dieser Situation arrangiert. Die schmutzigen Sachen brachte er regelmäßig in den Wäschekorb und räumte auch einmal die Woche sein Zimmer auf. Paps belohnte es damit, dass die Sachen regelmäßig wieder sauber und wohl riechend in Tims Schrank lagen. Schließlich war Tim seit dem

letzten gemeinsamen Urlaub nun schon zwei Jahre älter. Damals hatte er allerdings auch das schönste Spiel des Lebens entdeckt. Ein Gefühl, das so neu für Tim gewesen war, dass er es zuerst überhaupt nicht einordnen konnte. Inzwischen gehörte es zum Alltag seines Lebens wie ein Sonntagsessen oder mal ins Kino zu gehen. Und es war wie beim Essen oder im Kino. Es gab viele Rezepte wie man ein Gericht erfolgreich zubereiten konnte. Wenn man jeden Tag das gleiche aß, verging einem irgendwann der Appetit. Und im Kino gab es auch immer wieder neue Filme. Wenn einer allerdings besonders gut war, konnte Tim ihn auch zwei oder sogar dreimal sehen. Dazu gehörten solche Filme wie Crazy, Harte Jungs und American Pie, die Tim sich schon mehrfach reingezogen hatte. Er hatte sich immer wieder köstlich amüsiert und sich neue Ideen für sein Spiel des Lebens geholt. Nur das mit dem Socken wie in American Pie hatte er geflissentlich ausgelassen. Da hätte Paps dumme Fragen stellen können. Diese Blamage wollte Tim vermeiden. Er wäre rot angelaufen und Paps hätte sofort gewusst, was los ist. Darauf hatte Tim absolut keinen Bock. Aber es gab außer dem Bett ja auch noch die Dusche. Tim hatte also die Hoffnung, eine Woche lang nicht ganz auf das schönste Spiel seiner Spiele verzichten zu müssen. Und was die Klamotten betraf, würde er sich eben zusammenreißen. Schließlich stand nächsten Monat sein Geburtstag ins Haus und da setzte er große, ja sogar sehr große Erwartungen auf Paps.
Auf Gran Canaria wollten sie auch versuchen, Tims Outfit aufzufrischen, der den Kinderschuhen in den letzten zwei Jahren mächtig entwachsen war und nun eher als junger Mann gelten konnte. Auch wenn Paps ihn garantiert nur für ein, für sein Kind hielt. Aber das stimmte ja auch nach wie vor. Um den erhofften neuen Haarschnitt für den Sommer gab es noch einige Diskussionen. Aber Tim war sich sicher, seinen Paps zu überzeugen, die braunen Haare mit blonden Strähnchen zu toppen. Kaufen wollten sie eine weiße Hose und ein schwarzes Hemd oder umgekehrt. Etwas jedenfalls, was Tim als Sonntagsstaat tragen konnte. Oder wenn er auf Brautschau ging, wie Paps meinte. Tim hatte dazu noch keine Einstellung. Er konnte sich nicht vorstellen, in der nächsten Zeit einem

Mädchen nachzurennen. Er kam gut mit ihnen aus. Aber das Gefühl, den Mädels an die Brüste fassen zu müssen, ihnen obszöne Gesten und Worte hinterherschicken zu müssen, oder in der Pause in der Schulhofecke zu stehen und zu knutschen und zu fummeln, wie die anderen Jungs es taten, fehlte ihm. Warum wusste Tim nicht. Aber es fehlte ihm eben. Doch eines würde er sehr gerne mal wissen. Wie das so ist, wenn man richtig küsst? Schon oft hatte sich Tim diese Frage gestellt. Er wusste aber nicht, wie er sie hätte beantworten können, ohne mit einem der Mädchen zu gehen. Darauf aber hatte er eigentlich keinen Bock. Sie verstanden sich auch so prima. Mit den meisten jedenfalls. Einige Zicken konnte er gar nicht ausstehen.
Paps hatte ihn bisher auch erst einmal darauf angesprochen. Die Jungs in der Klasse wunderten sich hingegen mehr. Mehr als die Hälfte rühmte sich damit, schon mal einer Jungfrau die Unschuld genommen oder eben diese zumindest selbst verloren zu haben. Tim machten diese Erzählungen nicht an. Er diskutierte mit den Mädels lieber über die Filme im Kino, das schlechte Essen in der Schulküche oder die bescheuerten Lehrer, die sich alle Nase lang ganz schöne Dinger leisteten. Doch an Schule wollte Tim jetzt gar nicht denken. Das schönste daran waren die Pausen. Na und die Ferien natürlich. So wie jetzt, als der Flieger auf dem Rollfeld von Las Palmas aufsetzte. Die Bremsen begannen zu quietschen. Tim wurde in den Sitz gedrückt. Die Leute klatschten begeistert. Tim guckte Paps an, der sein Buch einpackte. Der klatschte nicht. Also tat es auch Tim nicht. Doch die anderen taten so, als wäre gerade ein neuer Hit für die Charts geboren worden. Die Leute rafften ihre Sachen und hatten es plötzlich sehr eilig, den Boden ihres Urlaubs-Eilandes zu betreten.

Als der ganz in Blau gehaltene Bus mit dem Logo des Reiseveranstalters das vierte Mal hielt, sagte der Busfahrer den Namen des Hotels, das Paps und Tim gebucht hatten. Es sah aus wie auf dem Prospekt. Tim registrierte es ohne besondere Regung. Es war ein völlig in weiß gehaltener Bau, der die Form eines U's hatte. Die geschlossene Seite zeigte Richtung Land, die offene in Richtung Meer. Doch zwischen Hotel und Meer lag noch die weite Wüste Maspalomas, auf die Tim und Paps vom Balkon ihres Zimmers blickten. Sie hatten Glück. Ihr Zimmer befand sich im dritten Stock, ganz oben. Damit hatten sie nicht nur den besten Ausblick, sondern mussten auch nicht befürchten, dass ihnen irgendjemand auf dem Kopf rumtrampelte. Denn Teppiche oder ähnliches kannte man bei dieser kanarischen Art des Bauens mit dünnen Wänden, die überall Ohren hatten, wohl nicht. Doch der Steinfußboden war wohlig warm, spürte Tim an den nackten Füßen. Er hatte die Turnschuhe in Richtung Fenster geschleudert. Er zog sie wie immer ohne aufzumachen aus. Mit der Fußspitze hakte er unter den Hacken des anderen und feuerte den halb hohen schwarzen Sneaker ab wie ein kleines Geschoss. Dann folgte der zweite. Die Socken zog er sich mit den Händen aus und schmiss sie hinterher. Paps registrierte es mit diesem Pass-auf-mein-Sohn-Blick, der seine Stirn in Falten legte und die Wangenknochen besonders stark betonte. Tim schmiss sich auf das Doppelbett, während Paps den schweren Koffer, der immerhin 32 Kilogramm bei der Abfertigung gewogen hatte, auf den Tisch bugsierte.

Tim zog seine Nase mehrmals in Falten und fand die Bestätigung für seinen Verdacht, dass da etwas roch, nämlich seine Füße. Paps hatte ihm für diesen Urlaub deshalb auch extra Sandaletten gekauft. Tim fand sie verglichen mit seinen schwarzen Sneakers extrem hässlich. Doch für den Urlaub hatte er sich darauf eingelassen. Nur für den Urlaub wohlgemerkt, hatte Tim extra betont.

“Paps, kannst du mir mal meine Waschtasche rausgeben”, bat Tim.

Paps hantierte gerade am Koffer. Der ging jedoch nicht auf. Er versuchte es immer und immer wieder. Doch erfolglos.

“Sag’ mal, Tim, hast du hier dran gespielt und irgendeine Zahlenkombination eingegeben?”

“Nein, Paps, wirklich nicht.”

“Und warum geht der Koffer dann nicht auf?”

“Paps, woher soll ich das denn wissen? Wie ging er denn sonst immer auf?”

“Das weiß ich auch nicht mehr. Schließlich haben wir ihn vor zwei Jahren das letzte Mal benutzt. Aber ich kann mich nicht erinnern, damals einen Code eingestellt zu haben.”
Er versuchte alle möglichen Kombinationen. Er probierte verschiedene Geburtstage, den Pin seines Handys, der Geldkarte und was ihm noch so alles einfiel. Nichts half. Fast eine Stunde war schon vergangen. Tim lag auf dem Bett und zog sich eine dieser üblichen Talkshows rein, die nachmittags auf fast allen Sendern liefen und die auch den übelsten Gestalten die Chance boten, ins Fernsehen zu kommen. Paps hasste sie. Ganz egal, welche Show und welcher Sender. Tim zog sie sich öfter mal rein und amüsierte sich über die Typen. Paps war schon verzweifelt und hatte die Hoffnung fast aufgegeben, als er ganz langsam die Eins, die Sieben, die Null und die Acht einstellte. Er klickte auf die beiden Verschlüsse und der Koffer sprang auf.
“Paps, was hast du getan? Bist du ein Genie oder kannst du zaubern? Der Koffer ist ja wieder heile”, rief Tim vor Freude aus.
“Heil, Tim!”
“Hä?”
“Das heißt heil und nicht heile.”
“Ach so, ja.”
Tim wollte sich seine Waschtasche schnappen, um das Fußspray herauszuholen. Doch er hielt inne, als er Paps ernsten Blick sah. Er schaute auf die Zahlen. Und es dauerte nicht lange bis Tim es geschnallt hatte. Er kämpfte mit den Tränen, die sich einen Weg durch sein Gesicht bahnen wollten. Er kämpfte dagegen an und schlang seine Arme um Paps Bauch. Als er wieder los ließ, wischte er sich die Augen, als würde er morgens den Schlaf daraus verbannen wollen. Die Fingerspitzen waren nass. Tim wischte sie sich an den Jeans ab und zog die Hosen aus.
“Komm, Paps, wir gehen baden”, forderte Tim und zog sich die Badehose an.
Auch Paps begann sich für den Strand zu rüsten.
“Ich nehm’ mein Buch mit”, sagte er, “brauchst du noch was?”
“Nö, ich hab’ alles”, meinte Tim. Dann gingen beide Richtung Strand.

Tim und Paps folgten dem Weg, den fast alle gingen. Er führte durch die Dünen Maspalomas zum Meer. Unterwegs lagen überall Nackte neben und hinter den Büschen. Einige standen auch auf Hügeln und beobachteten die zum Strand Ziehenden. Tim nahm sie nur wie nebenbei wahr. Er wartete, dass Paps etwas sagte. Doch der war wohl so in Gedanken, dass er gar nicht auf Idee kam, etwas von sich geben zu wollen. Tim wusste nicht, wie er anfangen sollte. Doch er wollte das unerträgliche Schweigen endlich brechen. Er sagte einfach in die Luft:
“Am 17. August ist Mutti gestorben, nicht?”
Paps schaute im Gehen herüber.
“Ja, es war der 17. August. Ich weiß nicht, warum ich dieses Datum irgendwann mal eingestellt habe. Ich werde das heute Abend gleich verändern.”
“Warum?”
“Tim, es ist nun neun Jahre her. Wir haben es beide überlebt. Wenn es auch sehr schwer war.”
“Hast du seitdem jemals wieder eine Frau gehabt?”, platzte Tim heraus. Eigentlich wollte er diese Frage nur denken, auf keinen Fall aussprechen. Doch es war einfach so passiert.
“Nein”, sagte Paps und setzte nach einer Pause fort: “Ich bin ihr noch heute treu. Sie war nicht nur deine Mutter, sondern vor allem meine große Liebe.”
“Ich weiß zwar nicht wie das ist: große Liebe ...”
“Das musst du auch noch nicht. Irgendwann kommt der Tag und dann wirst du es wissen. Genieße die Zeit bis dahin”, unterbrach Paps seinen Sohn.
“... aber hätten wir nicht das Foto im Wohnzimmer, ich könnte mich gar nicht mehr an sie erinnern.”
“Dazu warst du damals noch zu klein, Tim. Das macht aber nichts. Wir haben ja noch mehr als nur das eine Foto.”
Früher hatten sie öfter einen Blick in dieses Album geworfen, das mit Tims Geburt begann. Dann die erste gemeinsame Urlaubsreise an die Ostsee, als Tim noch ganz klein war. Es war auch die letzte. Seine Mutter starb ein Jahr später an Leukämie, wusste Tim von seinem Paps.

Knapp zwanzig Minuten waren sie schweigend und dann doch miteinander redend durch die Wüste gewandert, dann war der Strand erreicht.
"Wollen wir gleich hier bleiben", schlug Paps vor, als sie direkt vor dem Meer standen.
"Mir egal", erwiderte Tim.
Dass es ein FKK-Strand war, damit konnte er leben. Schließlich war es nicht das erste Mal. Außerdem machte hier so und so jeder was er wollte. Die einen hatten Badehosen an, die anderen liefen herum, wie die Natur sie geschaffen hatte. Schwänze schlackerten von einem Schenkel zum anderen. Und bei manchen sah es so aus, als wollten sie auf ihr Gerät mit aller Macht aufmerksam machen. Tims Blick fiel auf einen vielleicht 50jährigen. Ja ein wenig älter als sein Paps war er schon. Dafür hatte er noch nicht so einen Bauch und war ein gutes Stück größer. Er stolzierte wie ein Gockel durch die Reihen, um zu präsentieren, dass sein Teil, das er offenbar für etwas Besonderes hielt, ein paar Zentimeter länger war als viele andere. Tim musste bei diesem Anblick grinsen. Zu albern fand er den Gockel, wie er da rumlief. Es war das erste Lächeln seit sie das Hotel verlassen hatten.
Tim zog sich aus. Zwischen seinen Beinen regte sich nichts. Das war gut so. Paps hatte schon die Hand seines Sohnes gegriffen und rannte mit ihm Richtung Wasser. Als die ersten Wassertropfen seine Füße kitzelten, ließ Tim los. Paps war mutiger, war schneller im Wasser. Tim tastete sich Schritt für Schritt vor. Als das Wasser begann, die sensiblen Stellen in seinem Schritt zu umspielen, kicherte er kurz. Es war schön, aber auch kalt. Wenn er diese Hemmschwelle erst einmal genommen hatte, kam schon die nächste. Auch an der Brust war Tim überempfindlich. Es kitzelte und Tim musste sich überwinden, den nächsten Schritt zu machen. Aber dann war es einfach nur noch schön. Baden um diese Jahreszeit!
"Vom Eise befreit sind Strom und Bäche", brabbelte Tim vor sich her. Ein total geiles Gefühl, fand er und stürzte sich in die Fluten, die dieses Wort an diesem Tag aber zu Unrecht trugen.
"Paps, warum haben wir keinen Ball mit?", rief Tim über das Rauschen der Wellen hinweg, die aber eher harmlos waren.

“Weil du keinen eingepackt hast”, rief Paps zurück.
“Dann lass mich springen.”
Es war ein kleines Ritual für Tim. Fast immer, wenn er seinen Paps überreden konnte, mit ihm Baden zu fahren, musste der Alte als Sprungbett herhalten. Paps machte Räuberleiter und Tim sprang über seinen Kopf in das Nass. Der erste Sprung ging fast daneben. Ein Bauchklatscher vom allerfeinsten. Tim fasste sich an den Bauch. Er war ein bisschen rot geworden. Aber ein zweites und drittes Mal versuchte er es wieder. Bis Paps auf einmal Widerwillen zeigte:
“Mein Sohn, du bist ganz schön schwer geworden.”
“64 Kilogramm genau. Erinnerst du dich eigentlich, wann wir das letzte Mal zusammen baden waren?”
“Ich schätze bei 50 Kilogramm.”
“Könnte hinkommen. Jedenfalls ist es schon über ein Jahr her.”
“Hör’ ich da Kritik?”
“Denk’ was du willst. Aber viel Zeit hast du im letzten Jahr nicht gerade gehabt.”
“Tim, du weißt doch, was los war”, wollte Paps sich gerade rechtfertigen und schlug Tim auf den nassen Hintern: “Ach Scheiß’. Jetzt ist Urlaub. Da werden wir doch nicht streiten.”
“Besser is’ auch.”
Tim und Paps schmissen sich auf die Handtücher in die Sonne. Für die nächste halbe Stunde herrschte Sendepause. Paps las ein Buch und Tim starrte in die Masse der Sonnenbadenden.
Paps war schon in einer anderen Welt. Manchmal wurde er grantig, wenn man ihn bei der Lektüre störte. Tim hatte sich schon so manchen Anranzer geholt. Und wenn er die Tageszeitung zu seinem Spielzeug machte, wurde der Alte hysterisch. Er lebe in seinem Job schließlich von Informationen und das solle Tim endlich kapieren. Doch Tim brannte eine Frage auf den Lippen. Er wusste nur nicht, wie er sie stellen sollte. Tim kitzelte Paps auf dem Rücken, wie der es jahrelang bei ihm getan hatte, wenn er Tim eine Gute-Nacht-Geschichte vorgelesen hatte. Bis zur zweiten oder dritten Klasse war das recht häufig gewesen. Danach hatte der Alte stark nachgelassen. Tim hatte das Kitzeln auf dem Rücken meist mehr genossen, als die Geschichten.

“Eh, das kitzelt”, rief Paps.
“Ist doch schön, oder?”
Paps legte das Buch in den Sand und streckte alle Viere von sich.
Tim grübelte. Seine Gedanken schweiften weit weg, als ihn völlig unvorbereitet in diesem Moment ein Schmerz traf. Sein Lieblingsspielzeug begann sich in den Sand zu bohren. Hoffentlich kam der Alte jetzt nicht auf die Idee aufzustehen. Doch Paps hatte mit dem Gespräch schon abgeschlossen und war wieder an sein Buch gefesselt.
Tim würde seine Frage heute wohl nicht mehr loswerden. Denn gleich nach dem Abendessen gingen sie früh ins Bett. Sie waren beide müde. Und es hatte angefangen zu regnen.

Frühstück war für Tim das erste wirklich Wichtige des Tages. Was zwischen Erwachen und Frühstück lag, erledigte er eher nachlässig. Einzig zur Bekämpfung seiner chronischen Morgenlatte rannte er ins Bad. Hier im Urlaub schneller als zuhause. Da hatte er ein eigenes Zimmer und musste sich kein Doppelbett mit Paps teilen. Deshalb ließ er sich daheim oft Zeit. Denn es spielte sich morgens so schön mit dem Prachtstück. Und da Tim auch bei Paps mehrfach gesehen hatte, dass er morgens mit einer dicken Beule im Slip ins Bad ging, wusste er, es war kein Problem, das nur er hatte.
Tim legte sich zwei Croissants auf den Teller, eine Banane und Nutella. Der erste Gang des Frühstücks. Dann folgten noch Spiegeleier, ein kleines Würstchen mit Ketchup und zum Abschluss zwei Eierkuchen mit Marmelade. Frisch gepressten Erdbeersaft gönnte er sich als Dessert.
“Die Butter schmeckt irgendwie komisch”, sagte Tim.
“Ja”, antwortete Paps. “Sie erinnert mich an Butter, die zu DDR-Zeiten ähnlich schmeckte.“
“Schnee von gestern. Aber was machen wir heute?”
Paps schaute zum Himmel. Große Wolken zogen über die Wüste Maspalomas. “Wenn ich mir das Wetter so anschaue, wäre es vielleicht ein Tag zum Bummeln und Einkaufen.”
“Okay, dann will ich aber endlich einen Ohrring haben.”

Tim sprach ohne Umwege an, was ihm schon gestern den ganzen Tag unter den Nägeln gebrannt hatte.
“Wie heißt das Zauberwort?”, entgegnete Paps.
“Paps, ich will. Ich will aber nicht betteln.”
“Wie heißt das Zauberwort?”
“Bitte.”
“Okay. Du kriegst einen. Aber zur Schule wird er abgemacht.”
“Ja, ja.”
“Nicht ja, ja. Das heißt: Leck mich am Arsch. Sondern einfach Ja.”
“Ja, ja, Paps. Und wann?”
“Warte ab. Kommt Zeit, kommt Rat.”
Was sollte das nun heißen, fragte sich Tim. Die gerade aufkommen wollende Freude verschwand gleich wieder. Wenn er erst achtzehn war, würde er eh nicht mehr fragen. Vielleicht viel früher schon. Das wusste Tim noch nicht so genau. Aber dass es so kommen würde, das wusste er ganz genau.

“Männer-Sauna täglich geöffnet ab 16.30 Uhr.”
Tim las das Plakat, das unmittelbar vor dem Hotel die Blicke Vorbeigehender auf sich zog. Ein Plakat wie eine große Zigarettenwerbung oder irgendein neues Waschmittel.
“Paps, wieso Männer-Sauna ?”
“Weil da nur Männer Zutritt haben.”
“Ist das nicht Quatsch?”
“Ich glaub’nicht.”
“Wieso?”
“Weil da eigentlich nur Schwule hingehen.”
“Schwule?”
“Ja, Schwule.”
“Und woher weißt du das? Aber sag’ nicht wieder aus deiner Zeitung.”
“Eigentlich doch. Ein Kollege hat mir ein Buch geliehen. Und da steht so was drin.”
“Der geht wohl in die Männer-Sauna?”
“Nicht dass ich wüsste. Bei uns gibt es glaube ich gar keine. Aber jedenfalls ist er schwul.”
“Da hast du noch nie was von erzählt.”

"Du hast mich ja auch noch nie danach gefragt."
Warum sollte ich auch, dachte Tim so vor sich hin. Vielmehr, außer dass schwul in seiner Klasse ein Schimpfwort war, wusste Tim nicht. Na gut, was die Lehrer bisher so von sich gegeben hatten. Unter besondere Formen der Sexualität war das abgehandelt worden und hatte zu allerhand Kichern und Witzen geführt. Das Ganze hatte aber keine zwei Minuten gedauert, dann war der Lehrer von diesem Thema wieder ab. Da keiner etwas gefragt hatte, war das Thema abgehakt.
"Du bist doch schwul", hieß es seitdem, wenn die Jungs jemanden ärgern wollten. Auch Tim hatte schon dran glauben müssen. Entweder hatte er dann geschwiegen oder den Stinkefinger gezeigt. Aber manche Typen in seiner Klasse waren eh nicht ganz dicht. Sie hatten nur wenig im Kopf, aber immer die große Klappe. Sie hatten die meiste Zeit damit zutun, die Mädchen anzubaggern und denen, die sich da raushielten, Schimpfwörter wie eben schwule Sau, Schwuchtel oder Weichei an den Kopf zu werfen. Manchmal fanden sie auch Wörter, gegen die diese fast Komplimente waren. Motherfucker hatten sie Tim einmal gerufen. Der Alexander war es. Der Typ war schon ein Jahr älter und hatte in einer der Cliquen das Sagen. Als Tim ihm eine runterhaute, weil er das nicht mit sich machen lassen wollte, Mutterficker genannt zu werden, verdroschen Alexander und seine Kumpane ihn anschließend. Tim verteidigte sich so gut es ging, flüchtete aber sobald er sich losgerissen hatte. An diesem Tag hätte er einen neuen Schulrekord über einhundert Meter aufgestellt. Es war das einzige Mal, das Tim sich bisher auf dem Schulhof geschlagen hatte. Ansonsten ging er jedem Streit möglichst aus dem Wege. Paps hatte damals ein großes Fass aufgemacht, war zum Schulleiter gerannt und hatte das Ding an die ganz große Glocke gehängt. Alexander erhielt einen Tadel. Seitdem waren sie beide spinnefeind. Man sehe sich immer zweimal im Leben, das waren die letzten Worte, die Alexander damals an Tim gerichtet hatte. Seitdem herrschte Funkstille. Tim machte sich daraus nichts. Nur mit Alexanders jüngerem Bruder Denis war seitdem auch nicht mehr gut Kirschen essen. Tim spielte mit Denis zusammen in einer Kabarettgruppe. Doch seit der Schlägerei und dem

Tadel ging Denis Tim aus dem Weg. Tim hatte schon oft versucht, Denis eine Brücke zu bauen. Doch er wich ihm immer wieder aus. Irgendwann hatte Tim es aufgegeben. Schweren Herzens allerdings, denn früher waren sie zusammen ins Kino gegangen, Baden gefahren, hatten sich besucht und so manche Dummheit während der Kinderjahre verzapft.
Tim wäre so in Gedanken fast gegen einen dieser Begrenzungspfeiler gelaufen, die man manchmal auf den Gehwegen vorfindet.
"Uups", sagte er nur.
"Augen auf", rief Paps rüber.
"Denkste ich geh' hier blind?"
"Mach' doch was du willst. Wirst schon sehen, was du davon hast, wenn du irgendwo gegen läufst. Wer nicht hören will, muss eben fühlen."
Da war wieder einer dieser berühmt-berüchtigten Sprüche. Tim rechnete fest damit, dass dieses Gesabbel ihm in den nächsten Tagen noch ganz stark auf die Nerven gehen würde. Da war Paps genauso unerbittlich wie in seinen Vorträgen darüber, was alles in seiner Zeitung stand. Vor allem in seiner. Dabei war er einer von achtzig Leuten, die dort arbeiteten.

"Du German?" Ein Farbiger sprach Paps an. Der nickte. "Very good Uhren. See."
"Adidas", sagte Tim. "Nicht schlecht."
Der Neger hielt Tim die Uhr unter die Augen. Zeigte noch eine, noch eine.
"Die fetzt", sagte Tim. Seine Augen strahlten.
"Was soll die kosten?", wollte Paps wissen.
"Fumfzich", erklärte der Neger. Paps dachte, er hört nicht richtig. Tim dachte gar nichts, sah nur die Uhr, die ihm gefiel. Eigentlich hatte er eine. Eigentlich wollte er endlich einen Ohrring. Doch nehmen würde er sie auch.
"No. No", sagte Paps und wollte weitergehen. Der Farbige hielt seinen Arm fest. "Pfirsich", bot er an.
"No. Nein danke. Zu teuer." Paps ließ sich nicht bequatschen.
Der Händler hielt ihm zwei Uhren hin: "Two for Fumfzich."

Paps wurde langsam ungemütlich: “Eigentlich brauchen wir gar keine. Aber wenn dann diese.” Er zeigte auf die, die Tim gewollt hatte. Paps hielt zwanzig Euro hin.
“Letztes Angebot.”
Der nahm das Geld und gab Tim die Uhr.
Dann stürzte er sich auf ein neues Opfer. “Ali Baba”, sagte er im Weggehen und warf den beiden einen Blick hinterher, der alles bedeuten konnte, nur Dankbarkeit auf keinen Fall.
Tim band sich die neue Uhr um den Arm.
“Zwanzig Euro. Ist sie so viel wert?”, fragte Tim Paps.
“Weiß nicht. Aber ich glaub’kaum.”
Keine zehn Schritte kamen sie auf der Promenade voran.
“Du kaufen”, fragte ein anderer Farbiger. Er hielt Tim und Paps einen Papagei hin. Eine Handpuppe, die quiekende Geräusche von sich gab, die aber wenig an einen Papagei erinnerten. Paps schüttelte mit dem Kopf und ging weiter. An der Eisdiele holten sich beide ein Eis. Paps nahm Schoko und Vanille. Tim entschied sich für Ananas und Kiwi. Eierlikör und Kokos, seine Lieblingssorten, waren nicht dabei. Und wenn man es ganz genau nahm, stand Tim eigentlich auf Softeis.
Tim und Paps hatten ihr Eis noch nicht aufgeleckt, als wieder ein Händler vor ihnen stand. Gürtel und Geldtaschen waren sein Angebot. Paps winkte ab und ging weiter. “Ali Baba”, rief der ihnen nach. Tims Blick fiel auf ein Ferienhaus oberhalb der Promenade. “Siehst du den Opa da?”
Paps blickte hoch. Der Opa, wie Tim ihn nannte, ein Endfünfziger, vielleicht im Vorruhestand, blickte durch seinen Feldstecher auf die Wüste. Wenn er ein gutes Glas hatte, konnte er bis an den Strand gucken. Vielleicht sogar bis an den FKK. Aber mittendrin in der Wüste lagen viele Urlauber. Die einen in Badesachen, die anderen nackt. Der mit dem Fernglas schien sich irgendwo festgebissen zu haben. Er stand nur in Badehose auf der Terrasse seiner Ferienwohnung und bewegte sich kaum. Während die eine Hand das Fernglas hielt, glitt die andere in die Hose.
“Opa spielt Taschenbillard.” Tim grinste. Paps stutzte. Kapierte dann aber schnell.

“Ja, ja. Gran Canaria ist eben nicht nur die Insel der Schönen und Reichen. Auch der Voyeure und Schwulen.”
Tim hatte keine Chance zu antworten. Wieder stand jemand mit Goldketten und Ringen vor ihnen. Gern würde Tim eine Kette tragen, aber ein Ohrring war ihm wichtiger. Wenn er Paps davon überzeugen könnte, hätte sich der Urlaub schon doppelt bezahlt gemacht.
“Paps?”
Er musterte seinen Erzeuger von unten nach oben. Doch der machte keine Anstalten. Keine Reaktion. Paps ging weiter.

Das Jumbo ist das größte Einkaufszentrum in Playa de Ingles. Menschen über Menschen strömten durch die schmalen Gänge, die alle hoffnungslos mit Waren zugestellt waren. Klamotten hingen da rum, Souvenirs lagen im Weg, Bücher, selbst Schuhe. Und immer wieder versuchte ein Verkäufer einen Touristen in seinen Laden zu locken. Die meisten laberten unentwegt auf die Vorübergehenden ein, einige hielten sie auch am Arm fest und versuchten sie in ihren Laden zu ziehen.
Vor einem Juwelier-Geschäft blieb Tim stehen und starrte in die Auslagen. Ringe und Ketten ohne Ende.
“Na, hübscher junger Mann. Kann ich helfen?”, sprach der Verkäufer Tim in perfektem Deutsch an.
Tims Gesichtszüge drohten zu einem Fest der Freude auszuarten. Mit weit aufgerissenen Augen sah er Paps an. Sein Blick sagte alles.
“Ich glaube, das ist nichts für uns. Danke. Komm, Tim, lass uns gehen.”
“Oh Paps. Wenigstens ein Ohrring, das wäre total cool. Und Ring und Kette zusammen, das wär voll krass. Och bitte Paps.”
“Ich weiß nicht.”
“Du kannst es mir ja vom Taschengeld abziehen.”
“Wir sind ja noch ein paar Tage hier.”
“Du hast es heute Morgen versprochen.”
“Aber nicht, dass es heute sein muss.”
“Oh Paps. Man eh.”
Tim war enttäuscht. Er war sauer. Denn diese Sache wollte er in diesem Urlaub doch endlich hinkriegen. Denis trug schon seit

zwei Jahren einen Ohrring. Dabei war er ein Jahr jünger. Das wurmte Tim schon, als sie noch gute Kumpels waren. Seit der Sache mit Alexander aber um so mehr.
Paps blieb vor einem Bücherregal stehen und studierte die Titel. Das konnte dauern. Also schlenderte Tim durch die anderen Gänge des Ladens. Plüschtiere in Hülle und Fülle. Die Zeit der Teddys war jedoch lange vorbei. Die der Barbis allerdings auch. Wenn er an die Zeit dachte, da er auf Barbie-Puppen flog, überkam Tim ein komisches Gefühl. Als er noch kleiner war, musste er abends oft bei den Nachbarn bleiben, wenn Paps Spätschicht hatte und kaum vor zehn nach Hause kam. Krügers hatten eine Tochter, die inzwischen auf dem Sportgymnasium war, eine gute Leichtathletin, die eine Leidenschaft für Barbie-Puppen hatte. Und Tim spielte mit ihr und den Puppen voller Begeisterung. Allerdings stand ihm weniger danach, sie liebevoll umzukleiden oder herauszuputzen. Er zog es vor, in dem riesengroßen Puppenhaus ein schmackhaftes Essen für die Barbies zu bereiten und für Ordnung zu sorgen. Ganz im Gegenteil zu den Gepflogenheiten, die Tim ansonsten an sich hatte. Noch heute hielt er die zwei Jahre ältere Fanny für seine beste Freundin.
Tim schenkte der Ecke mit dem Plüschzeug wenig Beachtung. Die Postkarten boten da schon mehr Abwechslung. Zwei Zentner schwere Frauen, vollbusige Blondinen, schöne Männer und alle nackt waren auf den Karten zu sehen. Die eine würde er gerne Denis schicken. Doch hatte der das überhaupt verdient, Urlaubsgrüße zu kriegen? Tim entschied sich für ein klares Nein.
“Paps, ich hab’ Hunger”, versuchte Tim ihn von den Büchern wegzulocken.
“Guck mal, da ist ein schönes Cafe. Wie wäre es mit einem Stück Kuchen?”
“Na gut, du kleine Nervensäge.”
Tim und Paps setzten sich im Cafe Wien an einen Tisch, der direkt gegenüber dem Tresen stand. So hatten sie einen guten Blick auf die Tortenauswahl. Paps bestellte Erdbeertorte, Tim nahm ein großes Stück von der Schokoladentorte. Dazu eine Schokolade, während Paps sich einen Capuccino bringen ließ.

Die Kellnerin warf den beiden einen merkwürdigen Blick zu, als Paps Tim durch das Haar strich:
“Es ist schön, mal ganz viel Zeit für uns haben.”
Aber die Bedienung stellte keine Fragen. Sie machte einfach ihren Kram. Am Nachbartisch saß ein junges Pärchen, das zwar deutsch sprach, aber keinesfalls hochdeutsch. Tim verstand kein einziges Wort. Die beiden Männer, die am Fenster saßen, spielten irgendein Spiel mit ihren Windbeuteln. Jedenfalls fütterten sie sich gegenseitig. Und himmelten sich dabei an. Tim fand Gefallen an dem Spiel. Als die Torte kam, verschlang er die ersten drei Happen ohne Pause. Dann brach er mit der Gabel ein kleineres Stück ab. Er streckte es Paps entgegen.
“Paps, willst du?”
Der ließ sich auf das Spiel ein, probierte die Schokoladentorte. Dann reichte er Tim ein Stück Erdbeertorte. Die schmeckte gar nicht schlecht. Nur der Boden, den fand Tim nicht gut.
“Was iss’n das für’n Boden da?” Tim zeigte auf Paps Erdbeertorte.
“Biskuit ist das.”
“Der schmeckt ja als Staub.”
“Wie.”
“Hä?”
“Wie Staub schmeckt der, nicht als Staub. Wenn schon, denn schon.”
“Ja, ja.”
“Also mir schmeckt der Biskuitboden sehr gut und kein bisschen wie Staub.”
Tim schlürfte seine Schokolade. Immer noch zogen viele Wolken über Gran Canaria hinweg. Es würde wohl kein Strandtag mehr werden. Das kam auch auf den Kanaren schon mal vor.
Tim stand auf und sagte: “Ich muss mal auf’s Klo.”
Paps nickte und winkte der Kellnerin. Er bestellte noch einen Capuccino und ließ sich eine Zigarre bringen. Eine kleine, angeblich aus Kuba. Jedenfalls kostete sie soviel wie eine kubanische.

Tim hatte den Reißverschluss seiner Jeans schon auf, als er vor dem weißen Becken ankam. Er hatte einen Druck, dass er auf dem letzten Stück bis zum Becken schon mächtig kneifen musste. Er musste dringender als dringend. Doch überall neben ihm standen Männer, die das gleiche Bedürfnis hatten. Keinen Tropfen wurde Tim los. Er kannte das Dilemma, sein Problem, dass er auf öffentlichen Toiletten hatte. Einer nach dem anderen ging. Tim war so gut wie alleine, als es endlich passierte. Ein kleines Unwetter entlud sich aus Tims Blase.

"Scheiße", brüllte er.

"Scheiße", sagte Tim noch einmal, weil er den gewaltigen Strahl nicht mehr anhalten konnte. Seine Jeans hatte jetzt tausend kleine Urinflecke, die man wie einen nassen Kreis links und rechts des Reißverschlusses sehen konnte. Als er die letzten Tropfen abschüttelte, stellte sich ein vertrocknet aussehender Alter neben ihn. Im Augenwinkel sah er, dass die ständige Sonne dem Mann Haut wie Leder und Falten wie kleine Narben ins Gesicht gebrannt hatte.

"Da kannst du noch so viel klopfen, in die Hose geht immer der letzte Tropfen", sagte der Mann zu Tim und begann sich an dem, was er aus der Hose herausgeholt hatte, zu spielen. Den Blick auf das gerichtet, was Tim in seiner Hand hielt, wurden die Handbewegungen des Mannes immer schneller. Tim steckte weg, was er eben noch abtropfen ließ, und machte sich aus dem Staube. Im Rausgehen schloss er den Reißverschluss und fühlte die feuchten Flecke auf seiner Jeans. Ohne sich umzudrehen und an das neue Muster seiner Hose zu denken, eilte er ins Cafe zu Paps zurück. Verschreckt und außer Puste setzte er sich sofort wieder auf seinen Platz.

"Ist was passiert?", fragte Paps, als er seinen verwirrten Sohn ansah.

Nein, von dem Alten würde Tim nicht erzählen. Er hoffte nur, er würde ihn nie wieder sehn.

"Stell dir vor, Paps."

Tim stand auf und deutete auf die Bescherung auf seinen Jeans.

"Oh Gott." Paps versuchte Tim zu trösten, der mit rotem und gesenktem Kopf sich wieder seiner Schokolade widmete, die inzwischen kalt geworden war.

“Wir wollten doch so und so mal gucken, ob wir für dich noch eine neue Hose kriegen. Dann machen wir das eben heute gleich.”
“Paps, für heute bin ich eigentlich bedient. Können wir nicht ins Hotel zurück?”

Der Ober am Eingang des Speisesaals wies Tim und Paps ihren Tisch zum Abendessen zu. Es war ein Tisch direkt am Fenster mit Blick auf den großen Garten des Hotels, dahinter lag der Pool, oder besser gesagt ein Pool mit insgesamt drei Becken, daneben das Fitnesscenter mit Sauna, einer Spielhölle, einem Friseur und einigen Geschäften. Und ging man noch ein paar Schritte weiter, erreichte man den Tennisplatz.
“Spielen wir auch mal Tennis?”, fragte Tim.
“Klar, warum nicht. Wenn du unbedingt verlieren willst.”
“Ich. Pah. Ich werd’ dir schon zeigen, was ’ne Harke ist.”
“Na, na. Nimm den Mund mal nicht so voll.”
“Warts ab, Paps. Das wird eine schreckliche Niederlage für dich.”
“Wo willst du sitzen?”
Tim wusste nicht, ob Paps vom Thema ablenken wollte oder ob die Frage wirklich wichtig war. Tim entschied sich so, dass er unmittelbar am Fenster saß und schräg nach draußen gucken konnte. Paps nahm den Platz daneben. Gedeckt war für vier Personen. Tim wunderte sich, freute sich aber auf das Essen, das es ihm schon gestern sehr angetan hatte. Als der Ober nach den Getränken fragte, räumte er die anderen beiden Plätze nicht ab. Tim bestellte eine Cola, Paps ein Bier.
Das Büfett war riesig in Tims Augen. Vier warme Essen standen da. Nudeln, Pizza, irgendwas mit Fisch und Fleischklops in Tomatensoße. Dazu gab es zwei Gemüsesorten. Tim nahm den Broccoli, der wohl noch am besten zur Tomatensoße passte. An den Platten mit Wurst und Käse ging er achtlos vorbei. Aber beim Gurkensalat blieb er stehen und füllte sich noch einen Löffel dazu. Schon lockte auch das Büfett mit den Desserts. Weintrauben, Bananen, Puddings, Eis und was da noch alles stand. Tim lief das Wasser im Mund zusammen, als er seinen Teller auf den Tisch stellte.

“Guten Appetit, mein Sohn”, sagte Paps.
“Guten Abend. Sie gestatten”, sagte eine Stimme und unterbrach die beiden. Sie gehörte der Frau, die Paps gerade ihre Hand entgegen streckte.
“Mein Name ist Kasch. Irene Kasch. Das ist mein Sohn Leon”, tönte die Stimme.
Die Frau gab erst Paps die Hand und dann Tim. Paps stand auf.
“Angenehm”, antwortete er.
“Tobias König.”
Tim stand nicht auf, als die Frau ihm die Hand gab. Er blieb sitzen und fing sich diesen Hast-du-deine-Kinderstube-vergessen-Blick von Paps ein. Leon streckte ihm seine Hand entgegen. Das ganze Gesicht des Jungen lächelte, die blaugrünen Augen leuchteten. Leon freute sich, einen so gut wie Gleichaltrigen getroffen zu haben. Tim freute sich auch, konnte es aber nicht zeigen.
“Hi, ich bin Leon.”
“Tim.” Nur das eine Wort brachte er über die Lippen als der Typ mit dem kurzen blonden Haar und dem glitzernden Ring im Ohr sich artig vorgestellte hatte. Dann erklang wieder die Stimme der Frau.
“Wir haben auch diesen Tisch, hat uns der Ober gesagt. Ich hoffe, es ist Ihnen nicht unrecht und wir stören nicht.”
“Nein, wieso denn. Nehmen Sie doch bitte Platz”, sagte Paps und setzte sich wieder.
Tim saß Leon nun genau gegenüber. Sein Blick klebte jedoch auf seinem Teller fest. Er spürte, wie Leon ihn anstarrte.
Der Ober trat an den Tisch und erkundigte sich nach Wünschen. Irene Kasch bestellte einen trockenen Rotwein, Leon verlangte eine Cola, bekam aber eine Abfuhr.
“Cola ist ungesund, Leon. Da waren wir uns doch einig. Bringen Sie ihm einen Orangensaft”, wies Leons Mutter den Kellner an und wand sich dann wieder Paps zu.
“Sie sind nur zu zweit hier?”
“Ja.”
Eine Frage, die Paps schon oft genervt hatte. Das wusste Tim. Sie hatten sich einmal darüber unterhalten. Alleinerziehende Väter wurden heute manchmal betrachtet wie früher zur Schau

gestellte Zwerge oder Schlangenmenschen auf den Volksfesten. Doch Paps rang sich zu einer Erklärung durch.
“Ich bin Witwer.”
“Oh, das tut mir leid. Das konnte ich nicht wissen. Sonst hätte ich gar nicht erst gefragt.”
Irene Kasch zeigte Betroffenheit und doch war ihr anzusehen, wie gerne sie jetzt weitere Fragen gestellt hätte. Sie verkniff sich jedoch jede weitere Anspielung.
“Schon gut. Es ist schon lange her. Tim war vier als seine Mutter an Leukämie starb. Sie war gerade Fünfundzwanzig.”
Paps legte das Besteck aus der Hand und sah zu Tim herüber. Auch Leon und seine Mutter blickten zu Tim. Der hatte nach wie vor nur Augen für seinen Teller. Er schob sich gerade ein Röschen Broccoli in den Mund, als Leons Mutter ihm über die Haare streichelte.
“Armes Kind”, sagte sie zu Tim.
Das hätte sie sich sparen können. Doofe Pute, dachte Tim und zog den Kopf so schnell wie möglich weg. Da spürte er einen Tritt auf seinen Fuß. Fragend blickte er auf. Sofort traf ihn Leons Blick. Der zwinkerte ihm zu. Sollte wohl heißen, hör' einfach weg. Tim spürte, wie sein rechtes Auge wieder feucht werden wollte. Schnell wischte er mit dem Finger drüber und hielt dann Leons Blick weiter stand. Der lächelte ihn an, sagte aber nichts. Aber es tat trotzdem gut, spürte Tim.
Die doofe Pute erzählte dann von sich und ihrem Sohn. Sie sei Ärztin und lebe in Berlin. Das sei ein ganz harter Job. Immer diese vielen Bereitschaften. Und was sie alles auf der Unfallstation erlebt habe, ein ganzes Buch könne sie davon schreiben. Aber bei Gelegenheit könne sie gerne mal davon erzählen. Zum Abendessen passe dieses Thema allerdings weniger. Stolz sei sie auf ihren Sohn. Er bringe gute Leistungen in der Schule und spiele hervorragend Klavier.
“Leon geht auf das Gymnasium und will auch mal Arzt werden.”
“Vielleicht, Mama, vielleicht”, warf Leon vorsichtig ein.
“Na ja. Noch hat er ja auch ein paar Jahre Zeit.”

“Ich hab’ Hunger”, stellte Leon klar, dem es gar nicht passte, das nun er zum Gegenstand der Konversation bei Tisch auserkoren war.
“Kommst du mit, Tim?”
Tims Teller war zum ersten Mal leer an diesem Abend. Sie standen beide auf und gingen zum Büfett. Ihre Eltern blieben sitzen und erzählten weiter. Irene Kasch vor allem.
“Schmeckt Klasse”, sagte Tim und zeigte auf die Tomatensoße mit den Klößen, als sie daran vorbeigingen. Leon knallte sich den Teller mit Gemüse voll und dazu ein paar Nudeln. Von dem Fleischklops nahm er nur einen einzigen. Dann schob er sich ein Stück Pizza zwischen die Zähne.
“Mein Lieblingsessen”, erklärte er zwischen Links- und Rechtskauen.
“Warum nimmst du dir dann nicht noch ein paar Stückchen mit an den Tisch?”
“Dann folgt gleich die nächste Moralpredigt von wegen gesund und so. Muss ich nicht haben. Das mit der Cola war schon krass genug. Ich dachte, sie reißt sich wenigstens mal zusammen, wenn andere mit am Tisch sitzen. Aber Pustekuchen.”
Tims Teller war ein zweites Mal gefüllt mit Broccoli und Tomatensoße. Als er mit Leon an den Tisch zurückkehrte, standen die Eltern auf und gingen Richtung Büfett, ohne ihre Unterhaltung zu unterbrechen. Die bestand in wesentlichen Teilen daraus, dass Irene Kasch erzählte und Tobias König zuhörte und mehrmals zustimmend nickte.
“Guten Appetit, ihr zwei”, sagte Leons Mutter im Weggehen.
“Wie lange seid ihr schon hier?”, wollte Leon wissen.
“Wir sind gestern gekommen. Und ihr, heute?”
“Ja. Mama musste gestern noch arbeiten. Sie ist Ärztin. Und ich hatte schon Bammel, wir fahren gar nicht.”
“Fahrt ihr oft in Urlaub?”
“Ja, ein, zwei Mal im Jahr.”
“Und wohin?”
“Eigentlich überall. Vorigen Sommer waren wir auf Mallorca und Weihnachten auf Teneriffa.”
“Toll. Wir waren seit zwei Jahren nicht mehr in Urlaub.”
“Was macht dein Alter denn?”

“Der ist Journalist. Bei ’ner Zeitung.”
“Aber dann verdient er doch bestimmt auch gut.”
“Glaub’schon. Aber er hat nie Zeit. Jedenfalls nicht zum Wegfahren.”
“Wieso?”
“Genau weiß ich das auch nicht. Aber einmal ist Fußball-WM. Einmal ist einer krank. Dann muss er den Chef vertreten. Eigentlich ist immer was.”
“Ja so ähnlich geht’s meiner Mama auch. Aber wenn Urlaub ist, ist Urlaub. Das hat bisher immer geklappt. Nur diesmal war’s wohl ganz schön eng.”
Die Eltern kamen vom Büfett zurück und waren immer noch in einen offenbar sehr unterhaltsamen Plausch vertieft.
“Na, euch schmeckt’s wohl”, sagte Leons Mutter.
“Klar, Mama, wir holen uns jetzt noch was Schönes.”
“Aber nicht so viel Süßes, Leon.”
“Nein, Mama.”
Tim musste grinsen.
“Lach nur. Das wird dir schon noch vergehen”, erklärte Leon verschwörerisch.
“Wie meinst du das?”
“Wirst du sehen. Wollen wir nachher baden gehen?”
“Klar. Ich war heut’ noch gar nicht. Wir waren fast den ganzen Tag Bummeln und Shoppen.”
Verträumt blieb Tims Blick an Leon hängen, als der sich im Stehen einen Pudding reinpfiff.
“Was guckste denn so?”
“Dein Ohrring fetzt. War der teuer?”
“Hab’ ich geschenkt gekriegt. Weiß nich.”
“Ich wollte Paps heute überreden, mir einen zu kaufen. Aber er will nich.”
“Und warum?”
“Keine Ahnung. Hat deine Mutter nicht rumgezickt?”
“Schon. Aber es war ein Geschenk von einem Freund zum Geburtstag. Und wir haben ihn gleich reinmachen lassen.”
“Tut das weh?”
“Bisschen schon. Aber nicht doll. Wo würdest du ihn denn reinmachen. Links oder Rechts?”

“Wieso?”
“Nur so.”
Leon füllte seinen Teller mit Obst. Eine Banane, eine Kiwi, jede Menge Trauben und dazu eine Kugel Schokoeis.
“Die wird wohl durchgehn”, sagte er zu Tim, der zwei kleine Pfannkuchen und eine Banane vorzog.
Als sie ihr Dessert am Tisch verspeisten, unterhielten sich die Eltern gerade über ihre Jobs. Wie wichtig die seien. Tim und Leon guckten sich an und zogen fast gleichzeitig die Stirn in Falten. Als sie fertig waren, fragte Tim:
“Paps, wir gehen dann schon mal. Wir warten draußen.”
“Okay”, sagte Paps nur.
“Aber rennt nicht weg. Nicht, dass wir Euch suchen müssen”, fügte Leons Mutter hinzu.

“Spielst du Billard?”, wollte Leon wissen, als sie sich der Sportecke näherten.
“Geht so”, meinte Tim.
“Dann lass uns mal ’ne Partie machen.”
Tim verlor das erste Match. Er hatte fast noch die Hälfte der Halben auf dem Tisch, als Leon die Schwarze einlochte.
“Eins zu Null”, jubelte Leon.
“Komm, Revanche.”
Tim hatte Leons Ärmel vom Shirt in der Hand und zog den etwas Kleineren zum Taifun. Tim holte einen Euro aus der Tasche und warf die Scheibe auf die Platte.
“So Alter, jetzt mach’ dich fit”, rief er Leon zu, der gerade seinen ersten Treffer kassierte.
Das Spiel wogte hin und her. Die erste Partie gewann Tim knapp, die zweite Leon, die dritte wieder Tim. Dann war sein Taschengeld alle.
“Hast du noch Geld bei?”, fragte Tim.
“Ne, da sitzt Mama drauf.”
“Na gut, dann spielen wir morgen weiter.”
“Lass uns baden gehen.”
“Aber wir sollen doch warten.”
“Wir holen die Sachen und sagen Bescheid.”

“Quatsch. Wir sagen erst Bescheid, dass wir zum Strand gehen. Sonst wollen die vielleicht noch mit. Oder haben was dagegen.”
“Okay. Du gehst.”
“Wieso ich?”
“Is’ besser, glaub’mir.”
“Na gut.”
Tim stiefelte zurück in den Speisesaal. Paps und Leons Mutter stießen gerade ihre mit Rotwein gefüllten Gläser aneinander. Es klang, als wolle jemand zum Toast anheben. Mit den Händen erklärte Paps dann irgendwas. Tim traute sich nicht, ihn zu unterbrechen. Das könnte schief gehen. Er wartete bis Paps ihn endlich anblickte:
“Was ist los, mein Sohn?”
“Ich wollte bloß Bescheid sagen. Wir gehen ein bisschen an den Strand.”
“Ihr geht an den Strand? Soso. Na denn los.”
Paps lachte und schlug seinem Sohn die Hand auf den Hintern. Aber so, dass es nicht wehtat. Dann hakte Leons Mutter nach:
“Was wollt ihr denn am Strand? Es ist doch schon fast neun. Gleich wird es dunkel. Ich finde die Idee gar nicht gut. Bleibt doch lieber im Hotel.”
“Och nö. Bisschen bummeln und gucken. Mehr nich”, erklärte Tim.
“Aber Leon soll nicht ins Wasser gehen. Dazu ist es schon zu spät und zu kalt.”
“Sag’ ich ihm.”
“Und nehmt Euch einen Pullover mit.”
“Machen wir”, schrie Tim im Weglaufen.
Leon wartete schon.
“Alles klar”, sagte Tim. “Aber du sollst nicht baden gehen. Dazu ist es schon zu spät und zu kalt.”
“Ich hab’s geahnt.”
“Der Kleine könnte sich ja verkühlen oder was wegholen.”
“Hat sie das gesagt?”
“Nein, das sage ich.”
“Mach’ dich ruhig lustig.”
Leon boxte Tim kräftig auf den Oberarm.
“Aua. Tickst du nicht.”

“Sieh zu. Wir gehen jetzt an den Strand.”
“Ohne Sachen?”
“Ja, ohne.”
“Und baden?”
“Können wir auch ohne.”
Leon und Tim trotteten los und teilten bis zum Strand noch so manchen Boxhieb aus. Tim versuchte es öfter mal mit Beinhakeln und fing sich jedes Mal einen Schwinger ein, wenn Leon sein Gleichgewicht wiedergefunden hatte. Die Sonne ging unter und schnell wurde es dunkel. Dann erst erreichten sie den Strand, zogen die Schuhe aus, krempelten die Hosen hoch und gingen am Meer entlang in Richtung Promenade. Von dort klangen Musik und bierselige Laute in Hülle und Fülle herüber und überlagerten sich zu einem einzigen Gewirr aus Stimmen und Rhythmen. Schritt für Schritt umspülte das brausende Meerwasser ihre Zehen, Füße und Unterschenkel. Auch der umgekrempelte Umschlag der Jeans blieb von den an Land schwappenden kleinen Wellen nicht verschont. Wenn einer auf eine besonders scharfe Muschel trat, rief er leise aber unüberhörbar: “Aua!” Der andere ergriff ihn dann an der Hand und zog ihn zu sich. Sie unterhielten sich über Gott und die Welt, die Schule natürlich, die Lehrer, ihre Eltern und irgendwann musste dann zwangsläufig das Thema Mädchen folgen. Leon fing damit an.
“Hast du eine Freundin?”
“Nein, warum willst du das wissen?”
“Interessiert mich einfach.”
“Hast du denn eine?”
“Nein, auch nich. Oder viele. Na, ick weeß nich. Ne, so richtig nich.”
Leon fing an zu berlinern und setzte nach:
“Möchteste ’ne Freundin haben?”
“Weiß nich. Aber weißte was ich gerne mal wissen würde?”
“Nee. Aber dit sagste mir doch gleich, oder?”
“Behältst du’s für dich?”
“Klaro. Ehrenwort, Mann.”
“Wie das ist, wenn man küsst. Das würde ich gerne mal wissen.”
“Wirklich?”

"Ja. Fast alle knutschen bei uns auf dem Schulhof mit irgendwem rum. Ich weiß nicht, was daran so toll sein soll?"
"Es is' toll. Es is' genial. Du vergisst alles."
"Woher weißt du das? Ich denk', du hast keine Freundin?"
"Ick weeß es. Kannste globen."
Leon zog Tim zu sich heran. Sie standen sich gegenüber. Leon hielt Tim an beiden Händen fest. Er streckte seinen Kopf nach oben und versuchte Tim etwas herunterzuziehen, damit ihre Köpfe in gleiche Höhe kamen. Leon presste seinen Lippen gegen Tims Mund, der erschrocken zurückwich. Er löste sich so abrupt von Leon, dass er das Gleichgewicht verlor und auf den Hintern fiel, der vom Wasser des Meeres umspült wurde. Eine Welle schlug gegen seinen Rücken. Das T-Shirt war nun auch nass.
"Bist du bescheuert", brüllte Tim wütend.
Leon streckte ihm beide Arme entgegen, um ihn hochzuziehen. Tim wusste nicht, ob er sie nehmen sollte. Dann griff Leon einfach zu, zog ihn hoch.
"Du bist bescheuert", sagte Tim vorwurfsvoll, "du tickst nicht richtig."
"Das war doch nur Spaß."
Das klang nach Rechtfertigung und Beschwichtigung. Leon wollte die Sache herunterspielen. Das Experiment war offenbar gründlich daneben gegangen.
Ein Mailfreund aus dem Internet hatte Leon mal den Rat gegeben:
"Wenn du es genau wissen willst, frag' den Typ immer wieder nach einer Freundin. Und wenn du es ganz genau wissen willst, küsse ihn einfach. Aber leg' dir eine gute Ausrede zu Recht, wenn es schief geht."
Es war wohl schief gegangen, fand Leon.
"Lass uns zurückgehen zum Hotel. Wir können ja morgen baden."
"Denkst du, ich hab' jetzt noch Bock zum Baden?"
"Hätt' ja sein können. Nu zick bloß nich so rum. Lass uns gehn."
"Leon, der nich ticken tût. Und dabei fand ich ihn so gut."
Tim hatte den Reim halblaut vor sich her gesagt. Als Leon seine Hand greifen wollte, wurde er wieder schroff: "Lass es, Alter."

Ohne Worte gingen sie zum Hotel zurück. Immer wieder versuchte Leon, Tims Hand zu nehmen. Erfolglos. Leon wusste, er würde heute wieder lange wach liegen, bevor er einschlafen konnte. Tim wusste nicht, wie er Paps das Malheur erklären sollte. Damit war auch seine zweite Jeans außer Gefecht. Morgen würde also Shortstag sein. Hauptsache Paps nahm es nicht allzu verbissen. Tim hatte gerade mehr Gefallen an diesem Urlaub gefunden, als er gehofft hatte. Mal abgesehen von dem Ohrring. Er schaute auf Leon, dessen Ring im Takt des Ohrläppchens wackelte. Cool, dachte Tim:
Nach dem Geburtstag mach' ich's. Auch ohne Erlaubnis.

"Guten Morgen", sagte Paps. "Dürfen wir uns dazusetzen?"
"Gerne. Guten Morgen", sagte Leons Mutter und schaute Paps freudestrahlend an. Auch Leon ließ vom Frühstück ab und streckte Tim die Hand entgegen. Tim senkte den Blick zu Boden und gab erst der Mutter, dann Leon die Hand. Tim und Leon saßen sich wieder gegenüber. Wie jeden Morgen gab es Marmelade und Eier in allen Variationen. Nur das Rührei konnte man schlecht genießen. Alles andere mundete schon. Paps brachte vier frischgepresste Kiwi-Säfte mit an den Tisch.
"Die Eierkuchen sind genial", sagte Leon zu Tim.
Tim aß sein Marmeladenbrötchen, ohne aufzusehen.
"Was machen Sie heute, wenn ich fragen darf?", fragte Leons Mutter Paps.
"Wir wollen in den Aquapark", antwortete Paps und lächelte Leons Mutter an.
"Haben sie Lust mitzukommen?"
"Schon. Aber ich habe um elf einen Massagetermin. Wissen Sie, ich muss die Zeit hier sinnvoll nutzen. Zuhause habe ich selten die Chance, mal etwas für mich zu tun. Die Arbeit. Na, Sie kennen das ja. Und dann der Haushalt. Aber gut, auch dass ist für Sie ja nichts Besonderes."
"Ich sollte mir auch mal wieder was gönnen. Dann warten wir eben bis sie fertig sind."
"Nein. Das wäre doch Zeitverschwendung. Wir können ja nachkommen."

“Ich kann ja mit Tim und seinem Vater schon vorfahren. Und du kommst nach”, warf Leon ein.
“Kein Problem”, meinte Paps.
Tim schwieg zu alledem und aß weiter, ohne Anteilnahme zu zeigen.
“Oder Tim?”
Tim nickte, ohne aufzublicken.
“Du bist so schweigsam heute Morgen …”. Paps schaute seinen Sohn an. Tim hatte das Gefühl, er würde rot anlaufen. Plötzlich fummelte etwas zwischen seinen Beinen rum. Tim packte den Stuhl bei den Lehnen und setzte ihn ruckartig zurück. Im Augenwinkel sah er noch, wie Leon seinen Fuß zurückzog. Da fiel Tims Glas mit dem Kiwisaft um und die grüne Brühe lief über den Tisch und auf den Fußboden. Tim hatte sich so heftig erhoben, dass er mit dem Knie an den Tisch gestoßen war. Leon lachte. Tim hatte das Gefühl, sein Gesicht würde explodieren. Es musste feuerrot sein. Da stand schon ein Kellner am Tisch.
“No Problem”, sagte er, wischte den grünen Saft von Tisch und Boden, faltete ein kleines Tischtuch und legte es über die saftgetränkte Seite des Tisches.
“Was ist denn los mit dir?”, wollte Paps von Tim wissen.
“Nichts. Da war ’ne Spinne oder so was an meinem Bein. Ich hab’ mich erschrocken.”
Leon lachte.
“Ich weiß nicht, was es da zu lachen gibt.” Leons Mutter blickte ihren Sohn vorwurfsvoll an. “Ich glaube, es ist besser, du wartest bis ich mit der Massage fertig bin. Dann fahren wir nach.”
“Ach was. Leon kann gleich mit uns mitkommen. Du hast doch Lust, oder?”, fragte Paps.
“Klar. Gerne”, antwortete Leon.
“Du bist doch einverstanden, Tim?”, wollte Paps wissen.
“Mir egal.”
“Sag’ mal, ist dir ’ne Laus über die Leber gelaufen?” Paps Tonfall wurde ungewöhnlich hart. Tim hatte das Gefühl, etwas sagen zu müssen, wollte er nicht allen den Tag verderben. Aber er wusste nicht mal, wozu er heute eigentlich Lust hatte. Dabei freute er sich schon seit Tagen auf den Aquapark mit den großen Rutschen.

“Es ist ... ich hab’ nur schlecht geschlafen. Du hast wieder mal ganz schön geschnarcht.” Tim schaute Paps an.
“Quatsch, ich schnarch’ doch nicht. Das müsste ich doch wissen.”
“Du weißt es.”
“Ich hab’ hervorragend geschlafen”, unterbrach Leon den Disput und schaute zu Tim. Er erwiderte zum ersten Mal an diesem Morgen Leons Blick. Und ein kleines Lächeln war in seinem Gesicht nicht zu übersehen.
Leon hatte natürlich gelogen. Lange lag er noch wach und wartete vergebens, dass der Schlaf kam. Seine Mutter amüsierte sich längst im siebenten Himmel, als Leon sich immer wieder von einer Seite auf die andere drehte. Tausende Dinge gingen ihm im Kopf herum. Die meisten verweilten nur die Dauer eines Augenblicks, waren aber so schmerzhaft, als hätte ein Blitz sich durch seinen Kopf einen Weg gesucht. Seit einem Jahr litt Leon darunter und er wusste sich nicht zu helfen. Manchmal wachte er nachts schweißgebadet auf, manchmal hatte er wilde Träume, ein anderes Mal waren sie wunderschön. Aber das war selten.
“Aber gewühlt hast du wieder, als hättest du Fieber. Ich bin wohl mindestens fünfmal aufgewacht”, sagte Leons Mutter. “Ich glaube, Leon leidet an Schlafstörungen. Ich wollte schon immer mal mit ihm zu einem Arzt. Aber er will nicht.”
“Wozu auch. Das bringt ja doch nichts”, meinte Leon und schaute seine Mutter vorwurfsvoll an. “Und wenn du damit ein Problem hast, kann ich ja heute bei Tim schlafen.”
“Das geht nicht.” Tims Worte kamen wie aus der Pistole geschossen. “Wir haben nur zwei Betten”, fügte er hinzu.
“Das kommt so und so nicht in Frage”, erklärte Leons Mutter.
“Und wie so nicht?”, wollte ihr Sohn wissen.
“Weil du in dein Bett gehörst. So. Basta.” Dann schaute sie auf ihre Uhr.
“Oh, es ist schon halb elf. Ich muss gleich zur Massage.”
“Sollen wir Leon nun mitnehmen?”, wollte Paps wissen.
“Ja”, antwortete Tim und kam Leons Mutter zuvor.
“Na gut. Ich komme dann nach. So gegen eins.”
Irene Kasch stand auf und wandte sich ab, drehte sich aber noch einmal um: “Leon, benimm dich bitte, dass mir keine Klagen

kommen. Hier sind noch zwanzig Euro, die dürften reichen, oder?"
"Danke, Mama."
"Na denn los, Jungs, auf in den Park", rief Paps.

"Auf die Plätze, fertig, los", brüllte Leon. Dann paddelte er dreimal wie es die Rodler bei Olympia tun, schmiss sich auf den Rücken und die Rutschpartie begann. Tim paddelte nicht. Er war trotzdem schneller. Vielleicht, weil er schwerer war als Leon. Tim rutschte im Sitzen. Als es das erste Mal fast im rechten Winkel nach unten ging, hob Tim ab. Er schlug hart wieder auf der Rutsche auf. Die Hüfte tat weh, der Hintern auch. Tim hatte keine Zeit, darüber nachzudenken. Es ging rasend schnell nach unten. Wieder hob er ab und schlug auf dem wasserbenetzten Plastikkanal auf. Als er im Wasserbecken landete, brannte ihm alles im Schritt. Tim krümmte sich vor Schmerzen.
Leon umfasste seine Hüften und rief: "Geil!" Erst dann sah er, wie Tim litt und das Gesicht verzog.
"Was hast du?"
"Mir tut alles weh."
"Wieso?"
"Ich weiß nicht."
"Komm, wir gehen zu deinem Paps."
"Ich kann nicht."
Die nächsten Rutscher schlugen im Wasser auf. Einer hätte Tim und Leon fast umgerissen. Leon nahm Tim an die Hand und führte ihn aus dem Wasser. Tim griff sich in die Badehose. Es brannte wie Feuer.
"Darf ich auch mal?", fragte Leon.
"Blödmann. Hast du nichts weiter im Kopf?" Tim lächelte zum ersten Mal wieder. Ein wenig allerdings nur.
"Ein schönes Gefühl, wenn der Schmerz nachlässt", sagte Leon.
"Blödmann", antwortete Tim und ließ sich von Leon stützen.
Paps sah den beiden entgegen.
"Du gehst so komisch. Ist was passiert?", wollte er von Tim wissen.
"Er hat sich gestoßen", antwortete Leon.
"Wo?"

Tim zog die Badehose am linken Bein halb herunter.
“Hier.” Er zeigte Paps die Hüfte und ein Stück vom Hintern.
Dort waren zwei große Schrammen.
Leons Blick blieb unterhalb Tims Bauchnabel haften. Er griff sich in die Badehose. Und erst als er den Blick von Tim und Paps bemerkte, wandte er sich erschrocken ab und gab seiner Hand wieder die Freiheit. Leon legte sich mit dem Bauch auf sein Handtuch. Die Sonne schien vierzig Pfund. Es war einer von den schönen Tagen auf Gran Canaria. Auch Tim legte sich auf sein Handtuch, aber auf den Rücken. Der Schmerz ließ ganz langsam nach.
Paps las wieder in seinem Buch. Und Leon rückte mit seinem Handtuch näher zu Tim heran. Er riss einen Grashalm aus dem Rasen und begann Tims Bauch zu kitzeln. Tim juchzte. Aber jedesmal spürte er auch den Schmerz an der Hüfte und im Schritt. Doch es wurde Zeit, sich auf den Bauch zu legen. Er stützte sich auf die Handflächen und drehte sich um. “Aua”, rief Tim und legte sich ganz behutsam auf den Bauch.
“Was ist?”, fragte Paps wieder.
“Es tut immer noch schweineweh.”
Als Paps sich weiter in sein Buch vertiefte, nahm Leon wieder den Grashalm und kitzelte Tims Rücken. Tim zuckte zusammen, schob seine Hüfte einmal nach links, einmal nach rechts, stöhnte bei jeder Bewegung. Es tat immer noch weh. Aber es war auch schön. Tim wusste nicht, was ihm lieber wäre. Sollte er Leon sagen, dass er aufhört, damit der Schmerz nachlässt. Oder sollte er den Schmerz in Kauf nehmen. Tim streckte seinen Hintern nach oben. Er griff sich in die Badehose und ordnete, was zu ordnen war. Leon schlug ihm mit der flachen Hand auf den Hintern. Es klatschte laut. Paps schüttelte den Kopf.
“Blödmann”, sagte Tim und legte sich wieder hin. Leon kitzelte ihn weiter. Nun mit den Fingern. Den Grashalm hatte er weggeworfen.
“Wünscht du dir manchmal eigentlich eine neue Mutter?”, fragte Leon wie aus dem nichts.
Tim überlegte: “Weiß nicht. Manchmal schon, denk’ ich.”
“Ich hätte gerne wieder einen Vater. Ich seh’ meinen zwei, drei mal im Jahr. Das is’ aber immer wie zu Besuch.”

“Wo wohnt er denn?”
“Noch in Greifswald. Er zieht jetzt aber um nach Heringsdorf. In die Kaiserbäder, sagt er.”
“Bist du nicht glücklich mit deiner Mama?”
“Ja, doch. Aber seit einem Jahr gibt es immer wieder Zoff. Mal mehr, mal weniger.”
“Das ist fast so wie bei uns auch. Paps kann manchmal ganz schön nerven. Hast du dein Taschentuch eingesteckt, zeig’ die Hausaufgaben her, ist der Mülleimer leer, na und immer so weiter.”
“Bei mir isses noch schlimmer. Nimm keinen mit in die Wohnung, spiele nicht so viel am PC, übe mehr Klavier, geh’ um neun ins Bett, Lesen ist besser als Fernsehen und Computer ...”
“Liest du denn gerne?”
“Es geht. Kommt immer drauf an.”
“Wir hatten grade in der Schule Romeo und Julia vom Dorfe. Das war ein Scheiß.”
“Is’ das ’ne Liebesgeschichte?”
“So in etwa. Zwei Bauern streiten sich. Is’ weit vor unserer Zeit. Doch die Kinder lieben sich. Dürfen das aber nich. Und deshalb nehmen sie sich das Leben.”
“Wieso dürfen die nich? Waren das zwei Jungs, die schwul waren?”
“Quatsch, der eine hatte ’ne Tochter, der andere ’nen Sohn. Aber die Bauern waren eben zerstritten. Sie hassten sich. Hätt’ Paps mir nich geholfen, hätt’ ich das gar nich hingekriegt.”
“Wir hatten gerade Rolltreppe abwärts. War gar nich übel.”
“Wieso?”
“Es geht um einen Jungen, der von seiner Mutter ziemlich vernachlässigt wird und seinen Vater gar nicht kennt. Irgendwann trifft er einen anderen Jungen, der so ungefähr in seinem Alter ist. Zusammen machen sie dann viel Blödsinn. Und Jochen, so heißt er, glaub’ ich, wird einmal dabei erwischt, wie er einen CD-Player oder so was in einem Kaufhaus klaut. Nach ein paar weiteren Diebstählen steckt ihn seine Mutter dann in ein Heim für schwererziehbare Kinder. Jochen kommt da überhaupt nicht klar mit den Wärtern und den anderen Jungen und versucht

immer wieder rauszukommen. Irgendwann gelingt es ihm und er schläft von da an auf der Straße, was ihm besser bekommt als im Heim. Am Ende nimmt er auch noch Drogen."
"Und stirbt?"
"Nee, das Ende bleibt offen."
"Du erinnerst dich so gut an das Buch. Habt ihr das grade erst gelesen?"
"Nee, vor Weihnachten schon. Aber mir ging es auch schon mal so."
"Wie? Warst du im Heim oder hast du Drogen genommen?"
"Keins von beidem. Ich bin beim klauen erwischt worden."
"Beim klauen?", fragte Tim völlig erstaunt.
"Ja, vor einem Jahr."
"Und was haste geklaut?"
"Eine Tüte Haribo."
"Was?"
"Ja, 'ne Tüte Haribo im Supermarkt. Und die Typen haben gleich die Bullen gerufen. Und die haben mich nach Hause gebracht. Mama ist völlig ausgeflippt und hat mich verdroschen nach Strich und Faden."
"Wie kann man 'ne Tüte Haribo klauen und sich dabei noch erwischen lassen?"
"War 'ne Wette. Oder so was in der Art. Wir wollten bisschen Kick haben. Is' doch sonst nichts los. Ihr auf dem Dorf fahrt heimlich Moped oder schießt mit Luftgewehren rum oder so was. Das geht in Berlin nich."
"Auf'm Dorf. Du tickst doch nich. Neubrandenburg ist die drittgrößte Stadt in Meckpomm. Nix mit Dorf."
"Trotzdem Dorf, dann eben ein großes."
"Nu komm ma wieder runter, Leon."
"Is' doch aber so. Berlin is' manchmal zum Kotzen langweilig."
"Und du denkst, das is' bei uns besser?"
"Klar."
"Vergiss es."
"Ich hab' Lust zum Baden."
"Ich auch."
Langsam stand Tim auf, zog die Badehose wieder halb runter. Die Schrammen und Flecke würden wohl bald blau und dann

grün und gelb werden. Leons Blick blieb wieder am Bauchnabel hängen. Tim sah es und ließ den Gummi der Badehorts zurückschnappen, zog die Hose hoch und sagte: "Aber rutschen tu' ich nich. Scheiß Kamikazerutsche."
Sie gingen zum Schwimmbecken, planschten, tobten, so gut Tim konnte. Er vergaß darüber den Schmerz und beide die Zeit. Erst als Irene Kasch am Beckenrand auftauchte, kamen sie aus dem Wasser.
"Na sagt mal, Jungs, Herr König hat euch schon über eine Stunde lang nicht mehr gesehen. Ich hab' mir schon Sorgen gemacht. Es ist immerhin gleich zwei. Habt ihr denn gar keinen Hunger?"
"Doch Mama, einen Riesenhunger sogar", sagte Leon und küsste sie auf die Wange.

Auf dem Heimweg machten sie kurz Halt am Jumbo. Alle wollten noch etwas erledigen. Zuerst gingen sie gemeinsam eine Jeans für Tim kaufen. Ihm schwante Schlimmes. Doch es kam alles ganz anders. In der Herrenmode zeigte der junge Verkäufer Tim eine weiße Jeans der Marke Pierre Cardin. Tim zog sie an und fühlte sich sofort wohl darin.
"Die passt wie angegossen", erklärte Irene Kasch, nachdem sie Tim minutenlang von der Hüfte bis zu den Füßen befummelt hatte. Tim hatte schon darauf gelauert, dass sie ihm in den Schritt fassen würde. Aber dann würde er ... Das wusste er ganz genau. Nur was, das wusste er noch nicht. Doch sein Bammel war unbegründet. Leons Mutter tat es nicht.
"Die nehmen wir, Paps", strahlte Tim. Als Paps den Preis sah, strahlte er nicht mehr. Fast siebzig Euro hatte er eigentlich nicht ausgeben wollen. Aber er tat es. Dann war die Damenmode an der Reihe.
"Da müssen wir aber nicht mitkommen", protestierte Leon. Er hasste Einkäufe mit seiner Mutter. Die waren meist stinklangweilig und am Ende stritten sie sich, weil Leon keine Meinung hatte, nach Meinung seiner Mutter aber eine hätte haben müssen. Da klinkte er sich, wann immer möglich, lieber aus.
"Was habt ihr denn vor?"

“Wir gehen uns mal was angucken”, meinte Leon unbestimmt.
“Dann treffen wir uns in einer halben Stunde hier wieder. Aber macht keinen Unsinn, Jungs.”
Paps grübelte. Eine halbe Stunde in diesem Shop? Er ahnte nicht, dass diese Zeit kaum reichen würde. Es war zehn Jahre her, als er letztmalig mit einer Frau einkaufen war. Immer wieder probierte Irene Kasch einen neuen Fummel an, bis sie endlich fragte:
“Zu welchem Kleid würden Sie mir denn raten?”
“Ich vermute, Sie haben sich längst entschieden”, sagte Paps galant.
“Woher wissen Sie das?”, tat Leons Mutter erstaunt. “Ja, ich nehme das goldfarbene. Das gefällt mir am besten.”
“Eine gute Wahl. Sie haben Geschmack. Das hätte ich auch genommen.”
Irene Kasch war irritiert, bezahlte an der Kasse und ließ sich das Kleid einpacken.

Als Tim und Leon den Elektronikshop verließen, blieben sie vor den Auslagen eines Juweliers stehen. Tim gingen die Augen über. Der Schmuck war wunderschön. Die Preise erschreckten ihn.
“Warum willst du eigentlich unbedingt einen Ohrring?”, fragte Leon.
“Weil du einen hast, und Denis hat auch einen.” Das wollte Tim eigentlich gar nicht erzählen. Nun hatte er den Salat.
“Wer ist Denis?”
“Mit dem spiele ich zusammen Kabarett. Aber wir sind zerstritten.”
“Wieso das?”
“Sein Bruder hat mich mal Motherfucker genannt. Ich hab’ ihm eine geklebt, er hat mich verprügelt. Mein Vater hat ein Fass aufgemacht, ist zur Schule gerannt und sein Bruder hat einen Tadel gekriegt. Seit dem ist Sendepause.”
“War Denis dein Freund?”
“Mein einziger.”
“Ich muss aufs Klo”, sagte Leon, “kommst du mit?”

Tim hatte die Nase voll von Klos im Jumbo, außerdem musste er auch nicht und ließ Leon alleine gehen. Er schlenderte stattdessen weiter von Schaufenster zu Schaufenster, von Cafe zu Cafe, von Pub zu Pub. Dass er vielleicht besser mit Leon hätte mitgehen sollen, fiel Tim zu spät ein. Da musste Leon längst fertig sein. Doch er kam nicht. Tim begann das Center nach Leon abzusuchen, konnte ihn aber nirgends entdecken. Dann entschloss er sich zu dem Modegeschäft zurückzukehren, wo Paps und Leons Mutter warten müssten. Gang um Gang, Gasse um Gasse durchstreifte Tim. Doch das Geschäft konnte er nicht entdecken. Er verzweifelte langsam, die ersten Tränen spürte er, begannen sich zu sammeln. Er war wütend. Wo war Leon? Wo war dieses Scheißgeschäft? Als er zum fünften oder sechsten Mal am Cafe Wien vorbei kam, hatte Tim die Schnauze voll. Er setzte sich an den Tisch, wo er mit Paps Torte gegessen hatte. Er suchte seine Hosentaschen ab. Irgendwo mussten noch fünf Euro sein. Er fand sie und bestellte sich eine heiße Schokolade. Er wollte hier warten. Paps würde bestimmt hier vorbeikommen, wenn er nicht bei dem Modegeschäft sein würde. Außerdem musste schon viel mehr als eine halbe Stunde vergangen sein. Seine neue Adidasuhr hatte Tim allerdings im Rucksack, den Paps bei sich trug. Fast alle anderen Tische waren auch besetzt. Mindestens ein Dutzend Augenpaare hatten sich auf Tim gerichtet, als er sich alleine an den Tisch setzte. Nur wenige Paare machte Tim aus. An den meisten Tischen saßen nur Männer, die Tim neugierig musterten. Einige spielten sich mit den Zungen an den Lippen, andere mit den Fingern an den Ohren und Augenbrauen. Tim hielt ihrem Blick nicht stand und war froh, als die Kellnerin die Schokolade brachte. Er schlürfte sie gierig.

Leon konnte Tim nicht finden, als er vom Klo zurückkehrte. Er ging deshalb zum Modeladen, wo seine Mutter und Paps gleich fertig sein müssten. Leon wartete fünf Minuten. Dann kamen die beiden heraus. Seine Mutter hatte einen schwarzen Plastikbeutel in der Hand, der darauf hin deutete, dass sie sich wieder mal etwas gegönnt hatte. Es ist überhaupt kein Platz mehr in ihrem Kleiderschrank, dachte Leon. Aber eigentlich war ihm das egal.

“Wo ist Tim?”, fragte Paps.
“Ich war auf Klo. Und dann war er weg. Ich weiß auch nich.”
“Na, er wird ja gleich kommen. Wir warten noch einen Augenblick.”
Die Minuten verstrichen. Als Tim schon mehr als zehn Minuten überfällig war, beschlich Paps ein ungutes Gefühl.
“Wir sollten ihn suchen”, meinte er.
Leons Mutter blieb auf einer Bank unweit des Geschäfts sitzen. Für den Fall, dass Tim hier auftauchen würde, hatten sie abgemacht. Paps machte sich auf den Weg nach rechts, Leon begann auf der linken Seite zu suchen.

Tim schlürfte seine Schokolade. Paps würde schon kommen, beruhigte er sich. Die Männer an den Nebentischen beobachteten ihn immer noch neugierig. Die einen spielten sich immer noch mit der Zunge an den Lippen, die anderen mit den Fingern an den Augenbrauen und Ohren. Tim verkroch sich in seiner Schokolade. Dabei musste er an eines seiner schlimmsten Erlebnisse denken. Bei einem Besuch seiner Großeltern, es waren die Eltern seiner verstorbenen Mutter, war er beim Shopping in Rostock verloren gegangen. Obwohl die Wohnung seiner Großeltern nur zehn Minuten von der Kröpeliner Straße entfernt war, konnte er weder sie noch einen ihm vertrauten Menschen finden. Er war in Panik geraten, heulte wie ein Schlosshund. Damals nannte ihn Tante Ursula eine Heulsuse, weil er so nah am Wasser gebaut habe. Das spürte Tim auch heute wieder. In Rostock hatte er sich in ein Eiscafe gesetzt, bis er der Kellnerin aufgefallen war, die sich zu ihm setzte und ihn ausfragte. Dann rief sie die Großeltern an, die ihn völlig aufgelöst abholten und herzten. Nur Tante Ursula, die Schwester seiner Mutter, nahm ihn damals auf den Arm. Das hatte Tim ihr immer noch nicht verziehen. Obwohl es schon viele Jahre her war. Wie alt mochte er damals gewesen sein? Acht oder neun vielleicht, dachte Tim. Er war schon dabei sein Taschentuch zu suchen, weil er spürte, dass er nah am Wasser gebaut habe, als ihm jemand eine Hand auf die Schulter legte. Dann wurden ihm die Augen zu gehalten und Tim sprang in einem Ruck auf.

Erschrocken ließ Leon von ihm ab. Beide standen sich gegenüber und sahen sich in die Augen.
"Du Arsch", schrie Tim.
Die Kellnerin trat an den Tisch und fragte: "Gibt es hier ein Problem, Jungs?" Ihr Deutsch war nicht gebrochen, sondern glasklar, ihr Auftritt kam einem Rausschmiss gleich.
"Nein, ich wollte gerade zahlen", erklärte Tim. Dann gingen sie.
"Wir haben uns Sorgen gemacht, Tim."
"Wo ist Paps?"
"Der sucht Dich auch. Wir gehen jetzt zum Treffpunkt zurück."
"Aber lass mich nicht wieder alleine."
Leon verstand nur Bahnhof. Aber er nahm den Älteren an die Hand und zog ihn mit sich. Dutzende neugierige Augenpaare an den Nebentischen begleiteten ihren Abgang.
"Wo warst du denn, Timmi, wir haben uns schon Sorgen gemacht", begrüßte Leons Mutter die beiden am Treffpunkt.
"Wo ist Paps?"
"Tim hat in einem Cafe auf uns gewartet", erklärte Leon seiner Mutter, die Tim erklärte, dass Paps jeden Moment kommen müsse.
Schon von weitem sah Paps seinen Sohn winken. Ihm fiel ein Stein vom Herzen. Tim umschlang seinen Bauch, Paps streichelte Tims Haar.
"Es war wie damals in Rostock, Paps", sagte Tim und ließ von seinem Vater ab. Der strich ihm noch mal durch das Haar: "Es ist alles ok, Tim, alles ok."
Daraufhin schlug Paps vor, einen großen Eisbecher für alle ausgeben zu wollen: "Den bestellen wir aber auf der Poolterrasse im Hotel."

Am Abend bummelten die vier durch die Straßen von Playa de Ingles. Junge Männer und Frauen, zum Teil gerade mal den Kinderschuhen entwachsen, verteilten an jeder nur denkbaren Ecke Flyer, die in die zahlreichen Diskos, Pubs und Bars locken sollten. Tim und Leon hielten schon einen ganzen Packen davon in den Händen. Eine Streaptease-Show wurde angepriesen, ein Abend mit Live Musik mit den weltbekannten Maspalomas-Singers, ein Tanzabend mit den Love-Brothers, Happy-Hour war

fast in allen Lokalen zu den möglichsten und unmöglichsten Zeiten. Ins Auge fiel jedoch die Werbung für eine Travestieshow. Da weder Tim noch Leon so etwas kannten, konnten sie die Eltern animieren, sich das für eine Dreiviertelstunde, oder wie lange auch immer so eine Show gehen mochte, anzutun. Das Lokal war nicht schwer zu finden. Da sie rechtzeitig da waren, fanden sie sogar noch einen Vierertisch auf der Terrasse in der ersten Reihe. “LalüLala” hieß die Bar, wo um zweiundzwanzig Uhr die Travestieshow beginnen sollte. Der Ober brachte die bestellte Flasche spanischen Rotwein und zwei Coca-Cola. Irene Kasch hatte es aufgegeben, ihren Sohn für die Tage des Urlaubs von diesem Getränk oder anderen Nahrungsmitteln fernzuhalten, die die Gesundheit eines jeden Heranwachsenden irgendwann und irgendwie ernsthaft schädigen würden. “Das ist wie mit unserem Wein. Alles in Maßen kann nie schaden”, hatte Paps die Tage wie nebenbei fallen lassen, obwohl auch er kein Befürworter der Ernährung mit Coca und Pommes war, die es im Hause König auch nicht gab, es sei denn, es standen Familienfeiern an.
Die Terrasse füllte sich von Minute zu Minute immer mehr. Kurz vor zehn war kein einziger Tisch mehr unbesetzt. Und so ließen sich Mary und Bessy nicht lange bitten und begannen das Programm. Die meisten Titel, die die beiden darboten, kannten weder Tim noch Leon. Doch Paps und Leons Mutter schienen sich köstlich zu amüsieren.
“Was sind Transvestiten?”, flüsterte Tim Leon ins Ohr.
“Hä?”, setzte der einen ganz verdatterten Blick auf.
Als der Groschen fiel, beugte sich Leon zu Tims Ohr herüber: “Das sind keine Transvestiten, das sind Schwule”, erklärte Leon.
Da guckte Tim ungläubig und flüsterte nach einer Denkpause zurück: “Quatsch, guck doch hin, die haben doch gar kein, gar kein ...”
“Gar kein was?”
“Gar keinen Schwanz?”
“Wieso nich?”
“Siehst du einen?”
“Ne. Aber deshalb ist das trotzdem so. Kannste globen.”

Tim glaubte es nicht, auch nicht als Mary in langem weißen Kleid, das vorne einen Schlitz hatte vom Bauchnabel bis zur Erde, an ihren Tisch trat. Tim sah den weißen Slip darunter nur Zentimeter von sich entfernt. Doch konnte er nichts darin entdecken, nichts, dass darauf schließen ließ, dass Mary ein Mann war. Sie berührte erst Tim an der Wange, dann strich sie Leon durch das Haar, aber nicht so, wie es ein Vater bei seinem Sohn machen würde, sondern anders. Irgendwie, als geile sie oder er sich am Leons Bürstenhaarschnitt auf.
"Ohhhhhh, schöne junge Männer haben wir heute wieder hier", sagte Mary ins Mikrofon und warf Tim und Leon eine Kusshand zu. Dann ging sie zum Nebentisch und kuschelte mit einem älteren Herrn, der eine Brille trug. Sie verschlangen sich fast ineinander, weil der Herr mitspielte, aber dann plötzlich regelrecht erschrak. Ein lauter Knall unterbrach das schmusende Spektakel und Mary zog sich zurück, setzte einen ernsten und bösen Blick auf, der dem Herrn galt, dem sie eben noch fast am liebsten an die Hose gegangen wäre. So jedenfalls hatte es ausgesehen. Mary fasste sich in den Ausschnitt ihres weißen Kleides. Der BH war auf einer Seite platt. Sie zog einen geplatzten Luftballon heraus. Die Zuschauer lachten. Mary blickte noch einmal ernst und böse auf den Herrn und drohte ihm mit dem Zeigefinger. Dann ging sie zurück zur Bühne. Es knallte ein zweites Mal, platt auf beiden Seiten der Brust verbeugte sie sich vor ihrem Publikum, ging ab und überließ Bessy die nächste Nummer, die eine Putzfrau spielte und offenbar von irgendwelchen Typen angemacht wurde. Aber so ganz hinter den Sinn dieses Spiels, stiegen die Zuschauer wohl nicht. Denn der Applaus hielt sich im Vergleich zu den anderen Auftritten arg in Grenzen. So verging fast eine Stunde und sowohl Tim und Leon als auch alle anderen Zuschauer amüsierten sich größtenteils prächtig. Zum Finale zogen Mary und Bessy einen Schminktisch auf die Bühne und begannen sich zu verwandeln. Aus Mary wurde Marc und aus Bessy wurde Bert.
"Siehste, hab' ick doch jesagt", frohlockte Leon in Tims Ohr, der zurückblies: "Und die sind schwul?"
"Watt sonst, eh."

Mit tiefem Knicks und einem Diener hinterher, sagten sie ihrem Publikum ade, nicht ohne noch ein letztes Wort zu haben. Mary alias Marc nahm es: "Und die Moral von der Geschicht', meine Damen, meine Herren, ob Sie es glauben oder nicht, ob Sie sich öffnen oder sperren. Hören Sie einfach auf zu pennen: Werden Sie doch einfach bi, dann lernen Sie hundert Prozent der Menschen kennen, ansonsten ja wohl nie."
Das Publikum applaudierte, wenn auch nicht mehr so euphorisch wie zuvor.
"Ein bisschen bi schadet nie." Tim prustete, kriegte sich aber schnell wieder ein. Ein Spruch, eine Redensart, die Leon an dieser Stelle einfach so rausgerutscht war. Erschrocken hielt er sich die Hand vor den Mund. Doch seine Mutter hatte schon den strafenden Blick aufgesetzt: "Red' nicht immer solchen Stuss, vor allem von Dingen, von denen du nichts verstehst." Sie schüttelte mit dem Kopf und wandte ihren Blick wieder der Bühne zu. Auch Leon schüttelte mit dem Kopf, hielt aber die Klappe. Wenn auch nicht gerne.
Marc verbeugte sich ganz tief und sagte: "Guten Abend. Dankeschön." Winkend verließ er die Bühne, Bessy alias Bert im Schlepptau an seiner Hand. Standing ovations. Auch Tim und Leon klatschen.

Die Tage auf Gran Canaria vergingen wie im Fluge. Auch am letzten gemeinsamen Tag bestritten sie das Frühstück als Quartett. Am Nebentisch saßen zwei ältere Damen, die ausgiebig über ihren Urlaub, ihre verstorbenen Männer, das erschreckende Abwärts in Deutschland und vieles mehr philosophierten, als ein schwules Pärchen den Frühstücksraum betrat und einen Tisch diagonal zu den beiden Damen wählte, so dass diese die jungen Männer fest im Blick hatten und das auch nutzten, um das ausgiebige Sektfrühstück mit einem neuen Thema zu bereichern.
"Also ich finde das verboten. Hitler wird schon gewusst haben, warum er sie nicht duldete. Damals war man noch stolz, Deutscher zu sein", meinte die ältere Grauhaarige in irgendeinem süddeutschen Akzent, der nur schwer zuzuordnen war.
"Das sollte man nicht so verbissen sehen. Es sind eben andere

Zeiten geworden", erwiderte die Jüngere, "nur, wenn sie sich küssen, das kann ich absolut nicht sehen. Ich finde das so eklig."
Die beiden Damen hatten sich nicht die Mühe gemacht, nach dem dritten oder vierten Glas Sekt an diesem Morgen ihre Unterhaltung zu dämpfen. Man musste nicht direkt hinhören, um das Gespräch mitzubekommen. Leons Mutter schaute zu den beiden Damen herüber und meinte beiläufig: "Recht haben sie."
"Wie bitte?", fragte Paps, der noch nicht ahnte, worum es ging.
"Ich meinte, das Gespräch der beiden Damen. Ich finde, sie haben Recht. Homos sind doch etwas Abnormales. Also jedenfalls nicht normal. Man sollte ihnen nicht erlauben, offen so zu leben und unsere Kinder in Versuchung zu führen. Bedenken Sie nur, Sie haben einen Sohn und ich auch. Was würden Sie sagen, wenn ihrer eines Tages mit solchen Flausen nach Hause kommt? Also bei Leon mach' ich mir da keine Sorgen. Der wird Mädchen haben, an jedem Finger zehn. Aber da werde ich schon aufpassen, mein Sohn!"
Leon blickte entgeistert zu Tim, der nicht wusste, wo er hingucken sollte, ohne wieder rot zu werden. Er registrierte aber Leons Bin-ich-denn-hier-im-falschen-Film-Blick, vermied es aber ihn anzusehen. Paps setzte sich aufrecht in seinem korbgeflochtenen Sessel, drückte den Rücken durch und räusperte sich, bevor er sich zu einer Reaktion durchrang: "Also nehmen Sie es mir nicht übel. Aber das sehe ich nicht so. Natürlich hoffe ich, dass Tim nicht schwul ist und das wünsche ich auch Leon. Aber angenommen, es wäre so, was könnte man dagegen tun? Nichts. Wir müssten damit leben."
"Nun ganz so ist es ja auch nicht. Man kann schon etwas dagegen tun. Rein medizinisch natürlich nur. Auch wenn einige Wissenschaftler immer mehr von diesem Standpunkt abrücken, aber möglich wäre es schon."
"Nun, gut, vielleicht kein Thema für unser Frühstück. Schon gar nicht in Gegenwart der beiden Jungen."
"Och, tut euch keinen Zwang an", meinte Leon.
"Wieso duzt du Herrn König, Leon?"
"Macht er doch gar nicht", beschwichtigte Paps.
"Ich geh' jetzt", erklärte Tim, der die Nase voll hatte, "am Pool ist es stressfreier wie hier."

“Als hier”, korrigierte Paps.
“Ja, ja, Paps. Ich geh’ trotzdem. Gib mir bitte den Zimmerschlüssel.”
“Ich komm mit.” Leon stand auf und beide verschwanden.
“Und was machen wir jetzt?” Irene Kasch blickte Paps fragend an.
“Ich lade Sie zu einem ausgiebigen Strandspaziergang mit anschließendem Mittagessen ein. Einverstanden?”
“Ja, sehr gerne. Dann müssen wir den Kindern aber Geld hier lassen. Nicht, dass die beiden verhungern müssen.”
“Dann tun wir das.” Paps erhob sich und bot seiner Begleiterin seinen Arm an, den sie dankend annahm und beide marschierten Arm in Arm aus dem Frühstücksraum.

Tim lag auf dem Rücken, die Arme hinter dem Kopf verschränkt. Er paddelte auf einer Luftmatratze im Pool und hatte nur Augen für Leon. Dessen spitzbübisches Gesicht glänzte, wenn es nass war. Die Augen funkelten. Auch wenn das vielleicht nur so aussah, weil Leon fast immer ein Lächeln auf den Lippen trug. Tim konnte sich nicht wirklich satt sehen an seinem neuen Spielgefährten. Vor allem blieb sein Blick immer wieder an dem silberfarbenen Ring in Leons linkem Ohr hängen. Der funkelte richtig in der Sonne. Auf Leons Body war Tim aber ebenso neidisch. Der war traumhaft, fand Tim. Obwohl die Schultern weniger breit waren, erweckte Leons Oberkörper durch eine superschmale Taille den Eindruck eines V-Körpers. So hatte Paps jedenfalls es genannt, wenn er die in Fitnessstudios gestählten Männer-Oberkörper beschrieb und Tim war es nur zu gut im Gedächtnis geblieben, da er mit seinen Pölsterchen um den Bauchnabel herum schon oft gehadert hatte.
“Eh du Penner, hör’ auf zu träumen.”
Leon schrie es vom Beckenrand ins Wasser, nahm Anlauf und wollte einen Köpper rückwärts machen. Es platschte laut. Ein Leon war es vielleicht, aber kein Köpper, weder vorwärts noch rückwärts. Leon tauchte auf. Sein Lächeln war verschwunden.
“Kacke”, rief Leon und Tim nahm ihn in die Arme.
“Was passiert?”
“Kacke. Ne. Nichts.”

Leon begann wieder zu lächeln.
“Ist doch schön, wenn der Schmerz nachlässt. Oder?” Bei dieser Frage musste nun auch Tim grinsen.
“Ha, ha. Verarschen kann ich mich alleine.”
Leon tauchte. Tim spürte, wie sich jemand an seiner Luftmatratze zu schaffen machte, dann verlor er das Gleichgewicht und kippte ins Wasser. Als er wieder auftauchte, prustete er das wider Willen geschluckte Chlorwasser in hohem Bogen in den Pool.
Eine Dame wetterte im Vorbeischwimmen: “Du tickst wohl nicht richtig. Kein Benehmen mehr diese Jugend.”
Leon zeigte ihr den Stinkefinger. Die Dame sah es nicht und gab sich zufrieden. Leon lungerte auf Tims Matratze und sah ihn provozierend an: “Komm doch. Komm doch. Du Wasser-Lama.”
Leon winkte mit dem Zeigefinger, wie es die bösen Hexen in den Märchen immer tun. Und Tim ließ sich nicht länger bitten, kippte die Matratze samt Leon um, der sich daran festkrallte und nicht loslassen wollte. Tim versuchte Leons Hände von der Matratze zu lösen. Einen Daumen hatte er zu fassen gekriegt und bog ihn so weit wie möglich nach hinten. Leon schrie und ließ los. Tim hielt den Daumen weiter fest.
“Bist du bescheuert”, brüllte Leon und griff Tim zwischen die Beine. Er packte so fest zu, wie er konnte. Tim schrie nun ebenfalls laut auf und ließ Leons Daumen los, kniff ihm dafür aber auch in die Eier. Dann schauten sich beide schmerzhaft in die Augen.
“Okay”, sagte Leon als erster, “unentschieden.”
Tim nickte.
Die Dame stand nur wenige Meter entfernt und schüttelte den Kopf. Tim und Leon hatten keine Augen für sie. Ihr Blick galt dem leeren Whirlpool.
“Komm, den haben wir uns verdient”, sagte Leon.
“Los.” Tim klemmte die Luftmatratze unter den Arm und rannte hinter Leon her. Die Dame wurde überschüttet von einem Schwall Chlorwasser, den Tim mit dem heftigen Wedeln seiner Matratze ausgeteilte.

“Flegel. Du bist ja völlig missraten. Deine Mutter sollte ich nicht sein.”
Tim blieb stehen und drehte sich um: “Ich ihr Sohn auch nicht. Könn’ Se’ glauben.”
Als Tim am Whirlpool ankam, lag Leon schon der Länge nach drin. Drei kleine Kinder wollten auch gerade Platz nehmen. Da schraubte sich Leon hoch.
“Nichts da. Hier ist besetzt. Verpisst euch, ihr Tittigörn.”
Tim guckte ihn fragend an. Leon blickte zurück. Beide schauten sich tief in die Augen und lachten plötzlich wie auf Kommando wieder los. Dann ließ sich Tim fallen, zog den Kopf unter Wasser. Mit vollem Mund tauchte er wieder auf und pustete den stark verdünnten Speichel Leon voll ins Gesicht. Mit der flachen Hand schlug Leon aufs Wasser. Die Fontäne stieg über Tim hinweg. Tim schlug zurück. Leon auch. Sie lachten und lachten und feixten vor Spaß und Freude.
“Reißt euch zusammen. Ihr seid hier nicht alleine”, sagte eine Stimme. Tim und Leon blickten erschrocken auf und erkannten den Bademeister, der höchstens fünf Jahre älter war. Braungebrannt in Tangabadehose stand er inmitten einer Gruppe, zu der auch die drei Kinder gehörten, die Leon aus dem Pool vertrieben hatte.
“Wir wollten so und so gerade aufs Klo”, erklärte Leon beim Raussteigen und klatschte seine Hand dem Bademeister auf den Hintern, der sich mit einem Wischer auf den Hinterkopf revanchierte.
“Würdest du so eine Hose anziehen?”, wollte Tim wissen.
“Was für ’ne Hose?”
“So eine wie der Typ eben an hatte.”
“Warum nicht?”
“Ne das wär nix für mich”, meinte Tim.
Auf dem Weg zum stillen Örtchen mussten Tim und Leon an der bunten Wiese sonnenbadender Urlauber vorbei. Stellenweise standen die Sonnenliegen und –schirme so eng beieinander, dass sie Mühe hatten, sich einen Weg zu bahnen.
“Aua”, rief Tim plötzlich, der mit dem kleinen Zeh an den Fuß einer Sonnenliege gestoßen war. Schnell hob er das rechte Bein und umgriff mit seiner Hand den schmerzenden Fuß, so dass der

kleine Zeh in seiner Faust lag. Leon feixte, stützte Tim dann aber, der sich als Storch nicht besonders gut machte und zu torkeln begann. Als sie so da standen, sich gegenseitig hielten, befummelten und die Herumliegenden in Augenschein nahmen, fiel ihr Blick auf die Grauhaarige, die ihnen vom Frühstückstisch her bekannt vorkam. Sie lag direkt auf der Liege vor ihnen, an der sich Tim den Zeh gestoßen hatte.

Bei dem Anblick glitt Tim der Fuß aus seiner Faust und prustete laut los.

"Was ist?", fragte Leon.

Schon leiser und gedämpfter sagte Tim: "Guck' mal die Alte!"

"Was die für Euter hat, die hängen schon auf dem Bauchnabel", meinte Leon, der wohl etwas zu laut gesprochen hatte. Denn die Grauhaarige hob ihren schweren Körper, setzte sich auf und blickte sich zu den beiden Jungen um.

"Zieht Leine, ihr Rotzbengel", sagte sie in ihrem schwer verständlichen süddeutschen Dialekt und streckte den Arm weit von sich.

"Bist dat Ankieken nich wiert, dann lott die anschieten", erwiderte Tim in Plattdeutsch. Ein Spruch, den Paps gerne benutzte und den Tim schon oft gehört hatte. Dann nahm er Leon an die Hand. Und sie rannten los. Erst vor dem Örtchen stoppten sie und widmeten sich einem dringenden Geschäft.

Nach dem Abendessen verbrachten die beiden Königs und Kaschs den Rest des Tages auf der Terrasse vor der Freilichtbühne. Die Eltern gönnten sich eine Flasche des köstlichen Roten. Tim trank Coca und sogar Leon durfte sich eine genehmigen. Sie lauschten und beobachteten das Spiel der Animateure auf der Bühne. Sie zeigten eine Version des Musicals Starlight Express auf der Bühne. Tim hatte es besonders die eine Lokomotive angetan. An dem Boy hatte sich sein Blick verfangen. Er spielte nicht die Hauptrolle, aber Tim imponierte, wie der Typ in diesem Spiel aufging. Gerne würde er in seinem Kabarett auch so eine wichtige Rolle spielen, nicht nur eine von vielen. Doch singen konnte er gar nicht. Eigentlich bedauerte Tim das zutiefst. Denn wenn er daheim in der Wanne

lag, trällerte er für sein Leben gerne. Aber es hörte sich grausam an.
Wieder sausten die Lokomotiven über die Rampen runter von der Bühne, rum um die zahlreich versammelten Urlauber und fuhren auf der anderen Seite wieder auf das Podium. Mit den Inline Skates an den Füßen waren sie blitzschnell. Tim bewunderte den Animateur, wie er sich mit Leichtigkeit auf diesen Dingern bewegte. Der Typ war ihm schon mehrfach aufgefallen. Am Nachmittag hatte er einen kleinen Steppke betreut, vielleicht zwei Jahre alt. Offenbar war er der Babysitter vom Dienst gewesen. Ein Service, den das Hotel gegen ein entsprechendes Entgeld anbot. Das hatte Tim im Club gelesen. Der Animateur war mit dem Jungen stundenlang um den Pool gerannt, immer gut gelaunt, turnte mit ihm im Wasser herum und tat immer so, als würde es ihm einen Riesenspaß machen, mit dem Kleinen zu spielen. Wie alt mochte der Typ sein? Tim überlegte. Neunzehn vielleicht. Oder Anfang zwanzig? So in etwa jedenfalls. Deutsch sprach er gebrochen. Er war vielleicht Franzose oder Spanier. Tim wusste es nicht und hatte es auch nicht deuten können. Aufgefallen war ihm, dass der Animateur genau so einen V-Körper hatte wie Leon. Nur, dass er etwas größer war. Einsachtzig etwa. Also noch drei Zentimeter größer als Tim.
Als das Musical zu Ende war, standen die Urlauber alle auf und klatschten wie wild. Auch Tim und Leon sowie die Eltern applaudierten. Den Titelsong spielten die Animateure noch einmal. Dabei sangen sie natürlich nicht. Die Musik stammte aus der Konserve.
Während die Akteure des Musicals anschließend noch eine gute Stunde die Dekoration abbauten, bat der DJ des Hauses zur Disko. Als Wolfgang Petry erklang, stand Paps auf und verbeugte sich vor Leons Mutter:
“Darf ich um diesen Tanz bitten, gnädige Frau?”
Paps spielte sogar noch eine Verbeugung. Besser gesagt, er deutete sie an. Tim und Leon mussten lachen und amüsierten sich, wie ihre Familienoberhäupter sich mit eins-zwei-tipp über die Terrasse bewegten.

Dann fiel Tims Blick auf einen Boy, der vielleicht elf Jahre alt sein mochte.
Der tanzte nun schon vom ersten Titel an mit einem Mädchen, das mindestens dreizehn, eher älter sein mochte. Offenbar war es seine Schwester. Und der Boy machte jeden Scheiß, den sie vorgab, mit. Beim Twist schoss ihn das Mädchen durch die Gegend, dann schmusten sie zusammen und am stärksten beeindruckte Tim der Rock'n Roll. Der Kleine hatte einen Hüftschwung, da hätte man Tims Stielaugen glatt abschlagen können. Als er so dahinträumte, die Augen nicht von diesem Boy lassend, wurde Tim abrupt aus seinen Träumen gerissen.
"Tanzt du auch gerne?", fragte ihn Leon.
"Um Himmels willen, Leon. Lass mich bloß damit zufrieden."
"Einmal wenigstens. Morgen fahrt ihr schon. Ich tanze manchmal sogar alleine unter der Dusche."
"Das trau' ich dir zu. Und nich nur das." Tim grinste dabei.
"Nana, nicht so spitz, mein Freund."
"Döner macht schöner. Pizza macht spizza."
"Hast du welche gegessen heut Abend?"
"Klar."
"Na toll."
"Warum?"
"Dann tanzen wir."
"Jetzt?"
In diesem Moment legte der DJ den Ketchupsong ein. Leon hielt es nicht mehr auf dem Plastikmöbel. Er sprang auf und erfasste Tims Arm und zog ihn hoch und dann auf die Tanzfläche, die inzwischen gerammelt voll war. Leon war schon mittendrin, als Tim immer noch die Bewegungen des DJ's verfolgte. Er hatte Mühe den Rhythmus zu finden. Erst die Hände kreuzen, dann die Arme hoch im rechten Winkel mit ausgestreckten Daumen, dann eine Hand auf die Stirn und die andere in den Nacken. Als der Titel zu Ende war hatte Tim das Spiel fast verstanden. Doch ein Dakapo gab es nicht. Leon hielt Tim noch die nächsten Titel auf der Tanzfläche. Sie hampelten beide zwar mehr, als dass sie tanzten, aber lachten dafür umso mehr. Erst als wieder Wolfgang Petry erklang, verweigerte sich Tim endgültig dem Vorschlag, es zusammen zu versuchen. Tim setzte sich und Leon folgte

ihm. Sie tranken noch eine Cola, ohne dass jemand murrte. Dann verabschiedete sich der DJ und wünschte allen eine gute Nacht und jenen, die morgen nach Hause müssten, einen guten Heimflug.
“Ja, damit sind wir gemeint”, seufzte Paps.
“Ach, nehmen Sie es nicht so schwer. Wir müssen übermorgen ja auch schon wieder nach Hause. Eine Woche vergeht wie im Fluge, nicht wahr?”
“Ja, die Zeit, die rennt. Das ist nicht mehr normal. Aber im Sommer werden wir zwei Wochen Urlaub machen. Das habe ich Tim fest versprochen.”
“Wo soll es denn hingehen?”
“An die Ostsee. Wir haben ein Zimmer auf Rügen gebucht.”
“Kenn’ ich die Insel, da waren wir oft als Studenten. Unser Urlaub fällt in diesem Jahr zum ersten Mal aus. Jedenfalls im Sommer. Unser Chefarzt geht für drei Monate nach Kenia. Internationaler Ärzteaustausch, Sie verstehen. Da muss ich ihn vertreten. All die Jahre konnte ich sonst auf das Recht als alleinerziehende Mutter pochen. Doch in diesem Jahr wird nichts draus.”
“Das ist schade. Auch für Leon vor allem.”
Als er seinen Namen hörte, nutzte Leon die Chance, das Gespräch an sich zuziehen: “Was machen wir jetzt noch? Schließlich müssen Tim und sie morgen nach Hause. Es ist unser letzter Abend!”
“Wollen Sie schon schlafen gehen?”, fragte Paps Irene Kasch.
“Nicht unbedingt. Und Sie?”
“Ich würde gerne noch ein Glas in der Bar mit Ihnen trinken. Wenn's recht ist?”
“Oh Gott, noch ein Glas. Ich weiß gar nicht, ob ich soviel vertrage.”
“Doch Mama, das kannst du ab”, mischte sich Leon wieder ein.
“Denkst du, mein Sohn? Und was habt ihr vor? Mitnehmen können wir euch nicht.”
“Dann gehen wir aufs Zimmer und gucken noch ein bisschen Fernsehn.”
“Ja zu uns, ist das ok, Paps?”, fragte Tim.

“Klar Tim, aber denk’ dran, dass wir morgen Mittag zurückfliegen. Macht also keinen Unsinn und geht nicht so spät ins Bett. Es ist schon kurz nach zwölf.”
“Ok.”
Leon gab seiner Mama einen Kuss zur Nacht auf die Wange. Tim gab beiden nur die Hand. Dann verschwanden sie im Dunkel hinter den Palmen.

Kaum im Zimmer, wurde der Fernseher angeschmissen, Tim öffnete zwei Colas, eine reichte er Leon. Von der Mattscheibe meldete sich Heiner Bremer mit seinem Nachtjournal und wollte den Jungs irgendwas über neue Gefahren irgendwelcher Terroristen erzählen.
“Der Ami ist doch nicht ganz sauber”, meinte Leon und schaltete mit der Fernbedienung den Ton aus.
“Hast du Karten?”
“Nein, die sind schon im Koffer. Paps wird verrückt, wenn ich die wieder rauskrame.”
“Warte, ich hol’ schnell welche.”
Leon verschwand und war keine zwei Minuten später wieder im Zimmer. Sie setzten sich auf das Doppelbett, das noch von der Tagesdecke geschützt wurde.
“Was spielen wir?”, wollte Tim wissen.
“Sex Mau-Mau.”
Tim zeigte Leon einen Vogel. Er hasste solche Spiele. Auf einer Klassenfete hatte er beim Flaschendrehen einmal eine Tanzpartnerin abgekriegt, die er gar nicht ausstehen konnte. Und dann musste er auch noch tanzen mit ihr. Und bei einer Kabarettparty hatte er nach einem Spiel den dicken Uwe küssen müssen. Gerade den, küssen, und dann noch einen Jungen. Alle hatten sich prächtig amüsiert. Nur Denis nicht. Damals waren sie noch Freunde.
“Was ist schon dabei?”, fragte Leon und schaute Tim aus seinen großen blaugrünen Augen an. Dabei lächelte er Tim so verschmitzt an, wie Tim es sich vorstellte, wenn man angehimmelt wird. Er konnte diesem Blick nicht widerstehen und gab sein Einverständnis. Runde für Runde fiel eins der wenigen Kleidungsstücke. Als sie nur noch im Slip auf dem Bett

saßen, verlor ausgerechnet Tim das Spiel und musste sich als erster entblößen. Tim wurde rot als er den Slip beiseite legte und Leon alles entgegenhielt, was ein junger Mann seines Alters zu bieten hatte.
“Alter, hör’ auf rot zu werden. Sei stolz auf das, was dir gegeben wurde.”
“Meinst du?”
“Klar. Zum anbeißen.”
“Lass das.”
“Was?”
“Deine blöden Bemerkungen.”
“Das war ein Kompliment.”
Tim guckte ungläubig, aber Leon verlor das Spiel. Nun saß auch er im Adamskostüm auf dem Bett. Beide hatten Mühe, sich auf das letzte Spiel zu konzentrieren. Als Tim nur noch drei Sieben auf der Hand hatte, schmiss er sie hin und rief: “Mau, mau. Gewonnen.”
“Glück gehabt”, meinte Leon und zeigte seinen einen Buben und drei dazu passende Asse. “Du schwitzt wie nach ’nem Länderspiel”, fand Leon.
“Lass uns duschen gehen.”
Sie nahmen sich alle Zeit der Welt für dieses Duschbad und keiner ließ auch nur den kleinsten Fleck des anderen Körpers aus, den er nicht wenigstens einmal berührte, mit und ohne Gel oder Shampoo. Als sie sich gegenseitig abgetrocknet hatten, konnte Tim es nicht mehr für sich behalten:
“Nackt ist dein V-Körper noch extremer als in der Badehose. Ich wette, du solltest bestimmt ein Mädchen werden.”
“Das glaube ich manchmal auch schon.”
“Wieso?”
“Weil ich immer öfter das Gefühl habe, an mir ist ein Mädchen verloren gegangen.”
“Versteh’ ich nich.”
“Beim Wichsen ...”
“Du wichst?”
“Ja, du etwa nich?”
Tim zögerte, bevor er gestand: “Doch, klar.” Irgendwie war es ihm zu blöd, Leon zu belügen.

“Siehste. Und meistens denk’ ich dabei nur an Jungs. Komisch nich?”
“Ja.” Tim fiel ins Grübeln.

“Prost”, sagte Paps, “ich heiße Tobias.”
Er hielt Irene Kasch das Rotweinglas entgegen und sie stießen an.
“Zum Wohl. Irene.”
Ihre Gläser berührten sich und die Leute an den Nachbartischen blickten sich um. Tobias König küsste Irene Kasch erst auf die linke, dann auf die rechte Wange.
“Schön, dich kennen gelernt zu haben. Ich hatte schon lange nicht mehr eine so angenehme Herrenbekanntschaft. Und zu deinem Sohn kann man dir nur gratulieren. Schade nur um die Mutter. Oh pardon. Macht es dir etwas aus, darüber zu reden?”
“Es tut immer noch weh. Aber es ist lange nicht mehr so schlimm wie vor neun Jahren. Es ging damals alles ganz schnell. Wir wussten es ein Jahr lang. Und als der Tag kam, ging eine Welt unter. Ich habe Tim die letzten Wochen nicht mehr mit ins Krankenhaus genommen. Die Ärzte hatten alles versucht, aber sie konnten uns nicht helfen.”
“Unsere Kunst hat Grenzen. Das muss ich immer wieder erfahren. Auch wir sind keine Übermenschen. Wir haben auch nur die Möglichkeiten, die uns die Wissenschaft gibt.”
“Na ja. Tim ist auch darüber weg. Nur manchmal, so wie hier, als unser Urlaub begann, da kommt die Erinnerung. Und Jacqueline war meine große Liebe.”
“Ein schöner Name. Ich könnte meine Eltern hassen, mich Irene genannt zu haben. Aber für seinen Namen kann ja keiner was, nicht wahr, Tobias?”
“Warum? Irene. Das klingt doch irgendwie. Frau Doktor Irene.”
“Treib’ nur deinen Spaß. Morgen bist du weg und brauchst dich nicht mehr zu entschuldigen.”
“Warum bist du eigentlich nicht verheiratet? Leon muss doch zumindest einen Vater haben.”
“Hat er auch. Ganz sicher. Leon kennt ihn schließlich auch, besucht ihn öfter. Er ist ein Kind der Wende. Ich war neunzehn damals und total verknallt in einen Pfarrer. Dachte ich

jedenfalls. In seinem Garten saßen wir und diskutierten über die friedliche Revolution. Wir sind das Volk, brüllten die Menschen in Leipzig. Er war unser Rädelsführer und ich seine Geliebte. Neun Monate später kam Leon zur Welt."

"Wo hast du studiert?"

"In Greifswald. Dort haben wir auch noch lange Zeit gelebt. Es war schwer mit einem Kind am Hals, das Studium zu Ende zu bringen. Aber ich hab' es geschafft. Und dann sind wir vor sechs Jahren nach Berlin gezogen, weil ich dort das beste Angebot für eine Stelle als Assistenzärztin erhielt. Ich habe es nicht bereut. Aber der Job ist manchmal unzumutbar geworden. So manche Schicht geht mit Bereitschaft sechsunddreißig Stunden. Und in der Unfallchirurgie gibt es selbst während der Bereitschaften fast keine Ruhezeiten. Wir haben schon oft über die Gewerkschaft großen Stunk gemacht. Aber es ändert sich nichts. Leon ist dadurch oft allein. Aber gerade jetzt in der Pubertät ist das nicht gut. Ich spüre es. Aber was soll ich machen?"

"Leon ist doch ein prima Bengel. Ich glaube nicht, dass du dir Sorgen machen musst. Tim und er verstehen sich übrigens prima, findest du nicht auch?"

"Ja, Tim ist ja auch ein netter Junge. Aber in Berlin gerät Leon andauernd an die Falschen. Ich weiß auch nicht warum. Vor einem Jahr wurde er beim Klauen erwischt, S-Bahn fährt er schwarz, dann bringt er Typen mit nach Hause, ich hab' keine Ahnung, wo er die aufgabelt und sein Klavierspiel vernachlässigt er immer mehr. Dabei hat er Talent, sagt jedenfalls sein Musiklehrer. Gott sei Dank, die Noten auf dem Gymnasium stimmen noch einigermaßen. Ich hoffe, das bleibt so. Bis vor einem Jahr war das alles ganz anders. Jetzt lässt er sich so gut wie nichts mehr sagen. Tut so, als ob er hört und macht dennoch, was er will. Und denkt dann noch, ich krieg' davon nichts mit. Manchmal weiß ich nicht mehr, was ich machen soll."

"Das ist bestimmt nur diese pubertäre Phase, die alle Jungs haben. Tim schwankt auch oft in seinen Gefühlen. Heute kommt er mit einer Horde Mädchen nach Hause, morgen will er keine davon mehr kennen. Nächsten Tag hat er einen neuen Freund. Und nach einer Woche will er sich nicht mal mehr an ihn

erinnern. Mal ist der PC das Wichtigste, mal ein Ohrring, mal sonst was. Er hat nämlich nächsten Monat Geburtstag."
"Oh, Leon auch. Ich bin gespannt, ob sich die beiden dann noch einmal wiedersehen wollen. Leon ist zurzeit total unbeständig, irgendwie so haltlos. Ich weiß auch nicht."
"Also ich hätte nichts dagegen, wenn Leon zu Tims Geburtstag kommen könnte. Ich wette, Tim freut sich."
"Ich bin gespannt, aber ich denke aus den Augen aus dem Sinn."
"Wollen wir wetten?"
"Lieber nicht. Davon halte ich gar nichts. Bist du böse, wenn ich jetzt sage, ich bin sehr müde und möchte ins Bett?"
"Nein, warum sollte ich. Oh, es ist ja schon nach zwei. Lass uns gehen."
Auf dem Weg quer durch den Palmengarten, der zu den Zimmern führte, fragte Paps: "Hast du das beim Frühstück heute erst gemeint, dass man Homosexualität heilen kann?"
"Wie kommst du jetzt darauf?"
"Fiel mir grad' so ein."
"Na ja, heilen vielleicht nicht. Aber tun kann man dagegen ganz sicher etwas. Aber ich glaube nicht, dass wir beide uns darüber Gedanken machen müssen."
"Na, ich weiß nicht. Tim ist in letzter Zeit so komisch. Ich bin mir da nicht ganz sicher."
"Ist mir überhaupt nicht aufgefallen. Das bildest du dir nur ein. Was war heute überhaupt im Jumbo mit ihm los?"
"Das ist auch so eine Geschichte, die mir Sorgen macht."
Dann erzählte Paps, wie Tim vor über sechs Jahren in Rostock völlig hilflos umhergeeilt war und die Großeltern schon fast verzweifelt wären. Paps hatte damals eine Riesenpanik befallen, nach seiner Frau auch seinen Sohn verloren zu haben. Seitdem habe er manchmal große Angst um Tim, gestand er.
Irene Kasch spürte, wie ihr Begleiter immer betrübter wurde.
"Leon konnte als Kind auch nie links und rechts auseinanderhalten. Ich glaub', er war schon zehn, als er es dann irgendwann endlich kapierte. Ich kann mir da auch keinen Reim drauf machen. Ich hab' ihm immer wieder gesagt: Rechts ist da, wo der Daumen links ist. Geholfen hat es nicht."

“Hmm”, machte Paps. Dann gingen sie den Rest des Weges schweigend nebeneinander her.
Vor Irenes Zimmer verabschiedete sich Tobias König noch einmal mit zwei Wangenküssen von seiner neuen Duzbekanntschaft. Vor seinem Zimmer horchte er kurz. Alles war mucksmäuschenstill. Er trat durch den kurzen Flur ins Zimmer und sah Tim und Leon nackt auf dem Bett schlafen. Leon hatte sich hinter Tim ganz fest an ihn gekuschelt und hielt ihn fest in den Armen. Keiner der beiden regte sich. Tim hatte schon jetzt eine Morgenlatte, die aus dem Bett ragte. Paps schüttelte den Kopf, grinste und sah auf die Uhr. Halb drei war es schon. Sein Blick fiel auf die vielen leeren Flaschen im Zimmer. Mit Ausnahme einer Flasche Wasser war die Minibar leer. Paps stürzte das Wasser herunter. Er hatte Durst nach dem vielen Wein. Er hätte sich schon in der Bar ein Wasser dazu bestellen sollen, dachte er. Dann schaltete er den Fernseher aus. ‚Hör’ mal, wer da hämmert’ oder so eine Serie lief gerade. Paps hatte davon null Ahnung und wollte sie auch nicht haben.
Er zog die Tagesdecke unter den beiden weg, zog das Laken über sie, soweit, dass auch Tim alles darunter verstecken konnte.
Da klopfte es. In der Tür stand Irene:
“Ist Leon noch hier?”
“Ja”, flüsterte Paps und zeigte auf die beiden friedlich dahinschlummernden. “Lass ihn liegen. Morgen früh schick’ ich ihn rüber.”
“Heute.”
Paps sprang die Müdigkeit an, als hätte Irene ihm eine Narkose verpasst.
“Heute früh”, erklärte Irene.
“Ach so, ja klar.”
Paps winkte ab und schloss hinter ihr die Tür. Kaum lag er lang, da hatte der Schlaf ihn übermannt.

Nach dem letzten gemeinsamen Frühstück brachten Irene und ihr Sohn Paps und Tim zum Bus, der sie zum Flughafen bringen würde. Als der Bus am Ende der Straße um die Ecke bog, zog Leon Tim hinter den nächsten Pfeiler des Portals, gegen den er ihn presste. Tim stand mit dem Rücken zur Wand. Leon stützte

sich mit beiden Händen gegen den Pfeiler und hatte Tim so gefesselt. Er näherte sich ganz behutsam dem Kopf seines Gegenübers. Tim wehrte sich nicht, als er Leons Lippen auf seinem Mund spürte. Er öffnete ihn, ohne zu wissen, warum. Für Sekunden fuhren ihren Zungen Karussell. Bis Paps nach Tim rief und die Fahrt abrupt unterbrochen wurde. Tim sah Leons funkelnde blaugrüne Augen und Leon sah wie Tim vor Glück strahlte. Sie fielen sich in die Arme und verließen ihren Kokon.
Paps verabschiedete sich mit einem Kuss links, einem Kuss rechts von Irene. Tim gab ihr die Hand, dann auch Leon. Diese Augen würde er nicht vergessen, dachte Tim. Diesen Blick würde er nicht vergessen, dachte Leon.
Der Bus fuhr ab. Alle vier winkten sich noch einmal zu.

Als der Flieger nach Tegel seine optimale Höhe von fast zehntausend Metern erreicht hatte, fragte Tim:
"Paps, hast du dich verliebt?"
"Nein, mein Sohn. Das nicht. Aber es war eine wunderschöne Urlaubswoche."
"Ja, wunderschön", sagte Tim und legte seinen Kopf an Paps Schulter und schlief ein.

2

"Der Erfolg hat viele Väter, die Niederlage nur einen Sündenbock."
(Johannes B. Kerner)

Berlin

Es war spät geworden. Der Flieger hatte Tegel mit fast einer Stunde Verspätung erreicht, die er sich bei den Flügen über Tag eingesammelt hatte. Hinzu kam eine unplanmäßige Zwischenlandung auf Lanzarote, da wegen zu geringer Passagierzahlen zwei Flieger von den Kanaren nach Tegel zusammengelegt worden waren. Leon war müde. Doch bevor er in sein Bett kroch, schaltete er den Computer an. Er wollte sehen, ob Tim ihm wie versprochen, eine Mail geschickt hatte. Ihre Adressen hatten sie auf Gran Canaria ausgetauscht. Es passte wie die Faust aufs Auge, denn beide waren bei AOL angemeldet, so dass sie sich nicht nur schreiben, sondern auch Telegramme senden konnten. Während Leon allerdings eine Cam besaß, hatte Tim noch keine. Auch die Aussicht darauf, war mies. Denn Tim wollte erst einmal einen eigenen PC. Da konnte er Paps nicht auch noch mit einer Cam erschlagen. Obwohl es die heutzutage für einen Appel und Ei gab.
“Sie haben Post!”, sagte die nette Stimme des PC. Sieben Mails fand Leon vor. Eine war von Tim. Er öffnete sie zuerst.
Tim erzählte, dass sie gut angekommen wären. Beim Flug hätte es keine Probleme gegeben. Es wäre eine wunderschöne Woche gewesen, er hoffe, Leon bald wiederzusehen und lade ihn schon jetzt recht herzlich zu seinem Geburtstag ein. Tim schwärmte von den Tagen auf der Insel und klang sehr traurig, dass sie so schnell vergangen waren. Leon freute sich wie ein kleiner Schneekönig, dass der Abschiedskuss vielleicht doch keinen Abschied bedeuten würde. Auch wenn Leon es befürchtet hatte.
Er klickte auf Beantworten und begann sofort zu schreiben: “Hi, Tim, wir sind auch gut gelandet, aber es war Stress, Zwischenlandung auf Lanzarote, eine Stunde Verspätung, jetzt ist es gleich halb eins, jeden Moment wird Mama die Tür

aufmachen und mich ins Bett befehlen, ich möchte dir sagen, ja, es waren tolle Tage, ich will dich unbedingt wiedersehen, zu deinem Geburtstag komme ich, egal, was passiert, ich werde dir auch was tolles mitbringen, versprochen, schreib' mir, wann und wo du feierst, ich hoffe wir treffen uns die Tage am Tele, schreib' wann du abends an den PC kannst, ich werde versuchen, dann immer da zu sein, wir haben Dsl, da kost' das nix extra, ich hoffe ihr auch."
Die Tür von Leons Zimmer ging auf und seine Mutter blickte müde herein: "Leon, die Uhr geht auf eins. Jetzt ist Schluss. Geh' ins Bett!"
"Ja, Mama. Ich schreib' nur noch die Mail an Tim zu Ende. Ist gleich fertig."
Die Tür ging wieder zu. Leon beeilte sich, fertig zu werden: "Also, jetzt war sie da, Mama, ab ins Bett, los. Also schreib' mir Timmi, ich warte auf Post und bleib sauber *g* Leon."
Leon kroch in sein Bett und zog die Decke ganz weit über seinen Kopf und kuschelte mit den in Leinen gehüllten Daunen. Er schlief schnell ein und die Nacht wurde seit langem einmal nicht zum Horror, sondern Spektakel der schönen Phantasien. Wohlig grunzend erlebte er diesen Traum und fühlte sich wie im siebenten Himmel. Die Bescherung allerdings spürte er erst nach dem Erwachen. Nass war sein Slip noch und klebrig, als er seine Hand in den Schritt schob, um festzustellen, was anders war als an anderen Tagen. Leon nahm es gelassen. Das war ihm wohl mindestens vor einem Jahr zum letzten Mal passiert. Seitdem konnte er sich nicht mehr an einen so schönen Traum erinnern. Doch nur winzige Bruchstücke wollten sich ihm zeigen. Er bastelte und bastelte, schloss wieder die Augen, um sich vorzuführen, was und von wem er geträumt hatte. Minuten lang lag er so im nassen, klebrigen Slip auf seinem Bett, die Augen geschlossen. Dann endlich irgendwann schob sich das Bild von Tim vor sein Gesicht. Doch Leon brachte es nicht zusammen mit dem Traum, der ihm nun so fern schien, den er sich zurückwünschte und nun fluchte, dass er nicht zurückkam. Verzweifelt stand er auf, zog den Slip aus, warf ihn in den Wäschekorb, schnipste sich gegen das Glied und sagte: "So mein Freund. Du wirst jetzt geduscht."

Groß war die Auswahl an Klamotten nicht, als Leon vom Duschen zurückkam. Zumindest was die Slips und Shirts betraf. Also griff Leon, was gerade oben auf lag. Die Schule begann ja eh erst morgen wieder. In der Küche stand das Frühstück. Leon hörte, wie im Bad die Waschmaschine lief. Neben dem Frühstück lag ein Zettel. "Lass es dir schmecken. Ich bin einkaufen, wollte dich nicht wecken. Deine Mama", las Leon. Er ließ es sich schmecken, die beiden Roggentoast mit Ei, das Müsli und die Banane. Milch holte er sich aus dem Kühlschrank. Ein Blick auf die Uhr zeigte, es war schon halb elf. Leon reckte sich und fühlte sich pudelwohl an diesem Morgen. Er zog sich in sein Zimmer zurück, nahm verschiedene CDs in die Hand und entschied sich gegen das Klavierkonzert von Chopin, und schmiss die Böhsen Onkelz in den CD-Player. Langsam brachte er den PC in Schwung. Schließlich waren da noch die sechs Mails, die er gestern Abend nicht mehr lesen konnte.
Leon hatte am Tag vor der Reise nach Gran Canaria eine Anzeige bei dbna aufgegeben, einem der Treffpunkte für schwule Jungs im Internet. Ein halbes Jahr hatte er mit sich gehadert, mit niemanden darüber reden zu können. Dann hatte er sich ein Herz gefasst und die Anzeige aufgegeben. So wie es vor ihm schon mehrere Dutzend Jungs in seinem Alter getan hatten. In den sieben Tagen Abwesenheit hatten sich also sechs Mails angesammelt. Leon war gespannt. Doch gleich die erste war ein voller Schuss in den Ofen. Ein 40jähriger Berliner bot ihm Taschengeld für gewisse Spiele. Leon löschte die Mail. Die nächste stammte offenbar von einem Maler, der, wie Künstler es so an sich haben, wirres Zeug faselte und ihn als Modell für einen Akt haben wollte. Dann waren da noch drei Jungs aus Berlin, Cottbus und Münster, die in etwa so alt waren wie Leon, der sich nicht sofort entscheiden wollte, ob und wie er antworten würde. Die sechste Mail jedoch fesselte sofort seine Aufmerksamkeit:
"Hi, Leon, ich bin Kevin, 15 Jahre alt und wohne im Harz. Ich hoffe, du Berliner Pflanze weißt, wo das ist. Jedenfalls nicht soweit weg, dass wir uns nie treffen könnten. Ich gehe in die 8. Klasse und das auch noch gerne. Ich suche schon seit zwei Jahren einen Freund, aber leider hat sich bisher nichts ergeben.

Vielleicht wird sich das ja nun ändern. Hoffentlich! Ich spiele leidenschaftlich gerne Klavier und werde am Ende dieses Schuljahres mein erstes großes Konzert mit zwei anderen Leuten geben. Da freue ich mich schon riesig drauf. Ansonsten: Briefmarken sammeln, Angeln oder so einen Quatsch Fehlanzeige. Wenn Zeit ist, lese ich gerne und schreibe viele Mails. Aber noch viel lieber lese ich welche. Ich habe eine Schwester. Die ist aber älter und schon vergeben. Sorry, tut mir leid. Also, wenn du bei uns Familienanschluss suchst, dann bin nur noch ich zu haben. Meine Eltern sind nette Leute, aber gestresst in ihrem Job. Ich bin noch nicht geoutet, weder zuhause noch in der Schule und habe das auch nicht vor. Offiziell habe ich eine Freundin. Kleiner Trick, wegen den vielen blöden Fragen, die immer alle stellen. Aber mehr als Freunde sind wir nicht. Aber sie ist total nett und ein Supergirl. Sie heißt übrigens Laura. Aber Leon klingt noch besser. Hast du auch Geschwister? Oder sogar eine Freundin? *g* Oder bist du schon geoutet? Ich mag keine tuntigen Junxx, ansonsten kannst du sein, wie du willst. Also ich hoffe, du hast Bock mich kennen zu lernen und freue mich wahnsinnig auf deine Antwort. *ganzliebtschüßgesagt* Kevin."

Leon las die Mail ein zweites und ein drittes Mal. Es blieb beim ersten Eindruck. Diese würde er sofort beantworten. Doch es dauerte, die richtigen Worte zu finden. In Leons Kopf spukten immer noch Tim und die Bruchstücke seines Traumes herum, die er wohl nie würde richtig deuten können. Wie sollte Leon auch ahnen, als er die Anzeige aufgab, dass er gerade im Urlaub jemanden kennen lernen sollte, der ihm nicht nur gefiel, sondern auch schwul sein würde. Tim wusste es vermutlich nur noch nicht, oder wahrscheinlicher war, dass er es sich nicht eingestehen wollte. Denn, wenn Leon an den Abschiedskuss dachte, das war mehr als ein Abschiedskuss. Das war eine kurze, aber wilde Karussellfahrt, wie Leon sie sich oft erträumt hatte. Leon drehte die Onkelz lauter, die eigentlich gar nicht böse waren, sondern richtig geile Musik machten. Leon begann mit offenen Augen zu träumen und hoffte, die richtigen Worte für die Antwort an Kevin würden jeden Moment auf seinen Lippen liegen. Er hörte nicht, wie die Tür aufging und erschrak als

Mama rief: “Guten Morgen, Leon. Na, mein Langschläfer, hast du den letzten Ferientag noch ausgenutzt? Ab morgen geht es ja dann wieder anders lang.”
Leon erschrak und beeilte sich die Mail zu schließen, bevor Mama am Computer sein würde. Dann gab sie ihm ein Küsschen und er herzte: “Morgen, Mama. Ja, morgen ist wieder Schule. Angst und Grauen ist wieder da. Und dann noch gleich ’ne Arbeit in Französisch, als Osterhausaufgabe.” Das letzte Wort zog Leon ironisch in die Länge. Seine Französischlehrerin konnte er beim besten Willen nicht leiden.
“Dann vergiss auch nicht zu lernen, Leon. Du weißt, die Zeugnisse sind nicht mehr weit weg. Da kann jede Zensur entscheidend sein.”
“Logo, Mama, mach’ ick doch.”
“Was hat Tim eigentlich geschrieben?”
“Er hat mich zu seinem Geburtstag eingeladen.”
“Oh, wie schön. Und hast du Lust hinzufahren?”
“Klar, Mama. Timmi is’ doch ’nen Supertyp, oder?”
“Ich glaub’schon. Aber ich weiß nicht, ob ich dich hinfahren kann? Ich werde vermutlich arbeiten müssen.”
“Dann fahr’ ich eben mit dem Zug, ist auch nicht so schlimm.”
“Papa müsstest du aber auch mal wieder besuchen, bevor die Sommerferien beginnen!”
“Mama, das sind mindestens noch acht oder zehn Wochen. Da wird sich schon ein Wochenende finden.”
“Fährst du nicht mehr gerne zu ihm?”
“Wieso. Na klar fahr’ ich gerne. Aber es muss auch die Zeit dafür da sein. Immerhin lohnt das nicht nach Greifswald an einem Tag hin und zurück.”
“Da hast du wohl Recht. Das wäre auch rausgeschmissenes Geld. Also ruf’ deinen Vater an und verabredet euch wieder. Nicht, dass er denkt, du willst nichts mit ihm zu tun haben.”
“Okay, Mama, mach’ ich.”
“Na gut, dann werde ich jetzt nachsehen, ob unsere Wäsche fertig ist und dann mache ich uns was zu Mittag.” Mama küsste ihren Sohn auf das kurze strubbelige blonde Haar und überlies ihn seinem PC.

Leon nahm die Gedanken an Kevin und seine Mail wieder auf. Das müsse ein total netter Typ sein, dachte Leon und suchte krampfhaft nach den passenden Worten, um in der ersten Mail einen möglichst guten Eindruck zu machen. Und da Kevin offenbar kein AOL hatte, müsse gerade diese Mail besonders gut werden. Mit ein paar Telegrammen ließe sich da so schnell nichts reparieren. Leon zögerte, um dann doch zum vollen Schwung anzusetzen:
"Hi Kevin. Dass ich ein Jahr jünger bin als du, weißt du ja schon aus meiner Anzeige. Stell' dir vor, ich spiele auch Klavier. Mehr so für den Hausgebrauch zwar. Aber ich habe auch seit fünf Jahren Unterricht und eine sehr nette Klavierlehrerin. Am liebsten spiele ich Chopin, aber in letzter Zeit hab' ich nicht mehr die große Lust. Ich vermisse jemand, mit dem man über alles reden kann. Harz - klar weiß ich, wo das liegt. Na nich ganz genau. Aber irgendwo südlich. Ich kann ja im Internet nachgucken. Wie lange fährt man denn bis Berlin? Übrigens höre ich gerade die Böhsen Onkelz. Das wird dich vielleicht erschrecken. Aber ich finde die total geil. Ich war mit einem Kumpel auch schonmal zu einem Konzert, als die hier auf der Waldbühne waren. Ansonsten gehe ich sehr gerne ins Kino, chatte viel, lese und schreibe mails. Wir waren gerade eine Woche im Urlaub auf Gran Canaria. Meine Mama und ich. Geschwister habe ich keine. Ich weiß nich, ob leider oder Gott sei Dank. Manchmal hätt' ich gern einen großen Bruder. Mein Vater lebt in Greifswald. Wir sehen uns nur noch selten. Ich bin nich geoutet und habe ehrlich gesagt auch großen Bammel davor. Meine Mama hat mit Schwulen absolut nix am Hut. Als wir auf Gran Canaria waren, hat sie das nochmal kräftig durchblicken lassen. Da gab es nämlich sehr viele. Wegen dem Urlaub kann ich dir auch erst heute antworten. Sorry. Aber wir sind gestern Abend erst wieder gekommen. Wart ihr Ostern auch in Urlaub? Morgen schreiben wir gleich am ersten Schultag eine Französischarbeit. Damit wollte die Tussi uns ärgern, damit wir über Ostern auch was zu lernen haben. Keiner hat was aufgegeben, nur die Tussi von Französischlehrerin. Ich hab' schon überlegt, ob ich vom Gymnasium runtergehe und auf die Realschule wechsel. Aber ich glaub', dann gibt's großen Ärger

mit Mama. Geht's dir manchmal auch so, dass du was möchtest, aber es nicht tust, weil du weißt, ein anderer will es nicht und wird dir Ärger machen? So ich werd' jetzt für die Tussi lernen. Ich freue mich auf deine Antwort. Bin heut' Abend wieder am PC. Leon"

Leon überflog den Text nochmal, wollte das eine oder andere ändern, ließ es dann aber doch und schickte die Mail so wie sie war ab.

Während Mama sich am Nachmittag am Rest der schmutzigen Wäsche von Gran Canaria zu schaffen machte, widmete sich Leon den Französisch-Vokabeln. Lust verspürte er keine, aber immerhin hatte er den Ehrgeiz am Schuljahresende mit einem passablen Zeugnis nach Hause zu kommen. Da der Sommerurlaub in diesem Jahr ausfallen würde, hoffte Leon insgeheim, alleine irgendwo hinfahren zu können. Gedanken hatte er sich noch nicht gemacht. Aber schließlich war er gerade dabei, neue Freunde kennen zu lernen. Und dann gab es da ja noch Tim, der es ihm irgendwie schwer angetan hatte. Auch wenn er offensichtlich kein Schnellmerker war. Leon kramte den Hefter raus und versuchte sich die wichtigsten Vokabeln einzuprägen.

Wie Leon die Französich-Tussi kannte, würde sie die Vokabeln nicht nur abfragen, sondern irgendeinen Text schreiben lassen, in denen eben diese vorkamen. Als das Abendessen auf dem Tisch stand, hatte Leon alles intus, was möglich war. Er fühlte sich gut gerüstet und packte die Sachen für morgen in den Rucksack. Eine Stunde Klavier hatte er zwischendurch auch gespielt. Zur Freude von Mama, die das auch zum Ausdruck brachte. Der Abend sollte dem PC gehören oder vielleicht einem guten Film. Der ließ jedoch auf sich warten. So hoffte Leon, dass jeden Moment das Signal erklang: "Sie haben Post." Kevin oder Tim oder beide, Leon war gespannt, wer sich melden würde. Doch es tat sich nichts. Als Leon das Fernsehprogramm nach vielleicht einhundert Mal zappen endgültig satt hatte, ging er chatten. Er fand gleich sieben verschiedene Chats, die mit Gay bezeichnet waren. Doch das dürfte wohl nicht das Richtige sein. Leon suchte weiter, fand einen Chat, der hieß: "Schwul ist

cool." Das klang schon besser. Nach anfänglichem Zögern klickte ihn Leon an. Doch er war voll. Kein Reinkommen möglich. Leon wartete, versuchte es eine zweites, ein drittes Mal. Gerade hatte er sich entschlossen, zur dbna-Seite zu wechseln, als er Einlass erhielt. Es dauerte einige Sekunden, bis er etwas sah. Bunt war es jedenfalls. Die Botschaften wurden in allen möglichen Farben verfasst. Sogar Gelb war dabei, das kein Mensch lesen konnte. Prompt beschwerte sich auch schon einer der Chatter. Und der Angesprochene wechselte auf Blau. Leon sah Vokabeln, die ihm bisher nicht geläufig waren. "Hast du schon wieder Fickgetreide am Hals?", fragte einer.
Doch schnell beruhigte sich Leon wieder. Schon beschwerte sich wieder ein anderer:
"Watt soll denn datt sein: Fickgetreide?"
Und der Erfinder dieses neuen Korns ließ sich nicht lange bitten, entsprechend Auskunft zu geben:
"Das is' Popcorn eh. Lol."
So'n Quatsch, dachte Leon, amüsierte sich aber noch einige Minuten, über den bla-bla-mäßigen Chat, der offenbar sehr beliebt zu sein schien.
Leon fand immer Gefallen, an dieser ulkigen Art und Weise des Chats. Den meisten merkte man sofort an, dass sie schwul waren. Leon stellte sich die Typen in Gedanken vor. Fast alles Tunten, dachte er, als plötzlich ein Telegramm links oben am Bildschirm auftauchte.
"Kein Profil?", stand da.
Leon grübelte und beachtete es dann nicht weiter.
Ein weiteres war eingegangen: "Wie alt?"
Vergiss es, dachte Leon, das werde ich dir "Oldboysuchtjung" kaum verraten. Da folgten auch schon Nummer drei und vier:
"Woher?", fragte einer und der andere: "Was suchst du?"
Leon hatte die Nase voll. Er stellte das Telegramm auf abwesend und gab Tims Namen in seine Buddyliste ein, um nicht zu verpassen, wenn er sich heute Abend doch noch melden würde.
Doch das Warten schien vergebens zu sein. Kurz nach Elf schaute Mama durch die Tür und hob mahnend den Finger: "Leon, du hast morgen Schule. Mach' den Fernseher und den Computer aus. Hörst du? Ich geh' jetzt ins Bett."

"Gute Nacht, Mama. Ich mach' gleich alles aus."
"Dann mach' es auch, Leon. Gute Nacht."
"Ja, gute Nacht."
Mama schloss die Tür und ging ins Schlafzimmer. Leon stellte den Fernseher leiser. Gerade begann ein neuer Film: "Die Armee der Finsternis." Den hatte Leon noch nicht gesehen, zog die Bettdecke bis an den Hals, kuschelte sich ein und ließ sich von dem Horror-Spektakel faszinieren. Es war fast eins, als der Abspann lief und Leon hatte Mühe einzuschlafen. Weder Tim noch Kevin hatten sich gemeldet. Unter den Frust mischten sich die Bilder der Armee der Finsternis, die irgendwann Leon in den Schlaf brachten, der wieder einmal von Träumen begleitet war, bei denen sich Leon wälzte, als läge er im Fieber. Slip und T-Shirt waren pitschnass, als Mama ihn wieder zum Leben erweckte. Sie sah es mit großer Sorge, verkniff sich an diesem Morgen jedoch jede Anspielung. Leon wusste, dass ihr Ansinnen ihn zum Psychologen oder Psychotherapeuten schicken zu wollen, ernst gemeint war. Doch Leon wusste auch, dass er das niemals mit sich machen lassen würde. Da könnte kommen, was wolle. Und wenn der Fernsehturm schwul werden würde. Leon wollte sich nicht zum Kasper auf der Couch machen, der womöglich irgendwelchen durchgeknallten Typen, wie sie immer im Fernsehen zu sehen waren, als Spielzeug diente und anschließend musste man dafür auch noch blechen. Nein, das auf keinen Fall. Leon brauchte keine zehn Minuten im Bad. Drei für die Dusche, eine für die Zähne, eine um sich das Gel in die Haare zu schmieren und noch eine um ein bisschen am Gesicht rumzufingern. Lange würde es wohl nicht mehr dauern, dann käme wohl auch das Rasieren dazu. Ein Jahr vielleicht, überlegte Leon, höchstens. Noch war der blonde Flaum nicht behandlungsbedürftig, dafür hatten im Urlaub nicht nur die Sommersprossen sich wieder in den Vordergrund geschoben, sondern auch diese hässlichen kleinen Pickel. Leon fand das gar nicht schick und überlegte, dagegen endlich mal was tun zu müssen. Doch was? Nun gut, das hatte Zeit. Leon fühlte sich frisch und matt zugleich. Ihm fehlte wohl doch eine Mütze Schlaf und ihm fiel der Horrorfilm wieder ein.

“Leon, Frühstück!”, rief seine Mama, die um acht in der Klinik sein musste, während Leons Unterricht bereits eine Viertelstunde früher begann. Dafür hatte er auch nur einen Fußweg von höchstens zehn Minuten, während die Klinik eine gute Viertelstunde Autofahrt entfernt war.
“Kommst du heute Abend nach Hause?”, erkundigte sich Leon.
“Das will ich hoffen. Der erste Tag wird doch nicht gleich wieder zur Katastrophe werden. Bereitschaft habe ich am Freitag und am nächsten Wochenende. Ich habe mich gestern noch erkundigt.”
“Da hat Tim Geburtstag, Mama.”
“Ja, ich weiß. Du wolltest doch mit dem Zug fahren. Da waren wir uns doch einig.”
“Stimmt, klar. Du, Mama, ich will ihm einen Ohrring schenken. Den wünscht er sich so sehr. Aber sein Paps hat da was gegen. Ob ich das trotzdem machen kann?”
“Also wenn ich ehrlich sein soll, Leon. Ich halte davon gar nichts. Das weißt du ja. Weder von Ohrringen, noch von Ketten, noch von Tätowierungen, geschweige denn von diesem anderen Zeugs, das den jungen Leuten aus allen Löchern hängt. Wie nennt man das noch?”
“Piercing, Mama.”
“Genau. Das finde ich am allerschlimmsten.”
“Was denkste, wird Tims Paps damit klar kommen, wenn ich ihm einen Ohrring schenke?”
“Also Tobias, ich meine Herr König, ist eigentlich ein sehr toleranter Mensch. Aber glücklich wird er damit bestimmt nicht sein.”
“Muss er ja auch nicht. Tim soll ja damit glücklich sein.”
“Sag’ mal, denkt ihr überhaupt noch an eure Eltern, die sich abschuften, um euch groß zukriegen, oder denkt ihr nur noch an euch?”
“Och, Mama, nich das schon wieder.”
“Und hast du so viel Geld, den Ohrring zu bezahlen?”
“Ich dachte, du gibst mir ein bisschen dazu, weil du ja nicht mitkommen kannst.”
“Ach so, ja!”
“Ja, wäre doch fair. Dann gratulier’ ich von dir und mir.”

“Was kostet denn so ein Ohrring?”
“Für zwanzig Euro krieg’ ich schon was Schönes.”
“Oha, das ist soviel Taschengeld wie du den ganzen Monat kriegst.”
“Eben, deswegen dacht’ ick ja, du gibt’s was dazu.”
“Und an was haste da jedacht?”
“Ein Zehner vielleicht.”
“Na gut, abgemacht. Aber jetzt muss ich los.”
Mama küsste Leon, der noch am Küchentisch saß, auf das struppelige Haar und meinte: “Ich würd’ es wieder wachsen lassen.”
Dann nahm sie im Flur Schlüsselbund und Tasche und rief im Rausgehen:
“Vergiss nicht abzuschließen. Und toi, toi, toi für Französisch.”
Die Wohnungstür fiel ins Schloss und auch Leon machte sich auf die Socken.

Wie immer nach den Ferien war die Wiedersehensfreude auf dem Schulhof groß. Leon wusste, dass diese Freude oft trügerisch war. Als aber Karolin und Philipp auf ihn zukamen, lebte er auf. Karolin war das Modell der Klasse und hatte sich vor zwei Monaten, den Sonnyboy unter den Jungs geangelt. Der hätte auch Leons Traumtyp sein können, doch diese Hoffnung hatte er sich längst aus dem Kopf geschlagen.
“He Alter, alles fit?”, kam ihm Philipp strahlend entgegen.
“Logo”, rief Leon und umarmte erst Philipp und dann Karolin.
“Seid ihr immer noch zusammen?”
“Wat sonst? Denkste ick will Philipp gegen dir tauschen. Ich brauch’ Maschinen und keine Ersatzteile!”, frotzelte Karolin und strich ihrem Traumtyp über den Bauch in Richtung Hosenbund. Alle drei mussten lachen. Leon hatte sich daran gewöhnt. Nur weil er fast ein Kopf kleiner war als viele, trauten ihm die meisten nicht allzu viel zu.
“Aber komm später nich bei mir an und heul’ dich aus, wenn ihm die Puste ausgeht. Entweder jetzt oder nie”, gab Leon zurück.

“Nu mach’ ma hier nich auf halbstark. Nachher in Französisch bei der ollen Weinberger kannste zeigen, wat de uff de Kirsche hast”, konterte Philipp.
“Erinner’ mich bloß nich an die alte Kuh. Dann is’ gleich der ganze Tach wieder in Arsch.”
Und das sollte auch so kommen. Als Frau Weinberger in der dritten Stunde die Übersetzung eines Textes ins Französische verlangte, fand sich Leon in einer geistigen Umnachtung wieder. Statt sich an die Vokabeln zu erinnern, die ihm noch gestern Nachmittag wie von selbst von den Lippen gingen, irrten Tote, Untote, Halbtote, Halblebende und Reiter ohne Kopf durch sein Hirn. Leon sah sie vor sich. Die Vokabeln aber waren wie weggeblasen. Und sie kamen auch nicht wieder zurück. Als das Läuten der Schulklingel die Stunde beendete, hatte Leon gerade mal fünf Sätze zu Papier gebracht. Und er ahnte, was das bedeuten würde. Gnade kannte die Tussi nicht, schon gar nicht bei Leon Kasch. Warum auch immer, das wusste er nicht.

Als an den nächsten Tagen sich weder Tim noch Kevin meldeten und der Stress in der Schule immer mehr zunahm, weil jeder Lehrer meinte, er müsse in den zwei Wochen nach Ostern unbedingt eine Klassenarbeit schreiben, wurde Leons Frust immer größer. Ungeduldig wartete er darauf, endlich eine Antwort von Kevin oder Tim zu erhalten. Unkonzentriert war er, als er für die Arbeiten in Mathematik und Englisch lernte. Das Diktat in Deutsch mochte ja gerade noch einmal gut gegangen sein. Aber in den anderen beiden Fächern befürchtete Leon das Schlimmste, wie schon in Französisch. Alles wäre ja halb so schlimm, würde er sich damit nicht die Noten zum Jahresende versauen. Vor allem würde Mama kein Verständnis dafür haben, und Leon hätte auch keine plausible Erklärung, um sie gnädig zu stimmen. Leon saß in der Zwickmühle, schlief schlecht, kam frustriert zur Schule und zog sich den Unmut selbst seiner besten Freunde zu. Als eine Woche später die Rückgabe der Arbeiten anstand, hatte Leons Zappeln Formen angenommen, dass Karolin und Philipp schon beim Betreten des Schulhofs aufpassen mussten, nicht erschlagen zu werden.

"Sach ma, Alter, wat is' denn in dich jefahrn?", fauchte Philipp ihn an.
Leon zuckte nur mit den Schultern und ließ die beiden stehen.
"Eh, haste schlecht jekackt oder wat", rief Philipp ihm nach.
Als es die Arbeiten zurückgab, verzog Leon kein Gesicht: Französisch Fünf, Mathe Fünf, Englisch Fünf. Da tröstete ihn auch die Zwei in Deutsch nicht.
Nach der letzten Stunde schnappte sich Philipp Leon, hielt ihn am Arm fest und versuchte ihm ein Gespräch aufzudrängeln:
"Wat issn los, Alter. Nu erzähl doch ma. Wegen der Fünfen brauchste dir keen Kopp machen. Die gleichste doch mit links wieder aus. Oder wat?"
Leon schaute ihn mit seinen blaugrünen Augen groß an: "Denkste?"
Mehr sagte er nicht.
"Haste Liebeskummer? Doch nicht etwa wirklich wegen Karolin?"
"Quatsch."
"Eener jestorben bei euch?"
"Nee."
"Na wat denn?"
"Machs jut Philipp." Leon ging und ließ ihn einfach stehen.

Am Abend war dann endlich eine Mail von Kevin eingegangen. Er schrieb, dass er Leon sehr gerne kennen lernen würde. Fragte nach seinen Lieblingsstücken auf dem Klavier, nach seinen Erlebnissen auf Gran Canaria und erzählte, was er für Stress hat, mit den vielen Arbeiten in der Schule und sich gleichzeitig auf sein erstes großes Konzert vorzubereiten. Darüber hinaus absolviere er noch einen Lehrgang für Gehörbildung, alles das koste Zeit. Und die vergehe wie im Fluge. Deshalb schreibe er auch so spät zurück. Als Leon aus dem Urlaub gekommen sei, wäre er noch mit seiner Familie im Ferienhaus gewesen, und dann habe er gleich Stress in der Schule und mit dem Klavierlehrer gehabt. Jedenfalls habe er den ersten Eindruck, man solle es miteinander versuchen.
Leon ließ keinen Augenblick unnötig verstreichen und schrieb sofort eine Antwort. Das einzige, was er verschwieg, war seine

Bekanntschaft mit Tim. Er wusste nicht, ob dass Kevin vielleicht davon abhalten könnte, ihn kennen lernen zu wollen. Aber das wollte Leon ganz bestimmt. Er hatte ein gutes Gefühl.
Tim hatte sich schon vor zwei Tagen gemeldet. Sie hatten alles geklärt mit seinem Geburtstag und dem ersten Wiedersehen nach Gran Canaria. Tim konnte abends nicht am Computer sein, weil Paps erst in der Woche nach seinem Geburtstag Spätschicht haben würde und bis dahin fast ständig abends das Gerät blockiere. Leon freute sich auf das Wochenende bei Tim. Er musste Mama nun nur schnellstmöglich beibringen, dass ihm drei Arbeiten ein wenig missraten waren.

"Mama", sagte Leon beim Abendessen, "ich habe heute das Geburtsgeschenk für Tim gekauft. Willste es mal sehen?"
"Klar. Aber ich hatte dir doch noch gar kein Geld gegeben?"
"Ich hab's erstmal aus der Sparbüchse genommen." Leon stand auf, holte ein kleines Päckchen aus seinem Zimmer und zeigte es stolz vor. Als Mama es öffnete, stutzte sie, schaute ihren Sohn an, vor allem auf das linke Ohrläppchen und meinte nach einer Weile und mehreren Blicken hin und her: "Ich würde meinen, das ist der gleiche, wie du ihn trägst. Wie kommt das?"
"Richtig, Mama. Du hast es erfasst. Ja, ich war auch ganz überrascht, dass es den noch gab. Denn ich hab' meinen ja schon fast ein Jahr. Aber Tim hat immer wieder gesagt, wie toll er meinen findet. Da hab' ich gedacht, ich weiß genau, dass er sich über diesem freuen wird."
"Aha. Aber Blutsbrüderschaft wollt ihr nicht auch noch gleich feiern, oder?"
"Mama, du kannst manchmal tolle Ideen haben. Das werd' ich Timi fragen. Da wär' sein Geburtstag doch ideal. Oder meiner, wenn er zu mir kommt."
"Das ist ja noch ein bisschen hin. Du hast in diesem Jahr übrigens am Himmelfahrtstag, weißt du das?"
"Ja. Und ich wollt' auch ein paar Kumpels einladen, wenn du nichts dagegen hast. Die Familie kommt doch bestimmt erst wieder sonnabends."
"Na, ich weiß nicht, Leon. Muss das sein mit deinen Freunden?"

“Klar, Mama. Ist doch irgendwie ein besonderer Geburtstag, oder nicht?”
“Findest du? Ich würde eher sagen, das ist einer wie immer.”
“Nee, ganz und gar nicht. Ich finde es wird Zeit, dass ich ’ne kleine Party für meine besten Kumpels geben darf.”
“Na gut, lass uns drüber reden, wenn ich meinen Dienstplan kenne. Noch sind es ja vier Wochen hin.”
“Mama, ich muss da noch was mit dir bereden.”
“Was denn, mein Kind?”
Leon stand auf, ging in sein Zimmer holte die vier Arbeiten und einen Kugelschreiber, setzte dann sein nettestes Lausbubengesicht auf und legte die Noten zur Unterschrift vor. Ganz oben lag das Diktat mit der Zwei.
“Na siehst du. Du kannst doch, wenn du willst.”
Dann wurde das Gesicht seiner Mutter kalt und ernst. Sie sah die Fünf in Französisch, setzte gerade zur Predigt an, als sie darunter schaute. Noch eine Fünf in Mathe. Ihr Gesicht wurde fahl, die Falten traten hervor. Sie holte tief Luft und blickte auf den Englischhefter und konnte nicht mehr an sich halten:
“Sag’ mal, Bengel, hast du noch alle Tassen im Schrank. Vier Arbeiten und dreimal die Note Fünf. Das gab es ja noch nie. Willst du dir denn den Jahresabschluss noch so versauen, dass du die Klasse noch einmal machen musst. Ist das dein Ziel, ja? Ich glaub’ es jawohl nicht. Drei Fünfen an einem Tag. Das ist ja als würde ich drei Patienten an einem Tag sterben lassen. Ich kann es nicht fassen, Leon. Erklär’ mir doch bitte, wie so etwas passieren kann? Bitte. Ich warte auf eine Antwort. Aber eine vernünftige.”
Die Leon nicht geben konnte. Sollte er erzählen, dass er statt an die Französisch-Vokabeln an Untote und Reiter ohne Kopf hatte denken müssen, dass er sich nach einer Mail von Kevin oder Tim gesehnt hatte, und er beim Lernen abgelenkt war, weil er immer wieder an die beiden denken musste. Dass er traurig wurde, wenn er seine Freunde wie Philipp und Karolin quietschvergnügt auf dem Schulhof sah. Nein. All das konnte er nicht erzählen. All das würde Mama auch keinesfalls gelten lassen. So sagte er nur:

“Ich weiß es auch nicht, Mama. Ich hatte einfach einen ganz beschissenen Tag.”
“Ach, so ist das. Mein Herr Sohn hatte einfach einen ganz beschissenen Tag. Wer fragt mich denn, ob ich einen ganz beschissenen Tag hatte. Ob ich mich vom Oberarzt wieder anmachen lassen musste, ob ich drei Idioten, die nicht Autofahren können, wieder zusammenflicken musste oder einem Motorradkamikaze das Bein amputieren, weil ihm zweihundert nicht genug waren. Wer fragt mich danach? Aber du, du hattest einfach einen beschissenen Tag.”
“Mama, nu reg’ dich doch nich so auf. Ich gleich das wieder aus. Das krieg’ ich schon hin. Versprochen.”
“Na, das ist jawohl auch das Mindeste, was ich von dir erwarten darf. Du glaubst doch nicht, ich lasse mir gefallen, dass du die Klasse nicht schaffst?”
“Wie meinst du das?”
“Die nächsten zwei Wochen hast du Hausarrest. Du setzt dich auf deinen Hosenboden und lernst. Und wenn du eine Pause brauchst, gehst du an das Klavier und übst eine Stunde. Der PC und der Fernseher bleiben jedenfalls aus. Basta.”
“Mama, das geht nicht.”
“Wieso geht das nicht? Das wird ja immer schöner. Seit wann bestimmst du, was geht und was nicht?”
“Na, es ist doch bloß, weil ich, na, weil ich doch am Wochenende zu Tims Geburtstag muss.”
“Wieso müssen?”
Irene Kasch unterbrach sich an dieser Stelle selbst. Sie fing an, sich wieder langsam zu beruhigen. Als sie drei Fünfen gegenzeichnete, zitterten ihre Finger aber immer noch.
“Na gut, du kannst Sonnabend zu Tim fahren. Du kommst aber Sonnabend noch zurück. Spätestens um zehn bist du wieder zuhause. Ich werde dich anrufen. Wie du das Tim und seinem Vater erklärst, ist deine Sache.”
“Aber Mama, das geht nicht. Es war abgemacht, dass ich bei Tim übernachten darf.”
“War, mein Sohn. Genau so. Jetzt nicht mehr.” Sie wedelte mit den Heftern herum, in denen sie gerade die Fünfen unterschrieben hatte.

“Und die zehn Euro kannst du dir auch abschminken.”
Sie knallte ihrem Sohn fünfzig Euro auf den Tisch: “Hier, das ist das Fahrgeld. Mehr gibt es nicht.”
“Mama, Tim und sein Vater haben sich darauf eingerichtet, dass ich dort schlafe.”
“Du kannst hinfahren, aber übernachtet wird dort nicht.”
“Aber Mama, das ist die Höchststrafe. Dann lieber drei Wochen Stubenarrest.”
“Wieso die Höchststrafe? Das verstehe ich überhaupt nicht.”
“Das musst du ja auch nicht.”
“Dann erklär’ es mir doch, du Neunmalkluger.”
“Ach, Mama, du würdest es eh nicht verstehen.”
“Alles klar. Du willst mich jetzt auch noch für dumm verkaufen.”
“Du hast doch selbst gesagt, du verstehst es nicht.”
“Jetzt reichts. Eins will ich dir mal sagen, mein Sohn. Solange du deine Füße unter meinen Tisch steckst, wird hier gemacht, was ich sage. Schluss, Aus und Basta.”
Jeder der beiden ging seiner Wege, die Türen hinter sich fest verschlossen.

3

"Erwarte nichts, dann kannst du nicht enttäuscht werden."
(Volksmund)

Neubrandenburg

Tim stand schon seit zehn Minuten auf dem Bahnsteig vier und wartete ungeduldig, dass endlich der Regionalexpress aus Berlin zur Weiterfahrt nach Stralsund, wie er angekündigt wurde, einfahren würde. Kurz nach neun hatte Leon eine sms geschickt, dass er pünktlich in Berlin abgefahren sei und nun hoffe, auch pünktlich anzukommen. Als Tim Leon stehend an der Tür des ersten Waggons erblickte, winkte er mit beiden Armen und lief seinem Geburtstagsgast ein Stück entgegen. Der sprang aus dem Zug, kaum dass er gehalten hatte, und schaute mit seinen blaugrünen Augen Tim wieder tief in die seinen. Tim hielt diesem Blick stand. Und beide spürten wohl die unbändige Lust, sich wieder auf eine Karussellfahrt einzulassen. Doch nach einem Blick nach links und rechts fielen sie sich in die Arme und küssten sich nicht. Sie ließen die anderen Reisenden an sich vorüberziehen. Die einen hetzten zum Anschlusszug nach Schwerin oder Pasewalk, die anderen fielen ihren lieben Nächsten um den Hals und strömten zum Ausgang. Leon zog Tim auf die nächste Bank, nahm seinen Rucksack von der Schulter und packte aus.
"Alles, alles Gute zum Geburtstag. Ich hoffe, du wirst dich freuen. Für Blumen hat mein Geld leider nicht mehr gereicht."
Leon überreichte Tim die kleine Schachtel, blickte sich um, sah niemanden mehr und drückte seinem Gegenüber einen dicken Schmatzer auf die Lippen.
"Leon, wenn das einer sieht."
"Na und. Hast du Schiss?"
"Eh, wir sind hier nich in Berlin, wo keiner keinen kennt. So geht das nich."
"Nu pack schon aus." Leon war neugierig auf Tims Augen, die zwar auch blau waren, aber dafür jenen grünen Tatsch entbehrten, den Leons Blick so extravagant erscheinen ließ.

Tim wickelte das kleine Päckchen aus. Als er die Schachtel sah, ahnte er, was drin sein würde.
“Du hast doch nicht etwa?”
“Doch ich hab’.”
Tim öffnete die Schachtel und ihm strahlte genau der gleiche Ring entgegen, wie er an Leons Ohr funkelte.
“Es ist derselbe wie deiner.”
“Der gleiche, Tim.”
“Scheiß drauf, ob derselbe oder dergleiche.”
Tim gab Leon den Schmatzer zurück, ohne sich zu vergewissern, ob sie beobachtet würden. Dann aber wurde er nachdenklich.
“Was wird Paps dazu sagen?”
“Wir stellen ihn einfach vor vollendete Tatsachen”, schlug Leon vor, “ihr werdet doch irgendeinen Laden in der Stadt haben, der Sonnabendmittag noch Ohrlöcher macht.”
“Klar, gleich hier gegenüber in der Innenstadt. Das liegt auf dem Weg nach Hause.”
“Na dann nichts wie los.”
Leon schnallte seinen Rucksack über, Leon verstaute sein Geschenk in der engen Jeanstasche. Er hatte extra diese Hose gewählt, weil sie von Gran Canaria stammte und Leon gut gefallen hatte.

Es hatte keine fünf Minuten gedauert, dann war das Loch gestochen und der Ring in Tims Ohr. Er hatte einmal heftig “Aua” gebrüllt, dann war es vorbei. Das Reinzirkeln war ein wenig unangenehm, aber die junge, nette Dame hatte sich sehr viel Mühe gegeben, Tim nicht weh zu tun. Nachdem er dafür sieben Euro hatte dalassen dürfen, stand er nun vor dem Schaufenster und betrachtete sein Spiegelbild.
“Geil, findste nich auch. Danke Leon.”
“Damit biste der Schönste weit und breit. Gleich nach mir. Logisch nich.”
Sie lachten. Tim fummelte sich am Ohr, konnte es noch nicht so recht fassen. Nun waren sie Zwillinge, zumindest was den Ohrschmuck betraf. Paps würde es wohl mit Fassung tragen, hoffte Tim jedenfalls. Und Leon bestärkte ihn darin, als sie den

Weg vorbei am alten Kino über den Ring in die Neustrelitzer Straße nahmen. Dort wo Königs ihr Zuhause in der zehnten Etage eines Hochhauses hatten. Der Mittagstisch war schon gedeckt. Tim und Leon wurden bereits ungeduldig erwartet.
“Hallo”, sagte Paps, “ihr kommt aber spät. Hatte der Zug Verspätung?”
“Hallo Herr König”, erwiderte Leon strahlend, “nein, er war pünktlich, aber wir mussten noch was erledigen.”
“Aha, gab wohl viel zu erzählen seit Gran Canaria?”
“Das eher nicht. Aber fällt ihnen nichts an Tim auf?”
Paps musterte seinen Sohn und stieß dann einen kurzen Schrei aus: “Nein!”
“Doch”, sagte Leon und Tim wurde rot wie eine Tomate.
“Lass mal angucken, Tim.”
Paps nahm seinen Kopf in die Hand, befingerte das Ohr und den Ring, um festzustellen: “Es ist der gleiche wie Leons, richtig?”
“So ist es.”
“Na, dann fehlt ja nur noch, dass ihr heute auch noch Brüderschaft trinkt.”
“Vielleicht. Wenn Tim mich einlädt”, stichelte Leon. Der aber war im Bad verschwunden, um Hände zu waschen, vor allem aber das Gesicht zu erfrischen. Leon stiefelte ihm nach und stichelte weiter:
“Alter, wenn du immer so rot anläufst, ich könnt’ mich wegschmeißen.”
“Ich find’ das gar nicht zum Lachen. Ich find’ das nämlich total Scheiße, damit du’s genau weißt.”
Tim schlug die Badtür zu und ließ Leon am Becken stehen.
“Mittag”, rief eine Frauenstimme.
Leon eilte aus dem Bad und kam direkt hinter Tim ins Wohnzimmer.
“Das ist Tims Tante Ursula. Das ist Tims Freund Leon”, stellte Paps vor und beide gaben sich artig die Hand.
“Ich habe heute zur Feier des Tages Rinderrouladen mit Rotkohl gekocht. Das ist Tims Lieblingsgericht. Ich hoffe, Dir wird es auch schmecken.”
“Ich denk’ schon”, meinte Leon und versuchte Blickkontakt mit Tim aufzunehmen. Der jedoch ließ sich sein Leib- und

Magengericht schmecken, als sei zu befürchten, dass es in den nächsten Tagen nichts mehr zu essen geben würde. Leon hatte hingegen Mühe, seine Portion, die nicht übermäßig war, zu vertilgen.
“Schmeckt es dir denn nicht?”, wollte bald auch Tante Ursula wissen, als sie bemerkte, wie mühsam Leon kaute.
“Doch es schmeckt phantastisch, aber ich bin schon satt.”
“Was? Das gibt’s doch gar nicht.”
“Doch. Ihre Küche macht sehr satt. Das bin ich gar nicht gewöhnt”, meinte Leon. Und als Tim sah, dass er etwas hilflos wirkte und Tante Ursula gerade wieder loslegen wollte, konnte er sich nicht mehr zurückhalten.
“Tante Ursula, lass Leon zufrieden. Der weiß schon, was er macht. Er ist nun mal anderes Essen gewöhnt.”
Tante Ursula guckte ungläubig. Das verstand sie nicht.
“Was heißt anderes Essen, Leon? Was gibt es denn bei Euch zuhause?”
“Mama macht viel Gemüse, Fleisch gibt es so gut wie gar nicht. Und wenn dann nur Geflügel, aber aus dem Bioladen, nicht aus dem Supermarkt.”
“Aha. Und davon wirst du satt?”
“Klar. Was denken Sie denn?”
“Und hast du auch ein Lieblingsgericht?”
“Ja, Gemüseauflauf mit Käse überbacken.”
“Ist das eher Diät oder vegetarisch, Tobias?”
“Beides, Ursula. Sowohl als auch”, antwortete Paps.
“Aha. Kein Wunder, dass du so spindeldürr bist”, wandte sich Tante Ursula wieder an Leon.
“Ich bin doch nicht dürr”, echauffierte sich Leon, “Tim, du weißt es. Sag’ doch mal was.”
“Nein, du bist nicht dürr. Aber zu beneiden.”
“Was, fängst du nun auch schon mit diesem Schlankheitswahn an, Tim? Für deine Größe könntest du getrost noch das eine oder andere Kilo ab.”
Tim fasste sich an den Bauch, spürte, wie er da zwei Polster hin und herrollen konnte und stellte kategorisch fest:
“Nein. Guck dir Leons Body an. Da müssten eher noch zwei Kilo runter.”

“Das ist doch Quatsch. Was wiegst du jetzt, Tim?”
“Neunundsechzig bei einem Meter siebenundsiebzig. Und du Leon?”
“Ich bin, glaub’ ich, einsneunundsechzig und wiege sechsundfünfzig. Glaub’ ich jedenfalls.”
“Siehst du, Tante Ursula.”
Sie gab sich geschlagen, verstand die Jugend nicht. Was war da dran, wenn man mit Genuss aß, statt sich schlank zu hungern und immer schlechte Laune zu haben. Das kannte sie von vielen Kolleginnen. Da war ihr ihre Konfektionsgröße achtundvierzig viel lieber. Dafür war sie immer gut aufgelegt, glaubte sie zumindest.
Als Nachtisch gab es Zitronencreme mit Schlagsahne. Auch das zu Ehren Tims, der trotz guter Vorsätze, sein Schälchen ratzfatz verputzt hatte. Leon nahm nur wenig Sahne, löffelte die Creme aber voller Genuss. “Die schmeckt phantastisch”, meinte er.
“Altes Familienrezept”, erklärte Tante Ursula, “das aber nicht verraten wird. Aber ein kleines Schleckermaul scheinst du schon zu sein.”
“Wenn ich ehrlich sein soll, bei Süßem kann ich ganz schlecht nein sagen. Das stimmt”, gab Leon zu.
Nach dem Essen half Paps Tante Ursula in der Küche. Tim zog Leon auf den Balkon und zeigte ihm den Ausblick. Aus dem zehnten Stock konnte man weit über den Tollensesee blicken, davor lagen das Leichtathletik- und das Fußballstadion. Am Horizont sah man eine Kirchturmspitze.
“Das ist Altentreptow”, sagte Tim, “die nächste Stadt.”
“Wie weit ist die weg?”
“Fünfundzwanzig Kilometer glaub’ ich.”
“Das ist ja genial”, meinte Leon, beugte sich über das Geländer und spuckte auf die Straße.
Tim sah es mit Unbehagen.
“Komm, wessen zuerst unten ist”, meinte Leon.
“Vergiss es”, erwiderte Tim.
“Wieso. Da geht doch keiner. Machst du jetzt wieder auf Weichei?”
“Quatsch. Aber ich kann da nich runtergucken. Ich bin nicht schwindelfrei.”

“Mach’ kein Scheiß!”
“Is’ aber so.”
“Du armes Schwein. Und dann wohnst du im zehnten Stock?”
“Ja, die Wohnung war Paps Traum. Er hat fast zwei Jahre darauf warten müssen.”
“Tim, bist du schon mal Achterbahn gefahren?”
“Nein. Ich hab’ dir doch gesagt, ich bin nicht schwindelfrei.”
“Und Karussell überhaupt?”
“Ich glaub’ das erste und letzte Mal in der vierten Klasse, mit ’nem Kettenkarussell. Hinterher hab’ ich gekotzt bis zum geht nicht mehr.”
“Und dann hast du dich auf Gran Canaria auf die große Kamikazerutsche getraut?”
“Eigentlich wollte ich ja nur auf die anderen. Aber ich wollte doch nicht, dass du denkst, ich wäre feige. Aber ganz schön Bammel hatte ich schon. Und was bei raus gekommen ist, weißt du ja.”
“Man, man, du bist vielleicht ein komischer Typ.”
“Erst fummelst du mir zwischen den Beinen rum, knutscht mich ab, ich find’ sogar Gefallen dran und nu bin ich ein Arsch oder was?”
“Quatsch, so war das nich gemeint. Du bist kein Arsch, du bist ein richtig netter Typ, nur irgendwie beschissen dran. So mein’ ich das.”
Tim zog Leon beiseite, auf den Teil des Balkons, der vor seinem Zimmer war und den man von den anderen Räumen aus nicht einsehen konnte. Dann umschlang er seinen Hals. Leon umfasste seine Hüften. Und sie spielten ihre Karussellfahrt, so schnell, so intensiv und so aufregend wie kein Traum sein konnte. Nur langsam lösten sich ihre Lippen wieder. Ihre Körper nicht.
“Wie lange bleibst du?”, fragte Tim.
“Bis heute Abend. Länger geht nicht.”
“Was?”, schrie Tim fast und ließ Leon los. “Das glaub’ ich nicht. Du schläfst nicht hier?”
“Nein, ich darf nicht, Tim. Mama hat es verboten.”
“Wegen mir?”
“Nein, Quatsch. Weil ich drei Fünfen hatte.”

“Scheiße”, sagte Tim und gab Leon noch einen kurzen Kuss und erkundigte sich, ob man da gar nichts machen könne, vielleicht, wenn Paps mal anrufe.
“Das ist zwecklos. Mama hat Bereitschaft bis morgen Abend. Wenn Unfälle sind kriegst du sie nicht mal ans Telefon.”
“Na, dann merkt sie doch auch nicht, wenn du morgen erst kommst.”
“Doch, das merkt sie.”
“Wie denn?”
“Erstens wird sie heute Abend anrufen. Und zweitens wird sie im Zweifel die Nachbarn fragen und die kriegen alles mit und erzählen auch alles. Ganz komische Leute.”
“Scheiße.” Tim wurde traurig. Das hatte er sich ganz anders vorgestellt.
“Komm, wir gehen wieder rein”, bat er Leon.
Paps und Tante Ursula waren mit der Küchenarbeit fertig. Als Paps in sein Zimmer ging, folgte Tim ihm, schloss die Tür hinter sich und schüttete sein Herz aus. Paps wusste jedoch nicht, wie er helfen sollte: “Tim, ich habe weder die Nummer von Frau Kasch zuhause noch auf Arbeit. Und ich weiß auch nicht, ob es so gut wäre, wenn wir dort anrufen. Vielleicht kriegt Leon dann noch mehr Probleme mit seiner Mutter. Außerdem würde ich es auch nicht einfach so hinnehmen, wenn du in einer Woche drei Fünfen nach Hause bringst.”
Tim hatte den Kopf eingezogen wie ein trauriger junger Hund. Paps versuchte ihn zu trösten, hatte aber keine so rechte Idee. Er streichelte seinem Sohn durch das braune, frisch geschnittene Haar: “Freu’ dich doch, dass Leon hier ist. Ob er nun noch einen Tag bleiben darf oder nicht, ist doch nicht das Wichtigste!”
“Doch, Paps. Ich hatte mich schon so drauf gefreut. Und außerdem war es auch abgemacht.”
Paps sah den Kummer seines Sohns, konnte ihn weder deuten, noch verstehen. Aber der Anblick hatte seine grauen Zellen beflügelt und so war ihm eine Idee gekommen.
“Tim”, sagte er vorsichtig, “was hältst du davon, wenn wir Leon fragen, ob er Lust hat, mit uns im Sommer an die Ostsee zu fahren. Ich weiß von seiner Mutter, dass sie in diesem Jahr keine Zeit hat, Urlaub zu machen.”

Tim schaute Paps mit großen Augen an. Ungläubig erst, dann verwundert, schließlich begeistert. “Paps, das würdest du machen?”
“Klar, mein Sohn, für dich fast alles. Das weißt du doch.”
“Dann fragen wir ihn.” Tim wollte schon ins Wohnzimmer stürzen, wo Leon gerade sein musste, als Paps ihn zurückhielt: “Nicht jetzt gleich. Warte noch. Vielleicht heute Abend, wenn du ihn zum Zug bringst?”
“Okay.” Tim gab seinem Paps einen Schmatzer auf die Wange und beide gingen zurück ins Wohnzimmer, wo Leon und Tante Ursula saßen und sich den Fernseher angeschmissen hatten.
“Wo warst du solange? Lässt mich hier einfach sitzen”, beschwerte sich Leon.
“Entschuldige, ich hab’ gerade mit Paps was beredet.”
“Und was?”
“Ob dir oder mir der Ohrring besser steht.”
“Und?” Leon machte große Augen.
“Wir waren uns einig. Meiner ist schöner wie als deiner.”
“Größer als, kleiner wie”, warf Paps ein.
Leon grinste. Tim ging es langsam auf die Nüsse: “Ich bin größer wie Leon, aber ich bin nich besser als Leon. Die Welt, die ist heile, obwohl sie kaputt ist.”
“Heil”, sagte Paps und Tim grinste, dass Paps nicht geschnallt hatte, dass Tim ihn absichtlich mit seinen Schwächen provoziert hatte. Und ehrlich gesagt, war es ihm eigentlich egal, ob jemand größer war wie oder als, dachte Tim.
Es klingelte. “Oma und Opa sind hier”, rief eine Stimme im Sprechfunk an der Tür. Tim drückte auf den Summer und ließ den Besuch herein. Zur Kaffeezeit war das Wohnzimmer proppendicke voll. Da saßen Oma und Opa mit Tante Ursula aus Rostock, Oma und Opa aus Stavenhagen, Paps sowie Tim und Leon. Ein neuntes Gedeck war noch frei. Tim überlegte. Vielleicht würde ja Fanny noch kommen. Sie hatte selten einen Geburtstag verpasst. “Kommt Fanny noch?”, fragte er Paps geradezu, “oder für wen ist das Gedeck?”
“Warte es ab, mein Sohn.”
“Also nicht Fanny? Wer denn?”

“Nein, Fanny kann nicht. Sie hat heute einen Wettkampf in Schwerin.”
“Schade. Aber wer kommt dann noch?”
“Nu warte doch mal ab. Sei doch nicht so neugierig.”
Paps schaute auf die Uhr. Es war halb vier durch. Also hatte er fest damit gerechnet, dass der neunte Gast schon hätte da sein sollen. “Lasst uns anfangen”, meinte er dann, holte den Kaffee aus der Küche und goss allen ein. Auch Tim und Leon nahmen zur Feier des Tages eine Tasse Kaffee, schröpften jedoch reichlich die Zuckerdose, um dem Getränk etwas Liebliches abgewinnen zu können. Auf dem Tisch standen eine Schokotorte, eine Zitronencremetorte und ein Kringel. Alles selbst gebacken, dank Tante Ursula und unter tatkräftiger Mithilfe von Paps. Auch Tim hatte gestern mit am Teig gerührt und Spaß daran gehabt. Kaum war ein Teller leer, sorgte Tante Ursula dafür, dass das nächste Stück Kuchen einen Abnehmer fand. Sparen tat nicht Not. Vierundzwanzig Stücke Torte und ebenso viele Scheiben Kringel würden für neun Leute, von denen einer noch immer fehlte, dicke reichen.
Als in die Bäuche der Geburtstagsgäste so gut wie nichts mehr rein ging, zumindest was zur Kaffeezeit gehörte, servierte Paps ein Likörchen. Das nahmen vor allem die Damen gerne an, auch Tim und Leon durften sich eins genehmigen, während die Herren sich für einen Remy Martin entschieden und dabei zutiefst bedauerten, dass sie später noch mit dem Auto nach Hause fahren müssten.
“Tja, das geht uns nicht anders, wenn wir Euch besuchen”, merkte Paps an und setzte dabei sein ganz charmantes Lächeln auf. Leon versuchte schon seit Minuten, Tim zu signalisieren, dass er die Kaffeerunde gerne mit ihm zusammen verlassen würde. Doch Tim wiegelte mit den Augen immer ab. Seine Ungeduld konnte er langsam kaum noch im Zaum halten. Denn bisher war Leon der einzige, der ihm etwas geschenkt hatte. Beim Frühstück hatte Paps nur erklärt: “Warte ab bis zum Nachmittag, bis alle da sind.” Das Likörchen hatte die Zungen der Damen endgültig gelöst. Sie fingen an, in der Familiengeschichte zu wühlen. Und jeder meinte es besser zu wissen als der andere. Und wie fast immer an diesen Tagen, gelangten sie

irgendwann bei Tims Kindheit an. Dass sie dabei mit keiner Silbe am Unglück seiner Mutter rührten, war wohl ihrer eigenen Betroffenheit zuzuschreiben. Um so mehr brachten sie Geschichten ins Spiel, die Tims erste Jahre offenbar zu einem Bestseller hatten reifen lassen. Tim hatte sie bestimmt schon zehnmal gehört und konnte und wollte sie nicht mehr hören. Doch noch blieb er brav sitzen, zeigte nur Leon, wie sich seine Stirn in Falten legte.
"Ach ja, mit dem Sprechen hat sich Tim viel Zeit gelassen. Als er zur Schule kam, konnte er das R noch immer nicht", wusste Oma Stavenhagen.
"Ich dachte immer, er wollte einen Lolli, als er immer sagte, Loller, ich will 'nen Loller. Woher sollte ich ahnen, dass er einen Roller meinte", mischte sich Oma Rostock ein.
"Ja, aber da ging das schon. Als er vier war, hat er immer gebrüllt, dass er keinen Schabbaschuch will. Und spielen wollte er immer mit der Huschebahn. Ja, woher sollten wir wissen, was er meinte. Bis er es uns dann eines Tags gezeigt hat."
"Oma, das haben wir alles schon zehnmal gehört", beschwerte sich Tim.
"Sag' bloß, du erinnerst dich noch daran?"
"Nein, Oma. Aber ihr habt es mir ja schon oft genug erzählt."
Leon grinste und feixte sich eins: "Was war denn nu Schabbaschuch und Huschebahn?", wollte er wissen.
"Kannst du dir das nicht denken, Junge?", fragte Oma Rostock.
Leon zuckte mit den Schultern.
"Das waren sein Schlafanzug und die Eisenbahn", erklärte Oma Stavenhagen.
Leon lachte. Die Großeltern lachten. Tim auch, aber zurückhaltend.
Die Uhr war schon nach halb fünf, als die Kaffeerunde sich so richtig in Rage geredet und all der guten und schlechten Zeiten gedacht hatte, und damit langsam ihrem Ende entgegen ging. Paps begann die ersten Teller abzuräumen. Tante Ursula meinte, die Torte besser auf einen Teller zusammenzustellen, um sie dann im Kühlschrank unterzubringen. Und emsig brachten sie wieder Bewegung in das Kaffeekränzchen.

Da klingelte es. Martin stand in der Tür, unter dem einen Arm ein größeres Paket in einem Karton, der nicht von Geschenkpapier bedeckt war. In der anderen Hand hielt er ein kleines Päckchen, schick ummantelt mit dunkler, blauer Folie und Schleifenband. Martin war vielleicht Anfang zwanzig, hatte einen ebenso kurzen blonden Bürstenhaarschnitt wie Leon und trug auch einen Ohrring, nur auf der anderen Seite. Tim kam es vor, als sehe er Leon vor sich, der plötzlich um zehn Jahre gealtert sei.
"Das ist Martin", stellte Paps den Neuankömmling allen Anwesenden vor. "Bitte setz dich doch und trink erstmal in Ruhe eine Tasse Kaffee."
Paps nahm dem Gast die beiden Päckchen ab und legte sie auf die Anrichte, dann goss er Kaffee in das neunte Gedeck und Tante Ursula brachte den Tortenteller zurück ins Wohnzimmer und legte Martin fleißig auf, der der Reihe nach allen die Hand gab.
"Erst die Damen, dann das Geburtstagskind", meinte er mit einem fröhlichen Lächeln auf den Lippen. Martin saß jetzt auf der Couch unmittelbar neben Tim, der nun nicht nur von Leon, sondern auch dem Unbekannten flankiert wurde.
"Ich bitte um Entschuldigung, dass ich so spät komme. Aber unser Chef wollte unbedingt noch ein Foto von dem Fußballspiel heute haben. Und das hat leider etwas länger gedauert. Bei dem müden Null zu Null-Gekicke gab es nämlich nicht viel zu fotografieren."
"Martin ist seit einem halben Jahr Fotograf bei uns und macht vor allem am Wochenende auch die Sportfotos", erklärte Paps in die Runde. Tim horchte auf.
"Das ist also der Kollege, von dem du mir auf Gran Canaria erzählt hast?", fragte Tim neugierig und schaute Martin an.
Paps musste überlegen. Auf Gran Canaria? Als der Groschen fiel, bejahte Paps Tims Frage und gab ihm ohne Worte deutlich zu verstehen, dass er sich ja zurückhalten sollte, weitere dumme Fragen zu stellen oder Bemerkungen zu machen. Der ernste und durchdringende Blick seines Vaters mit dem erhobenen Arm und der ausgestreckten Hand ließ keinen Zweifel an dieser Aufforderung. Tim hielt sich daran.

Als Martin sich gestärkt und zur Freude von Tante Ursula den Kuchen über alles gelobt hatte, meinte Paps, die Zeit sei gekommen, sich Tims Geschenken zu widmen. Leon hatte den von Martin mitgebrachten Karton schon eindeutig als Laptop von Sony identifiziert. Warum ein Geschenk allerdings nicht eingewickelt war, vermochte Leon nicht zu deuten. Jedenfalls freute er sich, Tim nun wohl öfter am PC treffen zu können.
“Tim, wir haben folgendes beschlossen”, setzte Paps zur Geburtstagsrede an.
“Ja, Paps, ich bin ganz Ohr.”
“Also Martin hat mir einen neuen Computer besorgt, einen den ich auch mitnehmen kann, wenn ich irgendwo hin muss. Und du kriegst den PC. Deshalb ist Martin auch hier. Er wird heute Abend meine Daten auf den Laptop überspielen und den PC in deinem Zimmer anschließen, wenn du einverstanden bist. Es ist übrigens das Geschenk von der ganzen Familie.”
“Paps. Das ist super.” Tim drängelte sich an Martin vorbei, was gar nicht so einfach war, weil er ganz schön lange Beine hatte. Dann gab er Paps einen Kuss auf die Wange und bedankte sich auch bei allen anderen aus der Familie. Tante Ursula, die auch knutschen wollte, gab er allerdings einen Korb. Trotzdem hätten die Rostocker ihm noch etwas Besonderes mitgebracht. Tante Ursula reichte ihm zwei Karten für das Heimspiel des FC Hansa Rostock gegen den FC Bayern München. Tim verzog keine Miene und sagte nur artig: “Danke”. Natürlich hatten auch Oma und Opa aus Stavenhagen noch etwas in ihrer Tasche. Sie überreichten Tim einen neuen Schlafanzug und erklärten: “Den brauchst du bestimmt, wenn ihr im Sommer in Urlaub fahrt oder du mal auf Klassenfahrt gehst. Deine müssen doch schon alle alt und zerschlissen sein.”
Tim war die Kinnlade runtergefallen, dass man ihm fast in den Magen schauen konnte. Doch was sollte er tun, den Großeltern erklären, dass er seit mindestens drei Jahren keinen Schlafanzug mehr angezogen hatte? Das hielt er für zwecklos. Also quälte er sich wieder ein Dankeschön ab. Doch die Freude über endlich einen eigenen PC ließ die Enttäuschung über Fußballkarten und Schlafanzug schnell vergessen.

Martin führte den Laptop Paps vor, der zwischen Begeisterung und Skepsis schwankte. Denn insgeheim hatte er sich von Martin nur schwer überzeugen lassen, statt eines zweiten PC sich einen Laptop zuzulegen. Die Vorteile lagen aber auf der Hand und so hatte die Logik gesiegt, als Martin versprochen hatte, alles einzurichten und den alten PC in Tims Zimmer anzuschließen. Dann nahm Martin das kleine Päckchen von der Anrichte und überreichte es Tim: "Mein Geschenk für dich. Alles Gute zum Geburtstag."
"Danke, Martin."
"Das heißt, Herr Kranz, Tim, und nicht Martin", maulte Paps.
"Lass ihn doch", meinte Martin und reichte Tim die Hand, "ich bin Martin."
"Tim König. Sehr angenehm", erwiderte das Geburtstagskind und steckte Paps, der mit dem Laptop beschäftigt war, heimlich die Zunge aus.
Tim band die Schleife auf, wickelte die Folie ab und förderte ein Taschenbuch zu Tage: "Die Mitte der Welt." Er blätterte darin und registrierte über vierhundert Seiten. Danach fiel ein weiteres Danke mit Blick auf Martin, aber das klang schon viel weniger begeistert, als vor dem Auspacken.
"Man soll ein Buch nie nach seinem Umschlag beurteilen. Es ist ein wirklich gutes Buch", versicherte Martin, als er Tims skeptischen Blick bemerkte, "ich habe es auch schon gelesen."
Leon bemächtigte sich des Buches und las die Rückseite: "Hört sich gut an. Kannst du ja mir mal borgen, wenn du es durch hast."
"Wenn es dann noch heile ist, klar."
Paps sah seinen Sohn an und grollte leise, um sich dann wieder dem Laptop zuzuwenden. Oma und Opa Rostock, Tante Ursula sowie Oma und Opa Stavenhagen hatten die Nase voll, das Treiben um den Laptop und Martin zu verfolgen. Sie widmeten sich ihrer eigenen Unterhaltung, die bei Kanzler Schröder angekommen war, der jedes Jahr alles anders mache, aber nichts werde besser.

Nach dem Abendessen verabschiedeten sich die Großeltern, auch Tante Ursula machte sich auf den Heimweg.

“Ich muss auch langsam los”, meinte Leon, “bringst du mich noch zum Zug?”
“Klar. Paps, ich bring’ Leon zum Bahnhof und komm’ dann wieder!”
“Okay.”
“Soll ich euch mit dem Auto rumfahren?”, fragte Martin.
“Nein, nein, nicht nötig. Außerdem haben wir noch was zu bereden”, wiegelte Tim ab.
“Ach ja, was denn?”, war Leon neugierig.
“Wirst du schon sehen.”
“Na, da bin ich ja gespannt.”
“Bleibst du noch Martin bis ich wieder da bin?”
“Ich denke schon. Ich will dir den PC ja noch anschließen.”
“Schön. Na dann, bis nachher.”
Die Wohnungstür fiel ins Schloss und Tim und Leon fuhren mit dem Fahrstuhl die zehn Etagen hinab.

“Was machst du im Sommer?”, fragte Tim plötzlich auf dem Weg zum Bahnhof.
“In den Ferien?”, wollte Leon wissen.
“Ja.”
“Weiß noch nich. Ich werd’ bestimmt ein oder zwei Wochen zu meinem Vater fahren und vielleicht find ich ja noch was anderes.”
“Ich hätte da was.”
“Was?”
“Ich hab’ heut mit Paps gesprochen.” Tim machte eine Kunstpause und Leon schaute ihn neugierig an: “Nu sag’ schon.”
“Wir würden dich einladen, die zwei Wochen mit uns an die Ostsee zu kommen.”
“Eh, das is’ ja geil. Und das hat dein Paps wirklich gesagt?”
“Klar, Mann. Der mag dich auch.”
“Cool.” Am liebsten hätte Leon jetzt Tim auf offener Straße abgeknutscht, musste sich arg zusammenreißen, um es nicht zu tun. Stattdessen umfasste er seine Schulter, neigte sich herüber und flüsterte in Tims Ohr: “Danke. Ich versprech’ dir, du wirst es nicht bereuen.”

Leon machte dazu ein Spitzbubengesicht, das Tim nicht ganz deuten konnte. Aber es störte ihn nicht.
"Ich freu' mich schon drauf", meinte er stattdessen.
"Kommst du zu meinem Geburtstag?"
"Wenn nichts wichtigeres anliegt. Ich mein' in der Schule und so. Klar."
"Dann solltest du es meiner Mama sagen. Im Moment ist nicht gut Kirschen essen mit ihr. Du weißt schon, wegen der Fünfen."
"Können wir so machen."
"Wo fahrt ihr eigentlich hin?"
"Nach Rügen. Paps hat da eine Ferienwohnung gemietet. Wo genau, weiß ich auch nicht."
"Echt cool. Und diese Woche hat Paps Spätschicht?"
"Ja, wieso fragst du?"
"Na, dann können wir uns doch abends öfter am Computer treffen."
"Leon, ich hab' jetzt 'nen eigenen!"
"Ach ja richtig. Nur noch ohne Cam."
"Das konnt' ich Paps ja nu nich auch noch antun."
"Dann solltest du dir eine zu Weihnachten wünschen. Spätestens."
"Mach' ich. Um welche Zeit bist du denn immer am PC?"
"Meistens ab acht abends, bis ich ins Bett geh. Wir haben DSL. Da ist es egal, wie lange du online bist."
"DSL haben wir auch. Ich hoffe nur, Martin kriegt das alles heute Abend noch hin. Dann können wir es ausprobieren, wenn du zuhause bist."
"Gute Idee. Machen wir. Sag' mal, der Martin, was is' das für'n Typ?"
"Fotograf bei Paps Zeitung. Is' wohl neu. Ich hab' ihn heut zum ersten Mal gesehn."
"Irgendwie ist das ein total netter Typ oder findste nich?"
"Doch. Weißt du, was ich gedacht hab, als er heute kam?"
"Nee. Erzähl."
"Der sieht dir irgendwie ähnlich. Ich mein', so könntest du in zehn Jahren vielleicht aussehn."
"Hä? Wie kommst du darauf?"

“Na der Haarschnitt, der Ohrring, cool drauf, nett, die Augen. Na ja.”
“Hm, wenn du meinst.”
“Und soll ich dir ein Geheimnis verraten?”
“Was für'n Geheimnis?”
“Aber du musst es für dich behalten. Du darfst es keinem sagen. Versprochen?”
Leon hob Mittel- und Zeigefinger der rechten Hand: “Versprochen.”
“Martin ist schwul.”
“Schwul?”
Leon stutzte jetzt. Sollte Tim etwa doch klar sein, dass er schwul ist. Dann hätte Leon bisher ja nicht so um den heißen Brei herumreden müssen. Er hätte jetzt sagen können: Tim, ich bin auch schwul. Er tat es aber nicht. Stattdessen sagte er: “Schwul ist cool.”
“Jetzt spinnst du aber, oder was?”
“Wieso?”
“Ich weiß nich. Findst du das wirklich cool. Da bist doch der letzte Arsch überall.”
“Woher willst du das wissen?”
“Denk' ich mir so.”
“Frag' mal Martin. Ich find' nich, dass er so was wie'n letzter Arsch ist.”
“Trotzdem, Leon. Ich würd's Scheiße finden.”
“Na gut. Du siehst ja Martin nachher noch, oder?”
“Ja, ich denk' schon. Er wollte mit Paps ein Bier trinken und dann den PC anschließen.”
“Frag' ihn.”
“Das geht nicht.”
“Warum, bist du zu feige?”
“Nein, aber er weiß nich, dass ich es weiß.”
“Hä?”
“Na, Martin weiß nich, dass ich weiß, dass er schwul ist. Paps hat sich im Urlaub verplappert. Sozusagen.”
“Du hast mit deinem Paps über Schwule oder über Martin gesprochen?”

“Nee, das war anders. Da war ’nen Riesenplakat: Männersauna. Ich dachte, was ist das für ein Quatsch. Und hab’ Paps gefragt. Und weil er es mir erklären konnte, hab’ ich ihn gefragt, woher er das weiß. Und da hat er mir erzählt, von einem Kollegen, der schwul ist. Und das muss Martin sein. Paps hat nämlich heute ganz böse geguckt, als ich ihn gefragt habe, ob Martin der Typ ist, von dem er im Urlaub erzählt hat.”
“Aha. Na dann frag’ ihn doch einfach, warum er seinen Ohrring rechts trägt. Und wenn er dann nicht sagt, weil er schwul ist, dann fragst du ihn direkt.”
“Leon, ich weiß nich. Außerdem was soll das?”
“Das erklär’ ich dir später am Computer.”
“Heute?”
“Oder morgen. Mal sehn.”
Sie hatten den Bahnhof erreicht. Vor lauter Plauderei waren die Minuten wie im Fluge vergangen. Aus den Lautsprechern dröhnte schon die Ansage: “Achtung zurücktreten von der Bahnsteigkante. Auf Gleis drei hat Einfahrt der Regionalexpress aus Stralsund zur Weiterfahrt nach Berlin-Ostbahnhof über Neustrelitz, Fürstenberg, Gransee und Oranienburg. Planmäßige Abfahrtszeit einundzwanzig Uhr vierundzwanzig.”
“Wann bist du zuhause?”, fragte Tim.
“Kurz vor zwölf, schätze ich. Das wird wieder Stress geben. Ich sollte eigentlich schon um zehn da sein. Aber egal.”
“Ich warte am Computer auf dich. Wenn Martin ihn denn hinkriegt.”
“Okay.”
Sie umarmten sich. Leon sprintete zum Zug und sprang auf. Da schlossen sich auch schon die Türen. Sie winkten einander zu und Leon verschwand innerhalb von Sekunden aus Tims Blickfeld.

Martin hockte in Tims Zimmer auf dem Fußboden und bastelte noch am PC, als Tim zurückkehrte.
“Hi, na, wird’s was?”, fragte er gut gelaunt.
“Ich denk’ schon, aber eine halbe Stunde wird es wohl noch dauern.”
“Kein Problem. Leon ist erst in zwei Stunden zuhause.”

Martin guckte etwas komisch. Dann lachte er. Aber eher Tim an, als aus, der das aber nicht kapierte und beleidigt tat. Er suchte Paps und fand ihn an seinem neuen Laptop rumfummeln.
“Hallo, Tim. Funktioniert perfekt.”
“Bleibt nur zu hoffen, dass Martin den PC auch in die Reihe kriegt. Nich, dass er ’ne Nummer zu groß für ihn ist.”
“Keine Sorge, mein Sohn. Das macht er schon.”
“Paps. Ich hab’ mit Leon gesprochen. Wegen dem Urlaub. Du weißt schon.”
“Ja, und was sagt er?”
“Er freut sich riesig. Ich soll es seiner Mutter sagen, wenn ich ihn zum Geburtstag besuche.”
“Wann hat er denn?”
“Wenn Himmelfahrt ist.”
“Aha. Und du willst nach Berlin? Alleine?”
“Warum nicht. Leon war doch auch hier.”
“Tim, ich weiß nicht. Berlin ist was anderes als Neubrandenburg.”
“Paps, wo ist da der Unterschied?”
“Den wirst du schon sehen. Berlin ist eine Großstadt. Und du weißt, dass du manchmal Schwierigkeiten hast, klar zu kommen.”
“Ja, aber Leon wird mich doch garantiert abholen und auch wieder zum Zug bringen. Da brauchst du keine Angst haben, Paps.”
“Na, wir werden sehen. Lass uns noch mal in Ruhe darüber reden.”
“Okay. Ich geh’ dann mal gucken, wie weit Martin ist.”
“Mach’ das, Tim.”
Martin war gerade dabei den PC mit der Tastatur, dem Drucker und den Lautsprechern zu verkabeln. Er hatte ihn neben Tims Schreibtisch aufgebaut, der nun viel zu klein war. Entweder hatte die Tastatur darauf Platz oder ein Hefter zum Hausaufgaben machen. Tim würde sich wohl noch etwas einfallen lassen müssen, um eine neue Ordnung herzustellen. Aber erst einmal war es ihm schnuppe. Vom Flur aus lief ein langes Telefonkabel unter seiner Auslegware durch bis ans Fenster, wo der PC stand.

“Anders ging es erstmal nicht”, meinte Martin. “Aber, damit wirst du leben können, wenn du nur Leon am anderen Ende erreichen kannst, oder?”
“Warum sagst du das so komisch?”
“Komisch. Ich sag’ das so, wie ich es meine.”
“Vielleicht will ich ja nicht nur Leon erreichen.”
“Aber er scheint dir wichtig zu sein. Oder?”
“Er ist mein Freund.” Tim staunte selbst, wie leicht ihm dieser Satz über die Lippen kam. So kannte er sich selbst nicht.
“Sag’ mal, darf ich dich mal was fragen?”
“Frag’ ruhig. Wenn ich dir helfen kann.”
“Du darfst es mir aber nicht übel nehmen, okay?”
“Okay. So schlimm?”
Tim guckte Martin an, der erwartungsvoll lauerte, was nun kommen würde. Dann fasste sich Tim ein Herz und schoss geradezu aufs Ziel:
“Bist du schwul?”
Martin zuckte plötzlich. Er hatte mit allen möglichen Fragen gerechnet, nur damit nicht.
“Wie kommst du darauf?”
“Man beantwortet keine Frage mit ’ner Gegenfrage. Sagt Paps jedenfalls immer.”
“Da hat er Recht. Aber trotzdem, wie kommst du darauf? Hat es Paps dir erzählt?”
“Nein. Aber es stimmt also?”
“Ja, es stimmt. Interessiert dich das?”
“Ich glaub’, Leon steht auf Jungs.”
“Und du?”
Tim wurde rot. Wieder mal. Aber es war ihm nicht so peinlich wie sonst. Er zuckte nur mit den Schultern und sah aus dem Fenster. Draußen war es schon dunkel. Die Straßenlaternen gaben der Stadt den Hauch einer Metropole, in der bei Licht besehen, die Bürgersteige bei Einbruch der Dunkelheit hochgeklappt wurden.
“Lies das Buch, das ich dir geschenkt habe. Vielleicht weißt du dann mehr”, sagte Martin.
“Hast du einen Freund?”, wollte Tim wissen.

“Nein, im Moment nicht. Jedenfalls nicht in dem Sinne, wie du es meinst.”
“Ich stell’ mir das schlimm vor. Wirst du nicht oft angemacht?”
“Von Typen, die mich wollen schon. Sonst eher weniger. Ich bind’ es ja auch nicht jedem auf die Nase. Außer deinem Paps weiß es auf Arbeit zum Beispiel keiner.”
“Und warum gerade Paps?”
“Wir hatten viel miteinander zu tun und verstehen uns ganz gut. Da dachte ich, es ist besser, ich schenke ihm reinen Wein ein, bevor er es von anderen erfährt.”
“Und wie hat er reagiert?”
“Total cool. Er war sogar neugierig. Ich hab’ ihm Tage später ein Buch geborgt, dass vieles über das Leben der Schwulen erzählt, was man sonst nicht so weiß.”
“Warst du schon immer so?”
“Wie meinst du das?”
“Na, warst du schon immer”, Tim zögerte das Wort auszusprechen, “schwul?”
“Tim, entweder man ist schwul oder nicht. Na gut, man könnte auch bi sein. Aber beides wird man nicht. Das ist nicht anders, als wenn man Linkshänder wäre, oder farbenblind oder was weiß ich. Eben eine Laune der Natur, die dir in die Wiege gelegt wird. Das verstehen viele nicht. Aber es ist so.”
“Du meinst, man kommt schon so auf die Welt?”
“Ja, genau so. Man wird schwul geboren, oder eben als Linkshänder.”
“Davon hat unser Biologielehrer aber nichts erzählt.”
“Das kann ich mir vorstellen. Er wird euch erklärt haben, dass das eine anormale Form der Sexualität ist, dass es sie gibt und heute im Gegensatz zu früher nicht mehr unter Strafe steht. Stimmt’s?”
“Ja, so in etwa. Im Internet hab’ ich gelesen, dass man schwul wird, wenn zuhause die Mutter das Sagen in der Familie hat und nicht der Vater. Also würd’s bei mir ja gar nicht gehn.”
“Wo hast du denn solchen Quatsch aufgegabelt?”
“Das war auf ’ner Seite, wo ich öfter mal für die Hausaufgaben reinschau. Das hatte einer im Forum geschrieben.”

“Der hat keine Kennung. Oder er weiß es nicht besser. Such dir mal andere Seiten. Auf der Seite von ‚dbna’ findest du bestimmt, was dich interessiert.”
Paps stand in der Tür und fragte: “Na, wie weit seid ihr?”
“Fast fertig”, antwortete Martin und steckte das Telefonkabel in den PC. Dann erhob er sich vom Fußboden, schaltete den PC an.
“Wollen wir die Passwörter ändern?”, fragte Martin.
“Ja, bitte”, meinte Tim und negierte Paps Einwand, dass das nicht nötig sei. Martin forderte Paps auf, sich anzumelden und dann auch bei AOL. Dann half Martin, Tim die Namen und Kennwörter neu einzurichten, so dass nur noch er Zugriff hatte. Paps verfolgte es mit Unbehagen. Doch Martin meinte, dass sei schon so in Ordnung. Schließlich sei das so eine Intimsphäre wie das eigene Zimmer oder das eigene Bett. Paps passte das gar nicht, aber sollte er Martin deswegen vor seinem Sohn abkanzeln. Dazu hatte er auch keine Lust. Außerdem hoffte er, seinem Sohn vertrauen zu können. Tim hatte nun endgültig einen eigenen PC und gab in die Buddyliste Leons Namen ein. Es war der erste und bisher einzige in der Buddyliste. Als Paps und Martin sich im Wohnzimmer ein Bier öffneten, gab Tim unter “Suche” das Stichwort “dbna” ein. Der Link öffnete sich schnell. Tim klickte mal hier, mal da. Doch sein Interesse hielt sich in Grenzen. Er wartete auf Leon. Die Uhr war aber erst kurz nach elf. Er legte sich auf das Bett und schlief ein.

Als Tim erwachte, fiel sein Blick auf den PC. Er hatte vergessen, ihn auszumachen und nun sah er ein Telegramm von Leon: “Bin wieder zuhause. Alles ok. Mit deinem PC alles in Ordnung?”
Dann fragte Leon noch zweimal “Hallooo”, “Haaallooo?” und schrieb dann: “Gute Nacht. Ich geh’ jetzt ins Bett.”
“Scheiße”, sagte Tim zu sich. “Eingepennt.” Nach dem Frühstück würde er sich bei Leon melden. Hoffentlich wäre er dann auch da. Aus der Küche roch es nach frischem Kaffee und nach frischen Brötchen.
“Morgen, Paps”, rief Tim auf dem Weg ins Bad.
“War Martin noch lange hier gestern?”, war Tims erste Frage am Frühstückstisch.

"Na, jedenfalls hat er noch gesehen wie du wie eine Flasche leer auf deinem Bett lagst."
"Ihr wart noch in meinem Zimmer?"
"Nein, wir haben nur durch die Tür geguckt, weil Martin dir noch Tschüß sagen wollte. Ich soll dir einen schönen Gruß bestellen. "
"Danke. Kommt er mal wieder?"
"Bestimmt. Er meinte, du wärst ein richtig netter Typ."
"Hast du was anderes erwartet, Paps?"
"I wo. Niemals."
Beide lachten.
"Tim", sagte dann Paps sehr ernst, "ich fand das gestern nicht sehr höflich, wie du dich bei deinen Großeltern für die Geschenke bedankt hast. Ich wollte nur nichts sagen, solange alle da waren. Aber ein bisschen mehr Mühe hättest du dir schon geben können."
"Paps, du weißt ganz genau, dass ich mir aus Fußball nichts mache. Und dann der Schlafanzug. Das war doch mehr als Schwachsinn."
"Wie."
"Was?"
"Wie Schwachsinn, nicht als."
"Ja, ja."
"Trotzdem hättest du so tun können, als würdest du dich freuen."
"Püh. Hätten sie mir nicht was schenken können, worüber ich mich freuen kann. Du hast es doch auch gemacht. Und sogar Martin."
"Tim, deine Großeltern sind nun mal ältere Leute und oft weit weg von uns. Sie haben es doch nur gut gemeint."
"Kann ja sein. Aber Schwachsinn war's trotzdem. Ein Schlafanzug. Das ich nicht lache."
"Vielleicht brauchst du ihn ja sogar mal."
"Wozu? Das kann ich mir nicht vorstellen."
"Vielleicht, wenn du zu Leons Geburtstag fährst oder bei einer Klassenfahrt."
"Bei Leon. Du denkst, der schläft im Schlafanzug?"
"Kann ja sein."

“Paps, du wirst auch alt. Leon schläft nackt.”
“Woher willst du das wissen?”
“Er hat es mir erzählt, einfach so.”
“Über so was habt ihr gesprochen?”
“Ja, stell dir vor.”
“Ich staune, mein Sohn.”
“Tu’ was du nicht lassen kannst. Ich geh’ in mein Zimmer.”
“Wolltest du nicht beim Abwasch helfen?”

Tim schloss die Tür seines Zimmers hinter sich laut und deutlich, dann ließ er den Fernseher laufen, schaute hin, ohne richtig wahrzunehmen, was da eigentlich lief. Er grübelte und wartete, dass Leon endlich im Internet erschien. Die Minuten vergingen wie Stunden und Tim zweifelte schon, Leon heute noch zu treffen. Nach dem Mittagessen, Paps hatte die Reste der Rinderrouladen aufgewärmt und dazu Klöße gekocht, kramte Tim seine Hausaufgaben raus und fummelte ein paar Matheaufgaben lustlos zusammen. Die Englisch-Vokabeln las er nur, statt zu lernen und den Text in Sozialkunde überflog er auf die Schnelle. Auf Notizen, wie gefordert, verzichtete er. Sollte er dran kommen, würde er eben versuchen aus dem Stehgreif etwas wiederzugeben. Als die Uhr fast schon auf drei vorgerückt war, knarrte es lautstark aus den Lautsprechern des PC. Leon hatte die Tür geöffnet und war nun wieder online. Das Telegramm aus Berlin ließ keine zehn Sekunden auf sich warten:
“Hi, Tim. Guten Morgen. Wo warst du gestern Abend?”
“Eingepennt. Sorry. Aber wieso guten Morgen?”
“Hab’ bis halb zwei gepennt. Mama is’ ja im Krankenhaus.”
“Und schön geträumt?”
“Ging so. Du kamst aber nich vor.”
“Schwache Kür, ehrlich.”
“Träumst du immer, was du dir wünschst?”
“Ich träum’ selten. Meist nur, wenn ich krank werde oder bin.”
“Und bist du gerade krank?”
“Nein, topfit. Warum?”
“Na, dachte krank nach deinem neuen PC oder vielleicht Martin?”
“Wieso Martin?”

“Na is’ doch ein toller Typ.”
“Hat er von mir auch gesagt.”
“Und von mir?”
“Weiß nich. Ich glaub’ nix.”
“Hast du ihn gefragt gestern Abend?”
“Was?”
“Na, ob er schwul ist!”
“Hab’ ich.”
“Ja und?”
“Er ist es. Hat keinen Freund. Erzählt es aber wenigen. Paps ist der einzige auf Arbeit.”
“Und was hältst du davon.”
“Mir doch egal. Martin ist nett und hat meinen PC hingekriegt. Außerdem kann man gut mit ihm reden.”
“Aha.”
“Was aha?”
“Man kann gut mit ihm reden?”
“Ja, kann man.”
“Kommt er wieder?”
“Paps sagt ja.”
“Aha.”
“Was hast du immer mit deinem Aha?”
“Nur so.”
“Aha.”
“Tim. Ich hab’ da mal ’ne Frage.”
“Frag.”
“Nehmen wir mal an, ich wäre auch schwul. Dürfte ich dann trotzdem mit euch in den Urlaub kommen?”
“Warum nich?”
“Könnte ja sein, dass dein Paps dann was dagegen hat.”
“Nö, glaub’ nich.”
“Oder du?”
“Wieso ich?”
“Weiß nich, könnt’ ja sein.”
“Nö, du könntest wegen deiner Mama ja sowieso nichts dafür.”
“Hä?”
“Na, ich hab’ im Internet gelesen, schwul wird man, wenn die Mutter und nich der Vater zuhause das Sagen hat.”

“Das ist Quatsch. Lass dir nicht solchen Müll erzähln.”
“Das hat Martin auch gesagt.”
“Ihr habt darüber gesprochen?”
“Ja, er meinte schwul ist wie farbenblind oder Linkshänder. Eben von Geburt an.”
“Martin hat Recht.”
“Woher willst du das wissen?”
“Ich weiß es, Tim.”
“Und wieso?”
“Ich bin schwul.”
Tim hatte die Finger schon auf den Tasten, um zu antworten. Dann erst nahm er die Botschaft des letzten Telegramms richtig wahr. Es hatte ihm die Sprache verschlagen. Ihm fiel nichts ein, dass er hätte antworten können.
“Hallooo?”, fragte Leon.
Dann besann sich Tim auf Leons dämlichen Spruch vom Vortag und wollte den als Ausweg nutzen: “Schwul ist cool, hab’ ich gehört.”
“Schön, dass du noch da bist.”
“Wo sollt’ ich sein?”
“Du warst plötzlich so still.”
“Ich habe den Fernseher leise gemacht”, log Tim, denn der lief schon seit Leon online war nicht mehr.
“Sonst geht’s dir gut?”
“Bestens. Warum?”
“Weil ich noch was fragen muss.”
“Frag.”
“Bist du auch schwul?”
Jetzt verschlug es Tim gänzlich die Sprache. Er antwortete nicht. Er wusste nicht, was er antworten sollte. Warum sollte er schwul sein? Nur, weil er es cool fand, Leon zu küssen. Weil er jetzt endlich wusste, wie es war. Tim dachte, wäre Leon ein Mädchen gewesen, wäre es vielleicht auch passiert. Oder nicht?
“Bist du noch da?”, fragte Leon.
“Ja.”
“Du weißt es nich, stimmt’s?”
“Warum sollte ich schwul sein? Wie kommst du darauf?”
“Ich kann so was spüren. Glaub’ mir.”

“Du träumst.”
“Nein, ich spüre es. Du bist auch schwul. Oder mindestens bi.”
“Quatsch.”
“Denkst du beim Wichsen an Mädchen oder Jungen?”
Tim reagierte nicht.
“Guckst du am Strand oder im Freibad Jungen oder Mädchen hinterher?”
Auch darauf reagierte Tim nicht.
“Hast du schon mal ein Mädchen geküsst oder tanzt du gerne mit Mädchen?”
Tim wollte auch diese Frage negieren. Sie war aber am einfachsten zu beantworten, nämlich mit einem glasklaren “Nein”. Dann überlegte er, was es mit den anderen beiden Fragen auf sich haben könnte. Tim musste sich eingestehen, dass er nicht wusste, ob er jemals an ein Mädchen gedacht hatte, wenn er sich einen runterholte. Und wem sah er hinterher? Mädchen schon. Wie sie auf dem Schulhof mit den Jungs knutschten, was sie sich alles Neues wieder auf ihre Körper gezogen hatten, um die Jungs heiß zu machen. Oder manchmal auch die Lehrer. Aber, wenn zum Beispiel Denis auf dem Schulhof zu sehen war, behielt er ihn solange im Blick wie nur irgend möglich. Manchmal fragte dann einer der Kumpels: “Träumst du Tim oder wo bist du gerade?”
Tim war das bisher nie so aufgefallen. Doch deswegen sollte er schwul sein? Quatsch. Irgendwann würde er auch das spüren, was andere Jungs an den Mädchen anmachte. Vielleicht war er nur noch nicht soweit. Sein Puls hatte in den letzten Minuten unnatürlich angefangen zu pochen. Jetzt beruhigte er sich langsam wieder. Seine Gedanken kehrten zum Telegramm an Leon zurück, der sich schon bemerkbar gemacht hatte:
“Hä, Tim, schwul ist cool, du brauchst keine Angst haben. Ich sag’ es keinem.”
“Nein, ich glaube nicht.”
“Was nein?”
“Ich bin nicht schwul. Warum sollte ich?”
“Wollen wir wetten?”
“Nein.”
“Schade.”

“Ich muss jetzt Hausaufgaben machen.”
“Du glaubst mir nicht. Tim, bitte bleib noch!!!”
“Bye”, war Tims letzte Antwort. Dann klickte er sich aus und schloss AOL. Er schmiss sich auf sein Bett und starrte die Decke an. So hatte er sich den Start in das neue Lebensjahr nicht vorgestellt. So nicht. Er hatte nah am Wasser gebaut und konnte sich wieder einmal nicht dagegen wehren. Er hasste sich. Da half nur eins: Mit seiner rechten Hand spielte er in seinen Boxershorts, mit der linken am neuen Ohrschmuck. Die Tränen hörten auf zu rollen und bald fühlte er sich besser, viel besser.

4

"Jugend neigt dazu, liebevoll Dinge zu zerstören, die ihr vertraut sind."
(Wolfgang Joop)

Berlin

Leon war frustriert. Er wusste genau, dass Tim die Hausaufgaben nur vorgeschoben hatte. Er hatte sich einfach ausgeklinkt. Nun bereute Leon den Versuch, seit Tagen mit Tim Klartext geredet zu haben. Obwohl Leon fast ständig online war, hatte er seitdem von Tim nichts mehr gehört. Und der Geburtstag rückte immer näher. Leon war häufig nicht bei der Sache. Mama redete mit ihm nur das Nötigste. Sie war seit den drei Fünfen noch kürzer angebunden als gewöhnlich. Ihr Chef hatte drei Wochen Urlaub genommen, um sich seelisch und moralisch auf den dreimonatigen Einsatz in Afrika vorzubereiten. So hatte er es jedenfalls formuliert. Oft kam Leons Mutter erst spät abends nach Hause und verließ die Wohnung, als Leon aufstand. Er vermisste nichts, nur sein Taschengeld von monatlich zwanzig Euro reichte hinten und vorne nicht. Wenn man bedachte, dass Teenager in Deutschland durchschnittlich zweiundsiebzig bekamen, waren zwanzig ja nun auch wirklich viel zu wenig. Doch freiwillig würde seine Mutter kaum mehr rausrücken. So hatte Leon beschlossen, am Wochenende nach seinem Geburtstag, seinen Vater zu besuchen. Er wollte versuchen, mit ihm mal von Mann zu Mann zu reden, vielleicht würde es ja helfen. Nach der Schule kehrte Leon oft in seinem Lieblingseiscafe ein. Es lag auf dem Weg von der Schule nach Hause, wenn man nicht den kürzesten Weg ging, sondern einen kleinen Umweg. Meistens kehrte er hier ohne seine Mutter ein. Dann konnte er schlemmen, ohne sich diese gewissen Kommentare einzufangen. Die waren ihm peinlich und lästig ohne Ende. Die leckersten italienischen Sorten waren Tiramisu und Krokant, fand Leon, der sich hier immer pudelwohl fühlte. Auch wegen dem netten Kellner, der ihn immer begrüßte wie einen Stammgast.

“Na, schöner junger Mann. Was darf’s dann heute sein?”
Das war ein Typ, dem man auf Meilen ansah, dass er schwul war und der das auch keinesfalls verbergen wollte. Kurze, blonde Haare. Noch viel kürzer als Leons. Vielleicht höchstens drei Millimeter lang. In der rechten Ohrlippe hing ein glitzernder silberner Ring. Viel, viel größer als Leons. Und beim Bedienen fielen dem Typen immer die Finger nach hinten weg, als wollten sie sich vom Rest des Körpers lösen. Ein Blick auf diesen Body lohnte sich immer. Selbst Leon konnte dem nicht widerstehen, obwohl der Kellner vermutlich zehn Jahre älter war. Vielleicht nicht ganz so viel. Kein Gramm, das da nicht hingehörte. Glatte, braune Haut. So als käme er gerade eben aus Münzmallorca und nicht unbedingt aus dem Urlaub am Mittelmeer.

Leon hatte sich seinen Lieblingseisbecher Copa Italiano bestellt, löffelte das Eis und träumte dabei wieder einmal vor sich hin. Er träumte vom Urlaub mit Tim, wie er Kevin kennen lernen würde, auch Steve aus Münster fand er furchtbar nett. Nur, war Münster dann wohl doch ein wenig zu weit von Berlin entfernt. Zumindest für einen Teenager wie Leon, der immer knapp bei Kasse war und keinen fahrbaren Untersatz hatte. Und Trampen, das war irgendwie nicht sein Ding. Er hatte es zwar noch nie probiert. Aber trotzdem: Irgendetwas stieß ihn ab, zu wildfremden Kerlen in die Trucks zu klettern oder Schlipstypen in den Arsch zu kriechen, die vielleicht die ganze Fahrt nur pseudomodernen Quatsch von ihren genialen Geschäften oder irgendwelchen aufgerissenen Tussis faselten. Plötzlich sagte jemand: “Hallo Leon. Hier hängst du also immer rum. Du lässt dich gar nicht bei uns sehen.”
Philipp meinte den S-Bahnhof Prenzlauer Berg, der im Allgemeinen Treffpunkt seiner Clique war. Dort hatten sie vor einem Jahr auch die Mutprobe mit der Haribo-Tüte ausgeheckt.
“Hi”, sagte Leon und deutete an, dass an seinem Tisch noch genug freie Plätze waren. Philipp setzte sich. In seinem Schlepptau kam auch Karolin an den Tisch, gab Leon einen Wangenkuss und fragte: “Na, bist du wieder besser drauf als die letzten Tage?”
“Jeht so”, meinte Leon.

“Wilste auch ’n Eis?”, fragte Philipp.
“Ich hab’ schon eins.”
“Ich geb’ eins aus. Für dich und Karolin.”
“Haste im Lotto jewonnen?”
“Ne, datt nich. Aber ’nen jutes Jeschäft jemacht”, erklärte Philipp stolz.
“Na jut. Denn lass ma eens ranwachsen.”
Philipp bestellte drei Eisbecher nach Art des Hauses.
“Lassen Sie sich überraschen”, stand auf der Karte.
“Wat sind denn datt für Jeschäfte”, wollte Leon von Philipp wissen, der sich jedoch in Schweigen hüllte.
“Mir erzählt der ja och nischt”, klagte Karolin.
“Du hast doch übermojen Jeburtstach. Lass uns ’ne Party machen, Leon. Denn zeich ick euch datt”, schlug Philipp vor.
“Dat jeht nich. Da spielt Mama nich mit. Dat weeste doch.”
“Wieso, hattse Mittwoch ma keene Bereitschaft?”
“Doch, bestimmt.”
“Na, denn krieg dat doch ma raus. Denn treffen wir uns abends bei dir. Mann, Atze, dat wird ’ne coole Party. Wir bringen ooch wat mit, nich Karolin, du süße Schlampe.”
Philipp wollte sie küssen, doch Karolin schlug ihm mit der flachen Hand ins Gesicht.
“Eh, tickste nich mehr janz, Baby?” Philipp wurde zornig.
“Sag’ dat nich noch ma zu mir: Schlampe!” Auch Karolin brodelte.
“Baby, dat war doch nich so jemeint. Du kleene Zuckerschnecke.”
Philipp streichelte ihr vom Knie aufwärts den Oberschenkel und schob dabei seine Hand immer weiter unter ihren Rock, bis sie seine Hand energisch wegdrückte. Dabei verpasste sie der Hand ihres Mackers einen Schwung, dass die Hand den nahenden Kellner am Ellbogen traf. Der hatte große Mühe, die Balance mit den drei Eisbechern zu halten und rief erschrocken: “Huuuch. Kinners wat soll denn dat. Rummachen könnt ihr och woanners. Dat die Stinos immer so uffallen müssen”, laberte der Kellner und zwinkerte Leon zu, um ihn persönlich anzusprechen: “Nimm dat ma unter Kontrolle hier, Kleener.”

“Klar. Dat mach’ ick jerne”, gab Leon mit einem Lächeln zurück.
Der Kellner stellte die Eisbecher ab, den kleinen Finger wie immer abgespreizt, als tränke er in einem Kaffeekränzchen pensionierter Damen gerade ein Tässchen feinsten Mokkas. Leon musste über alle vier Backen grinsen, was Philipp völlig missdeutete.
“Freuste dir wohl, wa. So’n Eins haste noch nicht jesehn, wa?”
Karolin fasste ihm an die Stirn: “Du hast Fieber, Philipp.”
“Nee, ick bin einfach richtig krass drauf.”
“Dat muss ja ’nen Wahnsinnsgeschäft jewesen sein”, warf Leon ein.
“Dat war et ooch, Atze, kannste globen.”
“Also Party am Mittwoch und du lässt wat gucken?”
“Abjemacht!”
“Okay, Keule, ick kümmer mir drum.”
Leon, Philipp und Karolin genossen ihre Eisbecher. In Gläsern, in denen sonst Berliner Weiße serviert wurde, waren fünf verschiedene Kugeln Eis wie eine kleine Pyramide aufgebaut, rundherum lag Obst, alles, was es um die Jahreszeit Ende Mai gab. Ein Fächer aus einer Ananas dekorierte mitten in einer riesigen Portion Sahne den Eisbecher. Natürlich fehlten auch Waffeln, Schokostreusel und Plastikwedel nicht. Und als Leon so vor sich hinlöffelte, schmeckte er auch etwas Alkohol. Irgendein Likör, jedenfalls kein Klötenköm, wie Tim dieses gelbe Zeug auf dem Geburtstag genannt hatte. Je mehr sie von dem Eis aßen, um so lustiger wurden die drei. Vor allem Leon und Karolin begannen herumzualbern, während Philipp das Spiel mit Skepsis verfolgte. Karolin hatte Leon zwei Kirschen über sein rechtes Ohr gehängt. Leon revanchierte sich mit einem Palmenwedel, den er Karolin in ihr Haar steckte. Dann fütterte er sie mit einem großen Löffel voller Sahne, die eine Erdbeere fast verdeckte.
“Lasst den Quatsch!” Philipp wurde grantig.
Karolin guckte ihn mit großen Augen an und schob Leon dann Kiwi- und Bananenstücke zwischen die Zähne, und als Leon den Löffel mit den Zähnen so festhielt, dass Karolin ihn nicht wieder rausziehen konnte, ließ er nach mehreren vergeblichen

Versuchen den Löffel wieder los. Leon hatte derart fest angebissen, dass er mitsamt dem Stuhl hintenüber kippte. Es gab einen Knall und Leon landete auf dem Fußboden. Jetzt lachte Philipp am lautesten, während Karolin erschrak, aufsprang und Leon wieder auf die Beine half. Der fasste sich an den Hinterkopf und meinte mit schmerzverzerrtem Gesicht: "Das wird bestimmt ,'ne fette Beule. Oh, Oh, Oh!"
"Wer nich hör'n will, muss fühlen", lästerte Philipp.
"Bis zur Hochzeit ist alles wieder gut", tröstete Karolin.
"Ich heirate nie", polterte Leon.
"Wieso, stehst du nich auf Mädels?", forschte Philipp überrascht.
"Quatsch", antwortete Leon schnell und als er sein Eis ausgelöffelt hatte, war sein Kopfweh immer noch da.
"Ich muss, Leute. Mir brummt der Schädel. Bye."
Ohne den anderen die Hand zu geben, eilte er hinaus.
"Bis morgen in der Schule. Und denk' an die Party, Atze", rief Philipp ihm nach.

Philipp hatte recht gehabt. Leons Mama war an seinem Geburtstag nicht daheim. Sie hatte wieder einmal Bereitschaft und würde erst am nächsten Abend heimkommen. So freundete sich Leon damit an, seine erste kleine Party zu geben. Was sollte er erst groß fragen? Er hätte ja den ganzen Donnerstag Zeit, die Wohnung wieder aufzuräumen. Und neben Philipp und Karolin hatte er nur noch Anita und Andy, die auch ein Paar waren und zur Bahnhofsclique gehörten, sowie Chris eingeladen, der der Einzige aus einer Klasse war, der auch auf die Musikschule ging und den Leon auch schon einmal zuhause besucht hatte.
Leon hatte sein letztes Geld zusammengesucht. Alles in allem waren immerhin noch fünfundzwanzig Euro zusammengekommen. Fast zwanzig fanden sich in Form von Münzen im Sparschwein. Einen Fünfer hatte er noch in einer Hose gefunden, die er wohl schon ein halbes Jahr nicht mehr angehabt hatte und dann lag noch die eine oder andere Münze in allen möglichen Behältern seines Zimmers herum. Leon hatte zwei Flaschen Sekt und reichlich Cola gekauft und sie schon vor der Schule kaltgestellt, nachdem Mama das Haus verlassen hatte.

Ein paar Chips waren noch in der Vitrine im Wohnzimmer und dann sollte jeder ja auch eine Kleinigkeit mitbringen.
Philipp und Karolin klingelten als erste. Philipp hatte ein Video unter dem Arm, Karolin eine Flasche Feigling und ein kleines Päckchen. Dann kamen Anita und Andy. Sie hielten ein Sixpack Smirnoff-Ice in den Händen. Leon war dabei, die Getränke im Kühlschrank zu verstauen, als es ein drittes Mal läutete. Leon begrüßte Chris mit strahlendem Lächeln und zog ihn dann hastig in die Wohnung, als er bemerkte, wie sich die Tür der Nachbarin einen Spalt breit öffnete. Am liebsten hätte Leon einen unanständigen Satz herübergerufen, aber cr war gut genug erzogen, sich keinen Stress mit der Nachbarin einzuhandeln. Denn die würde garantiert wieder wie eine alte Petze zu seiner Mutter rennen. Chris hängte die Jeansjacke an die Flurgarderobe. Darunter trug er nur ein hautenges blaues Muskelshirt in der Farbe seiner Jeans.
"Gratulieren kann man ja noch nicht. Aber das ist dein Geschenk für morgen", sagte Chris und reichte dem Gastgeber ein kleines rechteckiges Geschenk.
"Darf ich es trotzdem schon auspacken?"
"Wenn du willst?"
Leon war gespannt wie ein Flitzbogen. Er tippte auf eine CD. Und so war es auch. Er riss das Papier ab und hielt die weiße Scheibe der Böhsen Onkelz in der Hand. "Genau die, die mir noch fehlt. Danke." Leon umarmte Chris. Nur flüchtig, um nicht anzuecken.
"Nicht nur die. Dir fehlen noch mehr", meinte der Gast.
"Ja, aber auf die war ich schon immer scharf. Komm, wir schmeißen sie gleich rein."
Leon nahm Chris an die Hand und führte ihn ins Wohnzimmer, wo es sich Karolin und Philipp sowie Anita und Andy schon zu viert auf der Couch bequem gemacht hatten. Leon und Chris ließen sich in die Sessel fallen, nachdem die Böhsen Onkelz im ersten Titel "Lieber stehend sterben als knieend leben – Lieber tausend Qualen leiden als einmal aufzugeben" begonnen hatten durch das Zimmer zu schreien.
"Ganz schön trocken hier, findet ihr nich auch?", fragte Philipp in die Runde. Als alle nickten, nur Chris hielt sich raus, holte

Tim eine Flasche Sekt aus dem Kühlschrank, nahm sechs Gläser aus dem Büfett und goss ein.
"Cheerio", prostete er seinen Gästen zu, die sich nicht lumpen ließen. Philipp und Andy schütteten das Glas auf Ex in sich hinein, während Karolin, Anita und Chris es vornehmer bei einem Schluck beließen. Leon hatte auch nur einen Schluck genommen, aber einen großen. Er musste ja Herr seiner Sinne bleiben, denn ein paar Bauchschmerzen hatte er schon wegen dieser heimlichen Party. Doch umso später der Abend wurde, desto mehr vergingen diese Bauschschmerzen. Als der Sekt alle war, holte Leon die sechs Flaschen Smirnoff-Ice, die auch nicht lange hielten. Philipp hatte unterdessen zwei Partypizzen beim Italiener bestellt, der nun vor der Tür stand. Philipp zahlte die achtundzwanzig Euro ohne mit der Wimper zu zucken. Er gab dem Kurier dreißig und sagte: "Stimmt so." Gegenüber öffnete sich eine Tür und eine Frau, Philipp schätzte sie auf sechzig, lugte durch den Türspalt: "Was ist denn das für ein Krach heute?", fragte sie mit holpernder Stimme. Philipp zeigte ihr mit der freien Hand eine lange Nase und brabbelte halblaut: "Dumme Kuh, mach' die Pforte zu." Dann schloss er die Wohnungstür und brachte die Pizzen zum Tisch. Abwechselnd brachen sie sich von der Hawaii und der Napolitano Stücke ab bis keins mehr übrig war. Philipp wischte sich mit dem T-Shirt den Mund ab und strich seine Hände über den beigen Stoff der Couch.
"Tickst du nich, Philipp. Hier liegen Servietten", regte sich Leon auf.
"Mach' dir ma keene Raste, Atze," erwiderte Philipp gelangweilt.
Die anderen vier griffen zur Serviette, wie Leon es vorgemacht hatte und schmissen die eingefetteten Papierknäuel in die Pizza-Kartons, die Leon abräumte.
"Jetzt 'nen Joint und 'nen schönen Porno. Das wär's, hm Karolin", warf Philipp in den Raum, als Leon aus der Küche zurück war.
"Hier drin wird nich geraucht oder gekifft", rief Leon, "sonst kann ich morgen meine Sachen packen. Und das wollt ihr doch wohl nich."

“Mach’ doch mal dein Päckchen uff”, forderte Philipp.
Leon holte es von der Anrichte, obwohl es noch eine gute Stunde hin war, bis sein Geburtstag begann. Unter dem Papier kam eine Zigarilloschachtel zum Vorschein, die schon mal auf war. Leon öffnete sie. Zum Vorschein kamen sechs merkwürdig aussehende Zigaretten, die Philipp selbst gedreht haben musste.
“Für jeden von uns einen. Bestes Gras, selbst ausgesucht”, erklärte Philipp.
“Dann lasst uns aber auf den Balkon gehen”, sagte Leon streng. Als Philipp keine Anstalten machte, zog ihn Karolin an den Armen hoch und Anita half ihr.
Die Straße war so gut wie menschenleer. Nur hier und da spazierte ein Pärchen in Richtung S-Bahn oder ein Einzelner stolperte im Zick-Zack-Schritt offenbar nach Hause, wo ihn entweder eine Bratpfanne oder ein leeres Schlafzimmer erwarten würde. Chris hatte sich so nah wie möglich an Leon geschmiegt, ohne dass es übertrieben auffiel.
“Ich hab’ es noch nie gemacht”, gestand er Leon. Der war nach Sekt, Smirnoff-Ice und Feigling nicht mehr der Schnelldenker vor dem Herrn und fragte irritiert: “Was?”
“Na gekifft, oder was ist das hier?”
“Ja. Ich auch nich, wenn es dich beruhigt.”
“Ehrlich gesagt, nich.”
Philipp gab allen Feuern. Er begann, genüsslich zu ziehen. Die anderen taten es ihm nach.
“Damit kann man richtig Kohle machen, Leute.” Philipp sagte es wie einer dieser Snobs im Amani-Anzug, die sich gerade eine dicke Zigarre angesteckt hatten, um ihr Geschäft zu genießen, bei dem sie gerade einen anderen unanständig, aber anständig über das Ohr gehauen hatten.
“Das Zeug riecht pervers”, flüsterte Chris Leon zu, “merkst du schon was?”
Leon lachte Chris an, legte seinen Arm um seine Schulter und begann mit den Fingern seine Schulter zu streicheln. “Du bist lustig und schöööön.”
Philipp streckte beide Arme zum Himmel aus und rief aus voller Kehle in die Straße hinein: “Hier bin ich frei. Hier darf ich’s sein.”

Sie gingen ins Wohnzimmer zurück und schlossen die Balkontür. Philipp legte sein Video ein.
"Von meinem Alten geborgt", erklärte er. Der Film zeigte eine junge Schwimmerin, die sich auf die Olympiade vorbereitete. Auf der Massagebank verpasste ihr Trainer ihr eine zusätzliche Trainingseinheit. Sex sei das beste Training für Olympia, erklärte der Coach seinem Schützling immer wieder. Karolin und Anita hatten ihre Köpfe auf Philipps und Andys Schultern gelegt, die sich an ihren Dödeln spielten. Chris und Leon hatten sich so in ihre Sessel gefletzt, dass die Köpfe weit über die Sessellehnen hinaushingen und sich berührten. Alle sechs hatten ein Grinsen aufgesetzt, das jeden Schmalztopf deutscher Volksmusik in den Schatten stellte.

Als Leon erwachte, war nur noch Chris im Wohnzimmer. Die Uhr zeigte kurz vor drei. Leon zog Chris vom Sessel, der erwachte und ließ sich bereitwillig auf die Couch führen. Sein blaues Muskelshirt war verschwitzt. Leon beugte sich herab und küsste Chris. Erst nur die Lippen, dann suchte seine Zunge Chris' Zunge. Sie fanden sich und spielten Wild West. Kein flüssiges Karussellfahren wie mit Tim. Immer wieder wechselte Chris den Rhythmus und die Richtung. Leon bekam das System nicht auf die Reihe. Er zog Chris das Shirt bis an den Hals, küsste seine Brustwarzen, dann glitt seine Zunge hinab zum Bauchnabel, während die Finger den Knopf und den Reißverschluss der Jeans öffneten. Chris wehrte sich nicht. Leon schob seine Hand erst unter die Jeans, dann unter den Slip, der genau so blau und eng war wie das Shirt. Seine Zunge tastete sich weiter abwärts, stieß an verschwitzte Haare, die sich eklig zwischen den Zähnen anfühlten. Leon weitete mit der Hand im Slip seine Einflugschneise. Da schnippte Chris' Latte auf dessen Bauch. Leon leckte die Eichel, dann weiter hinunter, soweit er kam. Sein Mund glitt zurück und nahm Chris' heißen Stolz zwischen die Lippen. Leon sah zwischendurch auf und registrierte Chris' wohligen Blick. Er hatte die Stirn in viele kleine Falten gelegt, die buschigen Augenbrauen weit hochgezogen und starrte an die Decke, stieß immer schneller mit seinem Becken kraftvoll in Leons Richtung, so dass der immer mehr Mühe hatte, die Kontrolle zu behalten. Als die Symbiose aus Leons Mund und Chris' extrem erigierten Glied auseinanderbrechen zu drohte, weil Chris' Bewegungen nicht mehr zu kontrollieren waren, ergoss sich ein heißer Schwall in Leons Rachen. Er verschluckte sich, hustete wie verrückt und hatte anschließend ein Muster weißer Flecken auf seinem T-Shirt. Es war glibberig in seinem Mund, schmeckte milchig und salzig zugleich. Als Leon sich wieder gefangen hatte, sah er Chris mit dem gleichen Gesichtsausdruck wie zuvor friedlich und glücklich wohl im siebenten Himmel träumen. Chris war weggetreten. Leon ging ins Bad, schmiss sein Shirt in den Wäschekorb und was blieb ihm nun übrig, als es sich wieder einmal selbst zu besorgen. Er war so aufgeheizt, dass er schon drei Minuten später wieder im Wohnzimmer war und sich neben Chris auf die Couch legte. Auch Leon entschlummerte in eine Welt der Träume.

Am Vormittag hatte ein geschäftiges Leben die Weinertstraße erfüllt. Hunde wurden Gassi geführt und beim Sonntagsbäcker frische Brötchen besorgt. Schließlich war Feiertag. Sonnenstrahlen kitzelten Leon aus dem Geburtstagsschlaf. Es war halb neun. Er reckte und streckte sich. Chris drehte sich auf die andere Seite und nahm keine Notiz. Er lag nur im Slip auf der Couch und hatte eine Morgenlatte. Zum anbeißen, dachte Leon, ließ ihn aber in Ruhe schlafen. In Leons Bett lag Karolin alleine, im Zimmer seiner Mama kuschelte Andy mit dem Kopfkissen. Von Philipp und Anita keine Spur. Leon fühlte sich matt. Eine Dusche würde ihm jetzt gut tun. Als er die Tür zum Badezimmer aufstieß, glaubte er seinen Augen nicht zu trauen. Ein Berg von Schaum ragte über den Rand der Wanne hinaus. Darin steckten zwei Köpfe, Philipps und Anitas. Beide blickten sich an. Anita saß offenbar auf Philipp. Die Szene war eindeutig. Leon glaubte es nicht.
“Verpiss dich. Lass uns noch fünf Minuten alleine”, schnarrte ihn Philipp an und wiegte Anita im Takt hoch und runter. Leon schloss die Tür und schmiss sich in der Küche kaltes Wasser ins Gesicht. Er setzte sich auf einen Küchenstuhl und legte seinen

Kopf in die Hände, die er mit den Ellenbogen auf dem Tisch abstützte.
“Guten Morgen, du Träumer. Hast du Philipp gesehen?”, fragte Karolin, als sie in die Küchentür trat und Leon so in Gedanken versunken sah. Dann kam sie näher auf ihn zu: “Guten Morgen erst mal, du Geburtstagskind. Alles Gute.” Karolin gab ihm einen Kuss auf die Wange.
“Danke. Du bist lieb”, antwortete Leon etwas abwesend, um sich dann einen Müllsack zu schnappen, um die Reste und Abfälle der Party einzusammeln. Als er mit Karolin auf den Flur trat, öffnete sich die Tür des Badezimmers und Philipp und Anita traten nur in ein Handtuch gewickelt ebenfalls auf den Flur.
Karolin stützte ihre Hände in die Hüften und schrie auf einmal los: “Sag’ mal, Philipp, was hat das zu bedeuten?”
“Wir haben zusammen geduscht. Du hast ja noch geschlafen”, log Philipp.
Karolin riss ihm das Handtuch runter, schaute ihm zwischen die Beine, guckte ihn aus wütenden Augen an und knallte ihm mit aller Wucht die flache Hand ins Gesicht: “So, so. Duschen heißt das jetzt. Du kotzt mich an, Philipp.” Dann zog Karolin auch Anita das Handtuch weg und scheuerte ihr ebenfalls eine. “Und du grins nich so blöd, du doofe Pute.” Vom Lärm erwacht stand dann auch Andy im Flur. Seine dicke Beule im Slip wurde zunehmend kleiner, als er Philipp und Anita nackt im Flur stehen sah, beide mit dem Abdruck eines Handtellers auf der linken Wange.
“Was ist denn das für ein Chaos am frühen Morgen?”, wollte Andy wissen.
“Die haben im Bad gefickt”, schrie Karolin.
“Wer?”, fragte Andy schlaftrunken.
“Philipp und Anita.”
Andy war auf Schlag hellwach. Seine Faust schoss in Philipps Konterfei und traf genau die Zwölf. Philipp blutete aus der Nase. Andy zog Anita am Arm ins Zimmer und brüllte sie an: “Zieh dich an du Schlampe, wir gehen.”
Karolin trat Philipp noch einmal anständig zwischen die Beine und sagte statt Tschüß: “Fick dich künftig selbst, du Arsch.”

Karolin ging. Laut fiel die Wohnungstür ins Schloss. Die Nachbarin war nicht mehr schnell genug, rechtzeitig an ihrer Tür zu sein. Doch sie sah, wie anschließend ein Mädchen und ein Junge und wenig später nochmal ein Junge, der an der Nase blutete, die Wohnung der Frau Doktor verließen. Das müsse sie heute Abend mal rauskriegen, was da los gewesen sein könnte. Schrecklich diese Jugend heutzutage. Laut und zu nichts zu gebrauchen, dachte die Nachbarin und stöhnte dreimal laut vor sich hin, ehe sie an den Küchentisch zurückkehrte, um die Kartoffeln weiter zu schälen.
Leon hatte den gesamten Müll in den Zimmern eingesammelt und auf den Hof gebracht. Vom Bäcker, der gleich um die Straßenecke seinen Laden hatte, brachte er vier frische Schrippen mit. Er machte heiße Schokolade, stellte Lätta, Marmelade und Käse auf das Tablett und ging damit ins Wohnzimmer. Er setzte sich zu dem immer noch schlummernden Chris auf die Couch. Vorsichtig kitzelten Leons Finger den Schlafenden am Ohr, dann am Hals, an den Brustwarzen, am Bauchnabel, dann glitten seiner Finger in den Slip. Auf Schlag setzte Chris seinen Oberkörper aufrecht: "Was soll das?", schnarchte er Leon an.
"Ich hab' Frühstück gemacht."
"Oh, hab' ich einen Kopp." Chris fasste sich mit schmerzverzerrtem Gesicht an den Hinterkopf.
"Wo ist euer Bad? Ich muss erst mal duschen!"
"Letzte Tür links."
Chris erhob sich langsam und stöhnte. Als er Leons Blick bemerkte, der auf seinen Slip fiel, hielt er sich die Hände vor und ging wortlos in Bad. Nach einer Viertelstunde kam Chris zurück.
"Lass uns zusammen frühstücken", bat Leon.
Chris schlürfte an der Schokolade, weniger weil sie heiß war, sondern weil er keinen Appetit hatte. Er quälte sich eine halbe Schrippe runter und meinte: "Hat keinen Zweck. Ich krieg' nix runter."
Leon setzte sich zu ihm auf die Couch, wollte seinen Arm um ihn legen und ihn streicheln und trösten.
"Lass das", forderte Chris erbost und rückte von Leon ab.

"Sorry. Ich dachte nur ..." Leon verkniff sich den Rest des Satzes.
"Wie bin ich überhaupt auf diese Couch gekommen?"
"Das weiß du nicht?"
"Nein, keinen blassen Schimmer."
"Was weißt du denn noch?"
"Wie wir auf dem Balkon waren und dann ein Porno mit 'ner Schwimmerin anfing."
"Und danach nix mehr?"
"Nee. Das war, glaub' ich, ein voller Black out."
"Das Gefühl hatte ich auch. Ich hab' dich ausgezogen und dich auf die Couch gepackt."
Chris sah Leon fragend an: "Und dann?"
"Nix und dann. Du hast gepennt."
"Mann, bin ich fertig. Wo sind denn die andern alle?"
"Die sind schon los."
"Wieso das? Wir wollten heute Mittag doch noch 'ne Runde durchs Viertel machen?"
"Die haben sich gestritten."
"Wegen Weiber oder Drogen?"
"Weiber. Philipp hat in der Badewanne mit Anita rumgemacht."
"Der war mir eh nich sympathisch. Komischer Typ. Ich nehm' nie wieder 'nen Joint."
"Denkst das ist davon?"
"Wovon sonst?"
"Du hast auch gang schön gepichelt. Hät' ich dir gar nich zugetraut."
"Quatsch. Leon, ich glaub' es ist besser, ich geh' jetzt auch. Hau mich zuhause noch ne Stunde aufs Ohr."
"Das kannst du hier auch."
"Ne, ne, lass ma. Ich hau' ab."
Leon brachte Chris zur Tür und hatte noch einen Haufen Arbeit vor sich, ehe Mama am Abend die Wohnung so vorfinden könnte, wie sie vor der Party gewesen war.

In der Hoffnung, die Party würde unentdeckt bleiben, schmiss Leon sich am späten Nachmittag auf sein Bett, schaltete den Fernseher und den Computer ein und harrte der Dinge, die da kommen sollten. Die Wohnung hatte nach seinem Eindruck das Aussehen wie vor der Party. Was sollte schon schief gehen, wenn Mama am Abend heim kommen würde. Leon träumte von Chris, von Kevin, von Tim, der ihm beide wegnahm. Davon, dass er viel Geld in der Tasche hatte und sich Chris und Kevin zurückholen würde. Das alles spielte sich unter glühender Sonne ab. Im Hintergrund rauschten die Wellen des Meeres und Leon aalte sich mit seinen Freunden unter Palmen. Sie hatten Drinks in der Hand, die bunt waren, schmusten miteinander, um sich anschließend wie wild zu küssen und zu befummeln.

"Sie haben Post!", meldete sich plötzlich die Stimme des Computers. Leon kehrte widerwillig aus seinem Tagtraum zurück in die ihn nervende Gegenwart. Sein Blick wandte sich zum PC, er stand auf und öffnete die Mail. Sie war von Tim. Leons Herz klopfte freudig. Doch nicht lange. Tim gratulierte ihm herzlichst zum Geburtstag, wünschte alles Gute und diesen ganzen Schmus. Doch dann ließ er Leon wissen, dass er am Sonnabend nicht zu seiner Feier kommen könne. Er habe mit seiner Kabarettgruppe kurzfristig einen Auftritt und anschließend eine Feier. Da er sich im nächsten Schuljahr größere Rollen erhoffe, wolle er diese Gelegenheit auf keinen Fall verpassen. Leon würde hoffentlich Verständnis dafür haben. Es bleibe aber bei der Einladung in den Sommerurlaub und er freue sich schon sehr darauf. Er solle es nun aber seiner Mama selbst sagen, damit Paps den Urlaub ordentlich planen könne. In der nächsten Woche wolle er wieder mehr am PC sein. Er habe die letzten Tage viel für eine Rolle lernen und üben müssen, die er am Sonnabend erstmals spielen werde.

"Gruß und Kuss Tim", war die Mail unterzeichnet. Leon wusste nicht, sollte er heulen, dass Tim nicht zur Geburtstagsfeier kommen könne oder sich freuen, dass sie sich auf alle Fälle wiedersehen würden. Leon nahm es als glattes Remis und ging wieder in die Waagerechte über. Er setzte sich die Kopfhörer seines Walkmans auf und zog sich die weiße Scheibe der Onkelz rein. Sie sangen gerade "Alles Fotzen außer Mutti. Nein, ich bin nicht krank. Ich bin nur ein bisschen anders. Und vor Frauen hab' ich, hab' ich Angst", als jemand heftig an Leons Arm rüttelte. Er riss sich die Kopfhörer runter, schnellte in den Sitz

und sah Mama vor sich stehen, die beide Arme in ihren Hüften abgestützt hatte.
"Guten Abend, mein Sohn."
"N'abend Mama."
"Eigentlich wollte ich dir erstmal alles Gute zum Geburtstag wünschen. Aber ehrlich gesagt, ist mir das schon wieder vergangen."
"Wieso denn das?"
"Also das erste als ich nach Hause war, dass Frau Winkler mich abgefangen hat, ..."
"Ach die alte Kuh!" Leon ahnte nichts Gutes.
"Bitte Leon, du sollst nicht immer so über unsere Nachbarin reden. Sie ist ein bisschen splienig, aber sonst doch eigentlich ganz nett."
"Wer's glaubt, wird selig, Mama."
"Jedenfalls hat sie mir erzählt, bei uns soll die Hölle los gewesen sein. Viele junge Leute wären hier gewesen, hätten viel Tamtam gemacht und sich geschlagen. Einer sei erst heute Morgen blutend nach Hause gegangen. Kannst du mir vielleicht mal erzählen, was das zu bedeuten hat?"
"Nichts, Mama. Ich hatte nur ein bisschen Besuch. Ein paar Kumpels haben mir zum Geburtstag gratuliert."
"Und warum bitte schön, wusste ich davon nichts?"
"Du warst doch eh nich da. Und da wollte ich dich nicht extra mit behelligen. Außerdem hat sich das gestern erst entschieden."
"Und was hat das mit Tamtam auf sich und der Schlägerei?"
"Wir haben weder Tamtam gemacht, noch hat sich einer geschlagen. Kannste glauben. Philipp ist einfach nur ausgerutscht im Bad und hat sich die Nase aufgeschlagen. Das war alles."
"Er hat also hier geschlafen?"
"Ja, in meinem Zimmer und ich auf der Couch im Wohnzimmer."
"So, so." Mama setzte zur Inspektion der Wohnung an. Es vergingen keine zehn Minuten, als sie erneut die Tür zu Leons Zimmer öffnete und ihm zurief: "Komm mal mit, mein Freund, du musst mir was erklären."

Leon erhob sich widerwillig und wusste, dass bei dieser Anrede, absolut nichts Gutes zu erwarten war. Nun begann Mama das wer-hat-aus-meinem-Becherchen-getrunken und wer-hat-in-meinem-Bettchen-geschlafen-Spiel in ihrer eigenen Dramaturgie aufzuführen. Leon war es schleierhaft, wie sie das bemerken konnte. Aber sie ließ keinen Zweifel daran, dass sie es ganz genau wissen würde. Leon war stinksauer. Warum musste sie aus diesen Kleinigkeiten immer gleich ein Drama machen. Aber typisch, dachte er, jede Mücke machte sie zum Elefanten, wenn es um ihn ging. Und das selbst an seinem Geburtstag. Und dafür solle er nun auch noch Verständnis haben. Den Schwall ihrer Worte nahm Leon nicht mehr in sich auf. Sie redete und redete, Leon hörte die Worte nicht, nur ihre Stimme.
"Das ist doch wieder typisch", meckerte sie, "alles was ich sage geht bei dir in einem Ohr rein und in dem anderen wieder raus. Wie stellst du dir das vor, Leon?"
"Ich stell' mir gar nichts vor, Mama. Wenn du nur noch rummeckern kannst, hättest du mich lieber abtreiben sollen. Dann hättest du jetzt deine Ruhe."
"Also das ist doch wohl die Höhe. Sag' mal, in welchem Ton redest du heute mit mir?"
"Also Sopran is' det uff keenen Fall."
Leon grinste und ehe er reagieren konnte, hatte er Mamas flache Hand im Gesicht. Leon blickte ihr tief in die Augen mit einem Gefühl, das er so noch nicht kannte. Ihm war, als würde Mama ihn in diesem Moment ausgesetzt haben, irgendwo an einer Bahnstation, die er nicht kannte, während sie selbst im Zug geblieben war und die Reise fortsetzte. Leon war so geplättet, dass er nicht mal in der Lage, den Arm hochzunehmen, um zu winken oder ihr zu zeigen, sie solle zurückkommen. Er stand regungslos an der Bahnsteigkante und sah teilnahmslos dem fahrenden Zug hinterher, bis er aus seinen Augen verschwand. Er spürte weder das Bedürfnis, hinterher zu rennen noch die Angst, Mama nie wiederzusehen. Er spürte nichts. Es war leer in ihm. Und so leer wandte er sich ab, ging in sein Zimmer, legte sich auf das Bett, nahm sich den Walkman, setzte die Kopfhörer wieder auf und ließ sich gefangen nehmen von den Rhythmen und Texten der Onkelz: "Für die Blinden und die Tauben. Noch

ein allerletztes Mal. Ihr wollt es immer noch nicht glauben. Ihr könnts nicht ändern, es ist wahr. Fahrt zur Hölle mit euren Lügen, die wirklich niemand braucht. Wir lassen uns nicht unterkriegen. Niemand hält uns auf. Fahrt zur Hölle."

5

"Erfolge muss man langsam löffeln, sonst verschluckt man sich."
(Nina Ruge)

Neubrandenburg

Das Haus der Kultur und Bildung war fast bis auf den letzten Platz gefüllt. Vom Oberbürgermeister über den Schulleiter bis zu seinem Vater sah Tim viele bekannte Gesichter. Die Gala aus Anlass des Kindertages war eine Benefizveranstaltung zu Gunsten von Unicef. Da wollte natürlich niemand fehlen, der etwas auf sich hielt. So war es auch mit seiner Kabarettgruppe. Die “Frechen Rotzlöffel” hatten ein neues Stück mit dem Titel “Stadt der Engel” vorbereitet, das sich mit der zunehmenden Jugendkriminalität in der Stadt befasste. Mord und Totschlag standen in den letzten Jahren ebenso auf der Tagesordnung wie Drogenkonsum, Graffiti und Diebstahl. Das Stück befasste sich mit der Frage, wie man das ändern könne. Und Tim spielte darin einen Arzt, der allen Eltern half, ihre auf die schiefe Bahn geratenen Kinder zu heilen. Er spritzte ihnen weibliche Hormone, die bewirkten, dass kriminelle Jungs sich in weibliche Engel verwandelten. Einen der schwierigsten Patienten spielte Denis, der drogenabhängig war, dealte und sich mit Diebstählen und Einbrüchen sein Taschengeld verdiente. Als Denis im Finale dem Arzt die Hormone stahl und diese sich aus Versehen selbst spritzte, weil er zur falschen Ampulle griff, war auch der letzte Jugendkriminelle bekehrt und die Stadt wurde deutschlandweit berühmt als Stadt der Engel. Es waren für Tim und Denis die bisher größten Rollen bei den Frechen Rotzlöffeln und beide verdienten sich den Applaus des Publikums mit viel Mimik und Gestik. Tim hielt am Ende Denis an der Hand, beide verbeugten sich, genossen den Beifall und Tim drückte Denis Hand fester, als er es eigentlich gewollt hatte. Doch Denis versuchte sich nicht zu befreien, er drückte zurück und beide schauten sich in die Augen, aus denen gemeinsames Glück zu sprechen schien. Für Augenblicke waren sie sich so nahe wie noch nie.
“Du warst Klasse”, sagte Tim hinter der Bühne.

“Du auch”, gab Denis das Kompliment zurück.
“Sehen wir uns nachher auf der Feier?”
“Aber volle Kanne.”
Dann lauschten sie den Klängen des Chores und den Stücken der Musikschüler, die das Finale der Gala bestritten.
Es war eine Feier, die wie immer mit einer Dankesrede des Kabarettleiters begann. Dann gab es belegte Brötchen, die vermutlich eine Spende waren. Jedenfalls schmeckten sie so pappig, dass wohl kein Bäcker mehr dafür hätte Geld verlangen dürfen. Obwohl, sicher sein sollte man sich dessen nicht. Bei ihrem letzten Einkauf im Marktplatzcenter hatten Tim und Paps beim Bäcker belegte Brötchen gegessen, die vermutlich vom Vortag aufgebacken waren.
Da hielt ihm Liane, eine Betreuerin der Kabarettgruppe, einen Korb mit Losen vor die Nase und sagte: “Nimm dir eins.”
“Muss das sein?” Tim ahnte, dass die Feier wieder mit irgendwelchen Spielen in Schwung gebracht werden sollte, die vermutlich schon Paps während seiner Schulzeit hatte spielen müssen. Tim konnte diese Spiele überhaupt nicht ausstehen, bei denen man Dinge machen musste, zu denen man gar keine Lust hatte.
“Mitgehangen, mitgefangen”, meinte Liane nur. Tim zog ein Los, öffnete es und lachte. “Pittiplatsch”, stand auf seinem Los. Neben ihm stand Denis, der gerade ein Käsebrötchen vergewaltigte. Beim Abbeißen wurde es immer länger und länger, so dass Tim schon helfen wollte, es wie einen Kaugummi in der Mitte durchzureißen, als Denis es gerade geschafft hatte. Auf seinem Gebiss sah Tim die silberne Klammer glitzern, die Denis schon immer interessant gemacht hatte, besonders wenn er lachte. Jetzt lachte Tim und fragte neugierig: “Was hast du gezogen?”
“Erst du,” nuschelte Denis.
“Beiß noch ma ab. Du hast noch keine siebenhundert Gramm im Mund.”
Denis schob die zweite Hälfte des Brötchens hinterher: “Ha, ha!”
Vanessa drängelte sich zwischen die einzigen beiden Jungs der Gruppe: “Na ihr Helden, was steht denn auf euren Losen?”

“Vanessa”, lachte Tim.
“Verarschen kann ich mich alleine.”
“Doch ehrlich. Willste sehen?”
Vanessa drehte Tim den Rücken zu, griff Denis Hand und versuchte zu erhaschen, was auf dem Los stand. Doch Denis ballte seine Hand zur Faust und verbarg das kleine Stückchen Papier darin.
“Ne, ne. Soll doch ’ne Überraschung werden”, meinte Denis und bewegte seinen Zeigefinger vor Vanessas Augen hin und her.
“Alle mal hergehört”, rief Liane, “ich rufe jetzt immer Paare auf, die bitte dann zusammen nach vorne kommen.”
Hänsel und Gretel wurden gerufen. Dann Max und Moritz, Schneeweißchen und Rosenrot, Romeo und Julia, Wum und Wendelin und viele andere. Dann rief Liane: “Pittiplatsch.”
Tim blickte zu Denis, musste lachen und ging nach vorne. Kaum hatte er den ersten Schritt gemacht, blökte auch Denis los. Tim wunderte sich über dessen Ausgelassenheit und schüttelte mit dem Kopf. Als Liane dann Schnatterinchen rief und Denis sich zu Tim gesellte, schütteten sich beide aus vor Lachen, schlugen sich gegenseitig auf die Arme und grinsten sich an. Als Vanessa an ihnen vorbeiging, blickte sie beide an und tat herablassend: “Na, bisschen Rumschwuchteln heute, tätätä”, und legte ihre Hand mit fünf abgespreizten Fingern auf Denis Schulter. Als er nicht reagierte, warf sie ihre langen Haare zurück, hob den Kopf und ging achtlos weiter.
Die Musik begann alles zu übertönen. Vanessa drehte beiden auffällig den Rücken zu. Tim und Denis, die einzigen beiden Jungen der Gruppe, mussten als Pittiplatsch und Schatterinchen die erste Runde zusammen tanzen. Liane hatte eine CD eingelegt, bei der das kein Problem war. Ein Hit von Modern Talking plärrte aus den Lautsprechern. Tim vermochte nicht zu sagen, wie er hieß. Für ihn klang ein Titel dieses Popduos wie der andere. Tim bewunderte Denis, mit welchem Hüftschwung er sich bewegte und wie federleicht es aussah, wenn er sein Gewicht von einem auf das andere Bein verlagerte. Tim hatte mehr das Gefühl, wie ein Bär umherzutappen. Deshalb tanzte er auch nur widerwillig. Doch in diesem Moment machte er sich gar nichts daraus. Er stand neben Denis und sie beide in einem

großen Kreis mit vielen anderen und sie bewegten sich nach den Songs, die Liane einschob. Nur Vanessa und einige andere machten ihr eigenes Ding, hielten sich abseits von den anderen.

“War mal ’ne tolle Party, oder?”, meinte Tim zu Denis auf dem gemeinsamen Heimweg.
“Ich wusste gar nicht, dass du tanzen gelernt hast”, foppte Denis.
“Ich auch nicht.”
“Dafür war’s gar nich schlecht.”
“Weißt du, wer mir auf den Zopp geht?”
“Vanessa.”
“Stimmt.”
“Mach’ dir nichts draus. Ich glaub’, die will was von mir. Kein Tag in der Schule, wo sie mich nich anmacht.”
“Und du willst nich. Ist doch keine schlechte Torte.”
“Alles Fassade. Vergiss es. Nur große Klappe. Aber dumm wie Bohnenstroh.”
“Soll doch auch was für sich haben.”
“Dumm bumst gut, meinst du.”
“Zum Beispiel.”
“Vergiss es. Nich ma, wenn ich beide Hände in Gips hätte.”
“Nich dein Typ?”
“Deiner etwa?”
“Schon gar nicht. Was machste eigentlich morgen?”
“Wir fahrn zu meinem Onkel. Der hat Geburtstag.”
“Schade.”
“Wieso?”
“Hättst mal wieder vorbeikommen können. Oder wir wär’n mal wieder ins Kino gegangen.”
“Nee, geht nich. Aber andermal vielleicht.”
Denis schlug Tim seine Hand auf den Rücken: “Machs gut, Alter.”
“Hau rein.”
Ihre Heimwege trennten sich an der Konzertkirche.

Paps hatte ein außerordentlich komfortables Frühstück zubereitet. Es war zwar Sonntag, aber so fürstlich wurde bei Königs nur an besonderen Tagen gefrühstückt.

“Heute Feiertag, Paps?”
“Könnte man so sagen.”
“Haben wir im Lotto gewonnen?”
“Leider nicht. Das wär’ schön.”
“Was denn? Hab’ ich was verpasst?”
“Mein Sohn hat toll gespielt gestern. Ich bin stolz auf dich!”
Paps hob sein Glas mit Multivitaminsaft, hielt es Tim entgegen, dem er auch eins eingeschenkt hatte. Sie stießen an.
“Auf dich”, sagte Paps.
“Und auf dich”, erwiderte Tim.
Paps hatte Eierkuchen gebraten, Kiwis und Orangen in Scheiben geschnitten, frische Brötchen vom Bäcker am Bahnhof geholt, heiße Schokolade aufgegossen und sogar ein Eis mitgebracht.
“So könnten wir jeden Sonntag frühstücken”, schwärmte Tim.
“Dann wäre es ja nichts Besonderes mehr.”
“Aber schön wär’s, Paps.”
“Da hast du Recht. Und wer Recht hat, gibt einen aus.”
“Da hast du wieder Recht.” Tim flachste. Sie lachten und genossen das Frühstück, ehe Paps sich eine Stunde später auf den Weg in die Redaktion machte.

Als Tim mittags den Computer anschaltete, lag schon eine Mail in seinem Briefkasten. Eine Mail von Leon:

“Der Geburtstag war eine totale Pleite. Mama hat mitgekriegt, dass ich Mittwoch eine kleine Party gegeben habe. Die Kumpels haben hier gepennt und unsere Nachbarin hat uns verpfiffen. Hoffentlich begegne ich der Schreckschraube nicht mal nachts alleine auf der Straße. Gestern haben wir in Familie gefeiert, so ähnlich wie bei dir. Es war nicht besonders toll. Mama macht mir immer noch Vorwürfe wegen der Fünfen und der Party. Mich kotzt das alles an. Aber das schlimmste ist, dass sie mir nicht erlaubt, mit euch in Urlaub zu fahren. Sie hat gestern mit meinem Vater abgemacht, dass ich die ganzen Sommerferien bei ihm bleiben werde. *angeschissenseinunendlich*
Mein Vater hat in die gleiche Kerbe gehauen wie Mama. Aber mehr wegen der Fünfen, weniger wegen der Party. Ich wollte am Wochenende zu ihm fahren. Das kann er aber nun vergessen.

Schließlich bin ich in den Sommerferien fast sechs Wochen bei ihm.
Wie geht es dir? Bist du noch grantig wegen unserem letzten Gespräch? War nich so gemeint. Aber ich hätte meine linke Hand gewettet. Bin Rechtshänder. *g*
Na ja, man kann sich auch mal irren. Sorry. Ich würde dich trotzdem gerne wiedersehn. Können wir uns im Sommer trotzdem treffen? Wie weit ist Greifswald von Neubrandenburg weg? 100 km? Vielleicht kannst du mich ja besuchen. Vielleicht ist mein Vater ja auch spendabel und ich kann zu dir kommen. Im Moment bin ich völlig abgebrannt. Dabei habe ich Ende des Monats eine Einladung, einen Kumpel aus dem Internet kennen zu lernen. Die Woche krieg' ich wohl wieder zwanzig Euro. Aber die reichen kaum bis dahin. Wie viel Taschengeld kriegst du eigentlich? Auch so wenig? Bestimmt nich, oder? Mein Vater hat mir ein Buch geschenkt: "Warum Männer nicht zuhören und Frauen schlechter einparken". Damit ich Mama besser verstehn kann, hat er gesagt. Am liebsten hätte ich es aus dem Fenster geworfen. Das hätte er besser lesen sollen, als er mich gemacht hat. Jeder versucht, an mir rumzudoktern und rumzuerziehn. Ich find' das zum kotzen. Die sollten sich mal lieber um sich selbst kümmern. Geht dir das manchmal auch so? Ich darf mir gar nicht vorstellen, was passiert, wenn ich Mama erzähle, dass ich schwul bin. Ich glaub', dann kann ich ausziehn und von der nächsten Brücke springen. Manchmal denke ich, das wäre das beste. Gut, dass du dieses Problem nich kennst. Ich mag dich trotzdem. Lass mal wieder von dir hören. cu Leon."

Tim fand das gar nicht komisch, was Leon ihm da offenbarte. Wie kann man nur an so was denken, fragte er sich. Tim kannte Leon von den gemeinsamen Tagen als einen lebenslustigen Typ, einen ulkigen Vogel, wie er es selbst gerne sein würde. Doch irgendwie war das nicht so sein Ding. In den letzten Tagen hatte Tim sehr viel im Internet rumgeschnüffelt. Er hatte Storys und Steckbriefe, Coming-out Geschichten und Anzeigen bei *dbna* und auf anderen Seiten gelesen, sich Fotos von Boys angesehen, die ihm schon etwas gaben. Das konnte er nicht bestreiten. Ob er aber deshalb schwul sein musste? Tim verneinte es. Schließlich

wichsten viele Jungs heutzutage zusammen. Sonst wäre so eine Szene wie das Kekswichsen in *Crazy* wohl kaum bis ins Fernsehen gelangt. Und das war nun mal so. Zwei Steckbriefe hatte Tim sich sogar ausgedruckt. Er fand sie so interessant, dass er sie mehrmals gelesen hatte. Warum, vermochte er nicht zu sagen. Da war ein 15jähriger Berliner, der sich mit 13 geoutet hatte und das als totale Scheiße beschrieb, dessen erste Liebe ein Arschloch gewesen sein soll, wie er selbst schrieb. Noch interessanter aber fand Tim die Seite eines ein Jahr jüngeren Rheinländers. Der hatte die Mail-adresse *ich-bremse-auch-fuer-heten*. Wie auch immer er das meinte, es brachte Tim zum Schmunzeln. Über sein Coming-out schrieb er, dass er das mit 13 hatte, er wisse, dass das ziemlich früh gewesen sei, seine Eltern wären geschockt gewesen und hätten unwahrscheinlich viel Stress gemacht, seine Freunde hingegen hätten es ziemlich cool aufgenommen, wobei die meisten alle Mädels gewesen wären. Das klang ziemlich ernst. Grinsen musste Tim hingegen wieder, als er las, wie der Typ sich den Boy seiner Alpträume vorstelle: "fett, rülpst, furzt, säuft zuviel Bier, guckt Fußball und ist ungepflegt ... dann könnt' ich mir ja gleich 'ne Hete angeln!"
Der Typ war Tim irgendwie total sympathisch, seine Art und Weise zu schreiben, bereitete einfach Spaß. Tim hätte ihn gerne kennen gelernt. Doch einerseits glaubte Tim nicht daran, schwul zu sein, andererseits würde es ihm nichts ausmachen, mit einem Typ, der auf Jungs steht, zusammenzusein. Auch Leon war ihm schließlich überaus sympathisch. Doch Rheinland? Das musste unwahrscheinlich weit weg sein. Vielleicht würde er irgendwann einmal dem Berliner Typ schreiben. Vielleicht ihn mal kennen lernen, wenn er Leon besuchen würde. Das könnte sein, dachte Tim, schob die Gedanken aber wieder beiseite. Die ausgedruckten Seiten steckte er in einen Karton, den er mit anderen Heimlichkeiten tief unten im Schrank mit seinen Schulsachen versteckte. Da würde Paps nicht nachsehen, falls er so was überhaupt mal in Erwägung ziehen würde, wenn Tim seine schlampige Ader wieder mal übertreiben würde. Doch eigentlich hatte er das recht gut im Griff.
Tim überlegte, ob er Martin mal anrufen sollte. Vielleicht einfach so. Mal einfach so nur quatschen und vielleicht auch

über Leon reden. Tim verstand nicht, warum seine Mama ihm soviel Stress machte. Klar, war dass Scheiße, wenn man in einer Woche drei Fünfen kassierte und sich sein Zeugnis versaute. Auch eine heimliche Party hätte Paps sicher vergnatzt, aber deswegen hätte er garantiert nicht gleich das ganze Leben in Frage gestellt. Tim beschloss, mit Paps zu reden. Er hatte sich auf Gran Canaria so gut mit Leons Mama verstanden, dass Tim schon gedacht hatte, sein Erzeuger hätte sich verknallt. Da er das ja aber bestritt, sollte er Leons Mama einfach mal cool anrufen können. Tim würde ihn jedenfalls darum bitten. Wenn möglich gleich am Abend. Doch erstmal musste er Leons Mail beantworten und ihm Mut machen:

Hi Leon. Lass den Kopf nich hängen. Noch ist nich aller Tage Abend, würde Paps jetzt sagen. Ich rede heut Abend mit ihm, dass er mal mit deiner Mama redet. Vielleicht kann er ja helfen. Ich find' das auch total Scheiße. Ich hab' mich schon so auf die zwei Wochen gefreut. Was soll ich ohne dich bloß machen? Du musst unbedingt mitkommen. Kannst du das nich mit deinem Vater regeln? Is' der auch so uncool?
Was erzählst du fürn Scheiß von wegen Brücke und so. Ich versteh' nich, was du meinst. Is' das so schlimm, schwul zu sein? Ich denk' schwul ist cool, hast du gesagt. Ich glaub' nich, dass ich es bin. Nur weil ich beim Wichsen an Jungs denke. Das ist doch normal. Hast du Crazy gesehn? Da haben sie es auch gemacht. Aber ich mag dich trotzdem. Habe übrigens auf dbna viel gesurft. Keine schlechte Seite. *g*
20 Euro ist wirklich bisschen wenig. Musst du davon auch noch alle Schulsachen kaufen? Ich krieg' dreißig. Aber Paps bezahlt, was ich für die Schule brauche. Nur wenn ich was kaputt mache oder verliere, muss ich es vom Taschengeld ersetzen. Doch am Ende ist auch immer noch zu viel Monat übrig. *g*
Mit 20 würd' ich nie auskommen.
Gestern hatten wir unseren Auftritt. War toll. Gab viel Beifall. Denis und ich haben uns auch viel Mühe gegeben. Die Party anschließend war auch ganz gut. Schade, dass das ausgerechnet an deim Geburtstag sein musste. Aber ging nich anders. Tja, nu

darfste nich mehr klaun, wa. Sonst gibt es Ärger, aber nich mehr mit Mama. *g*
Was is' das fürn Typ, den du besuchen willst? Wie haste ihn kennen gelernt? Wo wohnt der denn? Wann fährst du? Erzähl doch mal. *neugierigsein*
Ich wollte heut' mit Denis ins Kino. Aber er musste zum Geburtstag. Sein Onkel oder so. Schade. Nun hock ich wieder einen Tag zu Hause. Paps ist auf Arbeit. Muss bis zum Urlaub jeden Sonntag arbeiten, weil ein Kollege Urlaub macht. *kacke*
Werd' heut' das Buch von Martin anfangen. Vielleicht is' es ja doch so schlecht nich wie es aussieht. Aber über 400 Seiten is' ja schon mal voll daneben. Was is' das fürn Buch, das du gekriegt hast?
Wird schon irgendwie klappen im Sommer, dass wir uns sehn. Ich rede heut abend mit Paps. Melde mich dann. Reinhaun. Dein tim. *g*

Tim überflog die Mail noch einmal und jagte sie dann los. Er nahm ‚Die Mitte der Welt' aus seinem Bücherregal und begann zu blättern. Er musste an Martin denken. Dann begann er zu lesen. Erst als Paps am Abend von der Arbeit kam, legte er das Buch wieder aus der Hand. Gut einhundert Seiten hatte Tim geschafft, die anstrengend waren, aber interessanter als er gedacht hatte.
“Na, Tim, Hausaufgaben alle fertig?”, fragte Paps zur Begrüßung.
“Wir hatten keine auf. Hab' ich dir doch erzählt.”
“Ach ja. Und was hast du den Tag so angestellt?”
“Ich hab' Martins Buch gelesen und mit Leon gemailt.”
“Wie geht's ihm?”
“Beschissen.”
“Warum das?” Paps zeigte sich überrascht.
“Seine Mama macht ihm Stress.”
“Wegen der Fünfen immer noch?”
“Auch. Und er hat 'ne Party gegeben zum Geburtstag, ohne sie zu fragen.”
“Das macht man natürlich nicht.”

“Du hast gut reden, Paps. Nun darf Leon nicht mit in den Urlaub.”
“Das ist natürlich Mist, oder?”
“Mist? Das ist totale Scheiße, Paps.”
“Na, na. Was sind das für Worte außerhalb der Toilette?”
“Die man auf die Schippe nimmt, nicht in den Mund, ich weiß. Is’ doch aber so.”
“Dann müssen wir eben alleine fahren. So war es ja auch geplant.”
“Nein, Paps. Das kommt nicht in Frage.”
“Wie stellst du dir das vor? Soll ich wegen Leon den Urlaub absagen? Ich freue mich schließlich auch schon ein halbes Jahr darauf.”
“Das nicht. Aber du musst seine Mama eben überzeugen, dass er doch mitkommen darf.”
Paps guckte seinen Sohn an, als hätte er ihm gerade erzählt, am Nachmittag wäre ein Ufo auf dem Balkon gelandet.
“Guck nicht so, Paps. Ich weiß, dass du das schaffst.”
“So, meinst du? Ich ruf’ Irene, ich meine, Frau Kasch an, und sage, Leon muss unbedingt mitkommen, sonst will Tim auch nicht mehr. Entweder Leon darf mit oder der Urlaub ist versaut. So etwa?”
“Genau, Paps. Du machst das schon!”
Tim stand auf, ging auf Paps zu, schlug ihm wie ein Mann auf die Schulter und sagte: “Du bist doch mein Bester, Paps.”
Dann umarmte er ihn. Es fehlten nur noch wenige Zentimeter, dann würde Tim seinen Vater eingeholt haben. Zumindest was die Größe betraf. Paps schluckte und gab sich geschlagen: “Ich werde es versuchen. Aber nicht heute Abend. Und ich verspreche nichts.”
“Brauchst du nich. Ich weiß: Du kriegst das hin, Paps!”

6

"Geld macht nicht glücklich. Aber es erlaubt einem, sich sein Elend selbst auszusuchen."
(Volksmund)

Berlin

“Tausendmal berührt, tausendmal ist nichts passiert”, plärrte der Berliner Rundfunk, als Leon in die Küche trat. Seine Mutter saß am Tisch und frühstückte in aller Ruhe.
“Morgen, Leon”, sagte sie.
“Mama, was machst du denn hier?”
“Passt es dir nicht, dass ich mal zuhause bin? Ich habe heute frei und das ganze Wochenende auch. Wir könnten also mal wieder was zusammen unternehmen, wenn ich heute die Wäsche fertig habe und du vom Klavierunterricht kommst.”
“Ach ja, den hätt’ ich ja bald vergessen.”
“Du hast dir schon mal mehr Mühe gegeben.”
“Och, das täuscht, Mama.”
“So, so. Ich würde am Wochenende nämlich noch gerne was mit dir bereden.”
“Was denn?”
“Die Zeit ist jetzt zu kurz. Deshalb sollten wir am Wochenende vielleicht irgendwo hinfahren.”
“Mama, ich wollt’ doch morgen zu ’nem Freund fahren. Das hab’ ich dir doch erzählt.”
“Vergiss es. Leute treffen, die du gar nicht kennst. Weißt du, was da alles passieren kann. Und in den Zügen treiben auch so viele Menschen ihr Unwesen. Was man da alles liest und hört. Schmink dir das ab.”
“Aber ich hab’ doch sogar schon ’ne Karte für das Konzert von Kevin.”
“Leon, ich habe nein gesagt. Und dabei bleibt es. Was hältst du davon, wenn wir nach Bad Saarow fahren? Da gibt es einen schönen Badesee und ein gutes Hotel.”
“Keine Lust, Mama. Ich fahr’ zu Kevin.”

“Nein, Leon. Das Thema ist ausdiskutiert. Dann bleibst du eben zuhause. Und wir reden heute Abend nochmal über das Wochenende. Und dann hat Herr König gestern angerufen.”
“Das heißt, ich darf doch mit Tim in Urlaub?”
“Das heißt es nicht. Aber wir können heute Abend noch einmal in Ruhe darüber reden, einverstanden?”
Leon nickte. Kevin, Kevin, Kevin, hämmerte es in seinem Kopf. Kevin, Kevin, Kevin. Tim, Tim, Tim. Er verließ das Haus, ohne Tschüß zu sagen. Irene Kasch schüttelte den Kopf und genoss die Ruhe des Morgens und schlürfte genussvoll an ihrem Milchkaffee. Endlich drei freie Tage, zum ersten Mal seit der Chefarzt in Urlaub gegangen war. Sie freute sich auf ein stressfreies Wochenende und hoffte, dass Leon keine Probleme machen würde. Denn der Bengel wäre ja nun alt genug, sie endlich verstehen zu können.

Leon war weder in der Schule noch beim Klavierunterricht so richtig bei der Sache. Das Stück von Liszt spielte er mehr schlecht als recht. Immer wieder musste seine Lehrerin ihn korrigieren. Frau Rosenski war schon total genervt. Sie mochte Ende Zwanzig sein, bildhübsch, wie Leon fand, der allerdings inzwischen bedauerte, dass sie kein Mann war. Er kam blendend mit ihr aus, nachdem die ersten Stunden schwierig waren. Aber die fünf Jahre waren schnell ins Land gegangen. Und nach so mancher Stunde tranken sie jetzt zusammen noch einen Apfelsaft, ab und zu auch mal eine Cola. Dabei plauschten sie über die Schule, das Wetter, die Berliner Kulturbanausen, womit Frau Rosenski zumeist den Senat, also die Politiker, meinte, die ihrer Meinung nach immer am falschen Ende sparen würden. Oft sprachen sie auch über die Gefühle. Wie man mit seinem Spiel Trauer, Angst, Freude oder Liebe ausdrücken kann. Dem Thema Liebe war Leon aus dem Weg gegangen, weil Frau Rosenski wissen wollte, ob er schon ein Mädchen habe. Das war erst zwei oder drei Monate her. Leon war dem Thema derart aus dem Weg gegangen, dass seine Klavierlehrerin ihn nicht wieder gefragt hatte, sondern sich wunderte. So einem Berliner Bengel müssten die Girls doch scharenweise nachlaufen. Wenn er wollte, könnte er an jeder Hand so viele wie Finger haben. Doch sie wusste, dass Leon manchmal etwas verdreht war. Vor fünf Jahren hatte es fast ein Vierteljahr gedauert, bis sie ihrem Schützling, dem sie sofort Talent bescheinigt hatte, erklären konnte, dass man ihren Namen nicht Rosen-schi, sondern Rosens-ki aussprach, eben genau so, wie man ihn schrieb. Erst als sie es ihm rein orthografisch erklärt hatte, kapierte Leon es. War schon komisch. So ähnlich durcheinander war Leon auch an jenem Freitag, der mit der Überraschung begonnen hatte, dass seine Mutter ein freies Wochenende mit ihm verbringen wollte. Leon dachte an Kevin. Guter Rat war teuer.

Leon fand sich nach dem Klavierunterricht auf einer Bank wieder, wo er vor sich hinträumte. Menschen eilten vorüber, die hastig Wochenendeinkäufe erledigten. Es war Freitag-nachmittag. “Ab eins macht jeder seins”, brabbelte sich Leon in den Bart. Den Spruch hatte er bei seinem Vater aufgeschnappt, der am Freitagnachmittag unbedingt noch etwas mit der Stadtverwaltung bereden wollte, als es um einen ökomenischen Gottesdienst ging. Aber er konnte niemanden erreichen. Leon hatte sich den Spruch gemerkt. Auch Witze konnte er sich schnell einprägen. Nur schade, dass er selten Gelegenheit hatte, sie zum Besten zu geben. Jeder macht seins. Das war das Stichwort. Mama würde nach Bad Saarow fahren und er zu Kevin. Das könne doch kein Problem sein. Doch, er hatte kein Geld, die Fahrkarte zu bezahlen. Seine letzten Reserven waren aufgebraucht. Von den zwanzig Euro Taschengeld hatte er noch sechs in der Tasche. Die würden niemals reichen. Und Schwarzfahren? Das Risiko war Leon zu groß. Wenn er erwischt werden würde, müsste er irgendwo unterwegs aussteigen und per Anhalter zurücktrampen. Er spielte eine Weile mit dem Gedanken, verwarf ihn dann aber wieder. Alle seine Gedanken kreisten um die Frage, wie er am Freitagnachmittag zu so viel Geld kommen könnte, dass er zu Kevin fahren konnte. Banküberfall? Das war zu kompliziert. Außerdem brauchte er ja keine Million. Im Supermarkt klauen und die Beute anschließend verkaufen? Das würde Tage dauern. Dann eher in einem Kaufhaus. Gelänge es ein paar CD oder einen Fotoapparat, ein Handy oder ähnliches mitgehen zu lassen, würde das Geld sicher reichen. Doch an wen sollte Leon die Beute verscherbeln? Er wusste es nicht. Also auch keine gute Idee. Leon grübelte. Er holte sich von Eisstand gegenüber eine Tüte mit zwei Kugeln. Mit dem Italiener konnten sie nicht mithalten. Aber sie waren erfrischend, wo die Temperaturen an diesem Wochenende erstmals nahe der dreißig Grad lagen. Und dann dauerte es nicht lange, bis sich Leon an einen Film im Fernsehen erinnerte. Türkische Jungs verdienten sich ihr Taschengeld in München auf der Bahnhofstoilette. Da sie immer chronisch pleite waren und von ihren Eltern nichts bekamen, war es ihr einziger Ausweg. Leon überlegte. So könnte er heute noch zu fünfzig oder hundert Euro kommen. Auf dem Alexanderplatz müsste das doch auch möglich sein. Er brauchte nicht mehr zu machen als in jener Nacht mit Chris. Das hatte Spaß gemacht. Für fünf Minuten fünfzig oder hundert Euro, das wäre ein Stundenlohn von mindestens sechshundert Euro. Wer würde schon so viel verdienen? Doch dann musste Leon an Typen denken, die ihn vielleicht anquatschen würden. Alte Greise mit Schwabbelbauch, Alkohol- oder Knoblauchfahne, Typen mit ungewaschenen Slips, die nach Urin stanken und aus den Klamotten nach Nikotin und Mülltonne rochen, kamen ihm in den Sinn. Leon schüttelte es. Bei den Gedanken wurde ihm speiübel. Er würgte. Denn das Eis suchte den Weg zurück, woher es gekommen war. Leon schlug sich auf den Bauch. Ich bin doch keine Kuh, die alles wiederkäut, dachte er. Er unterdrückte den Brechreiz, spürte aber einen ekelhaften sauren Geschmack im Mund, nachdem er einmal gerülpst hatte. “Prost”, hatte ihm ein Mann im Vorübergehen zugerufen. Leon sah ihm entgeistert nach. Doch in diesem Moment hatte es Klick gemacht. Als hätte jemand “Heureka” in seinem Gehirn gerufen. Leon packte die Mundharmonika aus seinem Rucksack aus. Er konnte nicht besonders gut darauf spielen, aber für diesen Zweck würde es reichen. Leon riss eine Seite aus seinem Mathehefter, schrieb in großen Buchstaben darauf: “Tiere brauchen Futter. Bitte spenden auch Sie!” Er klemmte den Zettel neben sein Basekap, dass er neben sich auf die Bank legte. Dann begann er zu spielen. Passanten schauten ihn mitleidig an. Die meisten gingen achtlos vorüber.

“Dieses Pack wird auch immer jünger”, meinte eine ältere Dame, die drei Plasttüten aus den feinsten Läden in ihren Händen hielt. Doch Leon ließ sich nicht entmutigen. Je länger er spielte, desto mehr Münzen flogen in sein Basekap. Nach zwei Stunden machte er eine Pause und Kassensturz. Siebzehn Euro vierundsechzig zählte er. Na bitte. Doch für eine Fahrt zu Kevin würde auch das nicht reichen. Leon war enttäuscht. Er stieg in die nächste Straßenbahn und fuhr Richtung Alex. Das letzte Stück legte er zu Fuß zurück. Er musste sich entscheiden, seine Mundharmonika wieder auszupacken oder sich vor die Herrentoilette zu stellen, so wie er es in dem Fernsehfilm gesehen hatte. Leon rechnete, er brauchte wenigstens nochmal vierzig oder fünfzig Euro. Selbst, wenn er mit der Mundharmonika noch einmal zwanzig verdienen würde, dann würde das Geld immer noch nicht reichen. Diese Erkenntnis war so schmerzhaft, dass es Leon wieder den Magen umdrehte. Doch was blieb ihm weiter übrig? Er musste sich jetzt entscheiden, entweder er fuhr nach Hause, wo Mama vermutlich schon auf ihn wartete, oder er nahm die Aktion Toilette in Angriff. Fünf Minuten ekeln für zwei schöne Tage? Leon schien diese Aussicht es wert zu sein, das Wagnis einzugehen. Er schlenderte unauffällig in Richtung Herrenklo, schaute sich drinnen um, leerte seine Blase, die es sogar nötig hatte, obwohl Leon zuvor überhaupt keinen Drang verspürte. Er verließ das Örtchen wieder und begann einen Rundgang. Als er sich zum zweiten Mal der Tür mit dem Männchen näherte, stellte er sich wenige Schritte daneben, lehnte sich mit der linken Schulter, über der er den Rucksack trug, an die Wand, schob das Basekap kokett in den Nacken und steckte die rechte Hand halb in seine Hosentasche der schwarzen Jeans. Er spürte Schweißflecke unter den Armen seines weißen T-Shirts. Er schwitzte, als käme er gerade vom Sportunterricht. Leon posierte keine fünf Minuten, als ein großer, schlanker Mann in schwarzer Anzughose, weißem Hemd und auffallend gelber Krawatte schnurstracks auf ihn zukam. Die schwarze Anzugjacke hielt er lässig über der rechten Schulter. In der linken Hand trug er so was wie einen Pilotenkoffer. Der Mann, den Leon auf um die vierzig schätzte, verlangsamte seinen Schritt. Er blieb stehen,

schaute auf den Aushang, der schräg hinter Leon hing. Kurz blickte er zu ihm herüber, wandte seinen Blick wieder ab und fragte: "Was bietest du?"
"Alles, was sie wollen", sagte Leon, ohne den Mann anzusehen.
"Okay. Dann komm mir hinterher. Ich warte im Auto. Ein schwarzer BMW", gab der Mann klare Anweisungen.
Noch bevor Leon ablehnen konnte, war er weitergegangen. Leon zögerte. Als der Mann jedoch um die nächste Ecke gebogen war, ging er ihm eiligen Schritts nach, ohne aber zu rennen. Der Typ könnte ihm bestimmt mehr Geld geben, als er brauchte. Warum also sollte er es nicht versuchen? Gedacht, getan. Leon folgte seinem ersten Freier, ohne zu wissen, was ihm bevorstand.

Als Leon aus dem Bahnhof kam, gab ein BMW auf der anderen Straßenseite kurz Lichthupe. Leon musste aufpassen, nicht unter die Räder zu kommen, als er die Straße weit entfernt von einer Ampel überquerte. Die Beifahrertür des BMW öffnete sich. Leon nahm seinen Rucksack von der Schulter und stieg ein. Der BMW brauste davon.
"Wo fahren wir hin?", wollte Leon wissen.
"Zu mir nach Hause. Ich wohne alleine. Da brauchst du keine Angst haben."
"Und warum?"
"Auf dem Bahnhof ist es zu gefährlich."
"Versteh' ich nich. Ich bin doch kein Kind mehr."
"Das ist egal. Es könnte uns jemand sehen. Und das könnte katastrophal werden."
"Für Sie?"
"Ja. Was willst du haben?"
"Hundert?", fragte Leon ganz vorsichtig.
"Machst du es zum ersten Mal?"
Leon zögerte. "Warum?"
"Du bist noch so bescheiden."
"Mit alles meinte ich ja nur was für Hundert."
"Ach so. Und was ist das?"
"Was sie wollen. Hauptsache, ich krieg' die Hundert."
"Wozu brauchst du denn so viel Geld?"
"Ich will einen Freund besuchen."

“Guck an. Das hätte ich nun wirklich nicht gedacht.”
Der BMW bog in eine Seitenstraße ab und hielt vor einem Hochhaus.
“Wir sind da”, sagte der Fahrer. Sie stiegen aus und fuhren mit dem Fahrstuhl in die zehnte und damit oberste Etage. Leon fielen fast die Augen aus dem Kopf, als er die Wohnung sah. Alles vom Feinsten.
“Man, müssen sie einen Haufen Schmott verdienen.”
“Geht so. Genug kann es nie sein. Willst du was trinken?”
“Coke.”
Der Mann legte sein Jackett ab, stellte den Koffer neben den Schreibtisch, band den Schlips ab und ließ die Slippers in die Ecke schlittern. Dann holte er Leon eine Coke aus der Küche und öffnete sich ein Mineralwasser. “Warte hier. Ich bin gleich wieder da”, sagte der Mann, als er im Schlafzimmer verschwand.
Leon musterte das Zimmer. Es war riesengroß. Schräg vor dem Fernseher stand ein Sekretär mit Marmorplatte. Viele Zettel und Ordner darauf. Leon ließ seine Augen über das Möbelstück schweifen. Sein Blick blieb an einem Stapel Visitenkarten hängen. “Dr. Bernd Ritter. Staatsanwalt.”, stand darauf. Ein Staatsanwalt wollte sich also mit ihm vergnügen. Leise pfiff Leon durch die Zähne.

Bernd Ritter kehrte im Morgenmantel aus dem Schlafzimmer zurück. Er hielt eine kleine metallene Schachtel in der Hand. Er öffnete sie und hielt sie Leon entgegen.
“Nimm dir eine rote”, sagte er.
Leon sah viele kleine bunte Pillen in der Dose: “Wozu?”
“Dann macht es mehr Spaß.”
Leon griff sich eine rote, die sogar ein Herzchen drauf hatte, legte sie sich auf die Zunge und goss Coke nach. Sein Gastgeber schaltete den Fernseher an, legte ein Video ein. Leon sah, wie sich ein Mann, etwa so alt wie Ritter, mit einem jungen Boy vergnügte. Er mochte vielleicht siebzehn sein, oder auch ein oder zwei Jahre älter. So genau konnte Leon das nicht abschätzen. Im Fernsehen holten sie sich gegenseitig einen runter. Ritter begann Leon auszuziehen. Zuerst streifte er ihm

das T-Shirt über den Kopf, streichelte seine Brust, den Bauch, die Taille, wieder die Brust und spielte dann minutenlang mit Leons Nippeln, die schnell hart wurden. Leon begann von Minute zu Minute mehr zu schnurren. Er wollte immer weniger dagegen tun. Ritter knöpfte seine Jeans auf, fasste auf den Slip. Da merkte Leon, wie es hart und straff im Slip wurde. Er war dankbar, als er davon befreit wurde. Jeans und Slip lagen auf dem Fußboden, als Ritter Leon auf die Couch legte. Leon streckte alle Fünfe von sich. Ritter ließ seinen Morgenmantel fallen und legte sich daneben. Er streichelte Leons Rücken, spielte mit seinen Nippeln und massierte seinen Ständer, erst nur mit den Fingern, dann auch mit der Zunge. Leon musste lachen, als Ritter mit seiner Zunge erst seine Brustwarzen leckte, dann die Eier.

Daher der Spruch, leck mir die Eier, dachte Leon und lachte laut auf. Das Lachen war mehr ein Quieken als ein Lachen, als hätte ihm jemand gerade den tollsten Witz aller Zeiten erzählt. Immer wieder reckte und streckte sich Leon, wenn Ritter für einen Augenblick von ihm abließ. So kam Leon auf dem Bauch zu liegen. Und dann spürte er einen kurzen Schmerz, so als hätte seine Mutter ihm gerade mal wieder ein Zäpfchen reingewürgt. Doch wie damals in den Kindertagen verging der kurze Schmerz schnell. Und es war schön, wenn er nachließ. Dafür wurde es heiß. Das Zäpfchen begann zu wirken.

"Hmm, hmm", schnurrte Leon und drehte mit dem Hintern, um das Feuer zu verteilen, damit es schneller aufhören möge. So hatte er es auch als Kind gemacht. Er kniff die Pobacken zusammen, damit die Medizin nicht auslaufen könne. Und vor Schnurren und Brennen verließ ihn jede Kontrolle über alles, was zu seinem Körper gehörte und nicht vom Zäpfchen entflammt war. Speichel lief aus seinen Mundwinkeln und an seinem Bauch war es plötzlich nass, warm und klebrig. Leon wogte sich im siebenten Himmel. Und die Englein sangen: "Ficken im Fliegen." Dass das von den Böhsen Onkelz war, kam Leon nicht in den Sinn. Er hörte die Englein, die es mit ihrer sanften Stimme in sein Ohr flüsterten. Und sie flüsterten noch lange.

Leon wurde mit einer Ohrfeige aus dem siebenten Himmel zurückgeholt. Nur langsam öffnete er die Augen, blickte um sich und wusste nicht, wo er war. Ritter stand vor ihm, in blauen Jeans und weißem T-Shirt. Er strahlte ihn an. "Dr. Bernd Ritter", kam es Leon in den Sinn. Er war in seiner Wohnung. Er hatte ein Zäpfchen gekriegt, weil er wohl gefiebert hatte. Er war nackt, es klebte vorne und es brannte hinten.
"Geh' duschen", forderte ihn Ritter auf. "Ein Handtuch hab' ich dir hingehängt" und reichte ihm eine kalte Coke. Leon setzte sich auf und spürte noch immer das Zäpfchen zwischen seinen Backen. Warum rutschte es nicht rein? Er trank die Coke auf ex und ging ins Bad. Ritter nahm die Decke von der Couch und folgte Leon. Die Decke warf er in den Wäschekorb. Leon zeigte er, wo alles lag. Das Bad war genauso edel wie das Wohnzimmer. Goldene Wasserhähne und Haken, zumindest goldfarben. Unterscheiden konnte Leon es nicht. Er duschte lange. Dreimal seifte er sich ein. Das Zeug roch gut. "Hugo Boss" stand auf der Tube. Zum Schluss drehte Leon den Wasserhahn auf ganz kalt, stellte sich unter den Wasserfall, schrie kurz auf, ließ den feinen Strahl auf seinen Körper prasseln, in den das Leben zurückkehrte, um so mehr das Feuer entwich. Mit dem Handtuch um die Lenden gewickelt, kehrte Leon etwas unsicher auf den Beinen ins Wohnzimmer zurück. Er warf das Handtuch von sich und stand nackt vor Ritter.
"Du bist schön und gut dabei für dein Alter!", sagte Ritter.
"Wie alt bin ich denn?", forschte Leon.
"Ich schätze gerade sechzehn."
"Gut geraten", meinte Leon und zog sich an, erst den Slip, dann das T-Shirt, die Jeans und zum Schluss Socken und Schuhe.
"Wenn du willst, kannst du jederzeit wiederkommen. Aber ruf' vorher an." Ritter hielt ihm zweihundert Euro hin und einen kleinen Zettel mit einer Telefonnummer. Leon steckte beides ein und sagte artig: "Danke." Er nahm seinen Rucksack und ging zur Wohnungstür. Ritter folgte ihm, öffnete die Tür, schaute vorsichtig in den Flur. Als er niemanden sah, winkte er Leon hinaus und säuselte: "Man sieht sich."
Leon sagte nur: "Bye. Vielleicht", und verschwand im Fahrstuhl. Als er aus dem Haus trat, wurde ihm schummrig vor Augen. Er

sah, wie sich gegenüber die Umrisse von zwei Häusern überlagerten. Sie schwankten wie der schiefe Turm von Pisa. Er sah der untergehenden Sonne entgegen, die neben den Häusern durch die Wipfel der Bäume blendete. Leon beeilte sich, auf die andere Straßenseite zu kommen. Dort musste irgendwo die nächste Straßenbahnhaltestelle sein. Von rechts und links begann es laut zu hupen. Leon bekam es mit der Angst. Er spürte, wie unmittelbar neben ihm Autos vorbeizischten. Noch immer blendete die Sonne seine Augen, er sah nur verschwommene Umrisse, begann zu rennen, um den Bürgersteig der anderen Seite zu erreichen. Hinter ihm quietschten Reifen, Leon hörte einen Knall. Blech prallte auf Blech. Es schepperte gewaltig. Leon hielt sich die Ohren zu, er rannte immer schneller. Auf seinem Rücken hüpfte der Rucksack. Jedesmal, wenn er auf das T-Shirt schlug, spürte Leon einen dumpfen Schmerz im Kreuz. Er negierte ihn. Er rannte, als liefe er um sein Leben. Erst als das Schild einer Haltestelle in Sicht kam, verlangsamte er das Tempo. Leon war völlig außer Atem. Aber sein Blick wurde wieder klarer. Er hielt inne und verschnaufte. Sein Blick ging auf die Uhr, die halb neun zeigte. Leon wollte zu Kevin. Das Geld hatte er nun in der Tasche. Also wozu nach Hause. Dort würde ihn nichts als Ärger erwarten. Leon fuhr zum Ostbahnhof, schloss den Inhalt seines Rucksacks in einem Schließfach ein, genehmigte sich eine Pizza und eine Coke. Dann suchte er sich ein Plätzchen zum Ausruhen. Er fand es unweit des Bahnhofs auf einer Bank. Schlafen konnte er nicht, aber er dämmerte eine Weile vor sich hin.

7

"Die Musik ist die Sprache der Engel."
(Thomas Carlyle)

Oberharz

Leon fröstelte langsam. Die Uhr zeigte fünf. Er räumte die Bank, reckte und streckte sich. Hatte er alles nur geträumt? Er griff in seine Hosentasche, fand die zweihundert Euro und noch einen Haufen Münzen. Es war also kein Traum. Er hatte Mundharmonika gespielt, sich zweihundert Euro verdient, Autos wollten ihn killen und die Sonne hatte ihn blind gemacht, ehe er auf dem Bahnhof und auf dieser Bank Ruhe gefunden hatte. Als er den Bahnhof erreichte, öffnete die Bäckerei gerade ihre Türen. Leon bestellte sich ein Croissant, ein Käse-Baguette und einen Pott Kaffee mit doppelt Zucker. Die Verkäuferin schaute ihn skeptisch an.
“Was macht ein so junger Mann so früh auf dem Bahnhof anstatt auszuschlafen?”, fragte sie ihn, als sie Kaffee und Frühstück reichte.
“Ich will einen Freund besuchen und so früh wie möglich da sein. Er gibt heute sein erstes Klavierkonzert.”
Die Verkäuferin staunte. Das konnte Leon deutlich sehen. Sie wünschte im Guten Appetit: “Na, dann lass es dir schmecken.”
Genau das tat Leon, bevor er zum Aushang ging und einen Zug nach Braunschweig suchte. Der erste fuhr kurz nach sechs. Also war noch eine Stunde Zeit. Leon holte sich vom Schalter eine Fahrkarte, die für Hin- und Rückfahrt knapp fünfzig Euro kostete. Leon war beim Bezahlen die Kinnlade runtergeklappt und fast hätte er sie nicht mehr zugekriegt, wenn er daran dachte, dass er ohne Bahncard das Doppelte hätte zahlen müssen. Anschließend schlenderte er zum Zeitungsladen, der nun auch die Türen öffnete. Er kaufte eine Bild und eine Bravo, holte sich am Kiosk zwei Coke und schlenderte zum Bahnsteig, wo er auf den Früh-ICE nach Stuttgart wartete.

Eine gute Stunde brauchte der Zug nur bis Braunschweig. Er hatte ein einziges Mal gehalten. In Wolfsburg hatte Leon kurz vor dem Bahnhof das VW-Werk und das Bundesligastadion erkannt. Auch, wenn ihn beides nicht sonderlich interessierte, kannte er es aus dem Fernsehen. In Braunschweig musste Leon umsteigen. Sein nächstes Ziel war Salzgitter-Ringelheim. Als er dort um kurz vor acht ausstieg, wähnte er sich im falschen Film. Er fühlte sich wie in de Provinz. Dieses Gefühl kannte er aus seiner Heimat Vorpommern. Als er acht war, zog seine Mama mit ihm zwar nach Berlin, aber oft hatte er dort noch seinen Vater besucht. Und manchmal waren sie zusammen nach Polen gefahren, um einzukaufen. Je weiter sie östlich kamen, desto größer empfand Leon das beklemmende Gefühl der Provinz. Kopfsteingepflasterte Straßen, Häuser, deren Fassaden vergammelten, Gartenzäune und Ruinen, die an vergangene Jahrhunderte erinnerten. Ein Gruseln und Frösteln überkam Leon auf diesem Bahnhof. Die Viertelstunde Wartezeit auf den Bummelzug verging wie eine Ewigkeit. Leon machte drei Kreuze, als die Bahn endlich einfuhr und er einer der wenigen Reisenden war. Die weiten Wiesen und Weiden waren saftig grün. Der Sommer war noch jung, obwohl schon um diese Zeit die Sonne heiß vom Himmel schien. Je länger die Fahrt dauerte, desto höher wurden die Berge, die sich hinter den Wiesen und Weiden am Horizont auftaten. Noch nie war Leon im Gebirge gewesen. Nun erreichte er zum ersten Mal einen Bahnhof, der zu einer Stadt mitten im Harz gehörte. Leon stieg aus. Die Bahnhofsuhr zeigte kurz vor neun. Auf dem Vorplatz war nur wenig Betrieb. Zwei Busse warteten auf Reisende, die auf die umliegenden Dörfer weiterfahren wollten. Doch nur wenige waren aus dem Zug gestiegen. Die meisten gingen vorbei an den zwei dem Bahnhof nahen Hotels in Richtung Innenstadt. Leon folgte ohne nachzudenken den Leuten. Schließlich war der menschliche Herdentrieb auch im einundzwanzigsten Jahrhundert noch nicht ganz verkümmert. Er ließ den Niedersächsischen Hof rechts liegen, den Achtermann links. Dann erreichte er die Fußgängerzone, kam an Karstadt vorbei, bog über die Bäckerstraße in die Fischemäkerstaße ein, die die Bezeichnung Straße eigentlich nicht verdient hatte, denn es war höchstens eine Gasse. Das Gedränge der Menschen hielt sich um diese Zeit noch in Grenzen. Er musste an Tim denken, plötzlich und unwillkürlich. Dabei hätten seine Gedanken doch eigentlich bei Kevin sein müssen. Ob er schon aufgeregt war vor seinem ersten großen Konzert? Ganz bestimmt, dachte Leon und drückte ihm unbewusst beide Daumen. Er wusste, wie man sich quälen musste, bis jedes Stück auf dem Klavier so saß, dass man es öffentlich aufführen konnte. Schon oft hatte er den Unterricht hinschmeißen wollen. Und hätte Mama nicht immer wieder eindringlich auf ihn eingeredet, hätte er es auch getan. Fünf Jahre hatte er nun schon durchgehalten. Vor sechs Jahren waren sie nach Berlin gezogen. Er und seine Mama, die Frau Doktor. Leon musste spontan grinsen, als er an sie dachte. Was würde sie jetzt wohl tun? War sie nach Bad Saarow gefahren? Einfach ohne ihn? Oder saß sie zu Hause und schimpfte wie ein Rohrspatz auf ihren Sohn, den Nichtsnutz? Leon war es in diesem Moment egal. Zur Breiten Straße hin saßen die ersten Gäste schon in einem Cafe und frühstückten. Eine gute Idee. Leon wählte den von der Tür am weitesten entfernten Tisch und ließ sich in den weißen Plastikstuhl mit grünem Kissen fallen. Er streckte die Beine weit aus und gähnte voller Inbrunst, so dass er die Aufmerksamkeit der anderen Gäste auf sich zog. Als er die Blicke auf sich gerichtet fühlte, schob er den Rücken der rechten Hand vor den Mund und wagte einen unschuldigen Blick in die Runde, der sagen sollte: Sorry, aber ich bin schon lange unterwegs und hab' wenig geschlafen. Als die Kellnerin, eine junge Frau mit asiatischem Einschlag, an seinen Tisch trat, bestellte Tim einen großen Kaffee, eine Coke und ein Käsesandwich. Er fummelte in seiner Hosentasche, ob das Geld noch da war. Ja, es fühlte sich gut an. Richtig gut. Über einhundertfünfzig Euro mussten es noch sein. Dann schüttelte er sich, als er daran denken musste, wie er es verdient hatte. Schnell befahl er seine Gedanken wieder in eine andere Richtung. Es gab da nämlich noch ein Problem. Wo konnte er heute Nacht schlafen? Noch eine Nacht auf einer Bank, das wäre dann doch vielleicht des Guten zu viel. Doch die Hoffnung, in Kevins Bett kriechen zu dürfen, hatte sich schon vor einer Woche zerschlagen. Da hatte er ihm eine Mail geschickt, dass

sein Vater es strikt abgelehnt hatte, Leon zu erlauben, bei Kevin zu schlafen. Er kenne diesen Typ doch gar nicht, hätte sein Vater gemeint. Außerdem seien Bekanntschaften aus dem Internet doch immer irgendwie anrüchig. Wer wisse schon, was er sich da für einen Vagabunden ins Haus hole. Nein, nein, nein, es käme auf keinen Fall in Frage. Kevin hätte alles versucht, seinen Vater zu überzeugen. Doch der sei stur geblieben wie ein Ziegenbock. Aber schließlich hätte Kevin ihm auch nicht erklären können, wie sie sich kennen gelernt hätten. Kevin sei zwar schon seit zwei Jahren klar, dass er nur auf Jungs stehe. Aber er hätte absolut keinen Grund, das seinen Eltern zu erzählen. Zumal er keinen blassen Schimmer habe, wie sie reagieren würden. Schließlich seien es zwei paar verschiedene Schuhe, über Schwule zu reden und den eigenen Sohn am anderen Ufer zu entdecken. Er hätte jedenfalls große Bauchschmerzen, seine Eltern ins Vertrauen zu ziehen und wolle das auch nicht riskieren, auch nicht für Leon, obwohl er sich sehr auf seinen Besuch freue und ihn gerne hätte in sein Bett kriechen lassen, mailte er. Doch sie würden sich vermutlich auch so amüsieren. Kevin hatte Leon eine offizielle Einladung geschickt, die ihm Einlass zum Konzert gewähren würde. Und den Sonntag würde er sich frei halten, damit sie sich treffen könnten und bis in den späten Abend sich amüsieren und miteinander quatschen könnten. Da ließe er sich auch von den Eltern nicht reinreden. Das hatte er Leon versprochen und ihm einen Tipp gegeben, wie er die Jugendherberge finden könnte. Noch wusste Leon nicht, ob er sie finden wollte und würde. Käme Zeit, käme Rat. Jetzt kamen erst einmal der Kaffee, die Coke und das Sandwich. Leon ließ es sich schmecken.
Nachdem er bezahlt hatte, setzte er seinen Weg fort. Der Marktplatz war nur wenig belebt. Beim Italiener wurden gerade die Tische und Stühle vor die Tür gestellt. Es war schon wieder sommerlich warm zu dieser frühen Stunde. Leon sah ein Hinweisschild zur Jugendherberge. Sie konnte also nicht weit weg sein. Er hatte also eine Alternative zur nächtlichen Parkbank. Doch dazu war es ja noch viel zu früh. Er drehte ab, schlenderte wieder in die Fußgängerzone, sah ein Geschäft für Herrenmoden und überlegte, ob es nicht gut wäre, am Abend

etwas Passendes anzuziehen. Leon betrat den Laden. Kaum, dass er einen Fuß in die Tür gesetzt hatte, stürzte ihm ein junger Mann entgegen. Keine fünfundzwanzig, schätzte Leon. Er sah gut aus, irgendwie sogar ein bisschen niedlich. Doch deswegen war Leon ja nicht eingekehrt. Was er suche, wollte der Verkäufer wissen. Leon sagte spontan: "Eine Jeans und ein weißes Hemd."
"Na, dann wollen wir mal sehen."
Der Verkäufer zeigte ihm Hosen von Levis, Colucci und Cardin. Doch so recht sagte Leon noch nichts zu.
"Wie viel möchtest du denn ausgeben?", wollte der Verkäufer wissen.
"Weiß nich. Vielleicht fünfzig, sechzig?"
Der Verkäufer runzelte die Stirn. "Das wird gar nicht so einfach", meinte er. Aber dann fiel ihm doch etwas ein. Er zeigte Leon ein Auslaufmodell, das um fünfzig Prozent reduziert war. Es war eine blaue Jeans von Levis mit einem weißen Polo-Shirt und dazu passender blauer Jeansweste.
"Alles zusammen sechsundsechzig Euro. Für dich sechzig. Ist das ein Angebot?"
"Okay."
"Dann geh' mal anpassen." Der Verkäufer zeigte Leon den Weg zur Umkleidekabine. Er hatte seine Hose gerade runtergelassen und stand im Slip hinter dem Vorhang, als sein Handy klingelte. Er fand es im Rucksack, sah eine 030 Nummer, die er sehr gut kannte und drückte das Gespräch weg. Von zu Hause konnte nur seine Mutter angerufen haben. Sie war also doch nicht nach Bad Saarow gefahren. Wieder klingelte es. Wieder war es die gleiche Nummer. Leon ging ran: "Ich will jetzt nicht mit dir reden."
"Wo bist du denn bloß, Leon", fragte eine total aufgelöste Stimme am anderen Ende.
"Ich komme morgen Abend wieder nach Hause. Und Tschüß." Leon beendete das Gespräch. Sie hatte es nicht verdient, jetzt mehr zu erfahren, dachte Leon. Sie hatte ihn hängen lassen, wo er einen so wichtigen Termin hatte, der vielleicht sein ganzes Leben verändern würde. Da konnte weder sie noch irgend jemand anders auf dieser Welt erwarten, dass er seine Zeit mit sinnlosem Geschwätz vertun würde. Niemand und sie schon gar

nicht. Aus. Basta. Leon widmete sich den neuen Klamotten und der Verkäufer fragte durch den Vorhang: "Kann ich helfen?"
"Nö, nö, geht schon." Leon sah, dass auch Socken und Slip in den letzten vierundzwanzig Stunden ganz schön gelitten hatten. Doch davon hatte er zuhause so viele, dass es Verschwendung wäre, neue zu kaufen. Aber er würde wohl oder übel das Geld für die Jugendherberge opfern müssen, um sich ordentlich zu duschen, damit er im Konzert am Abend nicht auffiele, in dem er die Riechorgane der Nachbarn provozierte. Er konnte ja nicht davon ausgehen, dass alle, die neben ihm sitzen würden, gerade Schnupfen hätten. Er zog die Jeans schnell über den weißen Slip mit den gelben Flecken auf der Vorderseite, streifte sich das Shirt über und stieg in die Weste. Es saß perfekt, soweit Leon das beurteilen konnte. Er zog den Vorhang zurück und erschrak. Der Verkäufer stand unmittelbar vor ihm. Fast wäre Leon Nase an Nase mit ihm zusammengestoßen, bevor er einen Schritt zurücktrat. "Zeig dich mal. Geh' mal ein Stück."
Der Verkäufer war entzückt, nicht nur von den Sachen, die er Leon empfohlen hatte.
"Das steht dir glänzend. Ich würde es nehmen."
"Okay!", sagte Leon.
"Soll ich es einpacken?"
"Ja, bitte."
Leon ging wieder hinter den Vorhang, zog sich um und überreichte die neuen Klamotte dem Verkäufer, der sich zu ihm herüber beugte und sehr vertraulich tat: "Ärger zu Hause? Kann ich dir helfen?"
"Och, ist nich der Rede wert. Immer wieder das Übliche mit den Alten, wenn man Wochenende etwas alleine unternehmen will."
Der Verkäufer lächelte ihn an: "Falls doch. Ich bin bis sechszehn Uhr hier." Dann ging er zur Kasse, verpackte die Sachen in einer großen Tüte, bongte den Preis ein und ließ sich von Leon sechzig Euro geben. Leon nahm den Bon, sah, dass sechsundsechzig Euro darauf standen und zehn Prozent Rabatt abgezogen waren.
"Danke noch mal", sagte er im Rausgehen, "bye."
"Hoffentlich", rief ihm der Verkäufer nach.

Als Leon über den Marktplatz ging, schlug die Uhr gerade zwölf. Hunger hatte Leon noch nicht. Er folgte den Hinweisschildern, die ihn zur Jugendherberge führen würden. Er kam am Magnus-Karsten-Haus und an der Klauskapelle vorbei. Er hatte keinen blassen Schimmer, was beide Gebäude ihm sagen könnten. Es war ihm in dem Moment schnuppepiepegal. Er überquerte die Clausthaler Straße. "Nicht immer, aber immer öfter!" Dieser Werbeslogan kam ihm in den Sinn, als er das Namensschild sah. Dann waren es nur noch wenige Schritte und Leon stand vor der Jugendherberge. Er klingelte. Eine freundliche Herbergsmama öffnete ihm.
"Guten Tag. Ich hätte gern ein Bett für eine Nacht."
"Komm erstmal rein", sagte sie, "was machst du denn alleine in dieser Stadt?"
"Ich besuche einen Freund, der heute sein erstes Konzert gibt. Aber bei ihm ist kein Platz zum Übernachten. Er hat schon so viel Besuch."
"Aha, das ist ja toll. Also wir haben noch Platz genug. Achtzehn Euro kostet das aber mit Frühstück."
"Kein Problem", sagte Leon, "ich bezahle gleich." Er zückte einen zwanzig Euroschein aus der Hosentasche und reichte ihn der Herbergsmama, die ihm zwei Euro zurückgab, ihm Bettwäsche und ein Handtuch in die Hand drückte: "Komm, ich zeig' dir den Weg."
Es war ein Vierbettzimmer, das Leon im Moment alleine bewohnte. "Wenn noch jemand kommt, muss ich ihn hier mit reinstecken", erklärte die nette Frau.
Leon nickte und blieb allein zurück. Er bezog das Bett, warf sich für einen Moment darauf, um an Kevin und das Konzert zu denken. Deswegen hatte er schließlich diesen ganzen Affentanz veranstaltet. Dann sackten ihm die Augen weg. Er versuchte gegen die Müdigkeit anzukämpfen, die er aber nicht besiegen konnte.
Als Leon die Augen wieder aufschlug, zeigte seine Uhr kurz vor sechs. Leon sprang auf, sammelte sich. Nur schwer gelang es ihm, sich zu orientieren. Wo war er, was machte er hier? Langsam kehrte die Erinnerung zurück. Er sah wieder auf die Uhr. Es war abends kurz vor sechs. Nicht früh am Morgen. Er

wollte zu Kevins Konzert. Eineinhalb Stunden hatte er noch Zeit. Gut, dass er schon am Vormittag erkundet hatte, wo das Odeon-Theater zu finden war. Er musste nur zurück zum Bahnhof und schon war er da. Das würde keine zwanzig Minuten dauern. Also noch genug Zeit, sich zu duschen und sich in die neuen Sachen zu schmeißen. Leon hatte geschwitzt, mächtig sogar. Er ließ lange das lauwarme Wasser über seinen Körper rieseln. Shampoo hatte er keins dabei. Es musste also auch so gehen. Als er den Wasserstrahl abstellte, fühlte er sich noch immer etwas matt, aber trotzdem wie neu geboren. Im Slip schlich er zurück zum Zimmer. Kein Mensch begegnete ihm auf den Flur. Er zog die alten Socken und die neue Jeans, das Polo-Shirt und die Jeans-Weste an. Dann machte er sich auf den Weg. Statt Abendessen kaufte er sich unterwegs ein großes Leckeis. Für eine Pizza reichte die Zeit nicht mehr und die Bäcker hatten um diese Zeit schon geschlossen. Kurz nach sieben erreichte Leon das Odeon-Theater.

Vor dem Theater standen viele Leute unterschiedlichen Alters. Die Jüngsten waren wohl gerade aus der Grundschule gekommen, die Ältesten waren vermutlich betagte Großeltern der Musizierenden. Leon wusste von Kevin, dass er als erster auftreten würde. Dann folgten zwei weitere Musikschüler. So war die Tradition, dass zum Ende eines Schuljahres die drei besten des Jahrgangs ein Konzert gaben. Leon mischte sich unter das Publikum. Der große Saal war fast voll besetzt. Leon schätzte, dass es über fünfhundert Leute sein mussten. Er hatte kurz die Reihen und Sitze überschlagen und war auf diese Zahl gekommen. Pünktlich um halb acht trat eine junge Frau auf die Bühne. Sie bedankte sich bei vielen Sponsoren, die die Musikschule auch in diesem Jahr wieder einmal großzügig unterstützt hatten. Dann kündigte sie die Künstler des Abends an und dann ging der Vorhang auf. Leon erkannte Kevin, wie er am Flügel saß, nervös in den Zuschauersaal blickte, dann aufstand und sich verbeugte. Der Pictausch machte sich bezahlt, Leon hatte Kevin sofort erkannt. Allerdings vermutete er, dass Kevin ihn umsonst suchen würde unter den vielen Leuten, wenn er es überhaupt vor Lampenfieber versucht hätte. Denn dass er aufgeregt war, sah Leon auch aus der elften Reihe ganz deutlich. Kevin hatte sich wieder gesetzt, die Finger gespreizt zum Zeichen, dass es jetzt losgehen würde. Er spielte zum Auftakt ‚Brouillards' von Debussy und wurde dann etwas ruhiger, als er das gut doppelt so lange Stück ‚Trois Gymnopedies' von Satie anschloss. Es folgten Faures ‚Nocturnes' und zum Finale Ravels ‚Alborada del gracioso', das anspruchsvollste Stück aller vier zum krönenden Abschluss. Das Publikum applaudierte lautstark, Kevin war sichtlich erleichtert, stand strahlend vor dem Flügel auf der Bühne, die linke Hand noch aufgelegt. Erst als er sich verbeugte, nahm er sie vom Flügel. Er schwitzte in seinem schwarzen Anzug, dem weißen Hemd und der roten Fliege. Leon sah die Schweißperlen auf seiner Stirn, die im Licht des Scheinwerfers glitzerten. Alle vier Stücke stammten von französischen Impressionisten. Das wunderte Leon, hatte er doch eher mit den klassischen Stücken von Liszt oder Chopin gerechnet. Aber Kevin war nicht irgendwer, das hatte Leon schon in den Mails gespürt, die sie seit Wochen tauschten. Er freute sich für Kevin und klatschte ebenso begeistert wie alle anderen. Kevin nahm, nachdem er den Applaus sichtlich genossen hatte, in der ersten Reihe zwischen einer Frau und einem Mann Platz. Das dürften seine Eltern sein, mutmaßte Leon. Neben der Frau saß noch eine junge Frau. Leon konnte von hinten jedoch nicht erkennen, wie alt sie war. Doch Kevin hatte ja von einer Schwester erzählt. Als auf der Bühne ein Mädchen, das jünger war als Kevin, ihre Künste auf der Geige zelebrierte, blickte sich Kevin häufiger um. Er suchte Leons Blick, konnte ihn aber nicht finden. Leon amüsierte sich, wollte aber nicht auffallen, sonst hätte er ganz gewiss ein deutliches Signal gesandt. So genoss er die suchenden Blicke Kevins, die auch nicht nachließen, als im dritten Teil des Konzerts ein Klavierspieler seine Oboe spielende Partnerin begleitete. Auch sie erheischten sich die enthusiastischen Beifallsstürme des Publikums. Alle vier standen zum Abschluss noch einmal auf der Bühne, verbeugten sich. Die Zuschauer waren aufgestanden. Leon nutzte die Chance zu winken, als Kevin sein Haupt wieder ins Publikum richtete und sah Augenblicke später Kevin zurücklächeln. Er freute sich also, dass Leon gekommen war.

Das ließ auf einen schönen Sonntag hoffen, was auch immer er bringen würde.
Auf dem Weg zur Jugendherberge schickte Leon Kevin eine sms: “Du warst genial. Herzlichen Glückwunsch. Wo treffen wir uns morgen?”
Noch bevor Leon sein Ziel erreicht, fiepte das Handy.
“Danke. Ich freu’ mich wie verrückt auf morgen. Um zwölf beim Italiener auf dem Markt. Nacht Kevin.”
Leon war immer noch allein im Zimmer. Er sah den zunehmenden Mond durch das Fenster äugen und drehte sich zur anderen Seite. Schlafen konnte er aber noch lange nicht. Er träumte mit offenen Augen davon, wie er gemeinsam mit Kevin vierhändig spielte, wie sie die schwierigsten Stücke brillant meisterten, wie sie auf den Bühnen der Welt gefeiert wurden, in Berlin, München, Wien, Budapest, Moskau, Rio, New York und wo auch immer. Irgendwann, als sie gerade in Los Angeles oder Miami gefeiert wurden, übermannte Leon der Schlaf. Lange schlief er und fest.

Er schlug die Augen erst wieder auf, als es laut an der Tür klopfte.
“Ja”, rief Leon.
Die Herbergsmama lugte durch den Türspalt: “Willst du nicht frühstücken?”
“Doch, ich komme. Ich hab’ verschlafen.”
Schnell stieg er in seine neuen Sachen, flitzte in den Speisesaal und ließ sich von der Herbergsmama verwöhnen.
“Schön, dass es dir schmeckt”, lobte sie seinen Appetit. “Wie war das Konzert?”
“Geil. Mein Freund war einfach Klasse.”
“Das ist schön, dass ihr euch noch für Kunst begeistern könnt. Die meisten in eurem Alter haben doch nur noch Flausen im Kopf oder sitzen den ganzen Tag vor dem Computer oder gucken in die Röhre.”
“Mach’ ich auch gerne”, rief Leon begeistert.
“Was ist da bloß dran an diesem neumodischen Kram”, fragte sich die Herbergsmama mehr selbst als ihren Gast, der trotzdem

antwortete: “Sonst hätte ich meinen Freund gar nicht kennen gelernt.”
“Hm.” Die Herbergsmama räumte das Frühstück ab und Leon rannte die Treppe rauf, sich duschen und nett zu recht machen, so gut es halt ging. Um kurz nach elf verließ er die Herberge, nicht ohne sich höflich verabschiedet zu haben, und schlenderte langsam Richtung Marktplatz.

Als Leon den Marktplatz betrat, fiel sein Blick auf das große Haus neben dem Italiener, offenbar das Rathaus. Mit großen Buchstaben trug es die Inschrift: “Wo Gott nicht giebt sein’ Gunst - Da ist all’ unser Bau’n umsunst.” Leon brauchte lange, bis er die altdeutsche Schrift entziffert hatte. In der Mitte des Marktes schoss ein Springbrunnen Wasserstrahlen aus seinem Inneren heraus. Leon hielt seine Hände in den Strahl. Es war kaltes, aber schönes Kribbeln. Lange blieb er so stehen. Passanten kamen vorbei, wuschen sich im Brunnen die Hände, erfrischten ihr Gesicht, tränkten ihre Hunde am Wasserfall neben ihm, andere reckten ihre kleinen Sprösslinge in die Höhe, die Mühe hatten, an den Strahl in Leons Brusthöhe heranzukommen. Mit einem Lächeln auf den Lippen beobachtete Leon all diese Leute, die ihm manchmal einen fragenden Blick zuwarfen. Er störte sich nicht daran. Erst als er Kevin aus Richtung Bahnhof auf den Markt biegen sah, löste er sich vom Spiel des Wassers. Mit hüpfendem Rucksack auf dem Rücken lief er Kevin entgegen.
Kurz vor ihm blieb er stehen: “Hi!”
Leon winkelte den rechten Arm in die Höhe öffnete die Hand und Kevin schlug ein: “Hi, Leon. Schön, dass du kommen durftest.”
“Frag’, bloß nich danach”, winkte Leon ab.
“Wieso?”
“Ich bin abgehaun. Mama wollte mich nicht fahrn lassen.”
“Was?”
“Tja, ich hatte keine andere Chance, dich kennen zu lernen.”
“Meine Eltern würden mich lynchen, wenn ich einfach abhaun würde.”
“Das steht mir wohl auch noch bevor.”

Kevin fasste Leon mit dem rechten Arm um die Schulter: “Na ja, wird wohl alles nicht so heiß gegessen wie es gekocht wird. Das sagen meine Eltern auch immer.”
“Deine Worte in Gottes Gehörgang, würde mein Vater jetzt sagen.”
“Kennst du ihn?”
“Klar, ich werde die ganzen Sommerferien bei ihm sein. Er ist Pfarrer. Also nicht ganz einfach zu nehmen. Aber sonst ein ganz netter.”
“Pfarrer?!”
“Ja, und was machen deine Eltern?”
“Mein Vater ist Arzt am Klinikum hier.”
“Wie Mama in Berlin.”
“Genau, und deswegen sind wir vor fünf Jahren aus Magdeburg hierhergezogen. Meine Mutter ist jetzt Hausfrau. Sie war mal Lehrerin.”
“Hört sich gut an. Da hast du doch bestimmt wenig Sorgen!”
“Na ja, kommt drauf an. Gerade einfach ist es auch nicht immer. Aber komm, ich lad’ dich erstmal zum Eis ein. Hier beim Italiener, wie abgemacht, okay?”
“Okay.”

Kevin und Leon wählten einen Tisch in der Sonne. Kevin trug Sonnenbrille, Leon sein Basekap. Kevin bestellte zwei Ferrari-Eisbecher: “Ich bezahle, ich bestelle”, sagte er und duldete keinen Widerspruch. Leon wechselte das Thema: “Warum hast du gerade französische Impressionisten gespielt?”
“Es ist meine Lieblingsmusik. Sie sind schön, gefühlvoll und nicht einfach zu spielen. Chopin und Liszt spielen doch alle.”
Kevin lächelte ihn an.
“Ja, ich auch”, grinste Leon zurück.
“Siehste. Ich will nicht spielen, was alle spielen. Ich spiele, was mir gefällt. Wann immer es geht.”
“Gilt das nur fürs Klavier oder auch für andere Spiele?” Leons Grinsen wurde frecher und Kevin legte seinen Kopf schräg, stützte seinen Ellbogen auf den Tisch auf, blickte über den Brillenrand und frotzelte ebenso frech: “Wer weiß, find’ es doch raus!”

Der Kellner unterbrach das Spiel der beiden, die sich auf Anhieb gut verstanden. Er servierte ihnen die beiden Ferrari-Eisbecher. Italienisches Eis mit vielen Früchten und einer fetten Portion Sahne.
“Wau”, entfleuchte es Leon.
“Lass es dir schmecken!”, wünschte Kevin.
“Du auch.”
Sie löffelten ihr Eis, schauten sich zwischendurch immer wieder an und lachten. Als Leon sich fast bis auf den Boden des Eisbechers durchgekämpft hatte, kriegte er sein Lachen nicht mehr in den Griff, weil Kevin unentwegt Faxen machen. Er schob den Eislöffel statt in den Mund einmal unter die Nase, einmal unters Kinn und einanderes Mal fiel ihm der Löffel aus der Hand, landete aber im Eisbecher. Leon kriegte sich vor Lachen nicht mehr ein und verlor jede Kontrolle über seinen Löffel voller Eis, der schwungvoll auf seinem weißen Shirt landete.
“Scheiße”, rief Leon in einer Lautstärke, die an keinem der Nachbartische zu überhören war.
Kevin stutzte kurz, erschrocken über Leons Aufschrei, begann dann aber laut loszulachen und kugelte sich dann fast.
Vom Nachbartisch blickten zwei Männer amüsiert herüber, die keinen Zweifel daran ließen, schwul zu sein. Der Ältere hatte die Haare total kurz geschoren, zumindest die wenigen, die sich noch auf seiner Dreiviertelplatte fanden. Er trug weiße Jeans und ein weißes T-Shirt. Der Jüngere war mit schwarzer Jeans und schwarzem Muskelshirt bekleidet. Er hatte kurze Haare, die komplett blondiert und zu einer Bürste beschnitten waren. Sie waren offenbar Touristen, hatten bis zu Leons Aufschrei dem Spiel der Glocken gelauscht, als hörten sie es das erste Mal, um sich dann über ihre beiden Nachbarn kräftig zu amüsieren. Der Jüngere zwinkerte herüber und Kevins Lachen wurde dadurch noch mehr angeheizt. Als es begann im Bauch zu schmerzen und Kevin sich mit der Hand darauf drücken musste, um diesen zu lindern und sich dann zu beruhigen, konnte er nicht mehr an sich halten: “Dummheit muss bestraft werden”, blökte er Leon an, der peinlich betroffen reagierte. “Ha, ha, ha. Wer den Schaden hat, braucht für den Spott nicht zu sorgen.”

“So war das nicht gemeint.” Kevin kicherte immer noch: “Komm’, ich helf’ dir.” Kevin stand auf, holte eine Packung Tempos aus seiner Hosentasche, nahm eins heraus, trat an den Stuhl von Leon heran und begann am Fleck auf seinem Shirt zu wischen. Die linke Hand legte Kevin auf Leons Oberschenkel, der leicht zuckte, als er ihn berührte. Mit dem rechten Hand entfernte Kevin das Eis, das schon ein kleines Rinnsal in Richtung Leons Hosenbund hinterlassen hatte. Mit dem zweiten Tempo wollte Kevin den Fleck wegwischen, was ihm kräftig misslang. Der Fleck wurde immer schwächer, aber auch immer größer. Kevin fing wieder an zu lachen: “Tut mir leid. Der Fleck will nicht weg.” Und Kevin setzte sich prustend wieder auf seinen Platz, hielt sich die Hand vor seinen Mund, um sich ein lautes Lachen zu verkneifen.

“Toll. Hast du wirklich toll gemacht”, lobte Leon.

“Danke. War mir ein Fest.”

“Blödmann.”

“Selber.”

Sie lachten und Kevin winkte dem Kellner, dass er bezahlen wolle.

“Wollen wir gehen?”

“Okay. Wohin?”

“Irgendwo hin. Egal.”

Sie standen auf und Kevin erklärte, ihm ein bisschen die Stadt zeigen zu wollen. An einer Parkbank unweit des Marktes stoppten sie. Leon fummelte sein altes T-Shirt aus dem Rucksack, das nach Schweiß roch, aber ansonsten sauber aussah, das Eis befleckte samt der Jeansweste zog er aus und verstaute beides im Rucksack.

Kevin pfiff kurz, was aber sehr verunglückt klang.

“Was?”, wollte Leon wissen.

“Nicht übel der Body, wenn er nackt ist.”

“Unverkäuflich. Da haste keine Chance.”

Er streifte das alte über und streckte Kevin die Zunge aus.

“Da hat er sich ja wieder hübsch gemacht”, laberte Kevin und zog ihn fort, als Leon noch dabei war den Reißverschluss des Rucksacks zuzuziehen.

“Nich so hastig”, protestierte er.

"Los, komm. Wir haben noch viel vor."
"Was denn?"
"Wirst du schon sehen", frohlockte Kevin und plinkerte unter der Sonnenbrille mit den Augenlidern.

Kevin versuchte sich als Stadtführer. Er zeigte Leon Kirchen, Kapellen und Museen, erzählte dies und das über die Geschichte seiner Stadt.
"Du liebst deine Stadt, kann das sein?", fragte Leon.
"Ja, das ist so. Auch wenn ich in einem Vorort wohne, ich liebe diese Stadt. Hier gibt es viele schöne Cafes und Bars, wo man wunderbar sitzen und quatschen kann", schwärmte Kevin.
"Typisch Künstler, immer nur ans Saufen denken."
"Vergiss es. Ich trinke so gut wie keinen Alkohol."
"Was denn?"
"Coke light, meistens zumindest."
"Und wenn doch was anderes?"
"Tonic zum Beispiel oder Lemon, wenn mir mal so ist. Und wenn es richtig was zu feiern gibt, dann auch mal ein Glas Sekt. Aber sehr, sehr selten."
"Wer's glaubt wird selig."
"Tja, is' aber so."
"Das heißt eure Partys sind mehr so andersm..."
"Wie anders?"
"Na, mehr so mit kleinen Pillchen und coolen Joints."
"Kannste vergessen. Das kommt bei mir gar nicht in die Tüte. Obwohl es hier sehr viele Typen gibt, die es machen."
"Und du nich?"
"Nein. Absolut keinen Bock drauf. Wieso kiffst du etwa?"
"Eigentlich nicht. Zum Geburtstag war es das erste Mal."
"Und nun kuriert?"
"Eigentlich war es gar nich so schlecht."
"Hast du nicht gekotzt beim ersten Mal?"
"Nee. Im Gegenteil."
"Wie im Gegenteil? Was ist denn das Gegenteil von Kotzen?"
"Ach, vergiss es. War nur so gelabert. Jedenfalls war es nicht eklig oder so."
"Soll das heißen, du könntest dich daran gewöhnen?"

“Nee, das nu nich gerade. Aber so ab und zu. Könnt’ ich mir schon vorstellen.”
“Da muss ich dir eine Story erzählen. Habe ich von meinen Eltern heute beim Frühstück gehört. Muss also gerade erst passiert sein.”
“Na nu bin ich gespannt. Kevin als Drogen-Therapeut?”
“Nein. Quatsch. Das ist wirklich hier passiert.”
“Also ’nen Witz.”
“Quatsch. Hör’ zu jetzt. Bei uns im Ortsteil wohnt eine alte Dame. Da sind fast alles Eigenheime und alle haben einen Garten dazu. Die einen bisschen kleiner, die anderen bisschen größer. Und diese Dame hat einen ganz schön großen. Sie ist seit Jahren alleine. Ihr Mann ist irgendwann schon früh gestorben. Jedenfalls kommt sie wohl diese Woche eines Morgens in ihren Garten. Und was sieht sie?”
“Keine Ahnung.”
“Von ihren ganzen schönen neuen Pflanzen sind die Blüten weg. Nicht von einer, von allen, und das ganze über Nacht. Sie hatte da so mindestens drei, vier Reihen selbsthochgezogen, mit Samen, die sie sich von ihrer letzten Reise nach Holland mitgebracht hatte.”
“Nachtigall ich hör’ dir trapsen, oder?”
“Genau so isses. Sie hatte sich Hanfsamen mitgebracht und die im Garten hochgezogen. Jedenfalls war sie so erbost, dass sie zur Polizei rennt und den Diebstahl anzeigen will.”
“Sie rennt zu den Bullen, weil sie ihr Hanfblüten geklaut haben?”
“Ja, aber sie wusste ja nicht, was sie da im Garten hatte. Jedenfalls kommt die Polizei dann irgendwann und beguckt sich den Schaden. Was meinst du, wie die geguckt haben!”
“Kann ich mir vorstellen. Die müssen sich halb scheckig gelacht haben.”
“Das wohl weniger. Die haben sich wohl komplett verscheißert gefühlt.”
“Und was ist aus der Sache geworden?”
“Das wussten meine Eltern auch nicht genau. Jedenfalls hat die Polizei wohl alle Pflanzen mitgenommen und nun ist die Frau total unglücklich.”

“Dafür wurden bei uns in Berlin schon Leute verhaftet.”
“Kann ich mir vorstellen. Nur, dass die wussten, was sie im Garten hatten und haben sich das bestimmt nicht haben klauen lassen.”
“Das wohl kaum.”
“Ja, Sachen gibt’s, die gibt’s gar nicht.”
Stimmt, dachte Leon und musste an Ritter denken. Das war auch so eine Sache, die er sich nie hätte träumen lassen. Nicht in seinen kühnsten Gedanken. Aber ohne Ritter wäre er nicht hier und hätte diesen tollen Typ vermutlich nie kennen gelernt.
“Träumst du?”, platzte Kevin in Leons Gedankenspiele.
“Manchmal.”
“So wie eben?”
“Ja.”
“Du warst weit weg?”
“Nein, bei dir und wie ich hierher gekommen bin.”
“Du hast Schiss davor, wieder nach Hause zu kommen, wegen dem Ärger?”
“Mmh, eher weniger. Die Luft ist so schon dick, viel dicker kann sie nicht werden. Ganz im Gegensatz zu hier.”

Sie hatten die Stadt hinter sich gelassen, waren auf einen Pfad in einem kleinen Wäldchen eingebogen, das zu jenem Vorort führte, in dem Kevin wohnte.
“Es ist schön hier, ich werde nix bereuen”, sagte Leon und guckte Kevin ernst an, der seine Sonnebrille abnahm und Leon aus seinen brauen Augen fixierte. Kevin steckte die Brille in die Tasche seines Hemdes, legte seine Arme um Leons Hüften, der seine Arme um Kevins Schultern schlang. Sie küssten sich. Doch ganz behutsam. Erst fanden sich die Lippen, dann ihre Zungen, die jedoch nicht wie wild ausrasteten, sondern ganz vorsichtig miteinander spielten. Dafür war es ein Spiel, das nicht enden wollte. Sie standen so umschlungen und verwoben miteinander und hatten die Zeit vergessen. Keiner vermochte zu sagen, wie viel Zeit vergangen war. Doch beide wussten, es war der längste Kuss ihres Lebens. Das mussten sie sich nicht sagen.
“Es ist spät geworden. Wir sollten langsam zurück gehen”, schlug Kevin vor.

“Ich krieg’ langsam auch Hunger”, willigte Leon ein, der nach Kevins Hand griff, um sie ganz festzuhalten. Kevin zog sie aber vorsichtig weg.
“Lieber nicht. Uns könnte jemand sehen. Und ich möchte nicht, dass die Leute wissen, wie ich wirklich gestrickt bin. Noch nicht. Noch ist es nur meine Sache.”
“Hast du es noch niemandem erzählt?”
“Nein, wozu auch. Denkst du, uns könnte jemand helfen? Da lach’ ich aber ganz laut.”
“Hattest du schon mal einen Freund?”
“Ja, einmal. Aber erinner’ mich lieber nicht daran.”
“Und warum?”
“Weil ich es vergessen will. Er war neunzehn damals, ich dreizehn.”
“Ich würde dich gerne öfter sehn.”
“Ich dich auch. Was machst du in den Sommerferien?”
“Da muss ich zu meinem Vater, weil Mutter die ganzen Ferien arbeiten muss. Ihr Chef ist drei Monate in Afrika. Das ist das erste Mal, dass wir nich in den Urlaub fahrn.”
“Meine Ellis fahren zwei Wochen nach Kroatien, tja und ich kann nun nich mit. Ich fahr’ nach Österreich. Aber vielleicht können wir uns ja in den anderen zwei Wochen doch mal treffen?”
“Mal sehn. Aber von Greifswald ist es ein bisschen weit.”
“Aber wenn wir uns in Berlin verabreden?”
“Das könnte gehn.”
“Lass uns drüber reden, wenn es soweit ist. Kannst du bei deinem Vater mailen?”
“Klar, ’nen PC hat er, aber keinen Fernseher.”
“Was?”
“Na ja, ’nen Fernseher hat er schon. Aber keinen Empfang. Man kann nur Videos bei ihm gucken.”
“Wieso das? Ist der Fernseher kaputt?”
“Nee, nee. Aus Prinzip. Im Hause des Pfarrers gibt es eben kein Fernsehen, das alle Menschen verdummt.”
“Das ist ja merkwürdig.”
“Merkwürdig is’ gar keen Ausdruck.”

Sie hatten die Innenstadt wieder erreicht. Leon blieb noch eine Stunde Zeit, bis der letzte Zug fuhr: “Lass uns was essen. Jetzt lad’ ich dich ein, okay?”
“Einverstanden.”
Kevin führte Leon zielstrebig wieder auf den Marktplatz, wo ihr gemeinsamer Tag begonnen hatte. Sie suchten sich einen Tisch im Restaurant im Rathaus.
“Ich hätte gedacht, das da drüben mit der Inschrift wäre das Rathaus.”
“Falsch gedacht. Aber nun hast du ja die Stadt mit der größten historischen Altstadt Deutschlands kennen gelernt. Mcine neue Heimat. Und ich bin mit dem Tausch nicht unzufrieden. Ganz und gar nicht.”
“Magdeburg war nich so dein Ding?”
“Nich wirklich. Wir wohnten im Neubau, Platte, kennst du ja sicher. Ich war froh, als wir wegzogen. Auch, wenn das erste Jahr hier nicht einfach war.”
“Wieso das?”
“Ich war der neue, vor allem in der Schule. Und dann noch aus dem Osten. Da war man schon ein paar Monate der Fußabtreter für alle. Die Mitschüler hänselten und schnitten mich, die Lehrer wollten mir zeigen, dass ich ein dummer Ossi bin. Aber den Zahn habe ich ihnen am schnellsten gezogen. Mit den Mitschülern war das nicht ganz so einfach. Aber seitdem ich zum Schulorchester gehöre, ist das anders geworden. Bis zum Stimmbruch habe ich im Chor gesungen. Aber das war dann vorbei.”
“Also nix mit Kevin der Superstar.”
“Höchstens am Klavier. Warten wir es ab.”
“Vielleicht mal vierhändig. Kevin und Leon?”
“Sollten wir probieren.”
“Und was?”
“Den Vorschlag kannst du machen.”
“Okay.”
Der Kellner brachte das Essen. Leon hatte sich einen Bauernfladen mit Broccoli und Schinken bestellt. Kevin hatte sich dem angeschlossen. Als der Kellner gegangen war, sagte Leon: “Ich

hätte gedacht, das is' so was wie Kartoffelpuffer mit Käse überbacken oder so."
"Enttäuscht?"
"Na ja, egal."'
"Lass es dir trotzdem schmecken."
"Gleichfalls."
Leon aß den Fladen, der einer Pizza glich, nur dass anstelle der Tomatensoße Sauerrahm unter den Belag gestrichen war. Ansonsten aber konnte er keinen Unterschied feststellen. Doch es machte satt und Leon musste rülpsen, als er fertig war.
"Pardon."
"Fehlt nur noch, du behauptest, das war reine Körperbeherrschung."
"So is' es. Sollte eigentlich hinten raus."
Sie mussten beide wieder lauthals lachen. Am Bahnhof kam die Minute des Abschieds. Sie umarmten sich wie am Nachmittag im Wald. Kevin sah in Leons Augen, dass er ihn wieder küssen wollte.
"Hier lieber nich", bat Kevin um Verständnis, "auch wenn es mir unwahrscheinlich schwer fällt, zu verzichten. Aber es ist besser so."
"Okay. Es war ein richtig geiles Wochenende. Ich mag dich. Danke", flüsterte Leon statt eines Kusses. Sie lockerten sich aus der Umklammerung und verabschiedeten sich mit einem langen Händedruck. Ihre Augen klebten noch aneinander als der Zug sich schon in Bewegung setzte. Kevin winkte mit beiden Armen hoch in den Himmel gestreckt, Leon winkte mit der rechten Hand zurück, mit der linken hielt er sich am Griff des Zugfensters fest, den Kopf weit hinausgestreckt. Doch schnell verlor er Kevin aus den Augen.

8

"Wenn jeder dem anderen helfen wollte, so wäre allen geholfen."
(Marie von Ebner-Eschenbach)

Greifswald

Das Zeugnis war das schlechteste, das Leon je erhalten hatte, Durchschnitt dreikommadrei. Mama hatte es kommentarlos zur Kenntnis genommen. Sein Papa nur mit dem Kopf geschüttelt. "Was ist nur los mit dir?", hatte er wissen wollen, als Leon wie verabredet am zweiten Ferientag in Greifswald erschienen war, um hier seine Sommerferien zu verleben. Heute nun erwartete Leon Tim und Paps. Sie kamen nicht zu Besuch, sondern würden ihn abholen zum gemeinsamen Urlaub auf Rügen. Leon hatte seine Mutter überzeugen können, die Entscheidung dem Vater zu überlassen und der hatte sich irgendwann in den vergangenen Tagen breitschlagen lassen. Leon hatte ganz schön baggern müssen und Tim und seinen Paps in den höchsten Tönen gelobt. Nun kam es nur noch darauf an, dass sein Vater bei der bevorstehenden Begegnung nicht wieder umkippen würde.
"Ich guck' mir die Leute aber erst an, bevor ihr losfahrt. Das muss sein", hatte er gesagt.
Leon war zufrieden damit und hatte seine Sachen schon längst zusammengepackt, als er morgens zum Frühstück in die Küche kam. Um diese Zeit etwa wollten Tim und sein Paps zuhause losfahren. Sie müssten also in etwa einer Stunde hier sein und gegen Mittag wollten sie dann gemeinsam auf die Insel fahren. Leon konnte es nicht mehr erwarten, dass es endlich losgehen würde. Er hatte all die Szenen, die ihm seine Mutter nach der Reise in den Harz gemacht hatte, so gut wie wieder vergessen. Er spürte die Ohrfeigen nicht mehr, die es gehagelt hatte, er verdrängte die Drohung, wenn er seine Mutter weiter in den Wahnsinn treiben wolle, wisse sie keine andere Lösung, als für ihn ein Internat zu suchen, auf dem er sein Abitur beenden könne. Leon mochte nicht daran denken, sechs Jahre lang in

einem Internat zu leben, wo auch immer das sein würde. Höchstens bei Kevin oder Tim in der Nähe, das wäre dann doch nicht so dumm. Aber an so einen Zufall mochte er nicht glauben. Und weil er seine Freiheit über alles liebte, war ihm jeder Gedanke an diese Idee seiner Mutter verhasst. Internat, Leon hatte gekotzt, als sie diese Idee ausgesprochen hatte.

“Dann kannst du mich ja gleich beerdigen, oder besser noch zurückentwickeln und abtreiben!”, hatte er seiner Mutter an den Kopf geworfen. Überhaupt hatte er sich diese Frage in der letzten Zeit immer häufiger gestellt, warum seine Mutter ihn damals nicht hatte abtreiben lassen. Am Abend hatte er den Mut gehabt, seinen Vater danach zu fragen. Der hatte erst ausweichend reagiert, war dann aber doch mit der Sprache herausgerückt. Ja, seine Mutter hätte mit dem Gedanken gespielt, doch habe sie erst einen Schwangerschaftstest machen lassen, als sie schon in der elften Woche war. Danach war die Zeit viel zu kurz, um eine vernünftige Entscheidung zu fällen. Sie hätten damals sehr, sehr viel Stress miteinander gehabt, schon vor diesem Test, als die Regel immer länger ausgeblieben war. Er habe den Gedanken an eine Abtreibung sofort verworfen und ihr ins Gewissen geredet, dass man so leichtfertig nicht mit neuem Leben umgehen könne. Sie wollte aber ihre Entscheidung ganz alleine treffen und habe sich damals immer mehr von ihm abgewandt. Die Semesterprüfungen standen unmittelbar bevor, dann ging alles drunter und drüber, kein Mensch wusste, ob morgen nicht vielleicht die russischen Panzer in Berlin oder auch anderswo auffahren würden. Sie hatten lange diskutiert, in jenem Sommer auch nach Ungarn zu reisen. Doch weglaufen war nur das eine, bleiben und etwas verändern das andere. Sie entschieden sich für das Bleiben. Und als die Schwangerschaft dazu kam, war dann das Chaos perfekt.

“Ich war also ein Unfall?”, hatte Leon seinen Vater gefragt.

“So würde ich es nicht formulieren. Du bist das Kind unserer großen Sommerliebe. Aber geplant warst du natürlich nicht, nein. Deswegen auch der ganze Stress, als deine Mutter sich fast sicher war.”

“Hast du das Buch gelesen, dass du mir zum Geburtstag geschenkt hast?”

Leon knallte seinem Vater das Buch auf den Tisch.
“Nein, aber es soll sehr interessant sein, haben mir Bekannte erzählt.”
“Das ist es. Deshalb solltest du es auch lesen. Ich kann es dir leider nicht hier lassen, weil ich es mitnehmen werde für Tim. Aber du kannst es dir ja inzwischen kaufen. Dann kannst du mal lesen, was ihr aus eurem Sohn gemacht habt. Und Mama solltest du es auch schicken, damit sie endlich aufhört, sich total daneben zu benehmen und mal wieder was merkt. Ich hab’ nämlich null Bock, das auszulöffeln, was ihr damals versaut habt. Dann hättet ihr mich nämlich wirklich besser abtreiben sollen. Jetzt bin ich aber da und ich bin wie ich bin.”
“Ich versteh’ kein Wort von dem, was du sagst, mein Sohn.”
“Lies das Buch, dann weißt du es. Mehr sag’ ich dazu nicht.”
Leons Vater hatte sich entschlossen, in den zwei Wochen, die Leon auf Rügen sein würde, ein ernsthaftes, längeres Gespräch mit seiner Mutter zu führen. Es musste irgendetwas vorgefallen sein, dass seinen Sohn aus der Bahn geworfen hatte. Er kannte ihn weder so furchtbar ernst, noch so depressiv. Verträumt war er manchmal als Kind gewesen. Das ja. Statt eines Autos hatte er einen Teddy zu seinem Lieblingsspielzeug auserkoren, wenn er für einige Tage in Greifswald war. Noch heute stand der Teddy in seinem Zimmer und wartete darauf, dass Leon ihn beim nächsten Besuch wieder in Arme nehmen würde, um ihn so zu knuddeln wie früher. Ob er es immer noch tat, wusste sein Vater nicht. Er wusste wenig von seinem Sohn, der offenbar im letzten Jahr schneller erwachsen geworden war, als man es hätte erwarten dürfen. Sein Vater machte sich nicht nur Sorgen, auch Vorwürfe, zu wenig Zeit mit seinem Sohn verbracht zu haben, den er nun wohl kaum mehr als sein kleines Kind behandeln konnte. Daran dachte er wieder, als Leon zum Frühstück die Treppe herab kam und strahlte, als habe er in der Nacht seine Unschuld verloren.
“Na, Leon, wieder gut drauf heute morgen?”
“Logisch. In einer Stunde werden Tim und sein Paps hier sein. Sie werden dir gefallen.”
“Das hoffe ich. Aber mir müssen sie eigentlich nicht gefallen. Du willst mit ihnen in Urlaub. Nicht ich.”

“Weiß Mama Bescheid?”
“Ja, ich habe es ihr gesagt.”
“Und hat sie es mit Fassung getragen?”
“Ich denke schon. Sie hatte Stress im Krankenhaus. Wir konnten nicht lange reden.”
“Siehst du, so ist das immer. Und wenn ich dann meine Entscheidungen alleine treffe, gibt es hinterher Stress ohne Ende. “
“Leon, man kann in deinem Alter nicht einfach ein ganzes Wochenende alleine verreisen, sich mit wildfremden Leuten treffen. Da würde jede Mutter auf die Barrikaden gehen.”
“Die Leute waren nicht wildfremd. Kevin ist ein Freund. Das hab’ ich dir erzählt. Und was kann ich dafür, dass Mama gerade an dem Wochenende frei hat. Kann ich das riechen?”
“Nein. Aber du hättest ihr den Gefallen tun können, mit nach Bad Saarow zu fahren.”
“Und Kevin dafür im Stich lassen?”
“Im Stich lassen? Dann wärst du eben ein anderes Mal gefahren. Mein Gott, ist das so schlimm?”
“Ja.”
“Wo hattest du überhaupt so viel Geld her? Deine Mutter sagt, du hättest eigentlich gar nicht mehr so viel haben können?”
“Ich hatte es eben doch.”
Leon sah wieder das Bild von Ritter vor sich, die rote Pille mit dem Herzchen darauf, die er ihm gegeben hatte ...
Leon verdrängte die Bilder. Er wollte sich jetzt auf Tim freuen, auf zwei gemeinsame Wochen auf Rügen.
Es klingelte an der Haustür.
“Ich mach’ auf”, rief Leon und rannte in den Flur.

Kaum hatte er die Haustür geöffnet, fiel ihm Tim um den Hals und rief: “Hi, Leon, super, dass du doch mit darfst.”
Leon hatte Mühe sich aus Tims Umarmung wieder loszureißen, auch wenn er es nicht gerne tat. Mit dem rechten Daumen und Zeigefinger kniff er Tim in die Seite, der plötzlich aufjuchzte und ihn losließ.
“Musst du immer so grob sein”, sagte Tim vorwurfsvoll und lachte dann.

“Lachst du mich jetzt an oder aus?”, wollte Leon wissen.
“Na, du stellst blöde Fragen.”
Tim guckte seinem Gegenüber tief in die Augen und grinste über alle Backen als hätte jemand beim Fotografieren gerade “Cheese” gerufen.
“So nun bin ich aber dran”, unterbrach Paps schroff die Begrüßungszeremonie und reichte Leon die Hand.
“Hallo Herr König, schön dass Sie da sind”, sagte Leon beim Schütteln der Hand.
“Kommen Sie rein und du auch, Tim. Mein Vater wartet schon.”
Zu dritt gingen sie durch den Flur. Leon führte die Gäste schnurstracks in das Arbeitszimmer. Dort saß sein Vater hinter dem Schreibtisch und erhob sich als Paps und Tim das Zimmer betraten.
“Schön, Sie kennen zulernen”, strahlte Leons Vater, “Leon hat ja schon so viel von Ihnen erzählt.”
“Ich hoffe nur Gutes.” Paps lachte.
“Das kann man wohl sagen. Aber bitte nehmen Sie doch Platz.”
Der Hausherr wies auf eine Couchecke mit einem Zweisitzer und zwei Sesseln. Paps wählte einen der beiden Sessel, Leons Vater tat es ihm gleich. So setzten sich Leon und Tim auf die Couch und rückten dicht aneinander, so dass Tim schon wieder ein wenig warm wurde.
Für einen Augenblick herrschte absolute Stille im Raum. Dann unterbrach der Pfarrer das Schweigen.
“Und Sie wollen Leon zwei Wochen mit in Urlaub nehmen. Haben Sie sich das gut überlegt?”, wandte er sich an Paps.
“Also wenn ich ehrlich sein soll, hatte ich gar keine andere Chance. Tim wäre von mir enttäuscht gewesen bis an das Ende der Zeit.”
“Aber Paps”, fiel ihm Tim ins Wort, dem noch mehr Hitze ins Gesicht stieg, “du hast es selbst vorgeschlagen.”
“Stimmt, mein Sohn. Aber wärst du nicht irgendwann von selbst auf diese Idee gekommen?”
“Bestimmt. Aber ob ich mich getraut hätte zu fragen. Glaub’ nicht.”
Für den Pfarrer war das wie ein ersehntes Stichwort. Ihm war das freundschaftliche Getue der beiden Jungs nicht gerade

verständlich und wollte einem Disput über dieses Thema aber mit Paps vermeiden. An seinem Schreibtisch hatte er gerade an seiner Sonntagspredigt geschrieben. Zu diesem Thema konnte er jetzt zurückkehren. Und das tat er gerne. Er blickte zu Tim.
“So geht es nicht nur dir. So geht es vielen Menschen. Ist doch komisch, oder?”
Tim reagierte nicht. Er schaute Leons Vater nur verwundert an, der fortsetzte: “Deshalb will ich am Sonntag in meiner Predigt auch darüber reden. Schade, dass Sie nicht dabei sein werden.”
Sein Blick war von Tim zu dessen Vater gewandert.
“Wissen Sie, ich bin eigentlich kein Kirchgänger ...”
“Das muss man auch nicht sein, um über dieses Thema zu reden. Wissen Sie, wie ich darauf gekommen bin?”
“Nein, wie sollte ich?”
Auch Tim und Leon wandten sich jetzt neugierig dem Pfarrer zu, der bereitwillig zu einer längeren Erklärung ausholte.
“Am Anfang der Woche ist nebenan eine junge Frau neu eingezogen. Sie hat ein kleines Kind, vielleicht gerade drei oder vier. Viel an Möbeln und Sachen hatte sie nicht. Aber auch nur den Fahrer des kleinen Lkw , der ihr half, alles in die Wohnung zu schaffen. Ich kam gerade drauf zu, als beide dabei waren, den großen Wohnzimmerschrank abzuladen. Da konnte ich nicht anders, als zu fragen, ob ich helfen könnte. Die kleine zierliche Frau sah vollkommen überfordert aus. Das kleine Kind rannte ihr immerzu um die Beine und fühlte sich offenbar recht unbehaglich in der noch fremden Umgebung. Die Frau guckte mich ganz komisch an. Ich fragte, ob es ihr nicht recht sei, wenn ich mit anfassen würde. Ich stellte mich als ihr Nachbar vor und erzählte ihr, dass ich hier in der Gemeinde der Pfarrer bin. Erst sah sie mich immer noch ungläubig an, doch kam langsam ein Lächeln in ihr Gesicht und sie sagte zu mir: ‚Sie schickt der Himmel, Herr Pfarrer.’ Da musste ich natürlich lachen. Und sie auch. Dann erzählte sie mir, dass sie schon zweimal Leute, die vorbeigingen, gefragt hatte, ob sie an die schweren Teile mit anfassen könnten. Doch keiner hatte geholfen. Einer meinte, er hätte keine Zeit und der andere hatte wohl geäußert, was ihn das anginge. Gibt es ein schöneres Beispiel dafür, um wieder über

Nächstenliebe zu predigen. Helfe deinen Nächsten und nicht nur in der Not. Ja, und nun schreibe ich gerade diese Predigt."
Leons Vater blickte neugierig in die Runde und wartete auf Reaktionen. Doch niemand sagte etwas. Und so fragte er Paps direkt:
"Was halten Sie davon?"
Eigentlich war Paps schon von Berufs wegen nicht gerade um Worte verlegen. Doch in diesem Falle dauerte es noch eine kleine Weile, ehe er eine Antwort zustande brachte: "Wissen Sie", begann er vorsichtig, "das ist kein leichtes Thema, das ist eigentlich ganz schwere Kost. Wenn ich so darüber nachdenke, geht es einem doch ziemlich oft so. Aber man überspringt solche Klippen nur ungern."
"Was für Klippen bitteschön?", fragte der Pfarrer.
"Na nehmen wir nur meinen Job. Schon oft habe ich daran gedacht, zu meinem Chef zu gehen und zu fragen, ob ich den Dienst tauschen kann oder mal zwei Stunden früher gehen kann. Zum Beispiel, wenn Tim Auftritte mit seinem Kabarett hatte. Oder er mal mit mir wieder ins Kino gehen wollte. Doch ich bin nie gegangen. Ich habe Tim alleine lassen müssen, weil ich Angst hatte, meinen Chef um was zu bitten, dass er vielleicht irgendwann gegen mich auslegen könnte."
"Das versteh' ich. Aber richtig finde ich es nicht."
"Nein, ich habe es auch oft bedauert, dass ich nach dem Tode meiner Frau oft sehr wenig Zeit für Tim hatte. Aber das bringt mein Job nun mal mit sich. Und er wird gut bezahlt. Das darf man nicht vergessen."
"Das heißt, Geld ist wichtiger als Nächstenliebe, als Zeit zu haben für Menschen, die uns sehr, sehr nahe stehen."
"Geld ist wichtig. Wovon wollen sie sonst leben, wovon ein Kind ernähren und anziehen. Das geht mit Nächstenliebe nicht. Das wäre zwar schön. Aber so ist unsere Gesellschaft nicht. Sie liebt den, der Geld hat und verachtet den, der keins hat. Frei nach dem Motto ohne Moos nix los."
"Aber ist das nicht zu blauäugig. Geld macht nicht glücklich, oder?"
"Nein, sicher nicht, aber auch nicht unglücklich."
"Würden Sie das so in ihrer Zeitung schreiben?"

“Ja, ich denk’ schon.”
“Geld ist nicht alles.”
“Das auf keinen Fall. Das sagt ein Kollege auch immer. Karriere ist wichtiger.”
“Karriere? Die wollen Sie machen?”
“Ich nicht unbedingt. Ich bin zufrieden, so wie es ist. Ich habe einen gut bezahlten Job. Und ich habe Tim.”
Paps sah zu seinem Sohn, dessen kleiner linker Finger sich in Leons rechte Hand eingehäkelt hatte und der ihn etwas ratlos anblickte. Das Gespräch schien ihn zu langweilen. Seine Gedanken schienen schon auf Rügen zu sein, obwohl er die Insel so gut wie nicht kannte. Doch das sollte sich ja in den nächsten vierzehn Tagen ändern.
Paps bekam von der Unruhe der beiden Jungs, deren Fingerspiele immer nervöser wurden, nichts mit. Er grübelte. Dann wandte er sich wieder direkt an den Pfarrer:
“Wissen Sie, es ist auch gar nicht so einfach, jemanden um Hilfe zu bitten. Als Tim noch klein war, hat Fanny oft abends auf ihn aufgepasst, wenn ich Spätdienst hatte. Das ist die Tochter unserer Nachbarn. Sie ist zwei Jahre älter als Tim. Das ist so eine Sache, die die Leute noch verstehen, dass man ein kleines Kind als alleinerziehender Vater nicht gerne alleine lässt. Ihr Vater ist Computerspezialist in einer großen Firma bei uns in der Stadt. Zu Tims Geburtstag hatte ich mich endlich durchgerungen, ihm einen eigenen PC zu schenken. Na ja, er hat meinen alten gekriegt und ich hab’ mir einen neuen Laptop gekauft. Zuerst wollte ich unseren Nachbarn fragen, ob er die beiden Geräte anschließen kann. Doch ich hab’ mich einfach nicht getraut. Ich hatte Angst, er würde nein sagen und mir erklären, dass er so schon gestresst genug sei und ich solle mir einen andern Dummen suchen.”
“Hm.”
“Ich hatte einfach Angst, mir eine Abfuhr zu holen. Und wir sind nun wahrlich nicht befreundet. Das nicht. Und wenn ich mir vorstelle, man fragt einen Freund oder einen Menschen auf den man große Stücke hält und kriegt dann eine Abfuhr nach Strich und Faden verpasst, das tut doch dann erst richtig weh. Oder stecken Sie das so locker weg?”

“Kaum. Umso mehr ich einen Menschen schätze, desto größer sind auch meine Erwartungen an ihn. Da fühle ich wie Sie. Aber sagen Sie, wie haben Sie das Problem mit ihren Computern denn nun gelöst?”
“Martin hat sie angeschlossen”, platzte es aus Tim heraus, der dem letzten Teil des Gesprächs aufmerksam gefolgt war und Leon die Initiative ihrer Spielchen unter dem Tisch ganz alleine überlassen hatte.
“Das ist ein total netter Typ”, erklärte Leon seinem Vater.
“Du kennst ihn auch?”
“Ja, ich war doch auf Tims Geburtstag. Und da war Martin auch.”
“Er ist Fotograf bei uns, ein Kollege sozusagen”, bemühte sich Paps um Aufklärung.
“Und schwul”, platzte es aus Leon heraus, der sich selbst erschreckte und seine rechte Hand ruckartig von Tim abließ, um sie sich vor den Mund zu halten.
“Ein Schwuler?”, fragte Leons Vater ungläubig in Richtung Paps.
“Es sind doch auch nur Menschen wie Sie und ich.”
“Na, ich weiß ja nicht. Ich halte das für sehr widernatürlich. Eine Sache, die irgendwie aus allen Gleisen gesprungen zu sein scheint und wie eine neue Mode um sich greift.”
Der Pfarrer schüttelte energisch und verständnislos den Kopf. Er stand auf und ging zu seinem Schreibtisch, wo er in der oberen Schublade kramte und ein Familienfoto herausholte. Unterdessen erreichte Paps zorniger Blick seinen Sohn. Doch die Frage stellte er an Leon:
“Woher weißt du eigentlich, dass Martin schwul ist, Leon?”
Bevor Leon seine Hand wieder vom Mund nehmen konnte, gab Tim schon die Antwort:
“Von mir, Paps. Ich habe es ihm erzählt.”
“Toll gemacht, Tim, wirklich.”
Paps stieß einen lauter Seufzer aus und kratzte sich mit der linken Hand am Hinterkopf.
“Wir haben einfach drüber gesprochen. Was ist schon dabei?”, meinte Tim. Doch Paps antwortete nicht. Stattdessen schickte er

noch einmal einen zornigen Blick in Richtung seines Sohnemanns.
Leons Vater war inzwischen wieder in die Couchecke zurückgekehrt und hatte sich auf seinem Sessel niedergelassen. Er legte das Foto auf den Tisch. Darauf waren eine Frau und ein Mann zu sehen, die sich glücklich umarmten. Davor standen zwei Jungen, die vielleicht sieben und fünf Jahre alt waren.
"Damals war das Leben dieser Familie noch in Ordnung. Hier sehen Sie, wie glücklich sie waren."
Paps sah es. Auch Tim und Leon warfen einen Blick auf das Foto.
"Der Große ist jetzt siebzehn, kommt in die zwölfte Klasse. Dann will er hier weg und in Berlin eine Lehre machen. Seine Eltern sind tot unglücklich. Sein Vater hat sogar seinen Job verloren."
"Warum das?", fragte Paps ungläubig.
"Weil der große Sohn schwul ist. Deshalb. Ich habe lange mit den Eltern geredet und sie versucht zu trösten. Aber es gibt für sie keinen Trost in diesem Unglück."
"Das versteh' ich nicht. Man wirft doch nicht jemanden raus, nur weil er einen schwulen Sohn hat?" Paps tat entsetzt. Er war es vermutlich auch.
"Doch, das gibt es. Der Sohn hat mit vierzehn aller Welt erzählt, was er für einer ist. Nun, unsere Stadt ist nicht sehr klein, aber auch nicht wieder so groß, dass sich so was nicht schnell herumspricht. Und so war es dann auch."
"Was hatte dieser Mann denn für einen wichtigen Beruf?"
"Er war Pressesprecher des Senats."
"Und da konnte man ihn so einfach feuern?"
"So einfach nicht. Aber man hat ihm in regelmäßigen Abständen gravierende Fehler unterstellt oder nachgewiesen. Einmal soll er den Oberbürgermeister sogar verunglimpft haben."
"Und das stimmte?"
"Zum Teil wohl ja. Aber Sie kennen das ja sicher, wenn Politiker aus einer Mücke einen Elefanten machen. Jedenfalls haben sie ihn nicht mehr in Ruhe gelassen bis er mürbe war. Dann hat er den OB vor dessen Kollegen angebrüllt und beleidigt. Daraufhin haben sie ihn gefeuert. Seitdem ist er

arbeitslos und findet hier wohl auch nichts mehr. Das ist nun schon wieder zwei Jahre her. Sein schwuler Sohn war damals fünfzehn. Das hat ihm, dem Vater sehr zu schaffen gemacht. Ein schlechter Ruf ist eben schlimmer als ein Jagdschein. Sie wissen, was ich meine!"
"Sicher. Aber ich verstehe es trotzdem nicht. Wir leben im einundzwanzigsten Jahrhundert. Da sind selbst Oberbürgermeister und Senatoren schwul und nicht nur das, sondern auch geoutet. Paragraf einhundertfünfundsiebzig gibt es doch schon ewig nicht mehr."
"Aber in den Menschen lebt er fort."
"Tja. Das scheint wohl wirklich so zu sein." Paps schüttelte den Kopf.
Leon hatte jedes Wort aufgesaugt. Heimlich malte er sich aus, wie der Typ jetzt wohl aussehen würde. Leon kannte ihn. Als er elf oder zwölf war, war er ihm häufiger in der Stadt begegnet, manchmal im Eiscafe, ein anderes Mal im Kino. Leon erinnerte sich an seinen neugierigen und heißhungrigen Blick. Benjamin, ja genauso hieß der Typ. Die ganze Zeit hatte Leon der Name auf der Zunge gelegen. Nun fiel er ihm wieder ein. Und vor seinen Augen entstand ein Bild, allerdings wohl schon zwei Jahre alt. Es war ein Bild von einem wunderschönen, blonden Boy. Ein Gesicht zum Anknuddeln, die Augen oft hinter einer Sonnenbrille versteckt, die Haare in einem Basekap verdeckt. Damals aber nahm er es nur so am Rande wahr, ohne sich etwas dabei zu denken. Leon bekam große Lust, Benjamin wiederzusehen. Ob er ihn im Internet finden würde?
Tim spürte, wie alle um ihn herum plötzlich in irgendwelchen Gedanken versunken waren. Die Geschichte von der Familie mit dem schwulen Sohn fand er natürlich fürchterlich. Aber Tim wusste nicht, was ihn das angehen würde, gerade heute, wo der erste gemeinsame Urlaubstag mit Leon anstand. Die Zeiger von Tims Uhr gingen langsam auf elf zu. Er spielte sich am linken Ohr, schnipste den Ohrring mal nach hinten, mal nach vorne. Als immer noch niemand reagierte, stieß er unter dem Tisch Paps mit dem Fuß an: "Sag' mal, Paps, wann wollen wir denn losfahren?"

Tim sah, wie die Gesichtsausdrücke aller drei wieder in die Gegenwart zurückkehrten.
"Du hast Recht. Es wird Zeit, mein Sohn, wenn wir auf der Insel Mittag essen wollen."
"Dann hol deine Sachen, Leon", sagte sein Vater, "ich zeige in der Zeit unseren Gästen die Wohnung."
Leons Vater bat Tim und Paps auf einen Blick ins Wohnzimmer und die Küche, die viel geräumiger war als Königs Kochkabinett im zehnten Stock des Hochhauses. Paps sprach seine Komplimente aus. Für einen Männerhaushalt sah es überall ausgesprochen aufgeräumt aus.
"Meine Lebensgefährtin ist diese Woche auf Dienstreise. Sie kommt erst am Montag zurück", erklärte der Pfarrer. Und Paps blickte verwundert, aber auch dankbar, denn er hatte seine Ordnung daheim schon recht kritisch durchleuchtet.
Über eine Wendeltreppe gelangten sie ins Gästezimmer. Dort hatte Leon für die Zeit der Sommerferien seine Zelte aufgeschlagen. Auf dem Regal über dem Bett saß ein strohiger Teddybär, dem Leon einen Nasenstüber verpasste und ihm "bye, bye, mein alter Freund" wünschte, als Tim ins Zimmer trat.
"Kann ich dir was helfen, Leon?"
"Hast du dir die Predigt von meinem werten Herrn Erzeuger zu Herzen genommen oder was ist los?"
"War ja nur 'ne Frage", maulte Tim.
"Na los, nimm den Rucksack, Alter. Die Tasche ist schon schwer genug."
Leon warf sie sich über die Schulter und stolperte die Treppe runter. Hätte er sich nicht ständig an das Geländer geklammert, wäre er glatt die Stufen hinabgesaust. Tim folgte ihm mit dem Rucksack und einem gehörigen Abstand, um die schleudernde Tasche nicht ins Gesicht zu kriegen.
"Na, dann ab in die Ferien", rief Leon seinem Vater zu, als er die untere Etage sicher erreicht hatte.
"Die Jungs können es kaum erwarten, dass es los geht", meinte Paps.
"Ich hoffe nur, Leon wird Ihnen keine Probleme machen. Er ist in der letzten Zeit etwas schwierig. Aber das wissen Sie ja.

Wenn nötig, rufen Sie mich bitte an. Nicht seine Mutter, wenn's geht. Hier ist meine Nummer."
Der Pfarrer reichte Paps eine Visitenkarte, als sie vor die Haustür getreten waren.
"Danke, ich denke, das wird wohl nicht nötig werden."
Paps verstaute Leons Gepäck im Kofferraum. Die Jungs setzten sich beide auf die Rückbank, was Paps im ersten Moment verwunderte.
"Nanu, hab' ich gar keinen Beifahrer?"
"Das kleine Stück schaffst du auch ohne", erklärte Tim und klopfte Paps auf die Schulter. Sie winkten zu dritt noch einmal Leons Vater zu. Dann gab Paps Gas. Sie fuhren am Hafen vorbei in Richtung des großen Einkaufszentrums vor den Toren der Stadt und dann die Bundesstraße immer weiter in Richtung Stralsund. Dort mussten sie sich in Geduld üben. Die Überfahrt über den Rügendamm dauerte mehr als eine halbe Stunde. Der Verkehr an diesem Tag schien sich wieder einmal in Richtung der größten deutschen Insel verabredet zu haben. Und auch auf dem Eiland ging es nur im Zuckeltempo voran.
Tim und Leon nutzten die Zeit mit dem Wissen, dass Paps es nicht wahrnehmen konnte, ihre Fingerspiele fortzusetzen. Immer häufiger grinsten sie sich an und klatschten sich dabei auch mal die Oberarme, den Bauch oder die Schenkel. Das eine oder andere Mal sah es Paps wohl, schüttelte aber nur den Kopf. Er sagte nichts. Stattdessen fragte Tim plötzlich in den Raum:
"Habt ihr eigentlich gar keinen Fernseher, Leon?"
"In Berlin ja. Logo. Aber mein Vater hat eigentlich keinen. Dass heißt, er hat einen, aber nur zum Video gucken. Fernsehen kann man damit nich empfangen."
"Und wieso nicht?"
"Er meint, die vielen Programme würden die Menschen nur noch mehr verdummen. Und das sei genau das, was die Menschen gar nicht gebrauchen könnten. Ihr Verstand leide unter dieser Konsumgesellschaft schon genug. Tja, so ist er, mein alter Herr, wie er leibt und lebt."
"Wie hältst du das aus?"
"Och, geht schon. Wenn ich in Greifswald bin, hol' ich oft Filme aus der Videothek. Die guckt er dann manchmal sogar

mit. Dafür hat er ja aber einen Computer, den ich auch benutzen kann."
"Ich würde das keine Woche aushalten", meinte Tim.
"Da gewöhnst dich dran. Kannste globen", versicherte Leon.
"Haben wir eigentlich einen Fernseher im Urlaub, Paps?"
"Ich glaube schon, Tim, aber extra gefragt habe ich nicht."
"Na hoffentlich."
"Also ich finde, dass Leons Vater Recht hat." Paps nutzte eine Pause im Stau, um das Thema Fernsehen noch einmal aufzufrischen.
"Sicher ist die Meinung nich ganz falsch, Herr König. Aber er übertreibt das, wie mit vielen anderen Dingen", erwiderte Leon.
"Wieso? Ich finde, er ist nur konsequent."
"Ist er nicht. Dann würde er auch nicht solche Filme wie ,Terminator' oder ,Blade' auf Video mitgucken."
"Vielleicht interessiert ihn nur, was sein Sohn so guckt, hm, Leon?"
"Das glaub' ich nicht. Er interessiert sich in den letzten Jahren recht wenig für mich."
"Na, na."
"Is' aber so."
"Hm!"
"Er hasst Fernsehen abgrundtief. Einmal hat er mir erklärt, es wären böse Mächte im Spiel gewesen, die dieses Unglück mit den vielen Programmen über uns gebracht hätten."
"Der Teufel doch nicht etwa?"
Paps drehte sich zu Leon um und musste ihn angrinsen. Als er sich wieder umdrehte, setzte sich die Kolonne vor ihm wieder in Bewegung. Auch Paps gab wieder Gas und schöpfte neue Hoffnung, doch nicht den ganzen Tag im Stau stehen zu müssen.
"So direkt vom Teufel hat er nich gesprochen. Aber seinen Verbündeten."
"Und wer soll das sein, Leon?"
"Entweder die Amerikaner oder die Juden. So viel Geld hätte sonst kein anderer auf der Welt, meinte er."
Paps schluckte erstmal, was Leon ihm da gerade an weltphilosophischen Brocken hingeworfen hatte. Er wusste so schnell keine Antwort. Außerdem musste er sich auf den

Verkehr konzentrieren. Es ging wieder zügiger voran. Doch Paps nahm sich vor, während des Urlaubs noch einmal auf dieses Thema zurückzukommen. Das wollte er so nicht im Raum stehen lassen. Er hatte das Gefühl, als ob Leons Eltern ihren Sohn schon früh mit ihren angeblichen Weisheiten überfordert hatten. Der Bengel begann, ihm leid zu tun. Doch dafür war jetzt keine Zeit. Der nicht endenwollende Verkehr begann Paps zu nerven, auch weil sich Tim und Leon auf der Rückbank immer stärker zu amüsieren schienen. In der nächsten Ortschaft verließ Paps die Bundesstraße sechsundneunzig und bog in westliche Richtung ab. Er fuhr weiter über die Dörfer in Richtung Küste, bis sie nach knapp einer weiteren dreiviertel Stunde Zipfelvitz erreicht hatten. Sie waren an ihrem Ferienziel angelangt. Paps hielt am Ortseingang an einer Karte, die den Gästen die Wege durch Zipfelvitz wies.
"Man, hab' ich einen Kohldampf", rief Tim von der Rückbank, als Paps nach dem Studium der Karte in den Wagen zurückkehrte.
"Nicht nur du. Ich auch", beeilte sich Leon ins gleiche Horn zu stoßen.

9

"Ein Tag an dem du nicht lächelst, ist ein verlorener Tag."
(Charlie Chaplin)

Rügen

“Och bitte, Paps!”, rief Tim.
Er war sich in diesem Falle nicht zu schade, zu betteln. Nein, bei diesem Wunsch nicht. Es ging um die Aufteilung der beiden Zimmer. Das Appartement im Ressort ‚Seeblick’ war komfortabel eingerichtet. Das Wohnzimmer hatte eine Schlafcouch, eine Sitzecke, einen Fernseher und eine Küchenzeile. Dahinter befand sich das etwas zu klein geratene Bad. Und gleich daneben führte eine Tür ins Schlafzimmer, das aus einem großen Doppelbett und einem Wandschrank bestand, der die ganze Wand gegenüber dem Bett ausfüllte.
Paps hatte vorgeschlagen, dass Leon im Wohnzimmer schläft und er sich mit Tim das Doppelbett im Schlafzimmer teile. Leon hatte dazu geschwiegen, sich auf die Terrasse gestellt und den Ausblick auf die weite Landschaft Rügens genossen. Kein Haus versperrte die Sicht. Der Blick war frei bis zum Horizont. Am Ende der Äcker und Wiesen sah Leon Wald, nichts als Wald. Es mochten aber Kilometer sein, bis man den Waldrand erreichte. Obwohl es wirkte, als wäre er nur einen Katzensprung entfernt.
Die Sonne schien mit ihrer ganzen Kraft auf die Terrasse. Leon zog das T-Shirt aus, legte es auf den Wäschehalter und streckte seinen nackten, knabenhaften Oberkörper der Sonne entgegen. Mit den Fingerspitzen strich er sich über die Brust und spielte mit seinen Brustwarzen, die sich aufrichteten und ein zartes “Mmhhhhh” zwischen Leons Lippen hervor fließen ließen. Kein Härchen, das das Spiel seiner Finger störte. Leon musste lächeln. Wenn er da an Ritters beharrte Brust dachte, wurde ihm übel, spei übel. Für die Sommerferien hatte sich Leon sein kurzes Haar noch kürzer schneiden lassen. Zwei Fingerspitzen Gel am Morgen würden reichen, um sie stehen zu lassen wie Bolle. Leon hatte keine Lust, sich in die Aufteilung der Betten einzumischen. Er würde es nehmen, wie es kommt. Aber

natürlich wäre ihm ein gemeinsames Zimmer mit Tim lieber gewesen. Doch Leon war Kummer gewöhnt. Der Blick hinaus in die Weite machte ihn irgendwie glücklich.
Paps hatte die Quengeleien seines Sohns satt. Seit geschlagenen fünfzehn Minuten zählte er ihm die Vorzüge auf, dass er das Wohnzimmer nehmen solle und Tim sich mit Leon das Schlafzimmer teile. Selten hatte Paps seinen Filius mit soviel Leidenschaft erlebt, ihm etwas schmackhaft zu machen, dass für Paps eigentlich mehr oder weniger zweitrangig war. Denn es ging ja nur um die Organisation der nächsten zwei Wochen. Er brauche sich jeden Morgen um die Ordnung der Jungs keinen Kopf machen, könne sich früh, wenn sie noch schliefen, in aller Ruhe Kaffee kochen und abends am Laptop solange sitzen wie er wolle oder Fernseh gucken, während Tim und Leon zeitiger ins Bett gehen würden. Das waren Dinge, mit denen Tim den Nagel auf den Kopf getroffen hatte und die Paps überzeugten. Er hatte jedoch nicht gleich zugestimmt, sondern Tim noch etwas zappeln lassen und sich gewundert, dass Leon plötzlich und völlig aus der Schusslinie verschwunden war. Paps grinste Tim breit an und ging auf die Terrasse hinaus. Er legte seinen Arm um Leons Schulter, der ihn überrascht anschaute, aber sich dieser Geste nicht entzog.
“Ein schöner Blick nicht?”, meinte Paps zu Leon.
“Wunderschön. Ich könnte hier stundenlang stehen.”
“Magst du Berlin nicht?”
“Nich wirklich. Aber ich habe mich damit abgefunden. Berlin hat auch seine Vorteile.”
“Es ist deine Heimat.”
“Pfff. Heimat, was ist das schon?”
“Dein Zuhause.”
“Nee, glaub’ ich nich. Ich wohn’ da, ja. Aber zuhause? Bin ich, glaub’ ich, nirgends.”
“Für vierzehn Tage sind wir es jetzt hier.”
“Ja. Ich freu’ mich. Danke Herr König, dass ich mit durfte.”
“Schon okay, Leon. Tims Freunde sind auch meine.”
Leon schaute Paps mit großen Augen an, verzog seine Wangenmuskeln zu einem merkwürdigen Grinsen. In seinem Rücken spürte er Tim, der fast geräuschlos auch auf die Terrasse

herausgetreten war. Leon drehte sich um, hob den Arm zu einem rechten Winkel und blickte Tim in die Augen, der ihm die Hand entgegenstreckte. Leon klatschte sie ab und rief: "Dein Alter ist klasse!"
Und Paps zugewandt fügte Leon hinzu: "So ein Satz einmal aus dem Mund meiner Mutter. Ich würd' was für geben." Leon klappten dabei die Kinnladen wieder herunter. Das verschmitzte Grinsen von eben verschwand aus seinem Gesicht. Paps sah es mit Sorge. Die Wehmut des Jungen berührte ihn. Schnell streckte er ihm seine Hand entgegen und hoffte, Leon würde nun auch ihm diese wie er fand bescheuerte Geste zuteil werden lassen. Er irrte sich nicht. Leon klatschte ihn ab und in das Gesicht des Jungen kehrte das Lächeln zurück. Er nahm Paps' Hand noch einmal, drückte sie, als wollten sie im nächsten Moment zum Armdrücken ansetzen.
"Danke", sagte Leon und fügte hinzu: "Tim kann stolz sein auf seinen Vater. Da könnte man glatt neidisch werden."
Paps musste laut loslachen, weil Leon es mit einem so merkwürdigen Unterton sagte, der an Ironie, Sarkasmus und Sehnsucht zugleich erinnerte. Paps schaute auf seinen Sohn, der rot wurde und gerade den Kopf senkte.
"Tim!"
"Ja, Paps." Tim antwortete, ohne hochzugucken.
"Ich nehm' das Bett im Wohnzimmer", sagte Paps.
Tim hob den Kopf, schaute seinen Vater ungläubig an. Er hatte nicht damit gerechnet, ihn wirklich überzeugen zu können. Tim machte zwei Schritte auf Paps zu, legte seine Arme um seinen Hals: "Danke, Paps."
Paps stützte seine Hände in Tims Hüften und schob ihn behutsam ein Stück zurück. Als sich ihre Augen trafen, meinte er: "Aber Ordnung haltet ihr trotzdem!"
"Klar, Paps. Wir geben uns Mühe, sagen wir mal so. Nich Leon!"
"Logo", stimmte Leon schnell zu, "komm, wir packen aus und suchen die Badehosen."
Leon nahm Tim an die Hand und zog ihn hinter sich her in Richtung Schlafzimmer. Paps blieb allein auf der Terrasse zurück. Er musste an Leons Mutter denken, diese sympathische

Frau, mit der er Ostern angenehme Tage auf Gran Canaria erlebt hatte. Es war ihm ein Rätsel, warum Leon und Irene nicht miteinander konnten. Doch was sollte er sich den Kopf zerbrechen.
"Bin gleich wieder da", rief Paps den Jungs hinterher, die sich im Wohnzimmer ihre Rucksäcke und Taschen griffen. Paps reckte und streckte sich. Zehn Minuten spazieren gehen würde ihm jetzt gut tun. Und vielleicht würde er ja irgendwo einen Kiosk finden und sich ein Zigarillo leisten. Der Urlaub begann ganz anders, als er ihn sich vorgestellt hatte. Paps hatte ein Gefühl, als ob die beiden Jungs ihm das Kommando nach und nach aus den Händen zaubern würden. Das dürfe er so nicht zulassen, dachte er und schritt davon. Ohne Richtung. Ohne Ziel. Einfach ins Grüne hinein.

Am Abend verschwanden Tim und Leon schon kurz nach zehn im Schlafzimmer. Wieder blieb Paps nur ein leichtes Kopfschütteln. Doch er nahm es gelassen. Sie würden sich sicher viel zu erzählen haben. Er raffte sich auf, noch einen kleinen Bummel am dunklen Strand zu wagen, ehe er noch einmal die TV-Kanäle durchzappen würde, um dann auf der Wohnzimmercouch unter seine Decke zu kriechen. Ein, zwei Pils würde er sich zuvor noch genehmigen. Denn die erste Nacht im fremden Bett war immer etwas gewöhnungsbedürftig. Damit hatten Tim und Leon keine Probleme. Allerdings dachten sie auch noch gar nicht daran, schlafen zu wollen. Viel hatten sie sich zu erzählen. Paps' Ahnung hatte ihn da nicht betrogen. Zwischendurch gingen beide ins Bad, um Paps nicht zu stören, wenn er sich hinlegen wollte.
Gereinigt und eingecremt fragte Leon nach dessen Rückkehr von der weitaus kürzeren Zeremonie der Abendwäsche: "Schlafen wir nackt?"
"Spinnst du? Ich schlafe nie nackt."
"Angsthase!"
"Ha, ha."
"Hast wohl deinen guten Schabbaschuch vom Oma und Opa mit?"

Leon hielt den Kopf schräg und guckte Tim aus seinen großen, neugierigen Augen an, eher er laut los prustete.
Tim hatte nicht viel zu erwidern und zeigte Leon einen Vogel: "Blödmann."
Tim kroch in seinen roten Shorts und Unterhemd in sein Bett. Leon stand im weißen Slip noch daneben. Er lag so eng an, dass Tim alle Konturen dessen, was der Slip verbarg, sehen konnte. Und ihm gefiel, was er sah. Doch Leon riss ihn aus diesen Gedanken.
"Ich muss aber nackt schlafen. Der Slip ist viel zu eng. Da schnür' ich mir sonst alles ab. Okay?"
"Mach' doch, was du willst."
Leon zog den Slip aus, der mit Größe vier wirklich etwas klein ausfiel. Aber Leon stand auf enge Slips und Hosen.
Tim spürte bei diesem Anblick wieder einmal, wie ihm heiß wurde. Die Wangen glühten.
Leon bemerkte es und honorierte es mit einem breiten Grinsen. Dann kroch er kommentarlos unter seine Decke.
"Wieso trägst du eigentlich weiße Slips? Das ist doch total unpraktisch", wollte Tim wissen.
"Ich steh' nun mal auf weiße, enge Slips. Und wieso sollte das unpraktisch sein?"
"Kennst du den Spruch: Da kannst du noch so viel klopfen, in die Hose geht immer der letzte Tropfen?"
"Du meinst beim Pinkeln?"
"Ja. Also mir geht das jedenfalls so beim Pullern. Und das gibt in weißen Slips garantiert gelbe Flecke."
"Bei mir nicht."
"Hä, pullerst du farblos oder wie?"
"Nö, aber ich nehm' Klopapier."
"Wie jetzt?"
"Na, die Weiber machen das doch auch so. Wischen sich ihr Ding mit Klopapier ab. Und das mach' ich auch. Dann gehn die letzten Tropfen nich in den Slip."
"Fehlt bloß noch, du pullerst im Sitzen?"
"Klar. Darauf hat Mama schon immer bestanden. Haste 'nen Problem damit?"

“Das sowieso. Hast du denn noch nie in ein Pissbecken gemacht?”
“Nö. Aber du kannst es mir ja mal zeigen.”
“Vergiss es. Ich kann nich, wenn einer zuguckt.”
“Dann nimmst du eben meinen.”
“Wie jetzt?”
“Na, du zeigst meinem Pimmel wie man im Stehen pinkelt.”
“Igitt. Soll mir schlecht werden?”
“Du weißt doch gar nicht, wie geil das wirklich ist.”
“Und zum Dank pullerst du mir dann auf die Finger. Igitt. Is’ das eklig.”
“Urin soll sehr gesund sein. Da werden deine krummen Finger vielleicht wieder gerade.”
Tim stellte es sich bildlich vor, wie er mit Leons Glied in seiner Hand in ein Urinal zielte und ihm dabei Leons gelbes Abwasser über die Finger rinnen würde. Gänsehaut lief Tim über die Arme. Er schüttelte sich.
“Bähhh. An dir ist wirklich ’nen Weib verloren gegangen. Nur die kommen auf solche bescheuerten Ideen.”
“Pass auf, was du sagst!” Leon kniff Tim in den Arm, der aufschrie: “Aua. Das gibt bestimmt ’nen blauen Fleck, du Blödmann.”
“Selber schuld.” Dann drehte sich Leon provokatorisch von Tim weg, um Augenblicke später zu fragen:
“Kennst du gute Witze zur Nacht?”
“Nicht wirklich. Ich kann Witze nicht gut erzählen”, bedauerte Tim.
“Soll ich dir mal einen erzählen?”
Tim legte sich auf den Bauch. Die Ellbogen stützte er auf das Bett, den Kopf legte er in seine Hände und schaute Leon erwartungsvoll an, der sich auf die rechte Seite drehte und Tim ebenfalls in die Augen schaute.
“Nu mach’ schon”, drängelte Tim.
Leon überlegte, welchen er zuerst erzählen sollte. Schließlich wollte er vor Tim eine gute Figur machen.
“Kommen zwei Männer aus der Kneipe und gehen durch den Park nachhause. Plötzlich müssen beide pinkeln. Der eine wundert sich: “Warum pinkelst du so laut und ich so leise? Das

ist komisch." Darauf der andere: "Kann ich dir erklären: Ich pinkel gegen den Zaun und du gegen deinen Mantel."
"Hmm. Witz komm raus, du bist umzingelt", kommentierte Tim.
Doch Leon ließ sich nicht entmutigen: "Na gut. Dann einen anderen: Stoppt ein Polizist eine Blondine im Auto und sagt: ‚Sie sind eben mit einhundertzwanzig Kilometer die Stunde gefahren. Hier sind aber nur achtzig erlaubt.' Lacht die Blondine plötzlich: ‚Herr Wachtmeister, das kann gar nicht sein. Ich bin erst zehn Minuten unterwegs.'"
"Da kenn' ich auch einen", wurde Tim mutig.
"Na los."
"Wie machen Blondinen Marmelade?"
"Null Ahnung."
"Sie quetschen Berliner aus."
Tim und Leon lachten zugleich los.
"Ist das eine Anspielung?", forschte er nach.
"Jeder zieht sich den Schuh an, der ihm passt."
"Ach ja?" - "Apropos Blondinen. Warum sind Männer an neunundneunzig Prozent aller Unfälle schuld?"
"Sag's mir."
"Weil sie ihren Frauen die Autoschlüssel gegeben haben."
"Aha. Und was ist, wenn zwei Mercedesfahrer zusammenstoßen?"
"Versicherungsbetrug."
"Quatsch. Krieg der Sterne."
Tim schlug mit seinen Fingerkuppen leicht gegen Leons Hinterkopf.
"Ups. Da fällt mir noch einer ein: Ein Ehepaar hat Sex im Bett. Plötzlich reißt der kleine Sohn die Tür auf. ‚Eh, was macht ihr denn da?' Sagt die Mama: ‚Ich massiere Papa gerade den Bauch weg.' Da lacht der Sohn laut los: ‚Das hat doch keinen Zweck. Morgen kommt Tante Uschi und bläst ihn wieder auf.'"
"Ferkel du, pfui". Tim versuchte, entrüstet zu tun.
"Oder der: Fragt der Sohn: ‚Du Mama, was ist eigentlich Impotenz?' Mama überlegt kurz: ‚Das ist ungefähr so, als wenn du mit gekochten Spaghetti Mikado spielen willst.'"
"Typisch Leon Berner. Immer nur das eine im Kopp", sagte Tim grinsend und drehte sich auf den Rücken.

Leon rollte sich zu ihm ran und schob seine linke Hand unter Tims Bettdecke und sein Unterhemd, bis sie auf seiner Brust lag und Leons Finger ganz sachte zwischen Brust und Bauchnabel spielten. Tim streckte seinen rechten Arm zu Leon hinüber und seine Hand kitzelte ebenfalls Leons nackten Rücken. Immer, wenn Tim an eine bestimmte Stelle kam, zuckte Leon mit dem Hintern wie wild. Tim machte sich einen Spaß daraus und versuchte immer wieder diese Stelle zu treffen, während Leon seine Brustwarzen mit seinen Fingern liebkoste, als wären diese eine Feder.
"Mikado oder Spaghetti?", fragte Leon.
Tim blickte zu seinem nackten Nachbarn hinüber und sah die hammerharte Latte: "Du, Mikado." Dann hob Tim mit der linken Hand seine Bettdecke an: "Ich, Spaghetti."
"Da weiß ich was", meinte Leon und krabbelte langsam und behutsam mit seiner Hand von Tims Brust in seine Shorts. Als seine Finger begannen die noch nicht allzu üppigen Härchen zu kraulen, packte Tim Leon am Handgelenk.
"Bitte nicht."
"Warum nicht?"
"Ich möchte das nicht."
Tim beugte sich mit dem Kopf zu Leon hinüber: "Weißt du, wie die Eskimos küssen?"
"Zeig's mir", bat Leon.
Tim rubbelte mit seiner Nase gegen Leons. Links, rechts, links, rechts. Dann schob Leon seine Hand in Tims Nacken, schaute ihm in die Augen und küsste ihn. Tim legte sich auf den Rücken und zog Leon mit, der nicht von seinen Lippen ließ. Tim kraulte wieder Leons Rücken und genoss dieses Gefühl. Zwischen Kuscheln und Küssen schliefen sie dann irgendwann ein, bevor sie noch einen weiteren Gedanken daran verschwenden konnten, ob sie nun Mikado spielen sollten oder nicht.

Die goldgelben Strahlen der Sonne kitzelten Tim im Gesicht. Er versuchte sich blinzelnd gegen den blendenden Morgen zu wehren und sich gleichzeitig den Schlaf aus den Schlitzaugen zu wischen. Er hätte immer noch Mikado spielen können. Oder schon wieder. Doch jetzt war es ganz anders als am Abend. Tim

spürte wie der Drang immer größer wurde. Vielleicht war die Cola doch etwas zu viel gewesen. Er hörte aber auch Paps im Bad hantieren. Hoffentlich würde der sich ein bisschen beeilen. Die Sekunden vergingen wie kleine Ewigkeiten. Tim konnte nicht mehr an sich anhalten. Er sprang aus dem Bett und rannte auf den Flur. Er hoffte, dass Paps die Badtür nicht hinter sich abgeschlossen hatte. Das machte er zu Hause zwar nie. Aber wer weiß, dachte Tim, der mit Schwung den Türdrücker zum Bad herunterriss und hineinstürmte. Paps erschrak und schnitt sich beim Rasieren ins Kinn.
"Scheiße", brüllte Paps. "Bist du bescheuert, mich so zu erschrecken?" Er versuchte das Blut mit Klopapier zu stillen und schaute genervt zu Tim, der seinen Körper zwischen Paps und das Klobecken geschoben hatte und einen sintflutartigen Strahl in die weiße Keramik schickte.
"Entschuldige, Paps. Aber ich konnte keine Sekunde länger warten."
"Vielleicht solltest du abends nicht so viel trinken?"
"Ja, ja."
"Guck dir das an. Wie sehe ich jetzt aus?" Paps betrachtete die Bescherung im Spiegel.
"Das wird schon wieder heile", erklärte Tim gerade, als Leon, ein Handtuch um die Hüften geschlungen, in der offen stehenden Badtür auftauchte.
"Is' was passiert?", fragte er besorgt mit winzig kleinen Äuglein.
"Nichts", sagte Paps. "Wenn man davon absieht, dass ich mich gerade verunstaltet habe."
"Cool", grinste Leon und trabte ins Bett zurück, bis Paps zehn Minuten später rief: "Früüüüüühstück!"

Leon griff sich eines der beiden Vollkornbrötchen und belegte es mit Käse. Tim zog ein Weizenbrötchen mit Nutella vor.
"Haben wir keine Bananen?", knirschte Tim mit gespieltem, leidensvollem Blick.
"Nein", erwiderte Paps zwischen einem Schluck Kaffee und einem Haps vom Marmeladenbrötchen.
"Dann sollten wir heute welche kaufen."
"Gute Idee", pflichtete Leon Tim bei.

Paps hob erstaunt den Kopf. Wurde er gar nicht mehr gefragt?
"Find' ich auch. Ihr solltet heute beide einkaufen gehen."
Tim und Leon blickten sich an: "Okay."
"Sagt mal ihr zwei, was war das denn für Gekicher und Gealber gestern Abend bei euch?"
"Waren wir zu laut, Paps? Wir haben bloß ein paar Witze erzählt."
"Witze? Ach so."
"Gehen wir an den Strand?"
"Na klar. Alles andere wäre doch eine Sünde."
Es war gar nicht so einfach an diesem Vormittag noch ein geeignetes Plätzchen am Strand zu finden. Paps bereute schon, keinen Strandkorb gemietet zu haben. Das wäre wesentlich einfacher gewesen. Erst nach längerer Suche fanden sie ausreichend Platz, um sich zu dritt niederzulegen, ohne dass sie sich zwängen mussten wie die Sardinen in einer Ölbüchse. Tim und Leon hatten nach dem Frühstück ihre Geburtstagsbücher getauscht und sie mit an den Strand genommen. Leon las nun die ‚Mitte der Welt' und Tim ‚Warum Frauen nicht einparken können und Männer schlechter lügen'. Tim hatte die ‚Mitte der Welt' nicht sonderlich zugesagt. Trotz Martins Lobeshymne. Er fühlte sich beim Lesen zu oft wie in einem Märchen. Tapfer hatte er aber die über vierhundert Seiten durchgehalten. Es wäre ja auch nicht grundsätzlich schlecht, aber eben nicht gerade sein Ding gewesen, hatte er Leon erklärt, der von seinem Bestseller völlig happy war. Endlich hatte er einmal etwas darüber gelesen, wie Homosexualität offenbar entsteht. Ein Kapitel, das er mehrfach gelesen hatte, auch wenn er nicht alles ganz verstehen konnte. Doch Leon hatte sich nach dem Lesen einfach besser gefühlt. Er sah sich darin betätigt, nichts dafür zu können, schwul zu sein und hatte sich vorgenommen, es bei nächster Gelegenheit seiner Mutter zu offenbaren. Doch bisher war er immer wieder davor zurückgeschreckt. Denn seit seinem Geburtstag und der Reise zu Kevin war Mama überhaupt nicht mehr gut auf ihren Sohn zu sprechen. Leon konnte sich nicht erklären, warum sie ihm das immer noch unter die Nase rieb. Schließlich war es inzwischen schon längst kalter Kaffee von gestern.

Während Tim und Leon in ihre Bücher vertieft waren und sich die Sonne auf den Pelz scheinen ließen, hatte sich Paps am Kiosk eine Bild und einen ‚Spiegel' geholt und vertiefte sich nun auch darin.

"Ich hab' Bock auf Eis", meldete sich Leon plötzlich.

Tim schwitzte inzwischen schon mächtig, obwohl der Seewind die Hitze keineswegs unerträglich machte.

"Gute Idee", meinte er. "Komm, Eis holen."

Tim erhob sich, streckte Leon seine Hand entgegen und zog ihn von seinem Badetuch hoch.

Während Leon in seine Badelatschen schlüpfte, zog sich Tim erst die weißen Socken an, dann die schwarzen Turnschuhe, deren Schnürsenkel er aber nicht band, sondern einfach in den Schuh steckte. Leon nahm einen Fünf-Euro-Schein aus seinem Rucksack und steckte ihn sich in den Bund seiner sonnengelben Badehose, die er in den Osterferien auf Gran Canaria gekauft hatte. Inzwischen war sie schon sehr eng und unterstrich das Bild eines jungen Mannes, der sich seiner Reize durchaus bewusst war.

"Bezahlst du?", fragte Tim, der zu seinen Sneakers und Socken schwarze Badeshorts trug, deren weißes Bändchen am Bund so eng zusammengeschnürt war, dass sich darüber eine kleine Falte an Tims Bauch legte.

"Logo. Ich geb' eins aus", sagte Leon.

"Fein", meinte Paps, der ein Domino wollte.

Die beiden Jungs machten sich auf den Weg zur Promenade und steuerten direkt den nächsten Eispavillon an. Vor ihnen stand ein langhaariges blondes Mädchen, das in etwa so alt war wie Tim und Leon und bezahlte gerade eine zwei Euro teure Eistüte. Danach warf sie ihre Mähne in den Nacken und blickte sich um. Erst sah sie Tim an, dann blieb ihr Blick an Leon hängen. Der hatte gerade drei Eis bestellt: ein Mars, ein Bounty und ein Domino. Leon riss das Papier vom Mars ab und biss genüsslich hinein.

"Du bist wohl ein ganz süßer?", wollte das Mädchen von ihm wissen.

"Kann man so sagen", erwiderte Leon und grinste sie an.

"Wo kommste denn her?"

“Wieso willste das wissen?”
“Ich bin neugierig.”
“Typisch.”
“Biste immer so kurz angebunden?”
“Nö, nur wenn Tussis zu neugierig sind.”
“Dein Großmaul würde zu Berlin passen. Aber dein Akzent nicht.”
“Sieben Punkte aus der Gummikiste.”
Das Mädchen gab einen lauten Pfiff von sich: “Sieben gleich. Man, du hast was auf der Kirsche.”
“Tja, wie das tapfere Schneiderlein.”
Leon grinste jetzt über alle vier Backen.
“Na, wenn du so mutig bist, wie wär’s dann, wenn wir zusammen ins Kino gehen?”
“Läuft denn was Geiles?”
“Bestimmt. Wir können ja mal gucken gehen. Das Kino ist nicht weit.”
“Nö, geht nich. Dann läuft das Eis hier weg. Wir müssen zurück zum Strand.”
“Willste kneifen?”
“Nö. Aber Tim kommt dann auch mit.”
Leon zeigt auf seinen Freund.
“Wenn’s sein muss.”
Das Mädchen warf Tim einen Blick zu, der ihm sagen sollte, dass er in diesem Falle flüssiger als Wasser sei, nämlich überflüssig. Doch sie wollte Leon eine Brücke bauen: “Okay. Dann bring’ ich auch eine Freundin mit.”
“Wie heißt du eigentlich?”
“Cindy. Und du?”
“Leon.”
“Schöner Name.”
“Danke.”
“Und was ist nun mit Kino?”
“Mal sehen.”
“Feige?”
“Nö. Aber du solltest wissen, Cindy, ich fische am anderen Ufer.”

Cindy stutzte und verzog das Gesicht. Erst nach einer kurzen Pause fragte sie: "Hä? Du machst was?"
Cindy entglitten die Gesichtszüge vollends, da sie nur Bahnhof verstand. Leon nahm Tim an die Hand und zog ihn mit sich. Im Gehen sagte er mit einem Blick zurück: "Bye. Man sieht sich."
Cindy blieb mit offenem Mund stehen und schaute den beiden ungläubig und fragend hinterher. Tim entzog Leon seine Hand und grummelte: "Lass das."
"Ich hass das", äffte ihn Leon nach, drehte sich um und winkte Cindy, die immer noch wie angewurzelt am Eispavillon stand.

Als Paps am nächsten Morgen die Terrassentür öffnete und zum Himmel hochschaute, sah er viele Wolken ziehen. Es waren Haufenwolken, wie er unschwer erkennen konnte. Mit Strand und Sonne würde es wohl heute nicht viel werden. Na ja, dachte er, Rügen hat ja noch viel mehr zu bieten. Er nahm den Brötchenbeutel vom Türgriff. Sechs hatte er für jeden Morgen beim Brötchenservice der Hotelanlage bestellt: je drei aus Weizen und drei aus Vollkorn. Paps setzte Kaffee auf und ging ins Bad. Sein Schmiss am Kinn war immer noch deutlich zu sehen. Er musste mit dem Kopf schütteln, als er an die gestrige hektische Aktion seines Sohnes denken musste. Er schien ihm seit Ostern irgendwie verwandelt. Wurde er erwachsen? Paps wusste es nicht. Über ein Jahrzehnt bestand die kleine Familie nun aus ihm und Tim. Jede freie Minute hatte er versucht, Tim zu widmen. Allzu viele hatte es davon nie gegeben. Aber sie hatten zumindest ein sorgenfreies Leben. Paps konnte nicht einschätzen, wer von beiden die Mutter mehr vermisst hatte. Paps hatte sich jedoch nie vorstellen können, dass eine andere Frau die Stelle als Tims Mutter einnehmen konnte. Auch, wenn er sich nicht nur einmal gewünscht hatte, wieder eine Frau im Haus zu wissen. Und das nicht nur, weil ihm Bügeln und Nähen total abging. Komplizierte Sachen hatte er wieder an seine Eltern weiterdelegiert. Gott sei Dank, dass es sie gab. Paps dachte an Irene Kasch, eine Frau, die er durchaus mochte. Ob es mehr war als Sympathie? Er sollte sie mal besuchen. Tim würde sich sicher auch freuen, einfach mal ein Wochenende in Berlin zu verleben. Wie er mit Leon zusammengluckte, das wurde Paps

stellenweise schon unheimlich. War er etwa eifersüchtig auf einen Jungen, der noch grün hinter den Ohren war? Quatsch. Trotzdem blieb da ein Gefühl, das Paps bisher noch nicht kannte.
Das Klingeln seines Handys riss ihn aus allen Gedanken. Wer konnte das sein? Es war gerade erst kurz vor neun. Paps wischte sich den Schaum der Zahnpaste vom Mund und drückte die grüne Taste seines Handys.
"Ach du bist es. Schön, dass du mal anrufst."
Das Telefonat dauerte etwa fünf Minuten. Paps wankte danach zwischen Freude und Verdruss. Er ging zurück ins Bad, um die Morgenwäsche zu beenden. Als er den Frühstückstisch einschließlich Bananen gedeckt hatte, klopfte er ans Schlafzimmer. Als sich niemand meldete, öffnete er langsam die Schiebetür. Leon lag bäuchlings und abgedeckt auf dem Bett, streckte Paps den nackten Po entgegen. Tim schlummerte in seiner typischen embryonalen Stellung tief in sein Kopfkissen und Decke gekuschelt.
"Guten Morgen, ihr Langschläfer. Raus aus den Betten und rein in den neuen Tag", rief Paps den beiden zu.
Langsam öffneten sie ihre Augen. Leon zog sich hastig das Bett über seinen entblößten Körper und Tim murmelte: "Morgen, Paps. Wie spät ist es denn?"
"Gleich neun. Das Frühstück ist fertig. Also los Männer."
Es dauerte noch eine Weile, bis Tim und Leon sich über den Umweg Bad an den Frühstückstisch gesellten. Paps hatte da schon das erste Brötchen und die erste Tasse Kaffee hinter sich.
Paps wartete bis auch die Jungs ordentlich gefrühstückt hatten. Dann sagte er:
"Ich habe eine gute und eine schlechte Nachricht. Welche wollt ihr zuerst hören?"
Tim war für die gute, Leon für die schlechte. So musste Paps selbst entscheiden.
"Wir kriegen morgen Besuch", begann er.
"Nein", rief Tim, "nicht Oma und Opa!"
"Nein, voll daneben", sagte Paps und guckte seinen Sohn etwas schräg an.
"Wer dann?"

“Martin kommt morgen.”
“Cool”, erklärte Tim.
“Geil”, rief Leon fast zeitgleich.
“Na das ist ja schön, dass ihr euch so freut. Er bringt übrigens Karten mit für die Störtebeker-Festspiele morgen Abend.”
“Da wollten wir doch sowieso hin, oder Paps?”, meinte Tim.
“Genau. Martin muss da morgen Abend Fotos machen. Der einhunderttausendste Besucher der Saison wird erwartet. Und da er keine Lust hatte, den ganzen Abend alleine zu verbringen, hat er drei Karten für uns mitbesorgt.”
“Was issn das eigentlich?”, wollte Leon wissen.
“Theater”, sagte Tim.
Und Paps erklärte etwas ausführlicher: “Ein Freilufttheater. Es geht um den Seeräuber. Das Stück spielt im Mittelalter, im Krieg der Hansestädte. Und Störtebeker ist der Held. Es wird dir bestimmt gefallen, Leon.”
“Hm, na mal sehen.”
Leon schien vor Begeisterung nicht gerade überzuschäumen. Aber natürlich würde er mitgehen. Da gab es gar keine Frage.
“Und was ist die schlechte Nachricht?”, hakte Tim nach.
“Martin bleibt zwei Tage. Er sagt, wenn er schon mal auf der Insel ist, möchte er die Zeit auch nutzen. Er hat mich gebeten, mit ihm übermorgen ins Boxmuseum nach Sagard zu fahren. Da wollten wir schon immer mal einen Beitrag drüber machen. Und nun würde das doch gut passen, meinte Martin. Ich wollte erst nicht, habe dann aber doch ja gesagt.”
“Und was ist daran so schlecht, Paps?”
“Na ihr beide seid dann übermorgen fast den ganzen Tag alleine oder ihr müsst mitkommen.”
“Das ist doch kein Problem. Wir werden uns schon nicht zu Tode langweilen, nich, Tim”, meinte Leon.
“Nö.”
“Aber vielleicht Dummheiten machen, wenn ihr alleine seid?”
“Bestimmt nicht.”
“Paps, wir sind keine zehn mehr.”
“Na ja, wie man’s nimmt.”
Paps machte eine Pause. Alle drei guckten sich der Reihe nach an und mussten schmunzeln.

“Hier bleiben würde mir jedenfalls mehr gefallen wie das Boxmuseum”, erklärte Tim.
“Wenn gutes Wetter ist auf alle Fälle”, ergänzte Leon.
“Das sowieso”, stimmte Tim zu.
“Na gut”, willigte Paps ein, “und was machen wir heute? Strandwetter ist das ja nicht gerade.”
Tim und Leon zuckten mit den Schultern.
“Dann würde ich vorschlagen, wir fahren nach Kap Arkona und Hiddensee. Was haltet ihr davon?”
Tim und Leon schauten sich an, zuckten wieder mit den Schultern. Tim nahm es als Zeichen, dass es Leon egal wäre und erklärte:
“Okay, Paps. Gute Idee. Das machen wir.”

Paps packte ein paar Getränke ein, auch die restlichen Bananen. Dann stiegen sie ins Auto und setzten mit der Wittower Fähre über. Die Fahrt dauerte gerade fünf Minuten. Dadurch blieb ihnen aber ein Umweg über die Straße von fast vierzig Kilometern erspart. Kap Arkona war für den Autoverkehr gesperrt. Ein Parkplatz, gut ein Kilometer vor ihrem Ziel, war Endstation. Es gab genügend freie Parkplätze, aber nur noch im hinteren Teil des großen Platzes. Von dort aus konnten sie mit der Tschu-Tschu-Bahn fahren oder das verbleibende Stück laufen. Sie entschieden sich, den Weg per pedes zurückzulegen. Wie überall, wo Touristen sich blicken lassen, fehlte auch auf Kap Arkona weder der Souvenirshop noch der Imbiss-Kiosk. Nach dem stellenweise recht anstrengenden Weg spendierte Paps ein Eis. Während er dann die vielen Stufen des Leuchtturms erklomm, blieben Tim und Leon mit beiden Beinen auf dem Boden. Sie stöberten durch die Boutique, die alle möglichen Sanddornprodukte anbot ebenso wie Dutzende Ansichtskarten, den Leuchtturm als Kerze, Schiffchen, Glückssteine, T-Shirts und vieles andere.
“Alles Quark”, meinte Tim, als sie am Ende des Shops angelangt waren.
“Nein, warte”, bat Leon.
Er kaufte sich ein Taschenmesser mit allem möglichen Schnickschnack.

“Was willst du damit?”
“Das kann man immer gebrauchen. Denkste nich?”
“Hm. Fragt sich bloß wozu.”
“Komm, ich zeig’s dir.”
Leon fasste Tims Hand, blickte sich kurz suchend um und zog ihn zu einem Haus, das ganz in der Nähe des Leuchtturms stand. Der Vorgarten war von einem Lattenzaun umgeben, der den beiden Jungen in etwa bis zur Höhe des Bauchnabels ging. Leon ging in die Knie und zog Tim mit herunter. Dann ließ er dessen Hand los. Leon schnappte die Klinge des größten Messers aus und begann den Zaun zu bearbeiten. Als er fertig war, las Tim im Zaun die mit Initialen formulierte Additionsaufgabe “T.K. + L.B.” und darunter das Datum des heutigen Tages.
“Und was soll das?”
“Wir haben uns hier für immer verewigt.”
“Na toll. Und irgendwann reißen die Leute den Zaun hier ab und dann?”
“Dann war’s das.”
“Das sowieso.”
Leon guckte Tim mit großen Augen an: “Ich möchte, dass uns etwas für ewig an diesen Urlaub erinnert.”
“Wieso?”
“Is’ so’n Gefühl. Wir sind doch fast wie Brüder.”
“Aha. Ich dachte eher an Freunde.”
“Sind Brüder nich auch Freunde?”
“Kann sein. Aber bestimmt nich immer.”
“Was hältst du von Blutsbrüderschaft?”
“Wovon?”
“Na, wenn wir Blutsbrüder werden würden?”
“Du guckst zu viel Filme, Leon.”
“Nee. Ich mein’ es ernst.”
“Verarschen kann ich mich alleine.”
“Nu hör’ doch mal auf zu spinnen.”
Tim sah Leon mit großen Augen an und überlegte.
“Hmm. Und wie soll das gehen?”
Leon griff das Messer, umschloss die Klinge mit seiner Faust.
“Jetzt presst du deine Hand ganz fest an das Messer. Dann ziehst du das Messer mit der anderen Hand heraus. Und dann geben

wir uns beide die Hand. Unser Blut vermischt sich und dann sind wir Brüder."
"Bist du bescheuert?"
Tim regte sich auf. Und das klang ernsthaft besorgt.
"Hast du Angst?"
"Ja. Das tut doch bestimmt schweineweh. Und vor allem wird das 'ne fette Narbe. Wie soll ich das Paps erklären?"
Leon umschlang mit beiden Händen Tims Unterarme und blickte ihn streng an:
"Paps, Paps. Vergiss ihn doch mal."
Tim stützte sich mit beiden Händen gegen Leons Oberkörper und stieß ihn zurück:
"Wieso?"
"Vielleicht, weil ich dich mag wie einen Bruder?"
"Und deshalb müssen wir uns weh tun? Das ist doch krank."
"Es ist doch nur Schnitt. Aber ein Versprechen für das Leben."
"Das dauert Wochen bis die Hand wieder heile ist."
"Du bist feige."
"Und du bescheuert."
Leon fasste wieder Tims Arm: "Los Alter, gib dir 'nen Ruck."
"Vergiss es."
Sie gingen wortlos in Richtung Imbiss.
"Noch'n Eis?", lenkte Leon ein.
"Okay", sagte Tim, "aber kein rotes."
Sie lachten.

Auf dem Rückweg zum Auto kamen sie an einer Gaststätte vorbei. ‚Arkona-Klause' prangte in ausgeschalteter Leuchtschrift über dem Eingang.
"Ein gutes Mittagessen wäre jetzt genau das Richtige", meinte Paps.
"Oh ja", stimmte Tim ein, der plötzlich Appetit auf ein Rumpsteak verspürte.
"Und was ist mit dir, Leon?", wollte Paps wissen.
"Mir egal. Eigentlich habe ich noch keinen richtigen Hunger."
Leon blickte dabei niedergeschlagen nach unten.
"Stimmt was nicht, Leon?"
"Alles im Lot."

“Na denn mal rein in die gute Stube. Essen hält Leib und Seele zusammen.”
“Du musst es ja wissen, Paps.”
Tim legte seine Hand auf Paps Bauch und rubbelte ein wenig mit der flachen Hand darüber.
“Ihr werdet mir noch dankbar sein. Auf Hiddensee kann man nämlich nur zu Fuß gehen. Da werden wir ein paar Kalorien gut gebrauchen können.”
“Das heißt, da gibt es keine Autos und Mopeds. Nix?”, fragte Tim verwundert.
“Nein, nur Fahrräder und Pferde”, erklärte Paps.
“Krass.”
“Hast du das nicht gewusst?”, mischte sich Leon ein.
“Nö. Woher? Ich war noch nie auf Hiddensee.”
“Ich auch nich. Aber so was weiß man.”
“Ach Bruderherz. Du bist ja so was von klug. Das tut ja schon weh.”
Tim legte bei diesen Worten seinen Arm um Leons Schultern und grinste ihn an. Leon erwiderte die Geste. Langsam fand sein Arm Tims Hüfte und presste sich daran fest. Wie ein Liebespaar schritten sie in Richtung Eingangstür der Arkona Klause.
Nur ein einziger Tisch inmitten des Raumes war um diese Uhrzeit noch frei. Sie hatten keine Wahl. Entweder sie nahmen diesen Tisch oder gar keinen. Die beiden Kellnerinnen waren damit beschäftigt, große Tabletts mit Getränken durch den Raum zu tragen. Sie nahmen von den suchenden Blicken der Neuankömmlinge keine Notiz.
Paps, Tim und Leon setzten sich an den freien Tisch. Paps drückte die einzige Speisekarte auf dem Tisch seinem Sohn in die Hand. Der brauchte nicht lange, um sich zu entscheiden. Denn Rumpsteak war unter der Rubrik aus Topf und Pfanne schnell zu finden. Er reichte die Karte weiter an Leon. Der tat sich schwer. Erst als Paps fragte, ob er nichts finden könne, blickte Leon wieder auf.
“Doch, glaub’ schon”, meinte er und reichte die Karte an Paps weiter.

Nach zehn Minuten trat die Kellnerin an den Tisch und fragte nach den Getränken. Paps entschied sich für ein Alster. Tim und Leon bestellten Cola.
Wieder dauerte es zehn Minuten bis die Getränke kamen. Paps hatte sich für sauren Aal mit Bratkartoffeln entschieden. Doch die Kellnerin bedauerte:
"Tut mir leid, den haben wir heute nicht."
"Dann muss ich nochmal kurz in die Karte schauen", erklärte Paps.
Gerade wollte sich die Kellnerin wieder vom Tisch abwenden. Doch Paps sagte lauter als nötig: "Nein, nein. Nchmen sie schon dic Bestellung der beiden Jungs auf. Solange brauch' ich auch wieder nicht."
Die Kellnerin zog Bestellblock und Kuli wieder aus der Schürze und blickte auf Tim und Leon.
"Ein Rumpsteak bitte, aber nicht mit Bratkartoffeln, sondern mit Pommes", bestellte Tim.
"Ich möchte ein Gemüsegratin", schloss sich Leon an.
"Gut", sagte Paps. "Ich nehme dann das Tagesgericht."
Wortlos eilte die Kellnerin zum nächsten Tisch und räumte die Teller ab. Vom Fenster her rief jemand:
"Können wir bitte zahlen?"
"Sofort", rief die Kellnerin zurück, ohne einmal in Richtung Fenster zu blicken. Als sie jenen Tisch abkassiert hatte, kam sie noch einmal zu Paps. Zehn Minuten mochten seit der Bestellung schon wieder ins Land gegangen sein.
"Rumpsteak ist heute schon aus. Möchten sie was anderes bestellen?", blickte sie Paps fragend an.
"Mein Sohn kann ja schlecht verhungern", grantelte Paps.
"Was hast du denn genommen, Paps?", fragte Tim.
"Das Tagesgericht. Gulasch mit Nudeln."
"Okay. Das nehm' ich dann auch bitte."
Die Kellnerin notierte und verschwand in der Küche.
"Komisch", meinte Tim, "dass ihr das so früh auffällt."
"Wer weiß", antwortete Paps, "vielleicht ist jemand krank geworden und es geht hier nun ein bisschen durcheinander."
Die Herrenrunde vertrieb sich die Zeit bis zum Essen mit Smalltalk über die Insel, Kap Arkona, das Wetter, Gott und die

Welt. Doch immer öfter begann Paps auf die Uhr zu blicken. Als eine dreiviertel Stunde seit ihrer Ankunft vergangen war, winkte er die Kellnerin an den Tisch:
“Sagen Sie, dauert es mit unserem Essen noch lange?”
“Keine Sorge. Kommt sofort”, meinte sie.
Paps schien beruhigt. Doch immer öfter ging sein Blick in Richtung Tresen, hinter dem eine Tür in die Küche führte. Es sah das Fräulein nervös an einer Zigarette ziehen und am Tresen lungern. Hin und wieder warf sie einen Blick in den Gastraum, der sich nach und nach leerte.
Eine gute Stunde war vergangen, als das Essen dann endlich kam.
“Dauert das bei ihnen immer solange?”, fragte Paps anstelle eines Dankeschöns, nachdem sein Gulasch mit Nudeln vor ihm stand.
“Sie haben doch gesehen, wie voll es heute war. Das braucht nun mal seine Zeit”, gab die Kellnerin schnippisch zurück.
“Aha. Na dann guten Appetit, Jungs.”
“Danke gleichknallz”, grinste Tim.
“Danke, Ihnen auch”, sagte Leon.
Während Paps und Tim ihren Teller nach kaum fünf Minuten leer hatten, wartete eine Hälfte von Leons Gratin noch darauf, verspeist zu werden.
“Schmeckt es nicht?”, wollte Paps von Leon wissen.
“Doch, doch. Aber verdammt heiß.”
“Dann lass dir Zeit. Und was essen wir nun zu Mittag, Tim?”
“Rumpsteak wär’ cool.”
“Nicht die schlechteste Idee.”
Beide lachten.
Als Leon seine Portion geschafft hatte, war das Restaurant bis auf zwei Tische wieder leer. Paps bat um die Rechnung, die nicht so lange wie das Essen auf sich warten ließ. Er zahlte die sechsundvierzig Euro mit einem Fünfziger Schein, den die Kellnerin mit samt der Rechnung abräumte. Als sie nach einer Zigarettenlänge die Gläser vom Tisch holte, blickte Paps sie fragend an:
“Sie verzeihen. Aber stehen mir nicht noch vier Euro Wechselgeld zu?”

Ein Blick der Kellnerin traf Paps zwischen Unverständnis und Entsetzen. Sie stellte ihr Tablett mit den Gläsern auf dem Tisch ab und sagte nur: “Moment.”
Augenblicke später kam sie zurück und legte Paps acht fünfzig Cent Stücke auf den Tisch und verschwand kommentarlos mit dem Tablett.
“Lasst uns gehen”, sagte Paps mit einem Blick auf seine Uhr. Gute neunzig Minuten waren seit ihrer Ankunft vergangen. Statt eines Trinkgelds legte er seine Visitenkarte auf den Tisch.
“Warum hast du das gemacht?”, fragte Tim.
“Was denn?”
“Na deine Visenkarte dahin gelegt?”
“Vielleicht ist sie dann zu den nächsten Gästen etwas freundlicher. Zumindest dürfte sie aber was zum Nachdenken haben.”
“Bist du dir sicher?”
“Nicht unbedingt. Aber wenn es nicht hilft, schaden kann es auch nicht.”
“Na ja, bei Blondinen hab’ ich da so meine Zweifel”, warf Leon ein und flüsterte Tim ins Ohr: “Dein Alter kann ja richtig zickig sein.”
Dann knuffte Leon Tim in die Seite, der sich revanchierte und sein Knie in Leons Hintern stieß. Im Umdrehen ließ Leon seinem Arm freien Lauf und traf mit den Fingerspitzen Tims Wange. So heftig und plötzlich, dass Tim fast die Tränen gekommen wären.
“Blödmann. Pisser. Idiot”, schrie ihn Tim an.
Paps blickte verwundert zurück und sagte nur: “Na, na, mein Sohn. Solche hässlichen Worte aus deinem schönen Mund?”
Tim musste lachen. Leon auch. Sie klatschten sich ab und Leon beeilte sich zu sagen:
“Tschuldige, Tim. Wollte eigentlich deine Eier treffen.”
Als Tim zur Backpfeife ausholte, duckte sich Leon blitzschnell und der Versuch ging ins Leere. Wieder lachten sie und liefen ein Stück schneller, um Paps nicht aus den Augen zu verlieren. Sie stiegen wenige Minuten später ins Auto und düsten zum Hafen.

Das Schnellboot nahm zwölf Passagiere an Bord. Eine Überfahrt kostete acht Euro. Das Auto hatten sie auf einem Parkplatz in der Nähe des Hafens zurücklassen müssen. Die Fahrt nach Kloster dauerte eine gute halbe Stunde. Immer wieder wurde das Boot von Wellen durchgerüttelt. Tim und Leon vertrieben sich die Zeit mit allen möglichen Spielen. Erst als sie begannen über Bord zu spucken, schritt Paps ein. Die anderen Passagiere quittierten seine Ermahnung mit Kopfschütteln oder einem müden Lächeln. Vom Hafen aus bummelten sie vorbei an dem großen Souvenirshop, der alle Inselgäste begrüßte und verabschiedete, hinauf zum Leuchtturm. Für zwei Euro und fünfundzwanzig Cent hatte Paps eine Karte von Hiddensee erstanden, die ihnen half, sich zurecht zu finden. Tim und Leon kamen nicht so richtig klar damit. Aber Paps war als Autofahrer geübt im Kartenlesen und führte sie über den Kirchweg an die andere Seite der Insel. Einwohner und Touristen kamen ihnen radelnd entgegen oder klingelten hinter ihnen, um vorbeigelassen zu werden. In einer Kurve kurz hinter der Poststelle wäre ein Radfahrer Tim fast über die Füße gefahren, hätte Paps seinen Sohn nicht rechtzeitig beiseite gezogen.
"Idiot", schimpfte Tim, der sich mächtig erschrocken hatte, dem Raser hinterher.
Und Leon sprang ihm verbal zur Seite: "Arschloch!" Dabei streckte er dem Typen den Stinkefinger hinterher.
Ehe sie den Strand erreichten, mussten sie noch einem Pferdefuhrwerk ausweichen. Der Kirchweg war so schmal geworden, dass sie gerade so aneinander vorbei passten. Überhaupt war auf dem gesamten Weg, der offenbar die Hauptstraße in Kloster darstellte, äußerste Vorsicht geboten. Denn überall lief man Gefahr, in einen Haufen herumliegender Pferdeäpfel zu treten. Niemand schien sich daran zu stören. Dann standen sie vor dem Heimatmuseum, das unmittelbar vor den Dünen zu einem Besuch einlud.

Paps hatte sich am Automaten vor dem Museum einen Becher Kaffee gezogen. Nun stand er alleine am Ufer des Meeres. Die Wellen bäumten sich hoch hinaus und schlugen mit gewaltiger Kraft an den Strand. Nur Zentimeter vor Paps Füßen hielt das

Wasser inne und floss in das Meer zurück. Die Wellen trugen weiße Hütchen, als wollten sie den Menschen ihre Unschuld suggerieren. Doch die Idylle war mehr als trügerisch, denn die rote Flagge am Strand warnte eindringlich davor, heute Baden zu gehen. Der Wind hatte an diesem Nachmittag von Stunde zu Stunde zugelegt. Tim und Leon beobachteten Paps und das Meer aus einiger Entfernung. Sie hatten sich nach wenigen Minuten vom fast menschenleeren Strand in die Dünen zurückgezogen. Dort lungerten sie auf den Steinen, die es hier fast so viel gab wie Sand am Meer. Sie hörten das Rauschen der Wellen und den dumpfen Klang, wenn sie das Land erreichten. Der Wind pfiff ihnen um die Ohren, dass man mit ihnen glatt eine Cola hätte kühlen können. Sie mussten mit den Augen kneifen, um auf das Meer blicken zu können. Der Wind schmerzte, wenn er die Pupillen traf. Leon legte seinen Arm um Tims Schulter und zog ihn hinter die Düne. Hier waren sie besser geschützt vor den Attacken des Windes und den neugierigen Blicken der Spaziergänger.
“Du siehst aus am Kopf wie der Bär um die Eier”, lachte Leon.
“Kann dir ja nich passieren mit deiner Bürste.”
Tim strich seinem Nachbarn mit der Hand über seine Stoppelfrisur. Sie schauten sich dabei in die Augen und Leon beugte sich über Tim und küsste seinen Mund. Tim vergaß während dieser Karussellfahrt Zeit und Ort und hatte nur noch einen Gedanken. Die Zeit möge jetzt und hier stehen bleiben. Sie tat ihm diesen Gefallen nicht. Als einer die Lecknase des anderen zu schmecken begann, ließen sie von einander ab. Zum Glück hatte Tim Tempos eingesteckt. Sie putzten sich die Nasen und Lippen. Dann zog Leon sein Messer aus der Tasche und begann damit zu spielen. Er legte seinen Kopf in Tims Schoß und freute sich darüber, was er in seinem Nacken zu spüren bekam. Ohne das Spiel mit dem Messer zu unterbrechen, öffnete er weit seine blaugrünen Augen und zog die Stirn so hoch, dass sich mehrere Falten bildeten. Sein Mund war so breit gezogen, dass das Lächeln an einen Traum im siebenten Himmel erinnerte. Keinen Augenblick ließ er von Tim, der diesem Anblick nicht widerstehen konnte und Leon vorsichtig auf die Lippen küsste, als wären sie zerbrechlich wie dünnes Glas.

“Okay”, sagte Tim.
“Was okay”, fragte Leon.
“Wir tun es.”
“Was tun wir?”
“Stell dich nicht so an. Du weißt schon.”
Leon erhob sich aus Tims Schoß und setzte sich ihm gegenüber.
“Hier und jetzt?”, fragte Leon mit einem überraschten Blick.
“Ja. Hier und jetzt. Bevor ich es mir wieder anders überlege.”
“Okay. Wie du meinst.”
Gerade wollte Leon sich zu Tim herüberbeugen, als der ihm einen Arm entgegenstreckte und ihn mit der Hand wieder auf den Stein zurückdrückte.
“Gib dein Messer her.”
“Das Messer?”
Aus Leons überraschendem Blick wurde ein sehr fragender.
“Wir machen es. Aber nicht so wie du wolltest, sondern anders.”
“Wie denn?”
“Wir nehmen nur den kleinen Finger. Okay?”
Tim ließ die Schneide des Taschenmessers langsam über die Kuppe des kleinen Fingers seiner linken Hand gleiten. Bluttropfen leckten in den Sand zwischen den Steinen der Düne, als er das Messer Leon reichte.
“Ach so”, rief Leon aus, lachte und ritzte sich in den kleinen Finger seiner rechten Hand. Dann setzten sie sich auf die Knie, drückten ihre Finger aneinander und küssten sich.
“He, ihr da. Lasst uns gehen”, rief Paps. Er war noch ein ganzes Stück von der Düne entfernt, so dass er kaum hätte erkennen können, was Tim und Leon gerade getrieben hatten. Tim reichte Leon ein halbes Tempo. Beide drückten ihr Stück des Taschentuchs gegen den kleinen Finger und hofften, dass es schnell aufhören möge, zu bluten. Doch immer wieder sickerte noch ein Tropfen nach. Sie mussten ein zweites Tempo bemühen und Paps so entgegentreten, wollten sich sie sich ihre Klamotten nicht blutig machen.
“Ist was passiert?”, fragte Paps besorgt.
“Nicht wirklich”, antwortete Tim.
“Wir haben uns an meinem Messer geschnitten, als wir eine Pflanze an der Düne abschneiden wollten”, erklärte Leon.

Paps guckte zwar ungläubig, ging aber nicht weiter auf das Thema ein. Allen drei fröstelte. Und sie wärmten sich auf dem Rückweg im Teehaus bei einem Sanddorntee und einem Stück Kuchen auf. Paps aß Käse-, Tim Zupfkuchen und Leon bevorzugte die Erdbeertorte.

Die Ritzen an ihren Fingern waren am nächsten Morgen zu kleinen, noch rotglühenden Narben zusammengeschmolzen. Was sie auch berührten, ob es der Klodeckel war oder das Brötchen, sie spürten einen stechenden Schmerz in ihren Fingerkuppen, wechselten dann die Hand und grinsten sich wortlos an, wenn sie beieinander waren.
Martin ließ nicht lange auf sich warten. Schon gegen Mittag stand er in der Tür. Tim und Leon spielten auf der Terrasse Schach, wobei Tim bisher noch keine Partie gewonnen hatte. Paps machte sich am Herd zu schaffen. Gurkensalat und gefüllte Paprikaschoten würde es zu Mittag geben. Natürlich hatte Paps Martin mit eingeplant.
“Hallo Ihr zwei”, rief Martin, der über den Rasen in Richtung Terrasse kam, den Schachspielern zu, die das Brett Brett sein ließen und aufstanden.
“Von hinten durch die kalte Küche. Typisch”, grinste ihn Tim an.
“Hi, hübscher junger Mann”, setzte Leon noch eins drauf.
“Na, na. Nu übertreibt mal nicht gleich so. Sonst werde ich noch rot. Und das in meinem Alter.”
“Du auch gerade”, foppte Tim.
“Paps auch da?”
“Klar. - Paps. Martin ist da”, rief Tim durch die offene Tür des Apartments.
“Na dann bis später ihr zwei. Wer gewinnt eigentlich?”
Tim zeigte auf sein Gegenüber: “Leon. Wie immer.”
“Aha.”
Martin schritt durch die offene Tür und begrüßte Paps mit einem freudigen Hallo, während Leon seine Dame auf das nächste Feld setzte und mit einem Grinsen Tim zuwarf: “Schach.”
Keine zwei Minuten später war Tim matt und entrüstete sich im Aufstehen:

“Mit dir zu spielen macht keinen Spaß. Immer verlier’ ich.”
Leon erhob sich ebenfalls und kniff Tim in den Hintern:
“Nich traurig sein, Timmi. Nächstes Mal spielen wir was anderes. Okay?”
“Hmm”, meinte Tim nur und schlug Leons Hand von seinem Hinterteil. Dann begann er die Figuren einzusammeln und im Inneren des Brettes verschwinden zu lassen, während ihm Leon dabei genussvoll und grinsend zuschaute:
“Das machst du toll.”
“Faule Sau”, raunzte Tim und brachte das Spiel ins Zimmer.

Nachdem die gefüllten Paprikaschoten nicht nur alle gesättigt, sondern auch geschmeckt hatten, bereiteten sie sich auf die Fahrt nach Ralswiek vor. Das hieß, Tim und Leon mussten abwaschen und Paps und Martin sammelten alle Sachen zusammen, die man vermutlich benötigen würde. Leon half Tim ohne Murren und trocknete ab. Denn Paps hatte ihm extra eine Paprikaschote zubereitet, die mit Mais, Tomaten und Mozarella gefüllt war, während alle anderen Gehacktes gegessen hatten. Den Nachmittag wollten sie auf dem See und am Strand verbringen. Auch das Schloss war einen Spaziergang wert. Sie nahmen Martins Wagen, der dem Verlag gehörte und sie nicht als Touristen, sondern Berufstätige erscheinen lassen würde. Auch wenn sich Martins Job darin begrenzen würde, ein anständiges Foto des einhunderttausendsten Besuchers der Saison zu machen und es so schnell wie möglich mit dem Laptop an die Redaktion zu mailen. Zwanzig Wörter Bildtext anschließend hinterher und der Job war gegessen. Dann konnten sie sich zu viert einen schönen Abend machen.
Martin saß am Steuer des Opel Vectra, während Paps auf dem Beifahrersitz Platz nahm. Tim und Leon teilten sich die Rückbank.
“Weißt du, wo wir hin müssen?”, fragte Paps den Fahrer.
“Logisch.” Martin tat ein wenig verwundert und fügte dann hinzu: “Du, ich war hier schon zur Generalprobe und zur Premiere. Das ist gerade erst einen guten Monat her.”
“Klar, Martin, hab’ ich gar nicht dran gedacht.”
“Lehn dich einfach zurück und genieß die schöne Landschaft.”

“Rügen ist wirklich schön. Ich bin viel zu selten hier.”
“Als Kind war ich fast jeden Sommer mit meinen Eltern hier. Wir hatten immer viel Spaß. Das war eine tolle Zeit.”
“Kann ich mir vorstellen. Für einen Bengel aus der Großstadt muss es das Paradies sein.”
“Paradies? Hmm. Das ist vielleicht übertrieben. Und so groß ist Rostock ja nun auch wieder nicht.”
“Wieso Rostock? Ich denk’, du bist Berliner?”
“Berliner?” Martin lachte. “Nein, da hab’ ich nur mein Abitur nachgemacht und dann gelernt und meinen Zivildienst geleistet. Aufgewachsen bin ich in Rostock. Mit sechzehn bin ich dann in die Hauptstadt gezogen.”
“Wusste ich gar nicht. Du bist also ein waschechter Mecklenburger sozusagen.”
“Genau.”
“Cool, ein halber Berliner wie ich”, hatte Leon zwischendurch eingeworfen.
“Japp”, bestätigte Martin nur kurz, denn Paps setzte das Gespräch bereits wieder fort.
“Welche Stadt gefällt dir denn besser? Berlin oder Rostock?”
“Wenn ich wählen könnte, würde ich Berlin nehmen.”
“Warum denn das?”
Martin antwortete nicht sofort. Die Ampel an der Kreuzung in Bergen schaltete gerade auf rot. Er nutzte die Situation zu einer kurzen Denkpause. Und nachdem sie wieder angefahren waren, erklärte er:
“Berlin - das ist wie Himmel und Hölle an einem Ort. Entweder kommst du ganz oben an oder aber ganz unten. In Rostock hingegen hängst du immer dazwischen und kommst nirgendwo an. Nicht in der Hölle und nicht im Himmel.”
“Meinst du das jetzt beruflich oder privat?”
“Beides. Sowohl als auch.”
“Ich weiß nicht, Martin. So richtig verstehe ich dich nicht.”
“Na, in Berlin können Träume wahr werden. Sogar ganz ausgefallene. Aber da musst du Top sein. Ansonsten Hopp.”
Martin tat so, als werfe er etwas mit der leeren Hand über seine Schulter.

“In Rostock reicht Mittelmaß. Aber Träume kannst du dir damit nicht erfüllen.”
“Also ich finde, wer mit beiden Beinen im Leben steht, kann sich überall seine Träume erfüllen.”
“Wer mit beiden Beinen fest im Leben steht, kommt nie voran.”
Martin schaute zur Seite auf Paps und schenkte ihm einen listigen Blick, den Paps nicht zu deuten wùsste und sich auf die falsche Bahn geschoben fühlte.
“Wer hat dir denn solchen Quatsch erzählt?”
“Das ist kein Quatsch. Das ist nackte Realität. Auch wenn du es vielleicht nicht verstehen kannst.”
“Du meinst, weil ich nicht ...”
Paps brach den Satz ab und Martin vollendete ihn auf seine Weise: “...weil du hetero bist. Ja. Ein Stino eben.”
“Stino?”, fragte Paps entrüstet.
“Stinknormal”, rief Leon von hinten, der zu Tim blickte. Der aber hatte seine Augen auf den Boden gerichtet und fühlte wieder die Wärme, die seine Wangen durchzog, als würde Paps sie gerade mit Pfefferminzöl einreiben.
Leon stieß Tim in die Seite und holte ihn aus seinen Gedanken zurück in die Gegenwart. Martin war gerade von der Bundesstraße abgebogen in Richtung Ralswiek. Er steuerte den Opel ohne Umwege zum Hotel Schlossgarten. Dort gab es zu dieser Stunde noch reichlich Parkplätze. Die Grundstücksbesitzer ließen sich diesen Service allerdings mit drei Euro pro Pkw auch anständig vergüten. Sechzig Aufführungen pro Saison mal dreihundert Euro. Martin überschlug dieses Nebeneinkommen mal auf die Schnelle und schnalzte mit der Zunge. Fast zwanzig Tausend Euro. Ein hübscher Nebenverdienst. Dafür musste eine alte Frau ganz schön lange stricken und ein junger Fotograf ganz schön viele Fotos schießen. Das Leben war wieder einmal ungerecht, empfand Martin und musste laut seufzen. Erstaunt fragte Paps: “Ist was nicht in Ordnung?”
“Alles okay. Ich habe nur gerade überlegt, was der Chef wieder für ein Gesicht macht, wenn ich die drei Euro als Spesen abrechne.”
Paps lachte: “Die wird er dir wohl vom Honorar wieder abziehen.”

“Das vermute ich auch.”
“Was wollt ihr für ’ne Show abziehn?”, fragte Tim in diesem Moment.
“Nix da mit Show. Wir gehen jetzt schwimmen und Boot fahren”, erklärte Paps.
“Wieso? Die Idee ist gar nicht so schlecht”, meinte Martin. “Was haltet ihr davon, wenn ich den Fotoapparat mitnehme und ein paar Aufnahmen mache. Ihr seid meine Models. Vielleicht werden wir ja berühmt?”
“Red’ den Jungs nicht solchen Quatsch ein”, mahnte Paps. Doch Leon war Feuer und Flamme.
“Cool, aber ich will die Fotos dann auch für meine Internetseite haben. Geht das okay?”
“Klar, Leon. Kein Problem. Ich schick sie dir.”
“Na dann los.”
An einer Birke auf dem Rasen am See ließen sie sich nieder. Von dort aus gab es nur einen schmalen Zugang durch das Schilf zum See. Mehr als eine Person zurzeit passte nicht hindurch. Martin holte die Kamera aus der Tasche und nahm jedes Motiv mit, das er kriegen konnte. Während Leon seine Sachen einfach fallen ließ und für einen Augenblick im Adamskostüm im Gras stand, schwang sich Tim umständlich das große Badehandtuch um die Hüften, ließ darunter seine Shorts fallen und stieg in die Badeshorts. Fast wäre er der Länge nach hingeschlagen, als er wie ein Storch auf einem Bein sich in den Shorts verfing. Doch Paps kriegte ihn am Arm zu fassen und hielt ihn senkrecht. Leon stand da schon neben ihm, die Arme in die Seite gestützt und die sonnengelbe Badehose so hoch gezogen, dass sie vermutlich schon im Schritt kneifen musste. Zwischen dem angebräunten Oberschenkel und der Badehose zeichnete sich ein Streifen blasser Haut ab, die noch keine Sonne gesehen hatte. “Beeil dich endlich, Tim”, drängelte Leon, während Martin immer wieder auf den Auslöser drückte. Dann verschwanden die beiden Jungen im Wasser.
“Geh’ du mit schwimmen. Ich pass’ auf die Sachen auf”, schlug Paps an Martin gewandt vor.
“Okay.” Kaum ausgesprochen, war auch er im Wasser verschwunden.

Erst als die drei dem feuchten Nass wieder entstiegen waren, drehte auch Paps ein paar Runden schwimmend im See. Anschließend genossen sie Erdbeertorte und Kaffee bzw. Eisschokolade im Cafe ‚Strandblick' und ließen sich dort im Biergarten die Sonne auf den Bauch scheinen. Eine halbe Stunde mussten sie noch vertrödeln. Erst dann würden die nächsten Ruderboote wieder frei sein.
Für eine Stunde hatten sie zwei Boote gemietet. Dass Tim und Leon eins zusammen nehmen würden, hatte Paps kategorisch abgelehnt und damit begründet, dass ihnen schließlich etwas passieren könne und er die Verantwortung hätte. So fuhr Tim mit Paps und Leon mit Martin hinaus, der seine Kamera mit an Bord nahm. Sie ruderten hinaus und sahen nach zehn Minuten Störtebekers Seebühne von der Seeseite, wo am Abend so mancher Kanonendonner ertönen würde. Augenblicke später trennten sich die Wege der beiden Boote. Als Martin und Leon sich unbeobachtet von Gott und der Welt fühlten, startete der Fotograf sein Arbeitsgerät und Leon posierte im Boot in allen möglichen Stellungen. Erst ruderte er, dann lehnte er sich rücklings weit aus dem Boot hinaus, um anschließend wie ein Hündchen am Boden zu krabbeln. Zuallerletzt setzte er sich an die Spitze des Bootes streckte die Beine weit von sich, stützte sich mit den Armen im Rücken ab und blinzelte der Sonne entgegen. Leon bereute in diesem Moment keine langen Haare zu haben. Das hätte sich besonders gut gemacht, sie jetzt im Wind hin und herzuschmeißen, wie er es schon oft bei Models im Fernsehen gesehen hatte. Dafür hatte er eine bessere Idee. Er streifte die Badehose ab und präsentierte sich Martin splitterfasernackt. Der ließ erstaunt die Kamera von den Augen vor den Bauch gleiten und warf einen langen Blick auf seinen sonnenbestrahltes Gegenüber.
“Problem?”, fragte Leon.
“Für mich nicht.”
“Dann knips doch endlich.”
Martin knipste und Leon posierte bis der Speicher der Kamera voll war.
“Hast du Lust, mit mir zu spielen?”, fragte Leon.
“Was denn?”

“Na, du weißt schon. Du wärst nicht der erste.”
“Was weiß ich?”
“Du hast doch auch Lust. Das sieht doch ’nen Blinder mit ’nem Krückstock.”
Martin rückte das Innenleben seiner Badehose ein wenig zurecht, ohne groß etwas verändern zu können.
Leon grinste vielsagend, ohne den Blick von Martins verräterischer Badehose zu lassen: “Ich bin manchmal eben ’ne Punze wie Tobias Schenke.”
“Du hast den Film gesehen?”
“Klar. Du auch?”
“Japp. Die ganze DVD war gut, fand ich.”
“Aber der erste mit Schenke am besten.”
“Gefällt der Typ dir?”
“Jo. Ich würd’ nich nein sagen. Aber gibt bessere.”
“Tim zum Beispiel?”
“Tim? Hmm. Vielleicht!”
Leon sah Martin erwartungsvoll an. Warum sollte er die Chance nicht nutzen und ein bisschen Spaß haben. Mitten auf einem See hatte er es noch nie getrieben. Weder alleine, geschweige denn mit einem anderen Typen. Martin war zwar nicht vom Kaliber Schenke, aber trotzdem ein geiler Typ. Nur zwei, drei Jahre jünger hätte er sein können, dachte Leon.
Martin war froh, mit Leon ins Gespräch zu kommen. Es fiel ihm nicht leicht, diesem nackten und knackigen, jungen Körper zu widerstehen. Martin wusste, dass Leon eigentlich noch zu jung für solche Spiele war. Auch wenn er das ganz anders sehen würde und es womöglich schon häufiger gemacht hatte. Die Lust aber fragte nicht danach, was vernünftig ist. Die Lust kommt und sucht solange bis sie ein Ventil gefunden hat. Gerne hätte Martin sich in diesem Augenblick einmal wieder fallen lassen. So wie er es zu seinen Berliner Zeiten oft getan hatte, manchmal viel zu oft. Seit er nun in Neubrandenburg arbeitete, waren die Möglichkeiten arg eingeschränkt. Für Schwule war es eine unerträgliche Provinz, in der man auf viel Spaß und Abwechslung verzichten musste. Und das ständige Gekutsche nach Berlin, wenn er mehr als einen freien Tag hatte, ging ihm langsam auch auf den Keks. Eigentlich war die Zeit reif, eine

dauerhafte Beziehung einzugehen. Doch die Chancen dazu stünden in der Provinz so schlecht, wie einen Sechser im Lotto zu erwischen. Na ja, nicht ganz, aber fast. Leon war kein Typ für eine Beziehung. Jedenfalls nicht für ihn. Das wusste Martin. Höchstens für ein Abenteuer, einen Quicki. Doch dazu war Leon noch zu jung. Schade eigentlich, dachte Martin, der sich nach so einem Abenteuer schon seit Wochen sehnte.
"Sag' mal, brauchst du schon Viagra?", hörte Martin Leon fragen.
Er schreckte aus seinen Gedanken hoch: "Wieso?"
"Deine Baustelle fällt so schnell zusammen wie ein Kartenhaus im Wind."
"Und das ist auch gut so", meinte Martin.
Leon tat beleidigt und zog sich die Badehose wieder an. Er steckte seine Hand hinein und spielte herum, als hätte er Knete in den Fingern, die er zu einem kleinen Kunstwerk formen wollte, das aber nicht zu gelingen schien. Dabei ließ er im Takt seine Zungenspitze über seine Lippen gleiten und nahm keinen Moment seinen Blick von Martin.
"Lass es, du Punze. Paps und Tim kommen näher."
Martin hatte sein Lachen wieder gefunden. Auch ohne Ventil.
Leon blickte sich um und sah, dass Tim und sein Paps vielleicht noch fünfzig Meter entfernt waren. Aber das war auf dem See nur schwer zu schätzen. Leon setzte sich neben Martin, drückte sich ganz nah an seinen Körper, grinste. Dann ruderten sie gemeinsam in Richtung Ufer. Tim und Paps holten aber mit jedem Schlag auf und hatten sie kurz vor dem Hafen eingeholt.

Eine gute Stunde vor Beginn der Vorstellung holten sie Kissen, Pullover und Jacken aus dem Auto. Der Himmel zeigte keine Wolken. Regen würde es also nicht geben. Doch die Abende auf der Insel waren kühl. Martin hatte schon die Fotos vom Nachmittag auf seinem Laptop abgespeichert. Er brauchte den Platz in der Kamera schließlich für die Motive des Jubiläumsgastes. Sie trennten sich auf dem Weg zum Theater. Während Martin den Pressesprecher suchte, schlenderten Tim und Leon mit Paps entlang der Stände und Boutiquen in Richtung Eingang. Tim blieb immer wieder an den langen Verkaufstheken

hängen, die Haribo und andere süße Sachen anboten. Man konnte sie sich mit einer kleinen Schaufel selbst in eine Tüte füllen. So viel man wollte. Für Tim hieß das, so viel wie Paps erlaubte. Der wollte nicht kleinlich sein und ließ seinem Sohn freie Hand, der gemeinsam mit Leon Kokosflocken, Schokoladenplätzchen und die bunten Haribos mit Lakritz in die Tüte füllte. Zehn Euro siebzig kostete die Tüte. Paps zog seine Stirn kraus, zahlte aber ohne zu maulen. Hundert Gramm kosteten laut Aushang einen Euro und neunzehn Cent. Doch Paps hatte keine Lust auszurechnen, wie viel Gramm die Jungs sich da eingetütet hatten. Jedenfalls war es nicht viel weniger als ein ganzes Kilogramm.
Als die Vorstellung begann, war Martin noch nicht da. Paps hielt seinen Platz frei. Sie saßen in der ersten Reihe und hatten allerbeste Sicht auf das Schauspiel. Von den Schokoladenplätzchen, Kokosflocken und Lakritzsteinen war nicht mehr viel übrig, als das Schauspiel begann. Der ‚Wolf der Meere' spielte 1393, als Mecklenburg und Schweden sich im Krieg um Stockholm befanden und die letzte schwedische Festung in mecklenburgischer Hand war. Störtebeker ritt zu Beginn mit seiner Besatzung in Stralsund ein, um Vitalien zu laden, die er nach Stockholm schiffen wollte, um die dort eingeschlossenen und hungernden Menschen zu versorgen.
"Schöne Pferde", meinte Paps. Da begann plötzlich hinter ihnen ein aggressives Bellen. Als Tim und Leon sich umsahen, rastete in der zweiten Reihe ein Dackel völlig aus, der die Pferde auf der Bühne ankläffte und sich gar nicht wieder beruhigen wollte. Der Hund gehörte einem Jungen, der vielleicht zehn Jahre alt war. Der Dackel bellte immer lauter. Erst als sein Vater den Hund nahm und unter dem Sitz festband, schwieg das Tier. Inzwischen hatte mit Goedeke Michels ein weiterer Hauptdarsteller die Bühne betreten. Als er den Bürgermeister Stralsunds zur Begrüßung beleidigte, versuchte dessen Sohn Wulf Wulflam Goedeke mit einem Messer zu bedrohen. Der wehrte sich geschwind und kniff dem Angreifer dermaßen in den Schritt, dass der Bürgermeistersohn laut aufschrie und vor Schmerz gekrümmt zu Boden sank.

Leon stieß Tim in die Seite und sie grinsten sich an. Das taten sie noch öfter an diesem Abend. Denn der junge Schauspieler spielte eine Rolle, die in diesem Stück sehr schwuchtelhaft angelegt war. Hinzu kam sein stark in den Nacken gezogener Kopf, der sein überdimensionales Kinn noch wuchtiger und spitzer erschienen ließ, als es so schon war. Bei dem Versuch Störtebeker verhaften zu lassen, machte der junge Wulflam zum Beispiel eine Figur, die daran erinnerte, wie sich jemand jeden Moment in die Hose machen würde. Darüber amüsierte sich auch Martin prächtig, der inzwischen seinen Job beendet hatte und auch das Schauspiel genoss. Mit einem Riesenapplaus der neuntausend Besucher wurden die Darsteller am Ende überschüttet. Zum Dank färbte sich der Himmel über dem Ralswieker Bodden in ein buntes Meer von Raketen und Fontänen.
"Cool", rief Leon und erfasste Tims Hand. So genossen sie schweigend und händchenhaltend das Feuerwerk, das mit einem gewaltigen Sternschnuppenregen zu Ende ging. Tim und Leon hatten das Gefühl, als würden die Sternschnuppen direkt auf ihre Köpfe niederprasseln. Sie küssten sich unter den Klängen von ‚Sailing away'. Besucher drängelten sich an ihnen vorbei, die es eilig hatten, das Theater wieder zu verlassen. So mancher Ellbogen traf die beiden. Doch sie negierten den Schmerz und auch so manche dreckige Bemerkung. Erst als sie fast umgeschupst wurden, trennten sich ihre Lippen und sie ließen sich Hand in Hand von dem Strom der Zuschauer Richtung Ausgang schieben. Dort warteten Paps und Martin schon seit Minuten ungeduldig.

Am nächsten Morgen machten sich Paps und Martin früh auf den Weg nach Sagaard. Bevor sie das Hotel verließen, klopften sie bei Tim und Leon, verabschiedeten sich und wünschten beiden einen schönen Tag. Tim und Leon hatten Mühe, die Augen zu öffnen. Eigentlich waren es nur Äuglein, die Paps und Martin zu sehen bekamen. Leon kam schlecht in den Tag. Er war maulig. Hatte er wieder einmal schlecht geträumt oder nur nicht ausgeschlafen? Leon erinnerte sich beim Duschen an die Abfuhr, die Martin ihm erteilt hatte. Er schaute auf seinen

Körper herunter. Nichts konnte er finden, das darauf hindeuten könnte, dass man ihn zurückweisen müsste. Jung war er noch. Natürlich. Aber das war eher ein Pfund, als ein Nachteil. Und niemand konnte behaupten, er hätte nicht alles, das man haben müsste. Mit jedem sechzehn- oder achtzehnjährigen könnte er es ohne Probleme aufnehmen. Da brauchte er sich nicht zu verstecken. Auch wenn dreizehnmalvier ganz sicher nicht das optimale Format war. Doch noch war ja garantiert nicht aller Tage Abend. Leon erinnerte sich an Wulf Wulflam aus dem Störtebeker-Stück. Was der wohl in der Hose hatte? Leon stellte sich etwas sehr Gewaltiges vor. Er ließ das Wasser eine kleine Ewigkeit seinen Körper herunterrinnen, ohne sich zu bewegen. Er träumte vor sich hin. Erst als Tim rief, er solle endlich frühstücken kommen, fand Leon den Weg in die Wirklichkeit zurück. Inzwischen hatte sich sein Blut in seinem Dreizehner gesammelt. Leon quittierte es mit einem Lächeln:
“Du sehnst dich nach Tim, stimmt's, Kleiner?”
Der Kleine antwortete nicht. Doch Leon wusste, dass es so war. Warum sonst hatte er sich gestern vor Martin so prostituiert? Doch nur, weil Tim ihm bisher keine Chance gegeben hatte. Und wenn Tim nicht schwul wäre, würde Leon nicht nur einen Besen fressen, sondern noch etwas ganz anderes. Egal was, jedenfalls einen Besen fressen war ganz einfach stark untertrieben.
Nur im weißen Slip setzte sich Leon an den Frühstückstisch. Tim machte große Augen.
“Sexy, oder?”, fragte Leon vielsagend.
“Und wie. Deswegen hab' ich uns ein frisches Ei gekocht. Gut?”
“Oh Gott, das bringt heute das Fass zum Überlaufen.”
“Welches Fass?”
Leon griff sich mit der Hand in den Schritt und köpfte dann das Ei.
“Aha”, sagte Tim nur und fragte dann: “Sind Linkshänder eigentlich immer Linksträger?”
“Keine Ahnung. Was machen wir heute?”
“Schlag was vor.”
“Carpe diem.”
“Was für'n Ding?”

“Nutze den Tag. Schließlich sind wir alleine.”
“Aber das Wetter ist so toll. Woll’n wir nicht baden?”
“Warum nicht? Heute mal am Pool?”
“Okay. Ich geh’ mich umziehn.”
“Ich komm’ mit.”
“Nö. Du isst erst dein Brötchen auf.”
“Spielverderber.”
Leon spielte die beleidigte Leberwurst, was ihm aber misslang. Denn er musste grinsen, als Tim im Schlafzimmer verschwand.

Tim lag auf dem Rücken, die Arme hinter dem Kopf verschränkt. Er paddelte auf einer Luftmatratze im Pool. Er hatte nur Augen für Leon. Dessen spitzbübisches Gesicht glänzte, wenn es nass war. Die Augen funkelten. Auch wenn das vielleicht nur so aussah, weil Leon fast immer ein Lächeln auf den Lippen trug. Tim konnte sich nicht wirklich satt sehen an seinem neuen Spielgefährten, in dessen linkem Ohr der Zwillingsring funkelte. Darauf brauchte er seit seinem Geburtstag nicht mehr neidisch sein. Auf Leons Body schon mehr. Der war traumhaft. Nur wenn man seinen Bauch wirklich knetete, konnte man ein kleines Polster fühlen. Aber zu sehen war es nicht.
“Eh du Penner, hör’ auf zu träumen.“
Leon schrie es vom Beckenrand ins Wasser, nahm Anlauf und wollte einen Köpper rückwärts machen. Es platschte laut. Ein Leon war es vielleicht, aber kein Köpper, weder vorwärts noch rückwärts. Leon tauchte auf. Sein Lächeln war verschwunden.
“Kacke“, rief Leon und Tim nahm ihn in die Arme.
“Was passiert?“
“Kacke. Ne. Nichts.“
Leon begann wieder zu lächeln.
“Ist doch schön, wenn der Schmerz nachlässt. Oder?“ Bei dieser Frage musste nun auch Tim grinsen.
“Ha, ha. Verarschen kann ich mich alleine.“
Leon tauchte. Tim spürte, wie sich jemand an seiner Luftmatratze zu schaffen machte, dann verlor er das Gleichgewicht und kippte ins Wasser. Als er wieder auftauchte, spie er das wider Willen geschluckte Chlorwasser in hohem Bogen in

den Pool.
Eine Dame wetterte im Vorbeischwimmen: “Du tickst wohl nicht richtig. Kein Benehmen mehr diese Jugend.“
Leon zeigte ihr den Stinkefinger. Die Dame sah es nicht und gab sich zufrieden. Leon lungerte auf Tims Matratze und sah ihn provozierend an: “Komm doch. Komm doch. Du Wasser-Lama.“ Leon winkte mit dem Zeigefinger wie es die bösen Hexen in den Märchen immer tun. Und Tim ließ sich nicht länger bitten, kippte die Matratze samt Leon um, der sich daran festkrallte und nicht loslassen wollte. Tim versuchte Leons Hände von der Matratze zu lösen. Einen Daumen hatte er schon zu fassen gekriegt und bog ihn so weit wie möglich nach hinten. Leon schrie und ließ los. Tim hielt den Daumen weiter fest. “Bist du bescheuert“, brüllte Leon und griff Tim zwischen die Beine. Er packte so fest zu wie er nur konnte. Nun schrie Tim laut auf und ließ Leons Daumen los, kniff ihm dafür auch in die Eier. Da schauten sich beide schmerzhaft in die Augen. “Okay“, sagte Leon als erster. “Unentschieden.“ Tim nickte.
Die Dame stand nur wenige Meter entfernt und schüttelte den Kopf. Tim und Leon hatten keine Augen für sie. Ihr Blick galt dem leeren Whirlpool.
“Komm, den haben wir uns jetzt verdient“, sagte Leon.
“Los.“ Tim klemmte die Luftmatratze unter den Arm und rannte hinter Leon her. Die Dame wurde überschüttet von einem Schwall Chlorwasser, den Tim mit dem heftigen Wedeln seiner Matratze ausgeteilt hatte.
“Flegel. Du bist ja völlig missraten. Deine Mutter sollte ich nicht sein.“ Tim blieb stehen und drehte sich um: “Ich ihr Sohn auch nicht. Könnse glauben.“
Als Tim am Whirlpool ankam, lag Leon schon der Länge nach drin. Drei kleine Kinder wollten auch gerade Platz nehmen. Da schraubte sich Leon hoch. “Nichts da. Hier ist besetzt. Verpisst euch, ihr Tittigörn.“ Tim guckte ihn fragend an. Leon guckte zurück. Beide schauten sich tief in die Augen und lachten wieder los. Dann ließ sich Tim fallen, zog den Kopf unter Wasser. Mit vollem Mund tauchte er wieder auf und spuckte seinen stark verdünnten Speichel Leon voll ins Gesicht. Mit der flachen Hand schlug Leon aufs Wasser. Die Fontäne stieg über Tim

hinweg. Tim schlug zurück. Leon auch. Sie lachten und lachten und feierten.
“Reißt euch mal zusammen. Ihr seid hier nicht alleine“, sagte eine Stimme. Tim und Leon blickten erschrocken auf und erkannten den Bademeister, der höchstens fünf Jahre älter war. Braungebrannt in Tangabadehose stand er inmitten einer Gruppe, zu der auch die drei Kinder gehörten, die Leon aus dem Pool vertrieben hatte.
“Wir wollten so und so gerade auf's Klo“, erklärte Leon beim Raussteigen und klatschte seine Hand dem Bademeister auf den Hintern, der sich mit einem Wischer auf Leons Hinterkopf revanchierte: “Das Klo ist gleich um die Ecke.“
“Würdest du so eine Hose anziehen?“, fragte Tim.
“Was für 'ne Hose?“
“So eine wie der Typ eben anhatte.“
“Warum nicht.“
“Ne das wär mir nischt“, meinte Tim und öffnete die Tür zum Klo.

Tim drehte sich demonstrativ weg von Leon, so dass sich ihre Hinterteile fast berührten. Nichts hasste Tim mehr, als wenn ihm jemand beim Pinkeln zusah.
“Ich hab' jetzt Bock auf Sauna“, trompetete Leon plötzlich los.
Tim reagierte nicht.
“Du nich?“
“Nich wirklich.“
“Wieso? Sauna ist doch geil. Da siehst du Schwänze, dass dir fast einer zum Stehen kommt. Und da siehst du Schwänze, dass du kotzen könntest. So wie das Leben. Nur nackt eben.“
“Das ist es eben.“
“Was? Du bist doch sonst nich so'n Warmduscher!“
Leon war fest entschlossen, jetzt mit oder ohne Tim in die Sauna zu gehen. Aber lieber mit Tim. Denn was sollte er alleine da?
“Du kommst jetzt mit. Oder was is?“
“Ich fühl' mich da nich so richtig wohl.“
“Wieso?“
“Ich hab' immer das Gefühl, meiner würde jeden Moment stehen. Ganz warm isst er schon. Und dann wird mir die Omme

auch ganz heiß. Jeder sieht das, wenn ich rot werde."
"Dann musste eben nich so ville auf de Schwänze glotzen."
"Da reicht schon einer."
"Ach."
"Ja, deiner. Das weißt du ganz genau, du Sack."
Leon war fertig. Sein bestes Stück rutschte wieder in die Badehose. Schon stand er hinter Tim, der gerade die letzten Tropfen abschüttelte.
Tim stockte. Leons Hand hatte sein bestes Stück umfasst und dessen Körper drückte gegen seinen Rücken und Hintern.
"Schwanzmassage gefällig?"
"Nicht hier. Bist du verrückt?"
"Warum nich?"
"Und wenn einer reinkommt?"
"Dann pinkeln wir beide in ein Becken."
"Leon, das fetzt nicht."
"Klar. Du wichst viel zu wenig."
Leons Hand hatte es immer eiliger.
"Das ist gut gegen 'ne Latte in der Sauna."
Tim schob seine Hand durch Leons Badehosenbein und fand, was er suchte. Da knarrte die Tür. Schon stand Leon neben Tim und beide stierten eng aneinander gedrückt auf ihre Latten und das Becken. Ein Typ, dem mindestens zwanzig Kilo über die Badehose quollen, glotzte um die Ecke. Im Augenwinkel erkannte Tim noch geradeso wie der Alte mit dem Kopf schüttelte. Dann war er auch schon in der Box verschwunden. Kaum, dass das Klacken der Brille zu vernehmen war, hörten Tim und Leon einen Wasserfall. Das musste knapp gewesen sein. Tim und Leon guckten sich an, prusteten laut los und rannten aus dem Klo. Draußen hielt Leon Tim am Arm fest. Er blickte ihm tief in die Augen: "Wenn Du jetzt mit in die Sauna kommst, blas ich dir einen, dass dir Hören und Sehen vergeht. Versprochen!"

So richtig wohl war Tim in seiner Haut nicht. Aber er wollte den Tag nicht verderben. Tim schwitzte. Er sah, wie auch Leon die Tropfen am Körper herunterrollten. Vom Kinn tropfte gerade einer auf Leons Brust. Dann suchte er sich den Weg, wo Leon

vielleicht mal Haare wachsen würden. Da, wo schon welche waren, verschwand der Tropfen auf Nimmerwiedersehen. Tim hatte sich festgeguckt. Er spürte, wie viel zu viel Blut in sein Glied strömte. Der Typ von gegenüber grinste schon. Da stand Tim auf und ging. Das Handtuch schlug er sich schnell um die Hüfte. Das tat gut. Tim spürte noch immer den Blick des Typs im Nacken. Doch da stand Leon schon hinter ihm und betätschelte seinen Hintern.
“Lass es.“
“Weichei.“
“Eh, nu schnapp ma wieder ein. Ich hab' ja gleich gesagt, du solltest dir öfter einen runterholen.“
“Das mach' ich nie, wenn ich ...“. Tim brach den Satz abrupt ab. Was er sagen wollte, ging dann wohl doch zu weit. “Erst nachdenken, dann sprechen“, pflegte Paps immer zu sagen. Diesmal war es wohl so.
“Wenn ich was?“, wollte Leon wissen.
“Wie, wenn ich was?“
“Du hast eben gesagt, das mach' ich nie, wenn ich ... Ja was nun, wenn ich?“
“Lass es.“
“Tim, du bist manchmal nicht nur 'nen Weichei. Manchmal bist du ein Rätsel. Aber ich mag dich trotzdem. Komm, wir duschen.“
Leon drückte auf den Knopf Amazonas. Kaltes Wasser spritzte von allen vier Seiten gleichzeitig auf ihn ein. Er reckte die Arme in die Höhe. Tim genoss diesen Anblick. Dann war er an der Reihe. Tim wählte das Programm Polar. Eiskaltes Wasser regnete in Strippen hernieder. Tim trat von einem Fuß auf den anderen. Wärmer wurde das Wasser aber trotzdem nicht. Hoffentlich war es bald vorbei, dachte er. Blamieren wollte er sich aber auf keinen Fall. Nicht vor Leon. Ich bin kein Weichei, sagte er sich. Dann war auch die Polardusche vorbei. Leon wartete mit dem Handtuch, legte es Tim um die Hüften. Vorne schlug er es ineinander. Als Leon aufschaute, berührten sie sich mit beiden Nasen. Augen und Mund waren nah beieinander. Diesmal hielt Tim Leons Augenblick nicht stand. Er drehte sich schnell weg.

Schweigend streiften sie durch die Sauna. Eukasauna steht an einer Tür. An einer anderen Rasul. Manch neugieriger Blick begegnete den beiden. Vor einer Tür mit der Aufschrift Dampfbad blieben sie stehen. Durch die Glastür war der weiße Dampf nicht nur zu sehen, sondern auch zu riechen.
“Geht man da auch mit Handtuch rein?“, fragte Tim.
Und Leon lachte, nicht gehässig, freundlich wie sein Lachen fast immer war: “Quatsch. Die kommen hier draußen an die Haken.“
Nackt betraten Tim und Leon das Dampfbad. In der weißen Wolke erkannten sie nichts. Erst nach und nach nahmen sie schemenhaft den Raum wahr. Sie waren alleine. Von dem Rondell gingen noch zwei Nischen ab. Vier Plätze machte Leon in einer aus. Er fasste Tim an die Hand und zog ihn hinter sich her. Leon setzte sich links auf den hinteren Platz. Tim schob er auf den Platz neben sich. Sie spürten die enorme Hitze an ihren Hintern und auch am Rücken. Augenblicke vergingen. Dann sagte Leon: “Wir sind alleine.“
Und seine Hand streichelte Tim zuerst an der Schulter, dann glitt sie über die Brust zum Bauch. Tim rutschte ein Stück vor. Leons Finger wanderten zu seinen Oberschenkeln und schließlich zwischen seine Beine. Tim schloss seine Augen. Dass Leon vor ihm kniete, spürte er nur. Leon löste sein Versprechen ein. Und Tim verging Hören und Sehen.

Diesmal wickelte Tim Leon in sein Handtuch ein. Er verknotete es vor dem Bauch und schaute Leon dabei tief in die Augen. “Danke“, sagte Tim und küsste Leon auf den Mund. Leon schlang seine Arme um Tims Hals. Seine Zunge grub sich tief zwischen Tims Zunge und Gaumen ein. Wieder fuhren sie Karussell. Noch rasanter, noch prickelnder als je zuvor. Da spürte Tim, der noch immer nackt war, dass Leons Schwellkörper arbeiteten. Der Druck gegen seinen Oberschenkel machte schon wieder Lust. Doch ein Pfiff unterbrach abrupt ihre Träume. Der Bademeister schritt vorbei und grüßte freundlich: “Da hat die Welt wohl wieder zwei Schwuchteln mehr“, ließ der Tangamann wie nebenbei fallen und streckte den Daumen seinen rechten Hand nach oben.
“Scheiße“, rief Leon spontan. Und Tim hatte es die Sprache

verschlagen. Er zog sich seine Badehose an. Dann blickte er zu Leon: “Wie meint er das?“
“Na wie wohl. Dass wir schwul sind.“
Tim sagte nichts. Dafür machte Leon den Vorschlag: “Komm, wir verpissen uns.“

Als sie sich auf der Terrasse ihres Apartments eine kühle Cola gönnten, verfiel Tim in tiefe Nachdenklichkeit. Er musste an Denis denken, nach dessen Nähe er sich schon immer gesehnt hatte. Nun war ihm heute Leon so nahe gekommen wie noch nie jemand zuvor. Und er konnte nicht anders, als sich einzugestehen, dass es ein neues, aber wunderschönes Gefühl war. Nein, das hatte nichts mehr damit zu tun, sich einen runterzuholen. Das war mehr oder weniger ein Sport, den Tim schon seit über drei Jahren betrieb. Mal mehr, mal weniger. Dafür gab es keinen konkreten Trainingsplan. Dieses Gefühl war ein ganz anderes. Er hätte jetzt nicht wenig Lust, sich mit Leon tief im Bett zu verkriechen. Er sehnte sich danach, Leon zu berühren, ihn zu streicheln und sich zu bedanken. Nein, Dank war es dann doch nicht. Es war eher Begierde und Neugier, selbst Leons Rolle einzunehmen. Er war seit dem Dampfbad heiß darauf, Leons Cream auf seiner Haut zu spüren. Ob er sie schmecken wollte, wusste er nicht. Aber bei dem Gedanken daran, kam eher Freude als Ekel in ihm auf.
Du bist schwul, schwul, schwuuuuuuuul ...
Leon sprach diese Worte, die sich in Tims Kopf festsetzten. Sie taten weh. Denn sie klangen irgendwie hämisch. Nach dem Motto, ätsch ich hab’s ja schon immer gesagt, du bist auch ein verdammter kleiner Schwuli. Einer, der anderen Jungs am Puller spielt, ihnen die Eier krault, ewig mit ’ner Latte rumläuft und geil wird, wenn andere ihm am Arsch spielen. Das ist vielleicht nicht krank, aber unnormal. Tim hatte es in dem Buch gelesen, das Leon ihm geborgt hatte. Schwulsein war keine Krankheit, sondern angeboren. Martin hatte also Recht. Daran ließ das Buch keine Zweifel. Irgendwas von einem Gay-Gen hatte Tim gelesen und Hormonmangel in der Schwangerschaft. Der würde dazu führen, dass männliche Gehirne weiblich denken würden. Aber unnormal blieb es trotzdem. Obwohl Tim mit Leon und

Martin nun schon zwei Schwule kannte.
Du bis schwuuuuul. Unnormaaaaaal. Es hämmerte wieder in seinem Kopf. Tim hasste Schmerzen. Ein Grund, warum er sich so gut wie nie geprügelt hatte. Aber das war auch etwas, dass für Tim nicht normal war. Er konnte die anderen Jungs nicht verstehen, die Spaß und Freude daran hatten, sich zu prügeln, andere zu quälen und zu erniedrigen und sich dabei auch noch gut fühlten. Ja, sich als Helden gaben. Nein, das waren sie bestimmt nicht. Waren sie nicht eher die, die unnormal waren?
Tim hatte plötzlich so viele Fragen. Sein Kopf drohte zu platzen. Er sah zu Leon, der alle viere von sich streckte und seinen Körper von der Sonne verwöhnen ließ. Er beneidete ihn. Gerne würde er auch so locker sein. Und wenn sein Gefühl ihn nicht betrügen würde, dann könnte er es, wenn Leon bei ihm war. Er wünschte sich, dass Leon nicht nur sein Blutsbruder sein würde. Leons Anblick und Tims geheimste Wünsche blieben nicht ohne Folgen. Tim versuchte in seiner Badehose zu richten, was sich aufgerichtet hatte. Sein Bemühen blieb jedoch ohne Wirkung.
Da erhob er sich ruckartig: “Ich geh’ duschen.”
“Okay. Viel Spaß”, antwortete Leon mit einem breiten Grinsen. Aus dem Augenwinkel hatte er sehr wohl gesehen, wie es um Tims Gefühle bestellt war.
“Soll ich dir helfen?”, fragte Leon deshalb.
“Nö, nö, geht schon.”
“Gut, dann geh’ ich uns was Schönes bau’n.”
Tim guckte Leon mit fragendem Blick an: “Was meinst du?”
“Wart’s ab. Wirst es dann schon sehen. Geh’ jetzt duschen.”
Leon, der sich auch erhoben hatte, kniff bei diesen Worten Tim in den Schritt.
“Man bist du geil.”
“Das ist deine Schuld.”
Leon küsste Tim den Hals und sog sich immer tiefer in dessen Haut. Zu spät kam Tim in den Sinn, was Leon da gerade trieb. Brüskiert stieß er ihn weg.
“Du Arsch. Das wird doch garantiert ein Knutschfleck.”
“Ich wüsste ein paar Stellen, wo sie nicht zu sehen wären.”
“Vergiss es.”
“Soll ich nicht doch mitkommen duschen?”

“Nein.”
Tim ging ins Bad und verriegelte die Tür hinter sich.
Leon begab sich ins Schlafzimmer. Dort fingerte er aus seinen Sachen eine kleine Plastiktüte, die man wieder verschließen konnte. Darin war etwas, das aussah wie geschnittenes grünes Gras. Er öffnete die Tüte und roch daran. Es war Gras. Aus der Zeitung riss Leon eine Seite heraus und nahm vom Schreibtisch die Streichhölzer mit auf die Terrasse. Dort baute er aus dem Gras und dem Papier zwei gefüllte Tüten, legte sie auf den Tisch und wartete darauf, dass Tim wieder erscheinen würde.
Aber das dauerte noch eine Weile. Tim hatte sich nur seine roten Boxershorts übergezogen und pflanzte sich erfrischt in den zweiten Stuhl.
“Was ist das?”, fragte Tim.
“Dreimal darfst du raten.”
“Ich glaub’, du bist nicht dicht, Leon.”
“Wieso? Hast du es denn schon mal probiert?”
“Nö. Ich hatte es auch nicht vor.”
“Einmal ist keinmal.”
Leon griff sich eine Tüte und zündete sie mit einem Streichholz an. Die zweite hielt er Tim vor die Nase.
“Nu los, hab’ dich nicht so.”
“Ist das auch wirklich nicht gefährlich?”
Leon sog aus seiner Tüte ganz tief ein, stieß den Qualm dann ganz langsam wieder aus.
“Nein, wirklich nich.”
“Wehe, du schwindelst.”
“Nein. Vertrau’ mir, du kleiner Schisshase.”
“Aber ich warne dich.”
Tim nahm die zweite Tüte. Leon gab ihm Feuer. Nach dem ersten Zug musste Tim ganz schrecklich husten.
“Igitt. Fürchterlich.”
“Stell dich nich so an.”
Zug um Zug rauchten sie dann ihre Tüten bis zum bitteren Ende.

Dann machten sie es sich drinnen auf der Couch bequem. Tim hatte Paps Laptop in Schwung gebracht, Leon die DVD von Störtebeker eingelegt und beide amüsierten sich prächtig, vor allem, wenn Wulf Wulflam seine Auftritte hatte. Sie gröhlten, klatschten sich gegenseitig auf die Schenkel und kuschelten miteinander. Zwischendurch futterten sie Chips, Salzstangen und Schokolade, alles was sie in die Finger kriegen konnten. Auch die Cola-Vorräte gingen viel schneller zu Ende, als sie geahnt hätten.

"Komm mit", rief Leon als die DVD zu Ende war und zog Tim hinter sich her ins Schlafzimmer. Dort warf er ihn schwungvoll auf das Bett, schloss die Tür hinter sich und begann dann Tim auszupellen. Als Leon Tim den Slip herunterzog, schnappte ihm dessen Glied entgegen.

Sie lachten und Leon warf seine Klamotten eiligst in die Ecke, legte sich dann dazu, den Kopf auf Tims Brust. Seine Finger kraulten Tims Oberschenkel. Tim spielte mit seinen Fingern auf Leons Brust, dem dabei der Appetit auf Blondinenwitze kam.

"Kennste den schon?", fragte er Tim.

"Welchen?"

"Warum sitzt 'ne Blondine auf dem Dach, wenn es blitzt?"

"Null Ahnung."

"Weil sie denkt, sie wird fotografiert."

Wieder amüsierten sie sich köstlich. Dann fuhr Leon fort: "Warum sitzt eine Blondine auf einer Heizung?"

Tim zuckte mit den Schultern.

"Weil der Sanitärdienst gesagt hat, die Heizung leckt."

Tim lachte derart heftig, dass Leon seinen Kopf von seiner Brust nehmen musste und beide feixten kräftig von Angesicht zu Angesicht. Als sie sich wieder einigermaßen beruhigt hatten, sagte Tim: "Da kenn' ich auch einen."

"Na los, erzähl."

"Sagt die Frau am Abend zu ihrem Mann: Du, die Heizung leckt. Sagt er: Ja und, bin ich vielleicht Klempner? Am nächsten Abend sagt sie: Du Schatz, die Glühbirne ist kaputt. Tu doch was. Sagt er: Ich bin doch kein Elektriker. Am dritten Abend kommt er nach Hause. Die Heizung leckt nicht mehr. Die Glühbirne ist gewechselt. Fragt er: Schatz, wer hat denn das gemacht? Der Nachbar, sagt sie. Und was wollte er dafür haben? Er wollte, dass ich ihm einen Kuchen backe oder mit ihm schlafe. Und? Ja, bin ich Bäcker?"

Leon brüllte laut los. Tim stimmte mit ein bis Leon ihm ins Ohr flüsterte: “Ich bin auch kein Bäcker.”
Dann drückte Leon Tim zurück auf die Kissen und küsste ihn. Immer wieder. Und nicht nur auf den Mund. Ein aufregender Abend begann, den beide wohl nie vergessen würden.

10

"Die Wahrheit ist befreiend. Aber zuerst kotzt sie dich an."
(Mal Pancoast)

Neubrandenburg

So schön die Tage auf Rügen auch waren, sie hatten Tim auch Angst gemacht. Angst vor seinen Gefühlen. Denn er musste sich eingestehen, dass Leon Recht hatte. Ja, er war schwul. Schwuuuuuuuuuuuul. So hämmerte es seit dem immer wieder in seinem Kopf. Einmal hatte er nach dem Urlaub versucht mit Paps darüber zu reden. Das war voll nach hinten los gegangen.
“Wenn du nochmal so jung wärst wie ich, würdest du denn alles noch einmal genauso machen?”, hatte Tim das Gespräch etwas umständlich begonnen. Und weil Paps eher daran dachte, dass Tim während der Ferien eine Feundin gefunden hatte, antwortete er: “Im Prinzip ja, aber ich würde von Anfang an ein Kondom benutzen.”
Tim wiederum hatte diese Antwort völlig mißgedeutet: “Du hättest mich ja auch abtreiben lassen können, oder, oder, oder sperr’ mich doch ins Internat!”
Wut war dabei in Tim empor gekocht, wie er sie bisher nicht gekannt hatte. Er war aufgesprungen, hatte mit den Türen geknallt und sich in seinem Zimmer eingeschlossen. Selbst das Klopfen von Paps und seine Worte: “Entschuldige, so war das doch gar nicht gemeint.”, hatte Tim volle Kanne negiert.
Das war nun schon wieder Wochen her. Aber an der Situation hatte sich wenig geändert. Tim hatte die Wohnung nur verlassen, um sich am Automaten vor dem Haus Zigaretten zu ziehen. Die Nächte verbrachte er fast vollständig auf dem Balkon. Dort bließ er den Qualm seiner Kippen weit in die Nacht hinaus. Nicht, dass sie ihm nun gerade besonders gut schmeckten, aber sie waren bei den vielen trüben Gedanken eine willkommene Ablenkung. Und nicht nur einmal hatte Tim gedacht: Wenn ich hier aus dem zehnten Stock herunterfalle, brauch’ ich mir nie wieder Gedanken machen. Tim war nicht gefallen. Aber erst kurz bevor Paps morgens aufstand, verkroch er sich in seinem

Bett. Dort blieb er bis mittags. Auch, wenn er nur wenig schlafen konnte. Nachmittags hockte er meistens am Computer, manchmal auch vor der Glotze. Dort auch hatte er die Werbung für einen neuen Kinofilm mit dem süßen Star aus *Harte Jungs* gesehen. Heute würde der Film zum ersten Mal im Kino laufen. Und Tim hatte den Entschluss gefasst, ihn sich anzusehen. Wenn nächste Woche wieder die Schule begann, müsste er ja so und so wieder aus dem Haus. Freuen darauf konnte er sich nicht. Er hatte Angst vor den Fragen seiner Mitschüler und Kumpels, wenn er im neuen Schuljahr immer noch nicht mit den Mädels rummachen würde. Und ihnen einfach sagen, dass er auf Jungs stand, das konnte er nicht. Obwohl ihm die Tage mit Leon gezeigt hatten, wie schön es sein konnte. Dass das, was sie an jenem Abend auf Rügen getan hatten, als Tim auch seinen ersten Joint geraucht hatte, dass man das auch als Neunundsechziger bezeichnete, hatten sie nicht gewusst. Und selbst wenn, wäre es ihnen scheissegal gewesen. Es war einfach nur wunderschön. Tim hatte keine Ahnung, ob er so etwas je wieder erleben würde. Aber er hatte Sehnsucht danach. Und jedesmal, wenn er sich so wie jetzt einen runterholte, waren seine Gedanken bei Leon. Danach fühlte er sich nicht so wie an den letzten Tagen auf Rügen immer im siebenten Himmel, aber doch sehr erleichtert. Was blieb, waren die Gedanken, die schönen, die vor allem mit Rügen und Leon zu tun hatten, aber auch die trüben, die immer wieder fragten: Tim, du bist schwul. Wie soll es nun weitergehen?
Tim lenkte sich ab. Er suchte im Kleiderschrank nach Klamotten, die zum Kino passten. Das Wetter war warm. Aber die Wolken hatten den Wettstreit gegen die Sonne heute deutlich gewonnen. Vielleicht würde es heute sogar noch regnen. Früher hatte sich Tim weniger Gedanken darum gemacht, was er anziehen sollte. Am Ende entschied er sich einfach für blaue Jeans und ein weißes T-Shirt. Da konnte er nichts falsch machen. Er wollte den Nachmittag mit einem Bummel durch das Marktplatzcenter beginnen. Dann würde er auf dem Boulevard ein Eis essen und käme dann noch rechtzeitig zur Vorstellung am Spätnachmittag ins Kino. Doch plötzlich klingelte es. Tim schreckte auf. Wer konnte das sein? Er schlenderte zur

Türsprechanlage: “Ja bitte?”
“Hallo, Tim. Hier ist Martin. Ist Paps nicht da?”
“Nein.”
“Schade. Wir waren eigentlich verabredet.”
“Nö, der is nich da. Willste trotzdem hochkommen?”
“Wenn ich nicht störe?”
“Nö.” Tim drückte den Türöffner. Wenig später klopfte es und Tim ließ Martin herein.
“Ich komm’ gerade aus Anklam und wollte was mit Paps bereden. Hat er nichts gesagt?”
“Nö. Aber wir reden im Moment äh wenig.”
“Streit gehabt?”
“Nich wirklich.”
“Aha.”
“Was aha?”
“Na ich denke, ich weiß, wo das Problem liegt.”
“Und wo bitteschön?”
“Du würderst ihm gerne reinen Wein einschenken und traust dich aber nicht.”
“Ich versteh’ nur Bahnhof.”
“Du bist schwul, stimmts?”
Tim lief rot an.
“Hee, kein Grund gleich zu verbrennen. Obwohl dich das richtig sexy macht.”
“Arsch.”
“Danke.”
“Bitte. Außerdem, woher willste das wissen?”
“Erstens, habe ich das Gefühl schon seit wir uns kennen. Und zweitens, war die Situation an jenem Abend auf Rügen nicht nur eindeutig, sondern eineindeutig.”
“Welche Situation?”
“Na wie ihr beide da im Bett lagt.”
“Du hast uns belauscht?”
“Quatsch. Als Paps und ich nach Hause kamen, sah die Bude ja recht wüst aus. Und Paps wollte wissen, ob ihr überhaupt da seid. Und ein siebenter Sinn sagte mir, dass es vielleicht besser wäre, wenn Paps nicht nachschauen würde. Und dann habe ich es getan. Es war ein schönes Bild.”

Martin grinste Tim an, der noch feuriger im Gesicht wurde.
“Und Paps?”
“Hat nichts mitgekriegt. Er war aber ganz schön stinkig.”
“Weiß ich. Hat er uns nächsten Tag ganz schön spüren lassen.”
“Hast du versucht mit ihm zu reden?”
“Worüber?”
“Dass du schwul bist.”
“Ich wollte. Aber ging nich.”
“Dann lass dir einfach Zeit.”
“Ich hab’ Angst.”
Martin legte Tim seinen Arm um die Schulter. Dann setzten sie sich auf die Couch im Wohnzimmer.
“Wann hast du es deinen Eltern erzählt?”, wollte Tim wissen.
“Noch gar nicht.”
“Noch gar nich?”
“Nein. Es gab bisher noch keinen Grund dafür. Weder eine Situation noch einen Typ, der es erfordert hätte. Deshalb habe ich es sein lassen.”
“Hmm.” Tim dachte nach. “Und das geht so?”
“Naja, es geht. Aber natürlich löchern sie mich bei jedem Besuch, wann ich denn nun endlich die Schwiegertochter vorstelle und so weiter und so weiter ...”
“Kann ich mir vorstellen.”
“Tja und eines Tages wird es ein Schwiegersohn sein. Sie werden bestimmt aus allen Wolken fallen. Aber ich hoffe, sie tragen es mit Fassung.”
“Du willst heiraten?”
“Nicht heute oder morgen. Aber wenn der richtige kommt. Warum nicht?”
“Ich hab’ nullkommanullnullnull Ahnung, wie es weitergehen soll.” Tim ließ den Kopf tief hängen und schluchzte heftig. Martin nahm seinen Arm von Tims Schultern. Seinen Zeigefinger stellte er unter Tims Kinn und hob es an, um ihm in die Augen schauen zu können. Tim wich seinem Blick aus.
“Hee”, sagte Martin. Dann trafen sich ihre Blicke.
“Lass dir einfach Zeit. Lerne damit zu leben, denn sonst bringt es dich um”, hauchte Martin eher zärtlich und gab Tim einen Kuss auf die Stirn. Tim begann hemmungslos zu flennen und

sein Kopf fiel gegen Martins Schulter. Tim flennte und Martin streichelte ihm minutenlang über den Rücken bis er sich wieder einigermaßen beruhigt hatte. Dann fragte er: “Hee. Alles wieder okay?”
“Ja, geht schon”, meinte Tim und wischte sich die Tränen aus dem Gesicht. Martin reichte ihm ein Taschentuch und sah ihm traurig zu. Nur zu gut erinnerte er sich daran, wie es ihm damals ergangen war.
Als Tim aus dem Bad zurückkam, versuchte Martin ihn ein wenig aufzumuntern: “So gefällst du mir schon wieder viel besser.”
Ein kleines Lächeln huschte über Tims Gesicht, das aber genauso schnell verschwand, wie es gekommen war. Dann erklärte Martin, dass er langsam aber sicher los müsse. Und Tim verstand. Er schloss sich Martin an. Schließlich wollte er heute mal nicht in seinem Zimmer abhängen, sondern ins Kino. Das freute Martin. Schweigend fuhren beide die zehn Etagen mit dem Fahrstuhl nach unten und verabschiedeten sich vor der Haustür. Da es schon später war, als gedacht, nahm Tim den direkten Weg ins Kino. Ein Eis konnte er auch dort essen. Nur leider kein Softeis. Aber gleich nebenan gab es ja einen Italiener.

Mit dem Eis in der Hand stellte sich Tim in die Schlange am Kartenschalter. Sie war länger als er vermutet hätte. Vielleicht lag es ja daran, dass es zu regnen begonnen hatte. Um so überraschter war Tim, dass der Kinosaal fast leer war. Es war ja nur einer von acht. Aber er hätte gedacht, dass mehr Leute in diesen Film gehen würden. Außer einem guten Dutzend Mädels sah Tim nur noch einen einzigen Typen, der sich schon nach ihm umgedreht hatte. In dem Film spielte Tims Schwarm eine Doppelrolle. Zwillinge, die in ihrer Kindheit getrennt wurden. Einer lebte im Westen, einer im Osten. Als sie sich das erste Mal trafen, tauschten sie die Rollen. Der Film spielte in den achtziger Jahren. Eine Zeit, die Tim nur vom Hörensagen kannte. Aber er amüsierte sich prächtig über die Klamotten und seinen Schwarm, der sich über beide Ohren verliebte. Leider in ein Mädchen, nicht in einen Jungen. Natürlich hatte der Film auch ein Happy-End. Tim bereute nicht, das Geld für diesen Film ausgegeben zu haben. Zum ersten Mal seit dem Urlaub hatte er sich wieder besser gefühlt. Als er den Saal verließ, fiel sein Blick auf ein großes Plakat mit dem Titel ‚Sommersturm'. Tim ging dichter heran, um es zu lesen. Den einen Typen darauf kannte er. Der hatte schon in ‚Crazy' die Hauptrolle gespielt. Das war auch kein schlechter Film gewesen, erinnerte sich Tim. In ‚Sommersturm' ging es jedoch um das Coming-out eines jungen Sportlers. Von dem Film hatte Tim noch nirgendwo etwas gehört. Auch keine Werbung gesehen. Er wunderte sich gerade, als eine Stimme neben ihm auftauchte: "Hi."

Tim blickte zur Seite. Es war der Typ aus dem Kino, der sich nach ihm umgedreht hatte. "Hi", gab Tim zurück.

"Haste Lust, den zu gucken?"

"Läuft der hier?"

"Ja, auch seit heute."

"Klar, warum nich?"

"Na denn los, komm."

"Was jetzt?"

"Ja, klar."

"Geht nich."

"Schade. Und morgen?"

"Morgen geht."

"Und wann?"

"Um sieben?"

"Okay, treffen wir uns halb vor dem Kino?"

"Okay."

Sie verabschiedeten sich per Handschlag voneinander, ohne dass der eine wusste, wer der andere war. Aber morgen würden sie sich ja wieder sehen. Tim wunderte sich über den Typen und über sich. Aber der Film hatte sein Interesse geweckt. Der andere Typ eher nicht. Er hatte halblange blonde Haare, viele Sommersprossen und eine Menge Pickel im Gesicht. Tim war froh, dass es ihn nicht so schlimm getroffen hatte. Er hatte zwar auch etliche, aber sie hielten sich in Grenzen. Tim überlegte auf dem Heimweg, wie der andere wohl heißen könnte. Namen wie Jimmy, Jonny oder Jeremy würden zu ihm passen. Tim wusste nicht, wie er gerade auf Namen mit J kam. Aber sie kamen ihm in den Sinn. Er taufte den Fremden einfach Blondie. Das passte auf alle Fälle.

Am nächsten Tag war Tim spät dran. Er hatte sich einfach nicht entscheiden können, was er anziehen sollte. Das Ergebnis konnte sich sehen lassen: Weiße Sneakers und Jeans und ein cyanblaues T-Shirt. Aber immer noch war sich Tim unsicher, wie Blondie darauf reagieren würde. Jedenfalls sollte es keine Einladung zu einem Abenteuer sein. Trotzdem freute sich Tim auf den Film. Mehr als auf Blondie, der vor dem Eingang des Kinos schon ganz aufgeregt winkte.
“Ich dachte schon, du kommst nich. Hier, ich hab’ schon Karten gekauft”, empfing ihn Blondie und reckte die Hand mit den Karten in die Höhe.
“Sorry, ich bin spät dran”, meinte Tim nur, der seinerseits nun Popcorn und Cola spendieren wollte. Die kosteten fast genauso viel wie die Karten. Neun Euro musste Tim blechen. Kino war ein teurer Spass. Der ‚Sommersturm’ fegte Tim nicht gerade aus seinem Kinosessel. Aber das Thema interessierte ihn brennend. Er empfand es als sehr angenehm, wie der Film mit dem Problem umging. In der Szene als die beiden Freunde zusammen wichsten - natürlich zeigte die Kamera nur ihre Oberkörper - trafen sich die Blicke von Tim und Blondie. Blondie konnte danach seinen Ständer nur schwer verbergen und versuchte immer mal wieder Tim hier und dazu berühren. Tim ging nicht näher darauf ein, bis Blondies Finger in seinem Schritt spielten. Tim sah Blondie an, deutete mit den Augen zur Leinwand und legte dessen Hand zurück in seinen Schoß, wobei er dessen Ständer deutlich spürte. Tim grinste nur. Das war Blondies Problem. Der Film war nicht der große Hammer, aber der Typ spielte Klasse, wie schon in ‚Crazy’. Bei der Liebesszene am See musste Tim automatisch an Leon und die Zeit auf Rügen denken. Das zeigte nun auch bei ihm Wirkung. Auch das noch, dachte Tim. Doch bis zum Ende des Films, bei dem der Typ auf der Leinwand genauso dumm da stand wie Tim zur Zeit, hatten sich Tims Probleme in der Hose wieder gelegt. Blondie hatte sich auch wieder im Griff. Trotzdem verließen sie als Letzte den Kinosaal, der ähnlich wie am Vortag nur schwach gefüllt

gewesen war.
“Warum gucken so wenig Leute solche Filme? Das war gestern schon so”, fragte Tim, der nicht unbedingt eine schlüssige Antwort erwartete.
“Vielleicht weil sie ohne Tote und Schießerei sind”, meinte Blondie.
“Denkst du?”
“Ja, könnte doch sein, oder?”
“Weiß nich.”
“Ich heiße übrigens Michael.”
“Michael?”
“Ja, was hast du denn gedacht?”
“Egal. Ich bin Tim.”
“Cool Tim.”
“Was is’ cool?”
“Der Name.”
“Ich hol’ mir noch ’n Eis beim Italiener. Kommste mit?”
“Klar.”
Sie setzten sich mit ihren Eistüten auf eine Bank, die zwischen Kino und Sparkasse ein Blumenbeet auf allen vier Seiten umrundete. Es begann langsam zu dämmern.
“Ich hätte auch Lust mit dir zu wichsen”, sagte Michael mitten ins Eis lecken hinein.
“Das hab’ ich schon im Kino gemerkt.”
“Und? Haste auch Lust?”
“Weiß nich.”
“Es gibt da nur ein Problem.”
“Problem?”
“Ja. Ich hab’ ’nen kleinen Bruder und muss mir mit dem Arsch das Zimmer teilen.”
“Nich grad toll. Aber wo liegt das Problem?”
“Dass es bei mir nich geht.”
“Bei mir auch nur, wenn Paps Spätschicht hat.”
“Heute?”
“Nee. Nächste Woche.”
“Schade. Dann komm ich eben Dienstag zu dir. Okay?”
“Okay”, sagte Tim. Davon, dass es okay war, war er aber nicht überzeugt. Sie tauschten ihre Handynummern und Adressen. Die

Nummern speicherten sie ab, die Adressen merkten sie sich. Michael nahm den nächsten Bus in die Oststadt, Tim bummelte zu Fuß nach Hause.

Der Dienstag verlief wenig aufregend. Sie taten zwar, was sie verabredet hatten. Aber Tim spürte dabei nicht das, was er mit Leon erlebt hatte. Trotzdem taten sie es immer wieder. So brachte der September mehr Abwechslung als Tim gedacht hätte. Dienstags und Donnerstags, wenn es billiger war als an den anderen Tagen, gingen sie oft zusammen ins Kino. Sie schauten Filme wie ‚Männer wie wir', ‚Agnes und seine Brüder', ‚Die Kinder des Monsiuer Mattheu', ‚Die Nacht der lebenden Looser', ‚Die fetten Jahre sind vorbei', aber auch solche wie ‚Sieben Zwerge' und ‚Bourne'. Wenn Paps Spätschicht hatte, gingen sie grundsätzlich in die Vorstellung am Spätnachmittag und anschließend zu Tim. Tim hätte schon vorher ganz genau sagen können, wie so ein Tag ablaufen würde. Doch bisher hatte er es sich noch nicht anmerken lassen, dass ihm die Geschichte langsam langweilig wurde.
Seitdem die Schule wieder begonnen hatte, frühstückten Paps und Tim wieder täglich miteinander und redeten dabei auch. Wenn Paps aber auf die Wochen in den Sommerferien zu sprechen kam, wich Tim ihm aus. Er redete dann nur vom Urlaub auf Rügen und wie herrlich der gewesen sei. Insgeheim hoffte Tim, dass Leon spätestens in den Herbstferien zu ihm kommen konnte. Doch diese Hoffnung behielt er noch für sich. Er chattete oft mit Leon und sie telefonierten auch häufig miteinander und wären sich gerne näher gewesen. Sie litten unter der Entfernung und ihrem Taschengeld schadeten die häufigen Handytalks und sms auch sehr.
Zum Kabarett ging Tim auch weiterhin. Dort traf er nach wie vor Denis, der es ihm nach wie vor angetan hatte. Doch beide hatten in dem neuen Stück nicht die erhofften Traumrollen abbekommen. Das hatte ihrer Begeisterung nicht gut getan. Dabei wusste Tim aber gar nicht so genau, ob er darüber nun sehr traurig sein sollte oder besser nicht. Überhaupt, wenn ihn in diesen Tagen einer gefragt hätte: Was willst du eigentlich?, Tim hätte keine Antwort gewusst.

11

"Im Leben gilt es viele kleine Tode zu überstehen, bevor der Moment der Ewigkeit kommt."
(Thomas Mindt)

Stralsund

Leon wäre in den Herbstferien nur zu gerne nach Neubrandenburg gefahren. Doch das drohte an einer Klassenfahrt zu scheitern, die schon seit längerer Zeit geplant war. Die letzten beiden Schultage vor und die ersten drei Tage der Herbstferien würde seine Klasse nach Stralsund fahren. Und es war ihm verboten worden, alleine aus Stralsund abzureisen, obwohl er angegeben hatte, zu seinem Vater nach Greifswald fahren zu wollen. Die Schule bestand darauf, dass er wie alle anderen wieder mit nach Berlin zurückfuhr. So ganz hatte Leon die Hoffnung aber noch nicht aufgegeben. Das Taschengeld für die Reise hatte sich Leon schon verdient. Nach den Sommerferien, die er bis zum letzten Tag wie angedroht bei seinem Vater verbracht hatte, nahm er Kontakt mit Ritter auf. Er hatte ihn bereits zweimal besucht und jedes Mal dabei einhundert Euro eingestrichen. Auf die bunten Pillchen hatte Leon verzichtet. Dafür hatte er sich anschließend am Alex jeweils ein bisschen Gras besorgt und versucht, die Erinnerungen an die Ritterspiele einfach wegzublasen. Mama hatte so gut wie keine Zeit für ihn. Sie harrte immer noch der Rückkehr des Chefarztes aus Afrika, der Anfang Oktober wieder seinen Dienst aufnehmen wollte. Sie war ständig gereizt und nervös. Leon versuchte ihr so gut wie möglich aus dem Weg zu gehen. Er hatte sich sogar daran gewöhnt, die nötigen Einkäufe zu erledigen. Die Liste hinterließ Mama regelmäßig auf dem Küchentisch. Geld lag dort natürlich auch. Und meistens blieb sogar etwas übrig, das mindestens für eine Schachtel Kippen reichte. Das war das Gute daran. Die Schlepperei der Tüten hingegen konnte Leon auf den Tod nicht ausstehen. Auch deshalb freute er sich auf die Fahrt nach Stralsund, obwohl er die Stadt schon kannte.

Das Jugendhotel lag ein wenig außerhalb der Stadt. Doch direkt davor gab es eine Bushaltestelle. Leon teilte sich ein Zimmer mit Chris. Das hatte sich einfach so ergeben. Vielleicht auch, weil beide im neuen Schuljahr in der Klasse den wenigstens Anschluss gefunden hatten. Chris war schon immer ein Eigenbrödler. Und Leon hatte die Gang um Philipp bisher gemieden. Sie hatten sich über Sommer irgendwie verändert, fand Leon. Er hatte bemerkt, wie sie während der Pausen auf dem Schulhof andere versuchten abzuzocken. Vor allem Jüngere und Ausländer waren ihre Zielscheibe. Leon wusste zwar nicht genau, was da ablief. Aber er hatte kein gutes Gefühl dabei. So hielt er sich meistens von Philipp und den anderen fern.
Nachdem sie das Meereskundemuseum besucht hatten, das zum Pflichtprogramm der Reise gehörte, und durch die historische Altstadt geführt worden waren, stand Freizeit auf dem Programm. Leon hatte keinen Bock mit Philipp was aufzureißen, wie er es formuliert hatte. Er bummelte mit Chris weiter durch die Straßen. Sie suchten sich ein Eiscafe und ließen es sich schmecken. Leon bezahlte ohne mit der Wimper zu zucken.
"Du hast neuerdings immer 'ne Menge Kohle in der Tasche", meinte Chris.
"Neidisch?"
"Nö."
"Sondern?"
"Sagen wir mal neugierig."
"Hmm. Ich verdien' mir eben manchmal was."
"Und wie?"
"Psst!", machte Leon und legte dabei verschwörerisch seinen rechten Zeigefinger auf seinen Mund.
"Dealst du auch?", bohrte Chris weiter.
Leon schaute erstaunt: "Wieso auch?"
"Na so wie Philipp?"
"Ach, das doch Kinderkram. Der mit seinen Grastütchen."
"Da irsst du. Das ist lange vorbei."
"Vorbei?"
"Ja, seit dem Sommer hat er immer 'ne Tüte mit bunten Pillen dabei. Beim Baden ist sie ihm mal aus der Tasche gerutscht."
"Bist du dir sicher, Chris?"

“Klar. Hab’ ich selbst gesehen.”
“Krass.”
“Also los, rück raus damit.”
“Womit?”
“Genau. Womit dealst du?”
“Mit nix, Chris.”
“Und woher die Kohle?”
“Ich mach’ manchmal ’nen Job. Und dafür gibt’s Kohle. Okay?”
Leon deutete an, dass die Fragerei zu nerven begann.
“Hast du eigentlich ’nen Freund?”, setzte Chris nach einer Pause fort.
“Freund?”
“Na denkste, ich hab’ das nich bemerkt?”
“Was?”
“Dass du auf Jungs abfährst.”
Leon fiel vor Schreck das Eis aus der Hand. Es klatschte mitten auf die Straße. Sie mussten beide mächtig lachen.
“Darfst bei mir mitlecken”, bot sich Chris an.
“Hast du mit anderen drüber gequatscht?”, wollte Leon wissen, der nun doch besorgt war. Er hatte nicht vor, sich in seiner Klasse zu outen. Dazu waren Philipp, Andy und einige andere doch zu gehässige Typen.
“Nein, hab’ ich nich”, versicherte Chris.
“Denn lass es auch.”
“Kannst dich drauf verlassen.”
“Und wie is’ das mit dir?”
“Wie jetzt?”
“Stehst du auch auf Jungs?”
“Weiß nich genau.”
“Wolln wir es zusammen rausfinden?”
“Und wie?”
“Heut abend, wart’s ab. Knackarsch.” Dabei kniff Leon Chris mit allen fünf Fingern in den Po. Der schrie so laut auf, dass sich Passanten nach ihnen umdrehten. Sie lachten auf, fassten sich an den Händen und liefen davon. Völlig außer Atem erreichten sie das Jugendhotel. Sie hatten fast die ganze Strecke im Laufschritt bewältigt. Die anderen waren schon längst beim Abendessen. Leon hatte schon lange nicht mehr mit so viel Appetit gegessen.

Mit vollem Bauch gingen sie duschen und schlossen sich anschließend in ihrem Zimmer ein. Leon hatte kein Problem damit sein Versprechen vom Nachmittag einzulösen. Im Gegenteil. Es war ihm ein Vergnügen.

Am nächsten Tag fuhren sie in den *Hansedom*, der damit warb, das attraktivste Spaßbad Europas und einzigartig in Norddeutschland zu sein. Oder so ähnlich zumindest. Leon und Chris kümmerten sich nur wenig um die anderen, die aber alle ihren Spaß hatten. Wenn die anderen Jungs oft im Schiff, das einer Kogge ähnelte, und ein großer Whirlpool war, saßen, sich von den Sprudeln an den Eiern spielen ließen und mit den Fingern an den Bikinis der Mädchen rummachten, zog es Leon und Chris immer wieder auf die Rutschen. Die geilste war die Wildwasserbahn. Sowas Verrücktes hatten beide noch nirgends anders erlebt. Aber auch die drei anderen auf dem Turm hatten es in sich. Auf der kleinsten, aber steilsten, hatte sich Leon derart den Ellbogen gestoßen, dass er mit einem riesengroßen blauen Fleck rechnen musste. Doch da war jetzt drauf geschissen. Er hatte seinen Spass mit Chris und Chris mit ihm und beide auf den Rutschen. Als sie das nächste Mal am Schiff vorbei kamen, war es ausnahmsweise leer.
"Komm!" Leon zog Chris in das Schiff. Sie legten sich bäuchlings in die Strudel.
"Geil, oder?"
"Da musst du ja aufpassen, dass dir keiner abgeht", antwortete Chris. Sie lachten sich an. Als weitere Leute im Schiff Platz nahmen, drehten sie sich um, setzten sich in die Strudel, die Beine angezogen und die Arme um ihre Knie geschwungen, die Köpfe auf den Knien. Dabei schauten sie sich an.
"Weißt du, was ich auch geil finde?", fragte Chris.
"Nö. Spucks aus."
"Diese Wikingerschiffe oder wie diese Teile in den Freizeitparks heißen."
"Ja!", rief Leon voller Begeisterung, "die sind auch voll krass."
Als die Sprudel verebbten, machten sie sich auf in Richtung Imbiss. Sie hatten Appetit auf Pommes oder Burger. Dabei kamen sie an den Solarien vorüber. Leon hielt Chris am Arm

fest und flüsterte ihm ins Ohr: "Hast du dir schon mal einen im Solarium runtergeholt?"
Chris guckte ihn entsetzt an, zeigte ihm einen Vogel: "Nein, du bist bescheuert."
"Das ist voll geil, glaub' mir."
Leon war sich dessen ganz sicher, obwohl er auch noch keine eigene Erfahrung hatte. Aber er hatte es im Internet gesehen, als sich ein Typ im Solarium einen schrubbte. Da war ihm schon beim Anblick ganz heiß um die Lenden geworden. Leon zog Chris wieder am Arm zu den Solarien. Dort bezahlte er mit seinem Chip im Armband für beide jeweils eine Kabine. Zehn Minuten kosteten fünf Euro. Dann schlossen sie sich ein und genossen ihre Nackt- und Geilheit unter künstlicher Sonne.
"Und zeig mal, hast du es getan?" Leon fasste Chris in die orangefarbenen Badeshorts. Was er spürte war Anspannung und Geilheit, ganz anders als in seiner knappen sonnenblumengelben Badehose.
"Schisshase", sagte Leon und versuchte, die beleidigte Leberwurst zu spielen.
"Du hast doch nich geglaubt, ich mach' das wirklich. Hast du etwa ...?"
Leon sagte nichts, seine linke Hand umklammerte nur einmal kurz all das, was seine Badehose nur nach Umrissen erahnen ließ. Und das war nicht von schlechten Eltern, wie Chris seit gestern Abend ganz genau wusste.

Am frühen Abend gingen sie ins Kino. Auch das gehörte zum Pflichtteil der Fahrt. Zweieinhalb Stunden artig auf dem Allerwärtesten zu sitzen und den Film ‚Der Untergang' z u gucken, war für die meisten eine Strafe, die sie mit Popcorn, Cola, Bier oder Alcopops zu lindern versuchten. Leon und Chris leisteten sich nur Popcorn und Cola. Als sie zurückfuhren ins Jugendhotel, begann es bereits dunkel zu werden.
"Hee Leon, ich geb' einen aus. Du bist eingeladen", erklärte Philipp vor dem Hotel.
"Was gibt's denn?", wollte Leon wissen.
"Wodka und Smarties."
"Smarties?"

“Ja viele kleine bunte Smarties. Für jeden Geschmack was.”
“Nee, lass mal, Philipp. Is’ ja nett, aber ich bin hundemüde.”
“Du weißt ja nich, was de da verpasst!”
“Glaub’ ick dir. Hab’ aber kein Bock.”
“Und du, Chris?”
“Nee, danke. Ich hau’ mich auch hin.”
“Ihr seid beide Weicheier!” Mit diesen Worten ließ Philipp beide stehen und zog mit den anderen los. Leon und Chris verkrümelten sich in ihrem Zimmer. Zwei Stunden später schwitzten sie derart, als lägen sie im Fieber. So konnten sie unmöglich die Nacht verbringen und entschlossen sich, duschen zu gehen, um dann gemeinsam in Leons Bett die Nacht zu verbringen, da dieses weder schwitzig noch klebrig war. Sie schwangen sich nur Handtücher um die Hüften, nahmen Duschgel mit. Die Duschen lagen am anderen Ende des Flures. Dahin schlichen sie auf nackten Füßen. Die warmen Strahlen auf der nackten Haut ließen beide aufjuchzen. Leon seifte Chris den Rücken ein, dann tat es Chris bei Leon. Sie drehten sich zueinander und verteilten das Duschgel auf dem Oberkörper des anderen und soweit ihre Arme nach unten reichten. Ihre Lenden berührten sich. Sie küssten sich unter dem wohligen Strahl der Dusche. Plötzlich wurde vom Klo her die Tür aufgerissen.
In der Tür standen Philipp, Andy und zwei weitere ihrer Kumpels. Sie hatten anscheinend mächtig dem Wodka zugesprochen und offenbar nicht nur dem.
“Guckt euch diese beiden Schwuchteln an. Die sind doch voll eklig”, rief Philipp, der sich Chris immer mehr näherte. Als er vor ihm stand, griff er ihm zwischen die Beine und quetschte seine Eier derart zusammen, dass Chris laut aufschrie.
“Lass das”, rief Leon, machte einen Schritt auf Philipp zu und stieß ihm mit beiden Händen gegen die Schulter, so dass Philipp einen Schritt nach hinten torkelte.
“Mach’ das nich nochmal, du schwule Sau”, schrie ihn Philipp an und schlug ihm mit der Faust mitten ins Gesicht. Leons Nase begann zu bluten. Die roten Tropfen vermischten sich mit dem Wasser aus der immer noch laufenden Dusche und flossen davon. Leon hielt sich die Hand vor die Nase. Philipp wandte sich wieder Chris zu.

“Na, ihr hattet bestimmt viel Spass heute im Bad. Und im Bettchen bestimmt auch. War richtig geil, euch Mißgeburten zu beobachten”, fauchte Philipp mit nach vorn gebeugtem Kopf und weitaufgerissenen Augen Chris an. Als er seinen Zeige- und Mittelfinger in Chris Nasenlöcher stieß und die Nase soweit nach oben zog wie es nur ging, trat ihm Chris mit dem Knie zwischen die Beine. Philipp stöhnte, zog seine Finger blitzschnell aus der Nase und schlug Chris mit der flachen Hand.
“Haltet ihn fest”, rief Philipp den beiden Typen zu, die immer noch in der Tür standen. Sie nahmen Chris in ihre Mitte, drückten seinen Oberkörper nach unten. Philipp stellte sich dahinter, drückte mit den Füßen Chris Beine auseinander und öffnete seine Hose.
“Das kannst du nicht machen, Philipp”, rief Andy.
“Wieso nich?”
“Du bist doch keiner von diesen Pervesen!”
“Schwul ist nicht wer fickt, sondern wer sich ficken lässt!”
Philipp stieß so fest und tief zu, wie er nur konnte. Als Leon ihn zurückreißen wollte, wurde er von Andy gepackt, der Leon mit beiden Armen umschlang und festhielt. So viel auch Leon versuchte, mit den Händen und Beinen zu strampeln und zu stoßen, es gelang ihm nicht, sich loszureißen. Die Zeit kam ihm wie eine Ewigkeit vor, bis Philipp endlich Chris in Ruhe ließ.
“So, nun ist der Arsch abgestempelt”, sagte Philipp, als er sich den Reißverschluss seiner Jeans hochzog.
“Das ist voll korrekt”, antwortete einer der beiden anderen, die nun auch von Chris abließen und ihn unter die Dusche stießen, wo Chris liegenblieb. Die Strahlen der Dusche hatten Mühe, seine Tränen wegzuspülen.
“Nun zu dir, du Drecksau.” Damit meinte Philipp Leon. “Andy, du bist dran. Versilber’ ihm den Arsch!”
“Vergiss es Philipp. Das nich.”
“Entweder du fickst ihn oder ich fick dich!” Philipp hatte Andy mit den Händen am Hals gepackt, der vor Schreck Leon los ließ. Leon versuchte abzuhauen, doch die anderen beiden Typen hielten ihn an der Tür zurück. Der eine hatte eine Klobürste in der Hand und hielt sie fragend hoch: “Wie wär’s denn damit, Philipp?”

“Her damit”, rief Philipp, der Andy zur Seite stieß. Die beiden anderen knallten Leon gegen die Wand und Philipp schwang die Klobürste. Andy war verschwunden, Chris auch. Als Leon nur noch schrie, warfen sie ihn unter die Dusche. Zum Abschied trat Philipp ihm mit dem Fuß noch einmal seitlich in den Bauch. “Arschficker.” Dann spuckte er ihm auf den Arsch und sagte zu den beiden anderen: “Los, die Party geht weiter.” Auch die beiden anderen traten noch einmal zu und spuckten. Leon schrie nicht mehr. Er wimmerte nur noch. Die Strahlen der Dusche schmerzten auf seinem Rücken und Hintern wie Einstiche einer Spritze, deren dauerhafter Schmerz alles taub werden ließ. Eine ganze Weile verging. Dann setzte sich Leon hin, zog die Knie an, umschlang sie mit seinen Armen und legte seinen Kopf auf die Knie. Das Wasser prasselte in seinen Nacken. Leon hatte keinen blassen Schimmer, wie lange er da so gesessen hatte. Alles in ihm war leer. Nur einen starken Schmerz spürte er. Nein, auch die rechte Seite seines Bauches tat weh. Er schlich sich mit den Händen an der Wand entlang tastend völlig nackt zurück ins Zimmer. Zumindest die Nase blutete nicht mehr. Chris lag im Bett, heulte und krampfte. Leon setzte sich zu ihm auf die Bettkante und streichelte ihn. Dann sagte er: “Ich hau’ ab.” Leon zog sich an, packte das Nötigste in seinen Rucksack. “Bye. Bleib’ nich hier”, flüsterte er zu Chris hinüber, der noch immer kein Wort von sich gegeben hatte. Leon schloss die Tür und verschwand. Als er vor dem Jugendhotel stand, begann es bereits hell zu werden. Heute war Sonntag. Leon überlegte, ob er zu seinem Vater nach Greifswald fahren sollte oder zu Tim nach Neubrandenburg oder sonst wo hin. Greifswald schied aus. Was sollte er seinem Vater erzählen? Leon schlich zum Bahnhof. Gut, dass an so einem Tag um so eine Zeit noch keine Menschen unterwegs waren. Eine Stunde brauchte er, ehe er vor dem Bahnhof ankam. Hier waren schon einige Leute auf den Beinen. Es gab auch Sonntags einen Frühzug nach Berlin, der auch in Neubrandenburg hielt. Leo hatte also im Zug eine gute Stunde Zeit, sich zu überlegen, ob er in Neubrandenburg aussteigen sollte. Leon gönnte sich einen Cappucino und ein Croissant im Stehen. Nur wenig später wurde der Zug bereitgestellt und Leon stieg ein.

Neubrandenburg

Paps hatte gerade das Wasser für die Eier aufgesetzt, als es klingelte. Er war noch nicht mal im Bad richtig fertig und schon störte am heiligen Sonntagvormittag wieder irgendwer die wenige, kostbare Zeit, die er mit seinem Sohn verbringen konnte. Dass es zu wenig war, hatte er während der Sommerferien gespürt. Tim wurde ihm immer fremder und er fand nur noch selten Zugang zu seinem Sohn.
“Wer da?”, rief Paps in die Sprechanlage.
“Leon”, klang eine seltsame Stimme.
“Ohh”, rief Paps, “komm hoch!”, und drückte den Türöffner. Die Wohnungstür öffnete er einen Spalt und ging ins Bad, um die Morgentoilette zu beenden. Als er das Bad verließ, stand Leon schon im Flur. Was Paps sah, war ein Bild des Jammers. Das war nicht Leon.
“Was ist passiert? Ich denke, du kannst nicht kommen.”
“Kann ich zu Tim?”
“Der schläft noch.”
“Egal.”
Paps zeigte mit dem Arm in Richtung Tims Zimmer. Leon schlich zur Tür, öffnete sie leise und schloss sie sogleich wieder hinter sich. Seinen Rucksack stellte er in eine Ecke, zog den Pullover und die Schuhe aus. Dann legte er sich vorsichtig zu Tim ins Bett.
Die Zeiger der Uhr rückten immer weiter auf Mittag vor. Paps saß am Frühstückstisch und grübelte. In zwei Stunden musste er spätestens auf Arbeit sein. Besser noch eine Stunde früher. Sonntags war es immer besonders hektisch. Doch er konnte nicht gehen, ohne zu wissen, was hier los war. Leon war in Tims Zimmer verschwunden und seitdem nicht wieder aufgetaucht. Tim hatte er nicht wie geplant zum Frühstück geweckt, weil er nicht wusste, ob es richtig wäre. Und er wollte kein neues Problem mit seinem Sohn haben. Doch langsam wurde ihm mulmig. Kein Geräusch war aus Tims Zimmer zu hören.
Als Tim die Augen aufschlug, glaubte er ihnen nicht zu trauen. Neben ihm lag Leon. Er hatte den einen Arm um Tims Bauch gelegt und schlief offenbar ganz fest. Er musste Tim angeschaut

haben, als er eingeschlafen war. Doch Leon wirkte komisch. Selbst im Schlaf fehlte ihm dieser bübische Witz. Stattdessen sah er total verheult aus. Sein rechter Ellbogen war ein einziger blauer Fleck. Tim berührte ihn vorsichtig. Leon regte sich nicht. Er erfasste mit beiden Händen Leons Arm und schob ihn von seinem Bauch auf das Bett. Er stand auf und zog sich Shorts und T-Shirt an. Vor Schreck hatte er heute nicht mal eine Morgenlatte. Leise schlich er aus dem Zimmer.
Paps saß noch immer am Frühstückstisch und sah endlich seinen Sohn aus dem Zimmer kommen: "Morgen. Langsam sind die Eier kalt."
"Morgen, Paps. Sag' mal, was ist hier los?"
"Das wollte ich eigentlich von dir wissen."
"Von mir?"
"Ja."
"Ich bin eben aufgewacht und habe Leon in meinem Bett gefunden."
"Er ist vor zwei Stunden gekommen, sah aus wie ein Stück Elend, hat kein Wort gesagt und ist in deinem Zimmer verschwunden."
"Hmm."
"Seitdem sitze ich hier und warte auf euch."
Tim goss sich Kaffee ein und schlug dem Ei den Kopf ab. Paps hatte Recht. Das Ei war schon kalt. Tim aß es trotzdem. Dafür war der Kaffee immer noch heiß. Am Nachmittag würde auch noch Michael hier auftauchen. Sie hatten einen Kinosonntag vereinbart, weil Michael gestern Geburtstag hatte und Tim heute eingeladen war. Na gut, das würde sich schon irgendwie regeln lassen. Aber was war mit Leon los?
"Was machen wir nun?", fragte Paps in Tims Gedanken hinein.
"Wir lassen ihn einfach schlafen", schlug Tim vor.
"Wenn du meinst. Ich muss aber nachher gleich zur Arbeit."
"Kein Problem. Ich bleib' heut' zuhause."
"Wolltest du weg?"
"Ja, eigentlich ins Kino. Is' aber nich so schlimm."
"Was spielt denn?"
"Keine Ahnung. Einfach so mit Kumpels."
"Ach so. Na das geht ja auch ein anderes Mal."

“Eben.”
“Gut, dann kann ich also in Ruhe zur Arbeit gehen und muss mir keine Sorgen machen?”
“Nein, brauchst du nicht Paps.”
“Was zu essen findet ihr? Irgendwann wird Leon ja Hunger kriegen.”
“Klar Paps.”
“Na dann mache ich mich jetzt auf die Socken. Räumst du den Tisch nachher ab?”
“Klar.”
“Tschüß.”
“Tschüß Paps und viel Spass.”
“Ja, dir auch mein Sohn.”
“Womit?”
“Mit deinem Besuch.”
“Ach so.” Tim lachte, hatte aber gleich wieder einen Hintergedanken. Wusste Paps doch etwas? Hatte Martin etwa geplaudert? Dann aber würde Tim ihm ... Ja, was denn. Das wusste er auch noch nicht. Doch jetzt war erstmal Leon wichtig. Und die Sache mit Michael. Doch die war ihm eigentlich ziemlich egal. Tim wagte einen kurzen Blick in sein Zimmer. Leon lag noch immer auf dem Bauch und schien fest zu schlafen. Na gut, sollte er. Tim räumte den Frühstückstisch ab, kontrollierte in der Küche, was sie wohl essen könnten, falls sie Hunger bekamen. Nudeln waren reichlich da und dazu passende Fertigsoßen in Gläsern auch. Also kein Problem. Zur Not konnten sie auch zu McDonald gehen. Dafür würde Tims Taschengeld noch reichen. Dann schwang er sich vor den Fernseher im Wohnzimmer. Doch er konnte sich auf keinen Film so richtig konzentrieren. Immer wieder waren seine Gedanken bei Leon. Ab und zu schaute er ins Zimmer. Immer bekam er das gleiche Bild zu sehen. Leon pennte, als hätte er mehrere Tage durchgemacht.
Am frühen Nachmittag kam Michael. Tim begrüßte ihn an der Tür. Michael begrüßte ihn, in dem er ihm zwischen die Beine griff. Tim schob Michaels Hand weg: “Heute nicht.”
“Was los mit dir? Schließlich hatte ich Geburtstag.”
“Ach so ja. Herzlichen Glückwunsch erstmal nachträglich.”

Tim holte ein kleines Päckchen von der Anrichte. Er hatte Michael ein Buch gekauft.
"Bitte schön."
"Danke", freute sich Michael.
"Michael?"
"Ja?"
"Es gibt da ein Problem."
"Was für ein Problem?"
"Ich kann heute nicht mitkommen."
"Warum das?"
"Es geht einfach nicht."
"Versteh' ich nich."
"Is' ja auch egal. Wir können uns ja ein andermal wieder treffen."
"Dann hättest du gestern wenigstens anrufen können."
"Da wusste ich es ja selbst noch nich."
"Was?"
"Dass ich keine Zeit hab."
"Aber wir wichsen wenigstens zusammen?"
"Nein, Michael. Heute nicht."
"Wieso nicht?"
"Weil es nicht geht."
"Bist du impotent geworden?"
"Nein, verdammt nochmal."
"Was denn?"
"Mein Gott nochmal. Ich hab' Besuch."
"Besuch?"
"Jaaaa."
"Wer?"
"Wer, wie, wo, was. Is' das nich egal?"
"Nein."
"Also gut. Hör' zu. Ein Freund aus Berlin is' da. Er hat Probleme und ich muss ihm helfen."
"Wo?"
"Was, wo?"
"Wo ist er?"
"Er pennt gerade."
Michael stand auf und wollte in Tims Zimmer gehen. Tim

sprang auf und packte ihn am Arm: “Da kannst du heute nich rein. Leon pennt.”
“Habt ihr es so doll getrieben?”
“Nein, er ist vorhin erst gekommen.”
“Wie oft denn?”
“Na, wie oft ist er gekommen?”
“Michael. Es reicht. Schluss jetzt.”
“Du lässt mich wegen so einem Typ aus Berlin stehen?”
“Heute jaaa.”
“Also Tim, entweder heute oder nie wieder.”
“Dann nie wieder.”
“Is’ das dein Ernst?”
“Ja.”
“So wenig hat es dir bedeutet?”
“Nein. Michael, wir reden ein anderes Mal, ja?”
“Vergiss es. Du kannst mich mal.”
“Ja, aber nich heute.”
Michael stand auf, ging zur Wohnungstür und rief zurück: “Arschloch!”
“Selber”, rief Tim zurück. Dann fiel die Tür ins Schloss. Am liebsten hätte Tim ihm eine gescheuert. Kann einer alleine so blöd sein, fragte er sich. Selbst das Buch hatte er liegen lassen. Tim holte sich eine Cola aus der Küche und nahm einen großen Schluck. Das prickelte. Das tat gut. Da öffnete sich die Tür seines Zimmers. Leon stand dort. Er zog ein Gesicht wie sieben Tage Regenwetter und schlimmer.
“Ich muss pissen”, sagte er nur.
Tim zeigte mit dem Arm in Richtung Klo: “Hi, Leon.”
Leon schlich zum Klo, kam nach kurzer Zeit wieder zurück, trank Tims Cola aus und sagte nur: “Ich will nur pennen.” Dann ging er wieder in Tims Zimmer und legte sich in dessen Bett mit dem Bauch nach unten. Tim folgte ihm, setzte sich auf die Bettkante und wollte ihn streicheln.
“Nich”, sagte Leon nur.
“Leon, was ist los?”
“Nix. Nur pennen.”
Tim hatte das Gefühl, Leon war schon wieder beim Einschlafen. Er streichelte ihm noch einmal durch das kurze Haar und verließ

sein Zimmer wieder. Als er auch mal ins Bad musste, sah er auf dem Waschbecken eine Schachtel mit Tabletten liegen. Sieben von zehn fehlten. Tim hatte keine Ahnung, wieviel davon Leon genommen hatte. Er wusste auch nicht, ob sie gefährlich waren. Tim rief Paps an. Der maulte mächtig am anderen Ende der Telefonstrippe. Jedenfalls erklärte er Tim, dass er einige davon selbst genommen hatte. Es waren Schmerzmittel. Starke zwar, aber selbst drei oder vier davon könnten nicht gefährlich sein. Tim war wieder einigermaßen beruhigt. Er legte die Schachtel zurück in den Schrank und suchte sich in der Glotze einen Film. Chips und Cola hatte er aus der Küche mitgebracht. Auch Krankenbrüder wie er hätten ein Recht auf Sonntag, befand Tim und kuschelte mit sich auf der Couch.
Als Paps am späten Abend von der Arbeit kam, lag Tim immer noch auf der Couch und starrte in die Glotze. Leon lag im Bett und schlief. Paps setzte sich noch eine Weile zu seinem Sohn auf die Couch. Doch ein Gespräch kam nicht so recht zustande, da Tim keine Frage beantworten konnte. Auch er wusste nicht, was vorgefallen war. Stunden später, als Paps schon lange schlief, versuchte Tim, sich einen Teil seines Betts zu sichern. Leise, fast geräuschlos, zog er sich aus, setzte sich auf die Bettkante. Dann streichelte er Leon ganz vorsichtig in der Hoffnung, er würde von sich aus ein Stück zur Seite rutschen. Seine Finger glitten durch Leons stoppliges Haar, über seine Schulter, seinen Rücken bis auf den Po. Plötzlich schlug Leon mit dem rechten Arm um sich. Seine Fingerspitzen erwischten Tim an der Wange. Vor Schreck sprang Tim auf und rief entsetzt: “Leon!” Doch Leon schien nichts zu hören. Er hatte sich auf die linke Seite gedreht und schien schon wieder zu schlummern. Tim versuchte sich auf das schmale Stück, das Leon frei gemacht hatte, auf die rechte Seite zu legen. Sie berührten sich mit ihren Hinterteilen. Allerdings trug Leon im Gegensatz zu Tim und seinen sonstigen Gewohnheiten heute einen Slip. Tim lag keine drei Sekunden, als ein starker Stoss ihn wieder aus dem Bett beförderte. Leon hatte ihn einfach aus seinem Bett gekickt.
“Du kannst mich mal!”, sagte Tim und ging ins Wohnzimmer. Er holte sich eine Decke aus dem Schrank und legte sich auf die

Couch. Lange musste er warten, bis der Schlaf ihn überfiel.
Als Paps und Tim am nächsten Morgen beim Frühstück saßen, erschien plötzlich auch Leon mit einem nicht gerade freundlichen, aber deutlichen "Morgen!". Paps und Tim schauten sich an und grüßten zurück. Leon verschwand im Bad, um sich wenig später dazuzusetzen.
"Können wir dir helfen?", wollte Paps wissen.
Leon schüttelte nur mit dem Kopf.
"Weiß deine Mutter wo du bist?"
Wieder nur Kopfschütteln.
"Willst du sie anrufen?"
Leon schüttelte erneut den Kopf, nahm sich aber einen Toast und schmierte sich reichlich Nutella darauf.
"Soll ich deine Mutter anrufen?"
Leon zuckte beim Abbeißen mit den Schultern.
"Paps, lass ihn doch erstmal frühstücken!", mischte sich Tim ein.
Paps warf seinem Sohn einen giftigen Blick zu. Es war dieser Habe-ich-hier-denn-gar-nichts-mehr-zu-sagen-Blick, der Konsequenzen ankündigen sollte. Doch Tim beachtete ihn heute nicht. Stattdessen wandte er sich Leon zu: "Wollen wir nachher Schwimmen gehen?"
Leon sah ihn entsetzt an und schüttelte den Kopf so heftig wie es Tim noch nie gesehen hatte. Er bekam das Gefühl, aus Leons Augen spreche die nackte Angst. Schnell fragte er: "Oder Kino?"
Da zuckte Leon nur mit den Schultern.
"Okay, wie gehen heut' Nachmittag ins Kino", entschied Tim.
Paps zog einen Zehn-Euro-Schein hervor und reichte ihn Tim.
"Danke, Paps."
"Ich hab' auch noch Geld", warf Leon ein.
"Er spricht wieder", freute sich Paps und fragte sich schon im nächsten Moment, ob er sich nicht lieber auf die Lippen hätte beißen sollen: "So, ich muss zur Arbeit. Kommt ihr alleine klar, Tim?"
"Logo, Paps."
Tim brachte Paps noch zur Tür, der ihm dabei ins Ohr flüsterte: "Ich rufe vom Büro aus seine Mutter an, okay?"

Tim nickte nur: “Schönen Tag, Paps!”
Dann setzte sich Tim wieder an den Frühstückstisch, goss für sich und Leon Kaffee nach, schaute Leon lange an, der komischerweise seinem Blick ständig auszuweichen versuchte. Das war nicht der Leon, den Tim auf Gran Canaria und auf Rügen kennen gelernt hatte. Nein, er glich einem Rätsel: “Haben sie dich zusammengeschlagen. Ich mein’ wegen den blauen Flecken und so?”
Leon schaute nur kurz auf, nickte aber.
“Tut es noch sehr weh?”
“Geht schon.”
“Nazis?”
Leon schüttelte wieder seinen Kopf. Das war das, was er heute am besten konnte.
“Wer denn?”
Leon zuckte mit den Schultern.
“Warst du auf Klassenfahrt?”
Jetzt nickte Leon zur Abwechslung mal wieder.
“Dabei ist es passiert?”
Leon nickte.
Es entstand eine lange Pause. Tim hatte keine Ahnung, wie er Leon helfen konnte. Er fühlte sich hilflos und einsam. Eher aus Verlegenheit und Ratlosigkeit fragte er: “Wollen wir duschen?”
Leon reagierte wieder ebenso heftig wie vorhin. Sein Kopf schüttelte sich, als ekele er sich schon bei dem Gedanken daran und seine sonst so schönen Augen waren von Angst entstellt.
“Oder ein Bad, so randvoll mit Schaum zwei Meter hoch?”, frohlockte Tim. Und als Leon überraschend nickte, sprang Tim sofort auf, lief ins Bad, ließ die Wanne voll laufen, schüttete reichlich Schaumbad ins Wasser. Dann erblickte er die leere Tablettenschachtel. Leon hatte sich auch die restlichen drei reingepfiffen. Es konnte ihm also nicht gut gehen. Tim nahm Leon an die Hand, zog ihn mit sich ins Bad. Langsam zog er ihm das T-Shirt über den Kopf. Tim sah die vielen Stellen auf der rechten Seite von Leons Bauch, die nicht so blau waren wie sein Ellenbogen, eher gelbgrün, aber so ähnlich. Tim berührte Leon dort ganz vorsichtig. Leon schrie leise, aber deutlich auf.
“Schon gut, schon gut”, beeilte sich Tim zu sagen. Dann kniete

er sich vor Leon, zog ihm den Slip herunter und hoffte dort keine bösen Überraschungen sehen zu müssen. Er sah auch keine. Tim war froh und dachte schon wieder an andere Sachen. Doch schnell rief er sich und seinen Schniedel wieder zur Ordnung. Leon war Tims schmachtender Blick nicht entgangen. Er quälte sich sogar ein müdes Lächeln ab. Zu mehr aber war er nicht in der Lage. Tim warf Slip und T-Shirt in die schmutzige Wäsche. Dann half er Leon in die Wanne, stieg anschließend hinterher und setzte sich an das Ende, wo der Stöpsel des Abflusses immerzu gegen seinen Hintern drückte. Ihre Beine berührten sich und wenn einer mal bis zum Hals in den Schaum abtauchte, spürte er den Körper des anderen ganz nah bei sich. Tim ließ von Zeit zu Zeit immer wieder heißes Wasser nachlaufen. Und so lagen sie, weit über eine Stunde gemeinsam in der Wanne und hatten so gut wie kein Wort miteinander geredet, sich aber trotzdem verstanden. Nach dem Abtrocknen sagte Leon: "Ich möchte wieder in dein Bett."
"Schon wieder Lust?", frotzelte Tim.
"Nein, nur pennen."
Tim begleitete Leon zum Bett, der sich wieder auf den Bauch legte. Tim streichelte ihm über den Kopf und wollte zurück ins Wohnzimmer, als Leon bat: "Bitte bleib."
Tim kletterte über Leon und legte sich auf den Rücken. Leon schwang seinen rechten Am um Tims Bauch, legte den Kopf auf seine Brust und es dauerte nicht lange, dann schlummerte Leon wieder ein. Tim blieb liegen und träumte mit offenen Augen von Gran Canaria und Rügen. Das sind bestimmt die Tabletten, die Leon so schläfrig machten, dachte er. Das Kino an diesem Nachmittag fiel aus. Beide lagen noch immer im Bett, als Paps am Abend nach Hause kam. Sein leises Klopfen weckte auch Leon. Paps bereitete in der Küche eine Riesenpizza und es wurde ein gemütlicher Fernsehabend zu dritt. Nur geredet wurde wenig. Leon schämte sich nicht, seinen Kopf auf Tims Schoss zu legen und sich kraulen zu lassen. Paps, der im Sessel saß und den beiden die Couch überlassen hatte, sah es und fragte sich: Kann einen Freundschaft zwischen zwei Jungs soweit gehen, dass sie wie ein Liebespaar auf der Fernsehcouch kuscheln? Eine Antwort wusste er nicht.

Auch die folgenden Tage verbrachten Tim und Leon in der Badewanne und vor dem Fernseher. Erst am Freitag konnte Tim seinen Freund zu einem Bummel durch die Stadt überreden. Er borgte ihm Klamotten, in denen sich Leon etwas verloren vorkam, da sie eine Nummer zu groß waren. Aber es gab Schlimmeres, viel Schlimmeres, wie Leon wusste. Gestern in der Wanne hatte er Tim gebeichtet, was in Stralsund wirklich vorgefallen war, auch, dass er sich ernsthafte Sorgen um Chris mache. Tims Fantasie hatte nicht ausgereicht, sich vorstellen zu können, wie es Leon wirklich ergangen war. Aber er erzählte ihm dafür die Geschichte mit Michael. Er sei Leon sogar dankbar, dass sie jetzt so zu Ende gegangen war. Leon hingegen hatte ihm gesagt, dass er sich freuen würde, wenn er jemanden finden würde. Doch Tim winkte nur ab: "Ich habe doch dich." Daraufhin hatte Leon zum ersten Mal wieder gelacht. Es war zwar nicht sehr euphorisch ausgefallen, aber Tim hatte ihn anschließend umarmt und geküsst. Leon hatte es sich nicht nur gefallen lassen, sondern es genossen. Nun bummelten sie durch die Stadt, gönnten sich einen Burger bei McDonald, ein Eis beim Italiener und gingen anschließend zusammen ins Kino. Der letzte gemeinsame Abend lag vor beiden. Denn Paps hatte mit Leons Mutter vereinbart, dass sie ihn gemeinsam am Sonnabend nach Berlin bringen würden. Paps hatte bisher von seinem Sohn nur erfahren, dass Leon von seinen Mitschülern verprügelt worden war. Er konnte sich nur vorstellen, dass es schlimm gewesen sein musste. Warum aber Leon sich nicht seiner Mutter anvertraute, die ja Ärztin war und ihrem Sohn am besten hätte helfen können, das konnte Paps nicht verstehen.
'Muxmäuschenstill' hatten sie sich im Kino angesehen. Leon hatte den Film ausgewählt. Nun ganz hin und weg waren sie nicht gerade, aber richtig enttäuscht nun auch wieder nicht. Sie gingen an diesem Abend früh ins Bett, früher jedenfalls als Paps. Erst kuschelten sie eine kleine Ewigkeit und dann wurde es fast so schön wie an jenem ersten Abend auf Rügen. Leon legte seinen Kopf anschließend wieder auf Tims Brust und umarmte dessen Körper.
"Seit wann weißt du eigentlich, dass du schwul bist?", wollte Tim wissen.

“Eigentlich schon immer. Soll ich’s dir erzählen?”
“Klar, ich bin gespannt wie ein Flitzbogen.”
“Das seh’ ich.”
Sie lachten. Dann erzählte Leon sein Coming-out, das es eigentlich nie gegeben hatte: “Na ja, gewusst vielleicht nicht. Aber es war eben schon immer so. Im Kindergarten hab’ ich mit Kumpels Zelte gebaut. Darin haben wir uns nackig ausgezogen und geschmust. In der Grundschule haben wir Doktor gespielt und uns erschrocken, als das Ding plötzlich stand und ganz hart war. Und in der Fünften hat mir einer aus der Sechsten gezeigt, wie man sich einen rubbelt. Er hat gefragt: Willst du es wissen? Und ich hab’ ja gesagt. Dann sind wir auf Klo gegangen. Er hat zwei Schaumstoffplatten aus seinem Rucksack geholt, sich die Hosen runtergezogen und seinen Schwanz gerubbelt, solange bis es spritzte. Dann hat er gesagt: Siehst du, so macht man das. Dann hat er mir die Dinger gegeben. Ich hab’s genauso gemacht. Am Ende kam zwar nur heiße Luft. Aber es war total geil. Und irgendwann hat’s dann richtig gespritzt. Und immer wenn ich es gemacht hab’, hab’ ich an Jungs gedacht. Nie an Mädchen. Und da war mir klar: Leon, du bist es. Du bist schwul. Scheiße, hab’ ich gedacht. Aber ich hab’ mir gesagt. Was soll’s, Leon. Du bist schwul. Und dann hab’ ich angefangen, im Internet zu suchen. Was du da alles findest. Und dann fand ich es gar nich mehr so schlimm. Bis jetzt.”
Leon kullerten wieder ein paar kleine Tränen über die Wange. Tim wischte sie mit seinen Fingerkuppen fort: “Bei mir war das ganz anders. Ich war abends oft alleine, wenn Paps Spätschicht hatte. Und wenn ich mit meinem Schwanz gespielt hab’, das war immer ein so schönes Gefühl. Ich konnte besser einschlafen. Und dann waren meine Finger plötzlich nass und klebrig. Da war ich noch elf. Es war schön. Ich hab’s immer wieder gemacht. Zuerst wusste ich gar nich, dass es das iss. Aber schwul? Daran hab’ ich nie gedacht. Bis wir zusammen auf Rügen waren.”
“Ich hab’s schon auf Gran Canaria gewusst”, sagte Leon und küsste Tim. Sie umarmten sich und schliefen engumschlungen ein.
Nach dem Frühstück machten sie sich zu dritt auf den Weg nach

Berlin. Je näher sie der Hauptstadt kamen, desto schweigsamer wurde Leon. Als sie den Prenzlauer Berg erreichten, brodelte es aus ihm heraus: "Ich will hier nich hin!"
Tim nahm ihn in seinen Arm. Sagen musste er nichts, er hätte es auch nicht können. Schon wenige Meter später bogen sie in die Straße ein, in der Leon wohnte. Paps hatte Mühe einen Parkplatz zu finden. Sie mussten ein ganzes Stück vom Auto zur Haustür laufen. Irene Kasch nahm ihren Sohn in den Arm. Nicht, dass sie sich keine Sorgen gemacht hätte. Aber seitdem sie gewusst hatte, dass Leon bei Königs war, wusste sie ihn in guten Händen. Leons Mutter hatte Mittagessen vorbereitet. Es gab Spaghetti mit Tomatensoße, dazu einen bunten Salat. Nach dem Essen verschwanden die beiden Söhne in Leons Zimmer, während sich ihre Eltern bei einer Tasse Cappucino noch lange unterhielten. Was Leon betraf, konnte Paps Irene nur wenig helfen: "Ich hab' nur mitgekriegt, dass es wohl eine Schlägerei gegeben hat und Leon muss wohl einiges eingesteckt haben. Jedenfalls hat er unsere ganze Reserve an Schmerzmitteln aufgebraucht."
"Die ersetze ich dir natürlich."
"Das ist doch Quatsch. Deswegen habe ich das doch nicht erzählt."
"Was ich nicht verstehe ist, warum er einfach abgehauen ist. Er hätte doch nur zu seinen Lehrern gehen brauchen und ihnen alles erzählen können. Hat er wenigstens gesagt, wer ihn geschlagen hat?"
"Nein. Also zumindest zu mir nicht. Tim vielleicht. Aber der hat auch nichts erzählt."
"Na gut, ich frag' ihn nachher selbst. Und wie geht's dir sonst?"
"Ich kann nicht genug klagen. Und deinem Krankenhaus?"
"Seit der Chef wieder da ist, geht es einigermaßen. Aber auf der Unfallstation wird es immer verrückter. Gestern sind uns wieder zwei Teenager unter den Händen weggestorben. Drogen. Das Problem wird immer größer."
"Kann ich mir vorstellen, hier in der Großstadt."
"Täusch' dich nicht. Bei euch fällt das vielleicht nicht so auf. Aber ich wette, du kannst sie an jeder Ecke kaufen, wenn du willst."

“Na, na, so schlimm ist es ja nun auch wieder nicht.”
“Wenn du dich da mal nicht irrst. Hat Tim schon welche probiert?”
“Ich bitte dich. Das hätte ich doch gemerkt.”
“Hast du mir nicht am Telefon erzählt, dass er sich seit dem Sommer merkwürdig verändert hat?”
“Stimmt. Aber nach Drogen sieht das nicht aus.”
“Du solltest der Sache besser mal auf den Grund gehen.”
“Heißt das, Leon nimmt Drogen?”
“Eine andere Erklärung habe ich zumindest nicht für das, was da wohl passiert sein könnte.”
“Und wenn sie nun Alkohol getrunken haben sollten und sich dann wegen eines Mädchens in die Wolle kriegten? Das war so mein erster Gedanke.”
“Auch denkbar. Wobei ich mir nicht vorstellen kann, dass Leon sich wegen eines Mädchens prügelt. Er kann an jeder Hand fünf haben, wenn er will. Sie sind ihm schon in der Grundschule hinterher gerannt.”
“Der Glückliche. Tim hat noch nie eine mit nach Hause gebracht. Ich fange schon an, mir langsam Sorgen zu machen.”
“Ich bin mir nicht so sicher, was Leon hier manchmal treibt. Ich bin einfach zu oft nicht da.”
“Das geht mir genauso. Morgen hab’ ich schon wieder einen Zehnstundentag.”
“Du Glücklicher. Für mich beginnt morgen früh wieder ein Vierundzwanzigstundendienst.”
“Dann sollten wir den Tag nicht länger verplaudern.”
“Och, ich hab’ mich sehr gefreut, dich wieder zu sehen. Ich hätte mir gewünscht, es wäre unter anderen Umständen gewesen. “
“Ich auch.”
“Fahrt ihr in den Weihnachtsferien in Urlaub?”
“Nein, dann würden Tims Großeltern mich wahrscheinlich von allen Seiten lynchen, wenn wir uns einfach verdrücken würden. Selbst wenn ich es auch gerne wollte.”
“Schade, aber dann kommt doch ein paar Tage zu uns.”
“Oder ihr zu uns?”
“Könnte auch gehen. Lass uns demnächst nochmal drüber reden. Wir telefonieren. Einverstanden?”

“Einverstanden. So, nun müssen wir aber wirklich los.”
Sie klopften an Leons Zimmer.
“Zwei Minuten noch Mama”, rief Leon, als sie ihm gesagt hatte, dass Tim und sein Paps los mussten.
“Nimm mich wieder mit”, bettelte Leon.
“Null Problemo. Aber was sagt deine Mutter dazu?”
Leon brach in Tränen aus: “Sie wird es verbieten.”
Tim nahm seinen Freund in den Arm und küsste ihn noch einmal. Leon blickte ihn an wie ein kleiner Hund, den man gerade geschlagen und ausgesetzt hatte. Sein bester Freund tat Tim unendlich leid. Doch er konnte es ja nicht ändern. Er würde sich eher die Zunge abbeißen, als zu erzählen, was wirklich passiert war. Das war von nun an ein weiteres Geheimnis, das sie verband. Wenn auch ein grauenvolles.
“Ist es für dich okay, wenn ich nich mit rauskomme?”
“Klar.” Ein letzter Kuss und Tim öffnete die Tür. Paps winkte hinein und rief: “Tschüß und alles Gute.”
“Ja. Und danke nochmal, Herr König.”
“Dafür nicht, Leon. Tschüß.”
Irene Kasch hatte Tim bei Seite genommen, der nach der Frage, ob er was Genaueres wüsste, rot angelaufen war. Er verneinte jedoch auch jede weitere Nachfrage und spürte, dass Leons Mutter ihm nicht glaubte. Tim war froh, als er wieder im Auto saß und Paps endlich los fuhr. Er ahnte nicht, dass sein Erzeuger ihn nun bis nach Hause mit der Frage traktieren würde, was Leon wirklich zugestoßen war. Schon am Ortsausgangsschild Berlin hatte Tim jedes Gespräch mit Paps eingestellt. Er stellte sich taub und stumm. Die Heimfahrt blieb für Paps ein Monolog. Und daheim quittierte Tim die Tatsache, dass Paps ihn derart unter Druck setzen wollte, um ihn auszuhorchen, weiterhin mit Ignoranz. Er schloss sich in seinem Zimmer ein. Spät in der Nacht, als Paps schon lange schlief, holte sich Tim aus dem Bad die Klobürste in sein Zimmer.

Leon hatte sein Zimmer nicht verschlossen. Seine Mutter klopfte nicht. Sie stand einfach vor seinem Bett und sagte: “Zieh dich mal bitte aus.”
“Aber Mama”, entrüstete sich Leon.

“Ich möchte mir als Ärztin mal ein Bild machen, was mit dir los ist.”
Leon wusste, dass er entweder abhauen musste, ansonsten war jeder Widerstand zwecklos. Er zog sich aus. Nur Socken und Slip behielt er an. Seine Mutter sah die großen blauen Flecken an seiner rechten Bauchseite und am Ellbogen. Sie tastete alle Stellen vorsichtig ab. Ernsthafte Verletzungen fand die Ärztin nicht.
“Woher hast du die? Die sehen ja schlimm aus.”
“Die sind vom Rutschen im Hansedom.”
“Leon, ich zieh mir die Hosen doch nicht mit der Kneifzange an.”
“Doch wirklich, die sind von den Rutschen. Erst der Ellbogen und dann bin mit dem Bauch auf der Wildwasserbahn gegen ’ne Kante geknallt.”
“Wenn das stimmt, dann sind die ja lebensgefährlich und gehören sofort gesperrt.”
“So schlimm war’s ja nu auch nich.”
“Ach ja? Und warum bist dann abgehauen? Deine Lehrer waren kurz davor, die Polizei zu rufen, hätte Chris ihnen nicht erzählt, du bist über Nacht nach Hause gefahren.”
“Wie geht es Chris?”
“Woher soll ich das wissen. Nun rück schon raus mit der Sprache. Warum?”
“Warum was?”
“Warum du abgehauen bist?”
Leon versuchte, auf Zeit zu spielen. Er suchte fieberhaft nach einer Antwort. Er hatte die ganze Woche mit keiner Silbe daran gedacht, sich für seine Mutter eine passende Geschichte auszudenken. Er hatte gehofft, sie sei einfach froh, dass er wieder da wäre. Fuck. Jetzt stand er blöd da. Sie würde nicht locker lassen und ihn drangsalieren, bis er aus dem Fenster springen würde oder eben alles erzählen. Das durfte nicht sein.
“Los jetzt, sag’ was”, wurde seine Mutter etwas lauter.
Ganz leise kam es dann aus Leons Mund. Eher gezischt als gesprochen: “Ich bin schwul.”
“Bitte, du bist was?”
“Sie haben mich gepiesackt, immer wieder und immer wieder.

Sie haben es irgendwie mitgekriegt."
Irene Kasch hatte sich auf der Lehne von Leons Schreibtischstuhl abstützen müssen. Ganz langsam setzte sie sich hin. Mein Sohn ein verdammter Arschficker, dachte sie. Dieses Wort gehörte natürlich nicht zu ihrem Vokabular. Es entsprach dem, was sie dachte. Ihr war schlecht. Erst kürzlich hatte sie einem Homosexuellen das Leben retten müssen, der sich eine Flasche hinten reingeschoben hatte. Sie war zerbrochen und hatte den gesamten Ringmuskel durchtrennt. Der Mann war kurz vor dem Verbluten, als ihn der Notarzt einlieferte. Irene Kasch erzählte genau diese Geschichte ihrem Sohn: "So kann man nicht leben, Leon. Die Medizin kann dir helfen. Du kannst Hormone verschrieben kriegen, damit du wieder normal wirst. Ich besorge dir einen guten Arzt, der dir helfen wird."
Irene Kasch stand auf und wollte das Zimmer verlassen, als Leon fragte: "Glaubst du wirklich, was du da gesagt hast?"
"Natürlich", erklärte seine Mutter und zog die drei Silben des Wortes dabei unnatürlich lang. Dann ging sie ohne jedes weitere Wort. Im Wohnzimmer goss sie sich einen Weinbrand ein. Das kam höchstens dreimal im Jahr vor.

Am Sonntag, als seine Mutter bereits zum Dienst gefahren war, nahm Leon sich vor, Chris anzurufen. Doch je älter der Tag wurde, desto mehr verließ ihn der Mut. Er tat es nicht. Dafür schwor er sich: Nie wieder würde er diese verfuckte Schule betreten. Nie wieder. Der Plan, den er ausgetüftelt hatte, war einfach, aber genial. Jeden Morgen würde er das Haus verlassen, als ginge er zur Schule. Doch stattdessen würde er durch Berlin streifen soweit ihn U- und S-Bahn bringen würden. Er würde es auch ohne Schule sehr gut aushalten und vor allem ohne diesen verfuckten Philipp und Co. Aber irgendwann würde er es ihnen heimzahlen. Irgendwann würde sein Tag kommen. Daran glaubte er jetzt fest. Gesagt, getan. Fortan verließ Leon täglich die Wohnung, fuhr mal zum Alex, mal zum Potsdamer Platz, ein anderes Mal in den Zoo oder den Kulturpark. Berlin war groß. Am frühen Nachmittag kam er nach Hause, leerte den Briefkasten und breitete in seinem Zimmer die Schulsachen aus. Jeden Tag ein paar andere Hefte und Bücher. Dann telefonierte er mit Tim oder sie schrieben sms oder Mails. Stundenlang konnte Leon auch durch das Internet surfen. Von Woche zu Woche, von Tag zu Tag wurde seine Lust auf das Leben wieder größer. Er begann es wieder zu genießen und hatte Heißhunger darauf, endlich mal wieder von Handbetrieb auf andere Alternativen umzusteigen. Doch Chris wollte er nicht mehr belästigen. Er hatte Angst, dass ihm die Erinnerungen dann wieder weh tun würden. Und ansonsten wusste er nicht wohin. So kam er eher zufällig auf ein ganz anderes Spiel am Computer. Er tauschte Pics. Wenn man dazu Cybersex sagte, wäre der gar nicht so schlecht, fand Leon. Doch das war wohl noch was anderes. Stundenlang konnte er auch am Computer sitzen und chatten. Besonders der eine Raum hatte es ihm angetan: *Schwul ist cool.*

Leons Tage vergingen schneller als während der Schulzeit. In der ersten Novemberwoche zog er einen Brief seiner Schule aus dem Postkasten. Er überlegte, ob er ihn öffnen solle. Doch dann dachte er: Was ich nicht weiß, macht mich nicht heiß. Er zerriss ihn und warf ihn in einen Müllcontainer auf der Straße. So konnten keine verräterischen Schnipsel in der Wohnung herumliegen. Zwei Tage später klingelte mitten am Nachmittag das Telefon in der Wohnung. Leon wollte eigentlich gar nicht rangehen, weil er vermutete, dass es seine Schule war. Doch dann sah er eine unbekannte Nummer mit Neubrandenburger Vorwahl. Schnell griff er zum Hörer: "Hi, hier ist Leon."
"Leon", sagte am anderen Ende eine ganz aufgeregte Stimme.
"Ja, ich bin's. Is' was passiert, Herr König?"
"Ja."
"Mit Tim?"
"Ja."
Leon wurde total hippelig: "Was denn?"
"Tim hatte einen Unfall. Er liegt im Krankenhaus."
"Was hat er?"
"Das wissen die Ärzte noch nicht genau. Ich komme gerade aus der Kinik und sein erster Wunsch war, dass ich dich anrufen soll."
"Kann ich ihn auch anrufen?"

“Nein. Er muss mindestens zwei oder drei Tage auf der Intensivstation bleiben.”

“Kann ich nach Neubrandenburg kommen?”

“Das bringt doch nichts, Leon.”

“Kann ich sonst was tun, Herr König? Bitte, bitte, bitte.”

“Besorg’ ihm doch ein Buch. Du weißt doch bestimmt, was er gerne liest. Und er wird bestimmt längere Zeit in der Klinik bleiben müssen.”

“So schlimm?”

“Ja. Er hat eine offene Wunde am Kopf.”

Leon hörte wie Paps am anderen Ende schluchzte. Vermutlich liefen ihm die Tränen über das ganze Gesicht. Seine Nase leckte. Leon konnte es spüren.

“Ich ruf’ dich wieder an, wenn ich mehr weiß”, hörte Leon eine gequälte Stimme.

“Und ganz, ganz liebe Grüße bitte an Tim.”

“Natürlich.” Dann hörte Leon den Hörer auf das Telefon fallen.

“Er hat eine offene Wunde am Kopf”, wiederholte Leon die Worte aus dem Telefon und fügte hinzu: “Scheiße.” Dann warf er durch die Gegend, was er gerade in die Hände kriegte. Früher sah sein Zimmer selbst nach einer ausgiebigen Kissenschlacht aufgeräumter aus. Leon erinnerte sich an einen Buchladen am U-Bahnhof Nollendorfplatz. Dort hatte er lange herumgelungert, an einem der schönen Vormittage im Oktober. Dort würde er finden, woran Tim ganz sicher viel Spaß haben würde. Doch woher das Geld nehmen? Leon kam Ritter in den Sinn, den er seit seiner Klassenfahrt nicht mehr getroffen hatte. Ihm wurde kotzübel bei dem Gedanken daran. Doch für Tim musste das sein, entschied Leon. Ein einziges Mal und dann nie wieder. Leon nahm den Hörer des Telefons ab und wählte Ritters Nummer.

12

"In Momenten der Dunkelheit sind Träume der einzige Weg ins Licht."
(Nino de Angelo)

Neubrandenburg

Wie ein Spielfilm lief alles noch einmal vor Tim ab. Er war durch das Kaufhaus auf dem Boulevard gebummelt, weil es draußen Strippen regnete. Er fand zwar nichts, dass es gelohnt hätte, dafür Geld zu verschwenden. Aber wenigstens wurde er nicht nass. Als er die Treppe aus der dritten Etage herunter ging, kam ihm Alex entgegen. Tim ahnte nichts Gutes und wollte ihm gerade ausweichen, als er schon Alexanders Faust im Magen spürte. Alex packte ihn an der Wäsche und sprach mit weit aufgerissenem Mund leise aber deutlich: "Wenn du schwules Stück Scheiße noch einmal meinen Bruder anfasst, dann schlag ich dich tot." Dann hatte Alex Tim sofort losgelassen und war weiter gegangen. Tim spürte noch einen Stoß im Rücken, fiel dann vornüber, stolperte über das Bein eines anderen und schlug mit dem Kopf genau auf eine Treppenkante auf. Was Tim dann sah, waren nicht einmal Sterne, es war einfach nur Dunkelheit. Ein großes, schwarzes Nichts. Als er wieder erwachte, lag er auf einer Trage. Er wollte sich aufsetzen. Doch die beiden Männer mit den orangefarbenen Westen drückten ihn zurück und warnten: "Nicht bewegen."
Viele Leute standen herum und betrachteten das Treiben, wie die zwei Männer die Trage mit einem Teenager, dessen Kopf oberhalb der Augen vollständig mit Verbänden abgedeckt war, in einen Krankenwagen schoben. Nebenher ging ein Mann, auf dessen Rücken Notarzt stand. Er hielt einen Beutel mit einer hellen Flüssigkeit, die durch eine Spritze in den Arm des Teenagers floss. Im Krankenwagen wurde ihm eine Sauerstoffmaske ins Gesicht gedrückt. Das war das Letzte, was die Leute sahen. Dann schlossen die Männer die Türen und das Fahrzeug eilte mit Blaulicht und Sondersignal über den Boulevard, auf dem sonst strengstes Fahrverbot herrschte.

Dabei hatte Tim Denis gar nichts getan. Jedenfalls war er sich keiner Schuld bewusst. Mit dem Kabarett hatten sie auf der Halloweenparty der Schule das neue Stück aufgeführt. Es war eine gelungene Vorstellung. Und deshalb herrschte auch gute Stimmung auf der anschließenden Disko. Sie tanzten ausgelassen, wenn auch selten. Drinks gab es nur alkoholfrei, typisch Schule eben. Aber typisch war auch, dass der eine oder andere seine eigene Spezialmischung im Rucksack hatte. Eher zufällig traf Tim Denis auf dem Schulklo. Sie kamen ins Gespräch und dabei auch auf Kino und Filme zu sprechen. Tim wollte wissen: "'Sommersturm'. Kennste den?"
"Ja, rein zufällig."
"So mit dir mal am See zu liegen, das würde ich auch voll cool finden."
"Tim, ich bin nich schwul."
"Dachte ich auch immer."
Denis ließ Tim einfach stehen und verschwand. Einen Augenblick später betrat Alex mit seinen Kumpels das Klo und Tim machte sich schnellstmöglich auf die Socken. Mehr war an diesem Abend nicht passiert. Und ein paar Tage später setzte Alex Tim dann Schach matt. Na schönen Dank auch, dachte Tim, der am dritten Tag nach dem Unfall die Intensivstation verlassen konnte. Er wurde in ein Einzelzimmer verlegt. Nach dem Tod seiner Mutter hatte Paps sich damals privat krankenversichert mit Chefarztbonus und allem Schnickschnack. An Gesundheit durfte man nicht sparen. Er wolle für sich und seinen Sohn das Bestmögliche. Nicht noch einmal sollte so ein Schicksal ihr Leben aus der Bahn werfen. Auch wenn Paps schon damals klar war, dass wohl kein Arzt der Welt seine Frau hätte retten können. Paps stand schon wenig später an Tims Bett. Er war nicht alleine gekommen. Am Fußende hatte sich der Chef der Klinik postiert.
"Tim, wir müssen dir was erklären."
"Irgendwas nich in Ordnung?"
"Doch, doch. Soweit ist alles in Ordnung", sagte der Chefarzt, "wir haben alle Untersuchungen abgeschlossen. Die Wunde verheilt gut. Es gibt keine inneren Verletzungen. Es sind also keine bleibenden Schäden anzunehmen. Aber bei dem Sturz hast

du dir nicht nur eine offene Schädelfraktur zugezogen. Vom Schädel sind auch einige kleine Stückchen Knochen abgesplittert. Diese Splitter befinden sich nun in deinem Kopf. Das ist nicht weiter schlimm. Aber es besteht die Möglichkeit, dass sie sich mit den Jahren selbständig machen. Das heißt, sie könnten Millimeter für Millimeter durch deinen Kopf wandern. Und dabei einzelne Teile des Gehirns beschädigen. Das muss nicht passieren, aber es kann. Deshalb können wir Spätfolgen dieses Unfalls nicht ausschließen. Deshalb schlage ich vor, dass wir operieren. Wir werden diese Splitter aus deinem Kopf entfernen und dann ist wieder alles in Ordnung."

"Nein", rief Tim ganz spontan.

"Rede in Ruhe mit deinem Vater darüber. Wir sollten aber eine Entscheidung noch in dieser Woche treffen."

Als der Chefarzt sich verabschiedet hatte, setzte sich Paps zu Tim auf die Bettkante: "Ich habe die Röntgenbilder gesehen. Der Professor hat mir alles ganz genau erklärt. Wir sollten es nicht auf die leichte Schulter nehmen."

"Paps, bitte nicht."

"Es muss sein, Tim."

"Wie lange muss ich dann hier bleiben?"

"Etwa zwei Wochen nach der Operation könntest du vielleicht schon wieder nach Hause."

"Das halt ich nich aus." Dabei musste Tim daran denken, wie es ihm gerade erging. Schmerzen hatte er zwar so gut wie keine mehr. Aber er musste den ganzen Tag still im Bett liegen. Das kleine Geschäft in der Ente zu erledigen ging ja noch, aber das große auf dem Schieber war voll eklig. Er hatte kein Kopfkissen und musste ganz flach liegen. Das war schon Höchststrafe genug. Den Fernseher durfte er noch nicht anmachen, noch kein Buch lesen. Sich einfach schonen und erholen, hatte der Chefarzt bei der Visite gesagt. Frühestens zum Wochenende würde er das erste Mal Aufstehen dürfen. Und dann noch einmal eine Operation und anschließend mindestens zwei Wochen Bettruhe. Irgendetwas stieg in Tim auf. Hass auf Alex? Auf Denis? Gegen sich selbst? Verzweiflung? Wut? Was war das, das sich da gerade in ihm breit machte? Tim war super schlecht drauf, als Paps ihn verließ. Dabei hatte er am Morgen, als er von

der Intensivstation in dieses Zimmer geschoben worden war, schon wieder erste Pläne geschmiedet. Nun schien schon wieder alles so sinnlos. Tim liefen die Tränen über das Gesicht. Einschlafen konnte er an diesem Abend nicht. Erst als die Nachtschwester ihm eine Tablette verabreicht hatte, fiel Tim in eine traumlose Dämmerung.
Schon am nächsten Vormittag kam Paps wieder zu Besuch. Er hatte Leon Tims Telefonnummer im Krankenhaus übermittelt. Wenigstens eine kleine Freude, die Tim empfand. Am Nachmittag kam dann überraschend Martin. Er blieb fast eine Stunde und das Gespräch munterte Tim zumindest ein kleines bisschen auf. Als Martin sich auf den Weg machen wollte, sagte Tim: "Es hat mich fast umgebracht."
"Fast. Aber noch lebst du."
"Ja, noch."
"Und was uns nicht umbringt, macht uns nur noch lebendiger."
"Wie kommst du darauf?"
"Ich weiß es. Lebe dein Leben und du lebst."
Martin gab Tim einen Kuss auf die Wange und verabschiedete sich. Von nun an kam er an fast jedem Nachmittag und blieb solange er konnte. Auch Leon rief täglich an. Dadurch wurden die Tage für Tim kürzer, die Zeit verging schneller. Die schlechte Laune verflog langsam, aber sicher. Er fand sich damit ab, noch einmal unters Messer zu müssen, wie Paps es formuliert hatte. Sogar Fanny hatte ihn in dieser Woche einmal besucht und ihm eine ihrer Barbiepuppen geschenkt, mit der sie als Kinder zusammen gespielt hatten. Tim war das einerseits peinlich, andererseits fand er es total niedlich. Nach der Wochenendvisite durfte ihm die Schwester ein Kopfkissen bringen. Tim durfte ab sofort zur Toilette gehen. Ansonsten war aber noch strenge Bettruhe angesagt. Dafür waren aber auch Fernsehen und Lesen erlaubt. Paps brachte ihm noch am gleichen Tag ein Riesenpaket, das er soeben von der Post geholt hatte. Es war von Leon. Tim würde es aber erst öffnen, wenn Paps wieder weg war. Sechs Bücher fand er darin. Er studierte die Titel: ‚Im Regen kann man keine Tränen sehen', ‚Daniel', ‚Sascha', ‚Jungs sind auch nur Mädchen', ‚Henningstadt' und :Der mechanische Prinz'. Der war von Andreas Steinhöfel. Mit

diesem Buch würde Tim heute noch beginnen. Fast einhundert Euro hatten die sechs Bücher zusammen gekostet. Wahnsinn. Wie sollte er Leon dafür danken? Doch Leon hatte schon einen konkreten Vorschlag, als er etwas später anrief. Sie könnten ja beide zum ersten Mal heute Telefonsex machen. Tim traute sich nicht. Obwohl er im Verlauf des Gesprächs, das fast zwei Stunden dauerte, spitz wurde wie ein Apachenpfeil. Zum ersten Mal wieder seit seinem Unfall. Auch das nahm Tim als gutes Zeichen. Und das alles noch funktionierte wie früher, stellte er beim nächsten Toilettengang fest. Zum ersten Mal schlief er an diesem Abend wieder glücklich ein.

Eine Woche später wurde Tim entlassen. Allerdings nur für ein Wochenende. Denn am Montag sollte er sich wieder auf Station einfinden. Dann sollten die Vorbereitungen für die Operation beginnen. Martin hatte versprochen, ihn täglich zu besuchen. Auch Leon wollte kommen und zumindest für ein Wochenende bei ihm bleiben, egal, ob seine Mutter es erlauben würde oder nicht. So hatte sich Tim mit dem Übel abgefunden, obwohl er Paps, der seinem Sohn an diesem Wochenende jeden Wunsch von den Augen ablas und eher Butler als Vater war, mehrmals versuchte, davon zu überzeugen, dass die Operation auch später irgendwann gemacht werden könne. Doch in diesem einen Punkt ließ Paps nicht mit sich reden. Obwohl er mehr Angst um seinen Sohn hatte, als der vor der Operation. Denn schief gehen konnte immer etwas. Auch, wenn die Leute meinten, das sei eine Sache, die heutzutage schon der Pförtner machen könnte. Paps war ein gebranntes Kind. Und das scheute bekanntlich das Feuer.

Tim wurde in dasselbe Bett wie zuvor eingewiesen. Am Abend wurde es ernst. Über die Hälfte seines Schädels wurde kahl rasiert. Es gab nichts mehr zu essen. Stattdessen ein Abführzäpfchen. Am frühen Morgen, es war noch dunkel, wurde Tim in den Operationssaal geschoben. Gute zwei Stunden später lag er wieder auf Intensivstation. Wie er sich später erinnerte, hatte ihm irgendjemand nach der Operation eine Ohrfeige verpasst. Für einen winzigen Moment war er wach geworden, um sofort wieder in einen tiefen Schlaf zu fallen. Tim lag wie im Fieberwahn. Sein Schädel fühlte sich an, als würde er mit glühenden Kohlen gefoltert. Tim konnte nicht schreien. Aber er

stöhnte vor Schmerz. Er hatte auch unerträglichen Durst. Die Schwester benetzte seine Lippen mit Wasser. Ein Arzt gab ihm eine Spritze und wieder fiel er in einen tiefen Schlaf. Diese Prozedur wiederholte sich noch ein paarmal. Nur ganz langsam ging es in dieser Woche wieder aufwärts. Tim klingelte immer wieder nach der Schwester, weil vor Schmerzen weder liegen noch schlafen konnte. Während des Tages erhielt er Schmerz-, am Abend Schlafmittel. Nur Paps durfte ihn besuchen, der offenbar genauso litt wie sein Sohn. Er hatte sich frei genommen, bummelte Überstunden ab, weil er sich nicht in der Lage fühlte, auch nur einen vernünftigen Gedanken zu Papier bringen zu können, nachdem er seinen Sohn das erste Mal nach der Operation besucht hatte. Mehrmals am Tag schaute er bei ihm rein und zum Ende der Woche hin saß er stundenlang an seinem Bett und erzählte ihm Dinge, die Tim sonst niemals interessiert hätten. Doch ohne Paps vergingen die Sekunden wie Stunden. So jedenfalls kam es Tim vor. Zum Wochenende konnte Tim dann wieder in sein altes Zimmer geschoben werden. Das Schlimmste schien überstanden. Doch es sollte noch eine Woche mit strenger Bettruhe, Schieber und Ente, dafür ohne Kopfkissen und Fernsehen folgen. Dafür aber wurden die Besuche häufiger. Martin kam wieder täglich. Nur Leon rief nicht an. Auch Paps hatte ihn in Berlin nicht erreichen können. Tim wunderte sich und konnte sich keinen Reim darauf machen. Als Tim sich schon wieder etwas besser fühlte, kamen auch einige seiner Mitschüler vorbei. Schließlich galt er in der Klasse nun schon fast vier Wochen als vermisst. Eines Nachmittags stand auch Fanny wieder in der Tür: “Ich hab’ Besuch für dich mitgebracht!”
“Wen denn?”
Denis erschien im Türrahmen. Fanny schob ihn ins Zimmer und erklärte: “So Jungs, ich lass euch mal alleine. Ich muss zum Training. Bye und macht’s gut.”
Denis ging langsam auf Tim zu: “Ich hab’ ihm nichts erzählt. Das musst du mir glauben.”
Tim antwortete nicht. Er wusste nicht, was er glauben sollte. Was er in den letzten Wochen erleiden musste, war nicht einfach mit einem Sorry erledigt.

“Bitte glaub’ mir doch. Ich hab’ keine Ahnung, warum Alex so auf dich losgegangen ist.”
“Du weißt, wie es passiert iss?”
“Ja. Er hat mir alles erzählt. Und er ist sogar noch stolz drauf, der Arsch.”
“Der Arsch ist dein Bruder.”
“Ja, leider.”
Denis schien leid zu tun, was passiert war oder er hatte einfach nur ein schlechtes Gewissen, weil er gepetzt hatte. Tim schwankte.
“Ich hab’ dich übrigens belogen. Hier, das hab’ ich dir mitgebracht,” beendete Denis die Pause und reichte Tim ein Buch: ‚Sommersturm - das Buch zum Film’.
“Danke.” Tim lächelte zum ersten Mal.
“Es ist übrigens noch besser als der Film.”
Dann quatschten sie noch eine ganze Weile über diesen Film und Denis versprach öfter zu kommen und Tim sagte ihm, dass er sich freue, wenn er ihn besuche. Zum Abschied küsste Denis Tim auf den Mund. Es war eher ein angedeuteter Kuss, ein gehauchter. Jedenfalls berührten sich ihre Lippen und dann beeilte sich Denis, aus dem Raum zu kommen. Tim amüsierte sich. Denn Denis hatte eine hochrote Birne, als er seinen Kopf wieder gehoben hatte und eiligst verschwand.

13

"Mit jedem Tag meines Lebens erhöht sich die Zahl derer, die mich am Arsch lecken können."
(Volksmund)

Berlin

Ritter hatte sich von Leon nicht lange bitten lassen. Schon zwei Tage später trafen sie sich in seiner Wohnung. Leon bediente sich in Ritters Pillendose und kassierte anschließend die Kohle. Es war Leon leichter gefallen, als er geglaubt hätte. Er staunte über sich selbst. Vielleicht hatten das ja auch nur die Pillen gemacht. Dann genehmigte er sich beim Italiener einen großen Eisbecher und fuhr anschließend zum Nollendorfplatz. Dort schmökerte er sich durch die Regale mit den vielen Büchern. Er hätte nie gedacht, dass die Auswahl so groß ist. Am Ende entschied er sich für sechs Titel, die zusammen immerhin zweiundachtzig Euro und siebzig Cent kosteten. Bei so einem Umsatz hatte der Verkäufer kein Problem damit, die Bücher in einem Karton zu verpacken. Leon schaffte das Paket sofort zur Post und war damit die einhundert Euro fast vollständig wieder los. Es war sehr spät geworden an diesem Tag, als Leon nach Hause kam. Sogar seine Mutter war schon wieder vom Dienst zurück. Und sie empfing ihren Sohn mit einem Brief in der Hand, den sie dauernd herum wedelte und der nichts Gutes verhieß.
"Wo kommst du jetzt her?"
"Ich war bummeln."
"Bummeln. So, so. Das scheinst du ja schon seit Wochen zu machen."
"Wieso?"
"Weil deine Schule geschrieben hat."
Leons schlimmste Befürchtungen wurden nun Gewissheit. Wie konnte er nur so blöd sein und zwischendurch nicht noch einmal nachhause fahren, um den Briefkasten zu leeren. Nun hatte er den Salat.
"Du warst keinen einzigen Tag nach den Herbstferien in der

Schule. Das sind jetzt schon über vier Wochen. Wie willst du mir das erklären?"
"Gar nicht."
"Sondern?"
"Ich geh' nie wieder in diese verfuckte Schule."
"Was für eine Schule?"
"Egal. Da kannst du dich auf den Kopf stellen, ich geh' nicht."
"Ist das dein letztes Wort?"
"Ja."
"Gut. Dann gehst du ab sofort auf ein Internat. Ich kümmer' mich morgen darum."
Mit diesen Worten war das Gespräch für seine Mutter beendet. Leon war überrascht, wie ruhig sie geblieben war. Nur die Konsequenz schmeckte ihm überhaupt nicht. Er wog die Vor- und Nachteile eines Internats ab. Zu einem Entschluss kam er nicht wirklich. Die Aussicht Tag und Nacht mit leckeren Jungs zusammen zu sein, gefiel ihm. Doch mit ihnen zusammen eingesperrt zu sein, ganz und gar nicht. Aber musste er sich sofort entscheiden? Es würde ja bestimmt noch einige Zeit dauern bis seine Mutter ein passendes Internat gefunden hätte. Doch Leon irrte. Seine Mutter nahm sich den nächsten Tag frei und präsentierte ihm schon abends ein Internat, in das er am Wochenende einziehen würde. Nun hatte Leon höchstens noch zwei Tage Zeit, sich dieser Konsequenz zu entziehen. Doch wie sollte er es anstellen, dass er so abtauchen könnte, dass ihn niemand finden würde. Und wovon sollte er leben? Fragen über Fragen, die Leon quälten. Am Tag darauf nutzte er die Zeit, als seine Mutter in der Klinik war, die nötigsten Dinge in seinen Rucksack zu packen. Das Handy musste er zu Hause lassen. Das konnte man bestimmt orten. Er sammelte jeden Cent ein, den er in der Wohnung finden konnte. Er schmierte sich sogar Brote, die er auch im Rucksack verstaute. Dann verließ er die Wohnung mit einem mulmigen Gefühl im Bauch. Wer seine Zukunft kennt, hat keine, hatte er mal in einem Film gelernt. Und Tims Paps hatte im Urlaub mal gesagt, dass das Leben wie ein reißender Fluss ist. Man weiß vorher nie, wo man an Land gespült wird. Kluge Sprüche, dachte Leon, Quatsch, alles nur verbale Kacke. Dann fuhr er mit der Straßenbahn zum

Alexanderplatz. Dort bummelte er durch die Geschäfte bis sie ihre Türen schlossen. Dann suchte er sich ein Plätzchen auf dem Bahnhof. Hier würde niemand Verdacht schöpfen bis die letzte Bahn fort war. Seinen Rucksack stellte er neben sich und angelte sich aus dem Papierkorb eine Illustrierte, die irgendjemand wohl gerade weggeworfen hatte. Er fand sogar einen Beitrag, der ihn interessierte. Irgendwo in Deutschland hatte ein Zwölfjähriger seine Eltern erschossen und sich anschließend selbst eine Kugel in den Kopf gejagt, aber überlebt. Wenn man dem Beitrag trauen konnte, war ein Streit um die schlechten Leistungen in der Schule die Ursache für diese unglaubliche Tat. Auf so einen Gedanken wäre Leon niemals gekommen. Doch falls der Junge wieder gesund werden würde, drohte ihm wohl das gleiche Schicksal wie Leon, nämlich ein Internat. Leon träumte gerade davon wie sie sich kennenlernen würden und dieser Typ ihm die ganze, die wahre Geschichte erzählen würde. Dass es nur um ein paar schlechte Zensuren gegangen war, das glaubte Leon niemals. Deshalb bringt man doch niemanden um. Plötzlich wurde Leon aus seinen Träumen gerissen.
"Ehhhhh, haste ma 'nen Euro für mich?", fragte eine Stimme. Sie gehörte einem Typen, der fürchterlich aussah. Kaum älter oder jünger als Leon. Er trug eine zerrissene Jeans und eine Jacke, gegen die jene des Fernseh-Schimanskis geradezu allererste Sahne war.
"Ich hab' Hunger", sagte der Typ, "und noch keine Kohle verdient."
"Hock dich her." Leon nahm seinen Rucksack auf den Schoss und packte zwei Brote aus, die er dem Typ reichte, der nun neben ihm saß.
"Womit verdienst du denn Kohle?", wollte Leon wissen.
"Womit wohl?" Der Typ grinste Leon listig an.
"Stoff?"
"Quatsch."
"Nu sag' schon."
"Alten und fetten Säcken einen blasen."
"In dem Outfit?"
"Hast du 'nen Problem damit?"
"Nö."

“Besser is’ auch.”
“Und wo pennste?”
“Hier.”
“Auf dem Bahnhof?”
“Oder inner S-Bahn, im Sommer am See, wo sich was findet.”
“Hast du kein zu Hause?”
“Nich mehr. Bin abgehau’n.”
“Ich auch.”
“Du spinnst.”
“Doch, heute.”
Der Typ pfiff durch die Zähne: “Na dann willkommen. Haste ’ne Kippe?”
Leon kramte eine Packung aus dem Rucksack. Dann rauchten sie ihre erste gemeinsame Zigarette.
“Komm, ich zeig dir den Alex bei Nacht”, sagte der Typ und zog Leon hinter sich her. Als sie viel später am Kino vorbeikamen, blieben sie stehen, starrten auf die vielen Filmplakate.
“Sowas konnte ich mir schon ewig nich mehr leisten”, sagte der Typ.
“Was verdienste denn so?”
“ Zwanzig meistens.”
“Das nich viel.”
“Nee.”
“Komm ich lad’ dich ein.”
“Jetzt?” Der Typ strahlte über alle vier Backen.
“Such dir einen Film aus.”
Der Typ zeigte auf ein Plakat auf dem etwas von Tempelrittern stand.
“Komm!” Jetzt zog Leon den Typ hinter sich her ins Kino. Bis zur Mitternachtsvorstellung war noch eine halbe Stunde Zeit. Leon kaufte nicht nur zwei Tickets, er holte auch zwei große Coke und eine Riesentüte Popcorn. Im Kino war es richtig mollig warm.
“Hier is’ schön”, sagte der Typ, der seine Jacke auszog und den obersten Knopf der Jeans öffnete, die ihm offenbar schon eine Nummer zu klein war. Auch das T-Shirt war ihm viel zu eng. Es gab den Blick auf seinen Bauchnabel frei, der gepierct war.

“Darf ich mal?” Leon zeigte auf das Piercing. Der Typ nickte. Seine Haut war schmuddlig, aber sonst sehr angenehm.
“Du müsstest mal wieder duschen. Dann könnte man dir auch mal einen blasen”, witzelte Leon. Der Typ sah ihn ungläubig an: “Dazu hättest du Lust?”
“Ja.”
Sie sahen sich in die Augen und lachten.
“Okay”, sagte der Typ nur.
Nach dem Film gingen sie auf das Klo und entsorgten den halben Liter Cola.
“Stell dich vor die Tür und pass auf, dass keiner reinkommt. Und wenn doch, dreimal klopfen. Okay?”, wies der Typ Leon an und begann sich auszuziehen.
“Was hast du vor?”, fragte Leon, dem schlecht wurde, als er den Slip des Typs sah. Er musste würgen, ging vor die Tür und bezog Posten. Nach knapp zehn Minuten öffnete der Typ die Tür: “Komm wieder rein.”
Der ganze Fußboden war nass und glitschig. Der Typ nahm Leon an die Hand und zog ihn in eine Klokabine, schloss ab, ließ die Hosen herunter und forderte: “So, nu kannste.”
“Wo hast du den Slip gelassen?”
“Weggeschmissen.”
“Denn lass dir ma nich die Eier abfrieren.”
Dann hatten beide ihren Spass miteinander. Bevor sie das Klo verließen, kramte Leon noch einen Slip aus seinem Rucksack und sagte: “Hier, zieh den an, damit ich morgen auch noch was von dir hab’.”
Am Bahnhof löste Leon zwei Tickets und sie fuhren mit der Nachtlinie durch ganz Berlin. Ab und zu pennten sie mal. Am frühen Morgen stiegen sie am Bahnhof Zoo aus. Leon besorgte im Shop zwei Schrippen und eine große Cola. Dann beobachteten sie wie der Tag hektisch begann. Immer mehr Menschen drängten in den neuen Tag, den sie mit Quatschen und Blödsinn machen in den Kaufhäusern auf dem Kudamm verbrachten. Leon erfuhr dabei, dass der Typ Dominique hieß und aus Velten stammte. Seine Mutter war Sozialhilfeempfängerin und jeden Tag besoffen. Sein Vater hatte die Familie schon vor Jahren verlassen. Und im Frühjahr war auch

Dominique abgehauen. Scitdem lebte er in Berlin, mal auf der Straße, mal bei Kumpels, mal bei Typen, die ihn mitnahmen und denen er gehorsam sein musste. Doch lange hielt es ihn nirgends.

Abends gingen sie wieder in die letzte Kinovorstellung. Diesmal trieben sie es nicht auf Klo, sondern schon während des Films.

"Du kannst mich nich immer einladen", sagte Dominique während der Fahrt, "dann is' deine Kohle bald alle."

"Ich weiß, wo ich neue her kriegen kann."

"Ich auch. Und morgen besorg' ich uns welche."

Dann schliefen sie ein. Schulter an Schulter. Die S-Bahn drehte ihre Runden durch Berlin bei Nacht.

"Vermisst dich eigentlich niemand?", wollte Dominique später wissen.

"Doch meine Mutter bestimmt."

"Und warum biste denn weg?"

"Ich sollte auf ein Internat."

"Das alles?"

"Nö. Aber deshalb bin ich weg."

"Hat sie dich auch geschlagen?"

"Nö. Eigentlich nich."

"Ich war froh, wenn meine Alte mich verprügelt hat."

"Wieso das?"

"Dann hat sie wenigstens gemerkt, dass es mich noch gibt."

"So schlimm?"

Dominique winkte nur ab: "Heut verdien' ich Kohle, wirste sehen."

Leon ließ sich nicht abwimmeln, als Dominique sich ans Geld verdienen machte. Er stellte sich nur wenige Meter entfernt in eine ähnliche Position. Innerhalb von nur zwei Stunden hatte Leon vier Kunden. Dominique hingegen nur zwei: "Alter, du bist ja ein Naturtalent", erklärte Dominique, als sie ihre Zelte auf dem Bahnhof abbrachen. Leon grinste und zog seinen neuen Freund zum Italiener, wo er ein großes Eis spendierte. Das Geld würde wieder für drei oder vier Tage reichen. Dann würden sie sich hier wieder neues beschaffen. Doch solange reichte die Kohle gar nicht. Denn Leon verspürte am nächsten Tag das unbändige Verlangen, seinem Körper mal wieder eine Kur mit

Wasser und Seife zu gönnen. So leisteten sie sich den Luxus zwei Badehosen, ein Handtuch und ein total gut schnupperndes Duschgel zu kaufen. Dann fuhren sie in die Haupstadt-Therme und lösten dort zwei Tageskarten. Der eine und andere Euro ging dort auch noch für Coke, Pommes und Chicken drauf. Nur im Solarium sparten sie. Da teilten sie nicht nur eine Kabine, sondern auch eine Münzmallorcazeit, die sie sich obendrein noch mit Kuschelspielchen versüßten. So kam es, dass sie schon einen Tag später wieder am Alex auf Jagd nach Kunden und Euros waren. Aber es schien alles andere als ein erfolgreicher Tag zu werden. Nach fünf Stunden hatten beide gerade einen Freier zu seinem Glück verholfen. Es war ein Stammkunde von Dominique, der schon seit Wochen scharf war auf dessen Arsch, aber einfach zu wenig Kohle rüber rücken wollte. Außerdem war Dominique stolz darauf, noch Jungfrau zu sein. Und wenn sein Gefühl ihn nicht betrog, war es richtig gewesen, sich für einen bestimmten Typen aufzusparen, einen Typen wie Leon. Das jedoch behielt er für sich. Sie waren gerade dabei, ihren Arbeitstag zu beenden, als ein gut aussehender Mittzwanziger ihnen eindeutige Blicke zu warf. Jedoch schien er Bedenken zu haben, sie anzusprechen. Dominique ging auf ihn zu: “Darf ich dein Sklave sein?”

Der Typ zögerte, ehe er sagte: “Ich such’ aber zwei Sklaven.”

“Kein Problem”, meinte Dominique und winkte Leon heran.

“Habt ihr Zeit?”, fragte der Typ im Anzug.

“Mehr als du bezahlen kannst”, konterte Dominique.

“Na denn los. Ich lad’ euch zu ’ner Party ein, okay?”

“Okay.”

Als sie vor dem Bahnhof in das Auto des Typen stiegen, sah Leon Ritter. Er stieg ebenfalls mit einem jungen Typen in sein Auto und schoss davon, ehe sie eingestiegen waren.

Der Typ hatte nur wenige Straßen entfernt ein Appartement mit drei Räumen, obwohl er alleine zu leben schien. Jedenfalls deutete nichts darauf hin, dass es in dieser Wohnung einen weiteren Bewohner gab. Leon und Dominique duschten, während der Gastgeber Schnittchen machte und Sekt bereitstellte. Er saß nackt auf der Couch, als Leon und Domique aus dem Bad zurückkamen. Sie ließen ihre Handtücher fallen, die

locker um die Hüften geschwungen waren und bedienten sich reichlich.
“Dein Gesicht kenn’ ich irgendwo her”, meinte Leon zu dem Typen.
“Kann sein”, meinte der, “aber das solltest du ganz schnell wieder vergessen.”
“Warum?”
“Ich bin beim Fernsehen.”
“Beim Fernsehen!” Dominique schnalzte mit der Zunge. “Denn kannste uns ja vermarkten, wa?”
“Vergiss es, lasst uns ’nen geilen Abend haben und gut.”
“Und gut. So, so. Und dann pennen wir wieder auf der Straße. Na toll!”
“Nich unbedingt. Ihr könnt heut’ Nacht bleiben, wenn ihr wollt.”
Der Typ zeigte ihnen das dritte Zimmer, in dem eine Doppelbettcouch stand, die er auszog: “Reicht die?”
“Na ja, gerade so”, meinte Dominique.
“Kommt drauf an, wie müde du uns machst”, sagte Leon.
“Wenn ihr ins Bett geht, wollt ihr nur noch pennen, da wette ich drauf”, meinte der Fernsehmann.
“Okay. Hundert Euro”, hielt Leon dagegen und reichte ihm die Hand.
Der Typ nahm an und schlug ein.
“Aber pro Nase”, forderte Dominique.
Alle drei lachten. Dann fragte der Hausherr, der am ganzen Körper rasiert war: “Und wer bestimmt die Spielregeln?”
“Der Hausherr”, waren sich seine beiden Sklaven einig.
“Okay. Alles kann, nichts muss.”
Leon und Dominique trauten ihm nicht. Aber er hielt sich an die Spielregeln. Und so wurde es sogar für alle drei ein schöner Abend, nein, eher eine schöne Nacht. Denn die Zeiger der Uhr standen auf Fünf, als Leon und Dominique todmüde in ihr Bett fielen.
Aus einem Tag wurden zwei, dann drei. Nach einer Woche wohnten sie immer noch bei dem Fernsehtypen. Er wollte ihnen sogar die Wohnung überlassen, während er für fünf Tage nach Norwegen flog, um dort einen Job zu machen, wie er erklärte. Leon und Dominique nahmen das Angebot dankend an. Fast

schien es so, als hätten sie eine neue Familie gefunden. Sie wollten das Wochenende in der sturmfreien Bude genießen, ohne sich am Bahnhof die Beine in den Bauch zu stehen. Doch schon am ersten Abend fühlte sich Dominique nicht wohl. Sie gingen deshalb früh ins Bett. Als Leon am nächsten Morgen erwachte, hörte er seinen Freund stöhnen. Dominique hatte einen heißen Kopf, er schwitzte am ganzen Körper. Leon ließ Badewasser einlaufen, kochte Tee. Doch was er auch mit Dominique anstellte, es schien nicht zu helfen. Es gab keinen Zweifel: Dominique hatte hohes Fieber. Leon erinnerte sich, dass seine Mutter in diesem Falle ihm immer Fibrex gegeben hatte. Er konnte aber nirgendwo in der Wohnung solche oder ähnliche Tabletten finden. Leon besorgte sie aus der Apotheke. Er musste Dominique sogar wecken, um ihm die Tabletten einzuflößen. Auch am nächsten Tag ging es Dominique nicht besser. Das hohe Fieber war immer noch da und er röchelte sehr merkwürdig beim Atmen. Leon machte sich große Sorgen. Er sah häufig nach Dominique, achtete darauf, dass er ihm regelmäßig die Tabletten einflößte und zu Trinken gab. Am dritten Tag schien Dominique gar nicht mehr aufzuwachen. Leon hatte große Probleme, ihm die Tabletten zu geben. Als Dominique mittags gar nicht mehr reagierte, bekam es Leon mit der Angst. Er wusste sich keinen anderen Rat als den Notarzt zu rufen. In der Zwischenzeit packte er seine wenigen Klamotten in seinen Rucksack. Als er den Krankenwagen kommen sah, öffnete er die Tür und verduftete zwei Etagen höher. Er durfte sich hier nicht blicken lassen. Der Arzt und die Sanitäter nahmen Dominique mit. Mit Blaulicht fuhren sie ihn weg. Es schien schlechter um ihn zu stehen, als Leon vermutet hatte. Der Fernsehmann würde nun bestimmt Ärger kriegen. Hier konnte Leon sich nicht mehr sehen lassen. Als die Luft rein, schlenderte er wieder zum Alex. Sein Geld war alle und er brauchte neues. Trotz der vorweihnachtlichen Stimmung in der Stadt waren die Typen sehr knausrig. Das ärgerte Leon. Nach der Spätvorstellung im Kino überlegte er, wo er am besten pennen konnte. Als er über den Weihnachtsmarkt schlenderte, kam ihm die Idee. Er brach eine Bude vorsichtig auf und machte es sich darin bequem. Er hatte sogar Glück. Es gab reichlich zu essen und zu

trinken. Und früh morgens würde er sich wieder in den Bahnhof verdrücken. Dort hatte er am Nachmittag sogar Glück. Er machte mehr Kohle als er sich erhofft hatte und wollte gerade seinen Arbeitstag beenden und über den Weihnachtsmarkt schlendern, bevor der seine Türen schloss. Da tauchte unerwartet Ritter auf: "Na, das trifft sich ja gut. Komm mit."
Ritter duldete keinen Widerspruch und Leon fügte sich in sein Schicksal. Sie stiegen in Ritters Auto und fuhren in seine Wohnung. Leon durfte ausgiebig duschen, Ritter hatte Pizza gemacht, die sie gemeinsam aßen. Dabei fiel Leons Blick auf eine aktuelle Tageszeitung, die das Foto des Fernsehmannes zeigte. Sie hatten eine schöne Zeit bei ihm, dachte er noch. Da versetzte ihm die Nachricht in der Zeitung einen Riesenschreck. Dominique war im Krankenhaus gestorben. Die Polizei hatte den Typ vom Fernsehen vernommen, der jedoch angeblich keine Ahnung hatte, wie der Teenager in seine Wohnung gekommen war. Nun suchte die Polizei nach dem Zeugen, der den Notarzt gerufen hatte. Ritter beobachtete Leon sehr genau und sagte: "Das dürfte dir doch eine Gratisnummer wert sein, wenn ich es für mich behalte, dass du dieser Zeuge bist, oder?"
"Woher willste das denn wissen?"
"Ich hab' ein Näschen für so was", meinte Ritter und deutete auf seine Nase.
"Vergiss es. Ohne Moos nix los."
"Na gut. Ich hab' da aber eine tolle Idee."
"Sag' an."
"Warte doch ab. Nicht so ungeduldig."
Später befahl Ritter Leon in das Bad. Dort fesselte er ihn nackt mit Handschellen am Duschvorhang der Badewanne. Leon stand auf einem Hocker, der sehr wackelig schien, als er hinter sich ein Zischen hörte. Schon im nächsten Moment spürte er einen brennenden Schmerz auf seinem Rücken, dann auf seinem Hintern. Als Ritter das dritte Mal zuschlug, schrie Leon auf. Ritter steckte ihm einen Knebel in den Mund und schlug weiter zu. Leon spürte nur noch, wie seine gesamte Hinterseite brannte, während Ritter seinen Spaß hatte. Als Ritter ihn endlich losband, sah Leon die Lederpeitsche auf dem Waschbecken liegen. Einen Moment lang dachte er daran, sie Ritter ins Gesicht zu schlagen.

Doch er hatte weder die Kraft noch den Mut dazu. Er fühlte sich einfach nur beschissen, so beschissen wie damals in Stralsund.
“Möchtest du ein Bad nehmen?”, fragte Ritter.
“Nein. Gib mir die Kohle und dann hau’ ich ab”, sagte Leon und begann sich anzukleiden.
Als er ins Wohnzimmer kam, steckte ihm Ritter einen Hunderter zu und gab ihm die Zeitung mit dem Foto des Fernsehmannes: “Zur Erinnerung.” Dabei grinste Ritter wie ein Honigkuchenpferd. Leon steckte die Zeitung in seinen Rucksack und verschwand. Dann nahm er sich vor, aus Berlin zu verduften. Irgendwo hin in eine andere Welt. Dazu brauchte er Geld, viel Geld. Er nahm sich vor, in den nächsten Tagen sehr, sehr fleißig und sparsam zu sein, um dann für immer von hier zu verschwinden. Doch das Geschäft auf dem Alex ging nur mäßig. Dann brach es ganz zusammen. Leon spürte wie ihn von hinten zwei Typen an den Armen packten. Sie warfen ihn zu Boden, legten ihm Handschellen an und verfrachteten ihn in ein Polizeiauto. Davon standen Dutzende vor dem Bahnhof. Und so wie Leon erging es noch einigen anderen Typen, die Leon zumindest alle vom Sehen her kannte.

Leon gab ein Bild ab, das einem Häufchen Unglück glich. Er saß in einem Büro und wartete darauf, dass jeden Moment irgend so ein Typ hereinkommen würde, der ihm Fragen stellen und darauf Antworten erwarten würde. Doch Leon hatte sich vorgenommen, kein Wort zu sagen, einfach nur zu schweigen. Was hatte er sich zu Schulden kommen lassen? Nichts. Ein Pfefferminzbubi passte auf Leon auf, damit er im Büro keinen Blödsinn machen konnte. Er verließ den Raum, als zwei Zivilisten das Büro betraten. Der eine setzte sich Leon gegenüber. Der andere postierte sich hinter Leons Rücken, so dass er ihn nicht sehen konnte. Leon blickte durch die Fenster des Büros in Richtung Flur. Dort herrschte eine hektische Betriebsamkeit. Auch Ritter sah Leon dort rumflitzen. Der hatte ihn jedoch anscheinend noch nicht bemerkt. Leon überlegte, ob er ihn in die Pfanne hauen sollte oder ob er damit rechnen durfte, dass Ritter ihm helfen würde. Wenn er ihn in die Pfanne hauen würde, hätte er diese Chance verspielt. Und vielleicht war das ja

seine einzige? Also würde er die Klappe halten.
Der Typ gegenüber stellte eine Frage nach der anderen. Leon tat so, als hörte er sie gar nicht. Dann spürte er, wie der andere Typ immer näher an ihn heran trat. Er legte seine linke Hand auf Leons linke Schulter und wiederholte die Fragen. Sein Mund schien unmittelbar neben Leons rechtem Ohr zu sein. Er konnte den nikotingetränkten und ekelerregenden Atem spüren. Leon kreuzte die Arme vor der Brust. Dann schlug er das linke über das rechte Bein. Leon versuchte sich wegzudrehen. Da wurde der Griff des Typen hinter ihm noch fester. Leon ballte die Fäuste und zog das linke Bein noch weiter an. Da ging plötzlich die Tür auf und Ritter stand im Raum: "Das Früchtchen überlasst bitte mir."
Die beiden Typen verzogen sich und Ritter schimpfte, ohne laut zu werden los: "Sag' mal, bist du bescheuert? Ich hätte nie gedacht, dass du so blöd bist, dich bei einer Razzia wegfangen zu lassen. Nun sitzt du in der Scheiße. Und ich auch." Ritter machte eine Pause, bevor er sagte: "Aber ich kann dir helfen. Willst du das?"
Leon nickte. Dann verließ Ritter den Raum und es dauerte fast eine halbe Stunde bis er wieder kam: "Pass auf. Ich biete dir einen Pakt frei nach Faust und Mephisto. Kennst du die Geschichte?"
Leon nickte. Also dann: "Ich hol' dich hier raus. Und dafür kommst du zweimal im Monat zu Besuch und lässt dich nie wieder am Bahnhof blicken. Ist das okay?"
Okay war das nicht. Denn Leon hatte sich nach seinem letzten Besuch bei Ritter geschworen, dass er dort nie wieder erscheinen würde. Doch welche Alternative hatte Leon in diesem Moment? Keine. Jedenfalls fiel ihm keine ein und so willigte er in den Vorschlag ein.
"Okay", sagte Ritter, "dann pack deine Sachen und komm mit."
Zuerst wollte Ritter Leon direkt nach Hause fahren. Doch dagegen hatte sich Leon mit Händen und Füßen gewehrt. So entschied sich Ritter, ihn mit zu sich zu nehmen. Dort könnte er ein paar Tage bleiben, bis Gras über die Sache gewachsen war. Doch daran dachte Leon mit keiner Silbe. Als er vor Ritters Wohnung aus dem Auto stieg, nahm er beide Beine in die Hände

und lief so schnell er konnte weg. Erst Minuten später drosselte er das Tempo ein wenig. Ängstlich blickte er sich um. Doch er konnte niemanden entdecken, der ihm gefolgt sein könnte. Er nahm Kurs in Richtung U-Bahnstation und verschwand im Trubel der Großstadt. Zwei Tage irrte er durch Berlin. Leon hatte kein Ziel und keinen Plan. Zurück an den Bahnhof traute er sich nicht. Doch wo sollte er jetzt Geld verdienen? Um so mehr er darüber nachdachte, desto sinnloser wurde alles. Den Großteil dieser Nacht verbrachte er in der S-Bahn. Er hatte sogar einige Zeit gepennt und dabei von Tim, Dominique und Kevin geträumt. Wie es Tim und Kevin wohl gehen würde? Tim anzurufen, traute er sich am nächsten Tag nicht. Er hatte seinen besten Freund verraten, als der im Krankenhaus lag und Leon ihm nicht geholfen hatte. Aber Kevin könnte er ja mal anrufen, um auf andere Gedanken zu kommen. Seit dem Sommer hatte er von ihm nichts mehr gehört. Doch was Leon an diesem Tag erfuhr, als er Kevins Nummer endlich rausgekriegt hatte, baute ihn auch nicht auf. Ganz im Gegenteil. Leon bekam nur Kevins Mutter an die Strippe, die keineswegs darüber erfreut war, dass Leon sich nach Kevin erkundigte. Denn der war vor drei Monaten an den Folgen einer Hirnhautentzündung gestorben, die er sich im Sommer durch einen Zeckenbiss zugezogen hatte. Leon entschuldigte sich für die Störung und beendete das Gespräch sehr schnell. Dann suchte er sich ein Internetcafe und verprasste seine letzte Kohle. Zuletzt schickte er Tim eine sms, einen letzten Gruß an den besten Freund, den er je hatte.

Eine Stunde später riefen Passanten die Polizei, weil ein Typ auf dem Gelände der Kreuztalbrücke stand und allem Anschein nach, sich in die Tiefe stürzen wollte. Dort wo auch die S-Bahn und die Züge verkehrten. Sollte er wirklich springen, würde Berlin an diesem Adventsonnabend wieder einmal in einem Verkehrschaos versinken. Ein solcher Vorfall gehörte nach den Dienstanweisungen der Polizei möglicherweise zu einem versuchten Terroranschlag, zumal der Typ auf der Brücke irgendetwas auf seinem Rücken trug, das schwer zu deuten war. Deshalb klingelte das Telefon in diesem Moment auch bei Ritter, der zuhause Bereitschaft schob. Ritter spielte gerade mit einem Typen, den er zwei Tage zuvor in einer Stricherkneipe abgeschleppt und nun wieder soweit aufgepeppelt hatte, dass er ihm das Wochenende versüßen konnte. Deshalb war Ritter stinksauer, als er zur Kreuztalbrücke gerufen wurde. Und zu allem Überfluss war der Typ auf der Brücke verschwunden, als Ritter dort ankam. War er gesprungen? Da es inzwischen schon dunkel geworden war, gab es dazu keine genauen Erkenntnisse. Ritter ließ sich einige Videos von Überwachungskameras aus der Umgebung kommen und verzog sich damit in sein mobiles Büro. Auf einem der Videos erkannte Ritter sofort, um wen es sich in diesem Falle handelte. Er gab, was einen terroristischen Anschlag betraf, sofort Entwarnung. Zugleich aber schwor er sich, wenn er den Typen in die Finger kriegen würde, dem würde er den Garaus machen. Für immer und ewig. Und das sollte kein leeres Versprechen sein. Denn Ritter hatte schon einen Plan. Und bei dem Gedanken daran kehrte seine gute Laune zurück. Er fuhr nach Hause und genoss das Wochenende.

14

“Hinfallen ist keine Schande. Nicht wieder aufstehn schon.” (Volksmund)

Neubrandenburg

Seit dem Unfall waren über fünf Wochen vergangen, bevor der Chefarzt bei der Wochenendvisite vor dem dritten Advent sein Einverständnis gab, Tim zu entlassen. Tim hatte in dieser Zeit nun fast alle Bücher gelesen. Nur eines war noch übrig: ‚Daniel'. Das hattc die meisten Seiten. Aber er würde es noch in diesem Jahr schaffen. Das hatte er sich fest vorgenommen. Nun war Tim froh, endlich wieder zu Hause zu sein. Nur, dass er seit seiner Operation nichts mehr von Leon gehört hatte, das machte ihm große Sorgen. Angst sogar. Paps und Tim hatten zum vierten Advent Martin, Fanny und auch Denis eingeladen, der zuletzt auch fast täglich ins Krankenhaus gekommen war und dabei Martin kennenlernte. Für Denis war die Fete sogar als Übernachtungsparty angesagt. Denn es wurde am Sonnabend vorgefeiert, da Martin und Paps am vierten Advent arbeiten mussten. Paps hatte sich das erste Wochenende nach Tims Entlassung frei genommen, das sie zweisam bei Kerzenschein und Filmen aus der Videothek verbracht hatten. Denn Tim sollte sich die erste Zeit noch schonen, hatte der Arzt gesagt. Und die Schule durfte er erst wieder nach den Weihnachtsferien besuchen. Sport war sogar bis nach den Winterferien strengstens verboten.

Fanny hatte abgesagt. Sie hatte mal wieder einen Wettkampf. Aber alle anderen würden kommen. Eine richtige Männerrunde eben. Paps hatte gekocht. Tim hatte sich einen Kartoffelauflauf mit Blumenkohl und Broccoli gewünscht. Und derzeit waren Tims Wünsche Paps Befehl. Tim backte zum ersten Mal in seinem Leben Weihnachtsplätzchen nach einer Anleitung aus dem Backbuch. Sie schmeckten sogar. Paps hatte den Zuckerguss angerührt, mit dem Tim die Plätzchen bestrich und dann verschieden dekorierte. Die einen bekamen Streusel, andere kleine Schokoladenherzen, wieder andere rote Cocktail-

kirschen zur Zierde. So würde es sich leben lassen. Paps hatte am Morgen aus der Videothek drei neue Filme besorgt, darunter auch ‚Der WiXXer' auf speziellen Wunsch von Tim.
Denis kam als Letzter. Tim öffnete ihm die Haustür und wartete vor der Wohnungstür auf seinen Gast. Er schaute nach, ob weder Paps noch Martin im Flur standen. Dann schob er Denis leicht zur Seite, umschlang seine Hüften und küsste ihn. Denis Zunge blieb passiv, doch Tim spürte keinen Widerstand. "Das müssen wir nachher nochmal üben", sagte Tim, lachte und bat Denis in die Wohnung: "Komm rein."
Paps hatte beim Mittagessen nicht gespart. Hinterher gab es sogar noch Eis mit Ananas und Sahne. Und bis zum Adventskaffee verschwanden Denis und Tim in dessen Zimmer. Tim war inzwischen davon überzeugt, dass Denis nicht gepetzt hatte. Sie übten natürlich von Zeit zu Zeit immer mal wieder. Und von Mal zu Mal brachte Tim Denis Zunge immer mehr in Schwung. Die meiste Zeit aber quatschten sie, bis Paps dann zum Kaffee rief. Als sie so gemütlich beieinander saßen, vibrierte plötzlich Tims Handy. "Sie haben eine neue Mitteilung", sah Tim und öffnete sie.
Tim wurde erst ganz blass, dann stieg es ihm ganz heiß in den Kopf. "Ich muss nach Berlin", rief er.
"Das geht nicht", erklärte Paps.
"Ich muss."
"Was ist denn los?"
"Leon will sich von einer Brücke stürzen."
"Er will was?"
"Er will sich umbringen."
"Wieso das?"
"Er kann nich mehr."
"Du kannst jetzt aber nicht nach Berlin. Du bist erst seit einer Woche wieder aus dem Krankenhaus raus."
"Egal."
"Tim, bitte, das geht nicht."
"Paps, ich hab' dir nie gesagt, was damals wirklich passiert ist. Du solltest es eigentlich nich wissen."
"Als Leon hier bei uns plötzlich auftauchte?"
"Ja. Sie haben ihn vergewaltigt."

Paps entglitten alle Gesichtszüge.
Tim wurde immer lauter: “Seine eigenen Mitschüler.”
Paps versuchte Tim in den Arm zu nehmen. Sein Sohn stieß ihn zurück und schrie: “Mit einer Kloooooooooooobürste. Immer wieder und immer wieder.”
Tim begann zu heulen. Denis reichte ihm ein Tempo.
“Deshalb damals die Klobürste in deinem Zimmer?”, fragte Paps.
“Ja, deshalb.”
“Hat es weh getan?”, fragte Denis.
“Nicht wirklich, wenn man es selbst macht”, gestand Tim unter Tränen.
Paps schüttelte wie ein alter Greis mit dem Kopf. Da aber beendete Martin kurzer Hand dieses unsägliche Gespräch: “Ich fahr’ dich, Tim!”
Paps sackte in den Sessel und sagte nur: “Okay.”
“Ich komm mit”, rief Denis. Zu dritt stürmten sie aus der Wohnung. Beim Einsteigen erklärte Tim: “Ich fahre mit dem Zug. Fahr mich zum Bahnhof.”
Als Martin ihn entgeistert ansah, fügte Tim hinzu: “Bitte!”
“Okay. Hast du genug Kohle?”
“Scheiße”, rief Tim.
Martin gab ihm am Bahnhof einen Hunderter.
“Du kriegst ihn wieder. Versprochen.”
“Hau ab”, sagte Martin und strich ihm noch einmal über die fast nicht vorhandenen Haare. Denis drückte Tims Hand wie noch nie zuvor. Auch er hatte Tränen in den Augen. Sie winkten Tim hinterher, bis der Zug nicht mehr zu sehen war.
“Hoffentlich geht das gut”, meinte Martin, legte seinen Arm um Denis Schulter bis sie das Auto erreichten und fuhr ihn dann nach Hause.
“Nun ist deine erste Übernachtungsparty geplatzt”, stellte Martin fest.
“Och, nich so schlimm”, meinte Denis zum Abschied.
Ein schönes Paar würden auch sie abgeben, Tim und Denis, dachte Martin. Aber er wusste wie schwierig das war. Er fuhr zurück zu Paps. Als er dort ankam, telefonierte Paps gerade mit Irene Kasch.

Nachspiel

"Niemand ist nutzlos in dieser Welt, der einem anderen die Bürde leichter macht."
(Charles Dickens)

Tim saß schluchzend auf dem Berliner Ostbahnhof und hatte keinen blassen Schimmer, wo er Leon suchen sollte. Sein hektischer Aufbruch war eine Schnapsidee gewesen. Tim war verzweifelt. Die ersten Tränen begannen die Wangen runterzurollen. Als es immer mehr wurden, verfiel Tim nahtlos in ein hemmungsloses Schluchzen. In diesem Moment legte ihm jemand die Hand auf die Schulter. Tim zuckte vor Schreck und fuhr zusammen. Dann drehte er sich vorsichtig um. Erschrocken blickte er in tief unterlaufende Augen. Es waren aber trotzdem sehr schöne, blaugrüne Augen. Es waren Leons Augen. Mit der offenen Hand schlug Tim Leon mitten ins Gesicht. Die fünf Finger blieben als rote Striemen auf Leons Wange, so als hätte Tim gerade in Disneyland Paris seine Hand am Planet Hollywood verewigen dürfen.
"Mann, du Idiot, ich hatte solche Angst um dich", schrie Tim.
Leon war alles andere als cool. Er umarmte Tim und drückte seinen Kopf gegen Tims Schulter: "Du bist mein einziger echter Freund. Ich liebe dich", flüsterte er.
Und ihre Lippen fanden sich und konnten sich nicht wieder voneinander losreißen. Für Vorübergehende wirkten sie wie siamesische Zwillinge, die im Gesicht zusammengewachsen waren. Dann sagte Leon: "Beug dich mal ein bisschen runter."
Ganz vorsichtig strich Leon über Tims stoppelige Haare. Er sah die hufeisenförmige Narbe auf der vorderen Hälfte des Kopfes. Mittendrin noch eine zweite Narbe, die in Verlängerung der Nase zum Hinterkopf führte und kurz vor der Hufeisennarbe endete. Fast unmerklich zog er mit der Fingerkuppe die Narben nach. Erst die, die aussah wie ein Hufeisen. Dann die andere von hinten nach vorne. Am Ende spürte er ein tiefes Loch in Tims Schädel. Genau über der Stirn. Man konnte es deutlich ertasten.
Leon nahm Tims Kopf zwischen seine Hände und küsste ihn.
"Nun guck dir dieses Pack an. Noch kleine Kinder und schon so

verkommen. Wenn das meine wären, die würde ich aber übers Knie legen", sagte eine reife Dame im Vorübergehen. Der Hut mit der breiten Krempe und der lange samtweiche Mantel in Sonnenblumenfarben, die langen goldenen Klunker an den Ohrläppchen und die beiden Hände voller goldener Ringe, die sich in Farbe und Größe der Edelsteine versuchten gegenseitig auszustechen, erinnerten an die Tanten aus den siebziger und achtziger Jahren, die gerade dem Zug aus dem Westen entstiegen und ihre ersten Eindrücke ostdeutschen Alltags erlebten.

"Tante Magda, lass die beiden. Die sind bestimmt schwul und haben sich gerade verliebt," erwiderte der junge Mann an Tante Magdas Seite. Sie blickte ihn entrüstet an: "Was erzählst du nur manchmal für einen Unsinn, mein Junge."

Der junge Mann hakte Tante Magda ein und zog sie fort. Begeistert zeigte er auf den Laden voller herrlicher Weihnachtssterne, der dem Ausgang schon ganz nahe war. Tante Magda ließ sich ziehen.

Tim und Leon nahmen von all dem nichts wahr. Sie spielten mit ihren Zungen Karussell. Leon fühlte sich so gut wie lange nicht mehr. Mit seinen Fingern krabbelte er tief unter Tims Pullover. Tim fuhren dabei immer wieder Schauer über den Rücken. Und in seinem Schritt klemmte es. Schmerzhaft sogar. Doch Tim war es in diesem Moment egal. Einmal Luftschnappen. Und dann begann schon die nächste Runde auf ihrem Karussell, das nur ihnen beiden ganz allein gehörte. Siamesisch waren sie nicht, aber im siebentem Himmel, ganz alleine auf einem Karussell. Die Fahrt wollte und wollte nicht aufhören. Und sie wünschten sich, sie möge nie zu Ende gehen. Tim spürte den ungeheuren Druck in seinem Schritt. Lange konnte er diesem nicht mehr standhalten. Irgendwann würden die Knöpfe seiner Jeans von ganz alleine aufspringen. Kein Signal war eindeutiger und verräterischer als dieses. All sein Bemühen, dagegen anzugehen war vergebens. Er konnte es nicht mehr kontrollieren. Wie schon so oft. Mädchen hatten es da doch viel, viel leichter. Aber ein Mädchen wollte er deshalb trotzdem nicht sein. Nein, das auf keinen Fall.

Ende

Bedanken möchte ich mich besonders bei Andy, Basti, Engel, Kevin, Marcel, Phil, Rene, Tobi und Zacha. Ohne euch hätte es diese Geschichte nicht gegeben. Danke auch an die beiden Autoren Andy Claus und Frank Makowski, die mich ermutigt haben, dieses Buch zu schreiben.

Frank Makowski
Daniel

350 Seiten, Euro 13,70
ISBN 3-934825-12-5

„Dieses ist eine wahre Geschichte.
Alle Personen sind nicht frei erfunden und jede Ähnlichkeit mit noch lebenden Personen ist kein Zufall. Es ist die Geschichte meines Coming-outs, meiner ersten großen Liebe und deren Ende. Es ist ein Aufruf und eine Ermutigung an alle, ihr Schwulsein zu akzeptieren, es zu leben und es zu lieben."

Pressestimmen:

Rosalila:"Das Buch ist lebensnah. Es besticht durch seine Offenheit und lässt selbst erotisch-sexuelle Impulse aufblühen. Ein Buch welches bestimmt einen Preis bei der Berlinade oder in Cannes bekommen würde, wäre es ein Film."

BOX, (Buch des Monats) :"Ein Buch, in dem alles liebevoll erzählt wird und Zeuge sein lässt beim näher und intensiver Kennenlernen mit Danny."

GEGENPOL: ...leidenschaftlich, teilweise überschwenglich emotional und doch immer ein wenig melancholisch, deshalb sei es nicht nur denen empfohlen, die sich gerade mit dem eigenen Coming-out herumplagen"

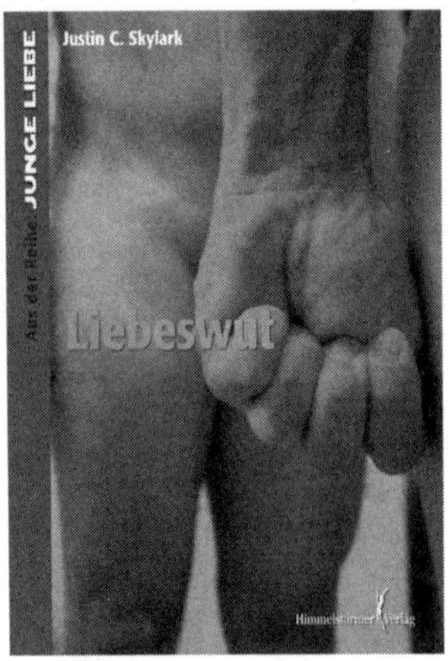

Justin C. Skylark
Liebeswut
280 Seiten, Euro 15,90
ISBN 3-934825-42-7

Neal Anderson zieht mit seiner Familie nach Deutschland. Für den 16- jährigen Engländer wird die Integration an der neuen Schule zu einem regelrechten Spießrutenlauf. Das ändert sich erst, als er den Schülersprecher Dirk kennen lernt. Der ist bei allen sehr beliebt, und Neal kann nur Vorteile daraus ziehen.
Als sie schließlich eine homoerotische Beziehung miteinander eingehen, bemerkt Neal jedoch, dass Dirk auch dunkle Seiten mit sich trägt.
Er wird zur Zielscheibe von Dirks psychisch kranken Attacken, doch das merken er und seine Mitmenschen erst viel zu spät...

www.himmelstuermer-verlag.de